東坡 主要 行蹟地

행적지	나 이	기 간	체류 시간	신분 / 주요 활동
眉州 (眉山)	1~20	1037.1.8.~1056.3.	24년 6개월	출생, 학업, 결혼
	21~23	1057.5.~1059.10.		喪主(모친상)
	30~32	1066.4.~1068.12.		喪主(부친상), 재혼
京師 (開封)	20	1056.5.~1057.5.	12년 5개월	科擧 응시, 급제
	24~25	1060.4.~1061.12.		殿試, 급제
	29~30	1065.1.~1066.4.		直史館
	43	1079.8.~1079.12.		下獄
	50~53	1085.12.~1089.6		中書舍人, 翰林學士
	55	1091.5.~1091.8.		翰林學士
	56~57	1092.9.~1093.9.		兵部尙書, 禮部尙書
鳳翔	25~29	1061.12.~1065.1.	3년 1개월	大理評事簽書(최초 관직)
杭州	35~38	1071.11.~1074.9.	4년 6개월	通判
	53~55	1089.7.~1091.3.		太守(高太后 지원으로 적극 활동)
密州	38~40	1074.11.~1076.12.	2년 1개월	태수(최초로 牧民官에 부임)
徐州	41~43	1077.4.~1079.2.	1년 10개월	태수
湖州	43	1079.4.~1079.7.	3개월	태수. 筆禍로 체포. 京師로 압송됨.
黃州	44~48	1080.2.~1084.4.	4년 2개월	團練副使로 유배(첫 번째 유배지)
潁州	55~56	1091.8.~1092.1.	5개월	태수(자청하여 外地 근무)
揚州	56	1092.3.~109		태수(자청하여 外地 근무)
定州	57	1093.10.~1		
惠州	58~61	1094.10.~1		로 유배(두 번째 유배지)
儋州	61~64	1097.7.~11		로 유배(세 번째 유배지)
常州	65	1102.6.~1102.7.28.		臥病. 1개월 만에 서거

동파지림 【상】

역자 **김용표**(金容杓)

한국외국어대학 중국어과를 나와 국립대만대학에서 석사, 박사 학위를 취득하였다. 한신대학교 중국어문화학부 교수로 재직하고 있으며 국제교류원장직을 맡고 있다. 한신대 평생교육원장, 한국중국산문학회 회장 등을 역임하였다.
중국과 중국어, 중국 문화와 중국 문학의 대중화를 평생의 꿈으로 삼고, www.drkimchina.com에서 푸른 감성으로 젊은이들과 함께 싱그러운 삶을 여행하고 있다.

동파지림 【상】 東坡志林 上

1판 1쇄 인쇄 2012년 11월 15일
1판 1쇄 발행 2012년 11월 26일

역   자 | 김용표
발행인 | 이방원
발행처 | 세창출판사
신고번호 | 제300-1990-63호
주소 | 서울 서대문구 냉천동 182 냉천빌딩 4층
전화 | (02) 723-8660   팩스 | (02) 720-4579
http://www.sechangpub.co.kr
e-mail: sc1992@empal.com
ISBN 978-89-8411-354-1 94820
        978-89-8411-353-4 (세트)

이 책은 한국연구재단의 지원으로 세창출판사가 출판, 유통합니다.

이 도서의 국립중앙도서관 출판시도서목록(CIP)은 e-CIP홈페이지(http://www.nl.go.kr/ecip)와 국가자료공동목록시스템(http://www.nl.go.kr/kolisnet)에서 이용하실 수 있습니다.(CIP제어번호: CIP2012005283)

동파지림【상】 東坡志林 (上)

An Annotated Translation of "Dongbo Zhilin"

소식蘇軾 저 ▌ 김용표金容杓 역

세창출판사

東坡志林

이분법의 벽을 넘은 웰빙과 힐링의 유배생활

선배님, 제가 『동파지림東坡志林』이라는 책을 번역하였습니다. 중국문학사상 가장 위대한 문인이라는 북송北宋 시대의 동파東坡 소식蘇軾: A.D.1037~1101이 주로 유배생활 중에 쓴 블로그blog 형태의 소품 모음집입니다. 그의 자는 자첨子瞻, 호는 동파거사東坡居士, 고향은 중국 땅에서 가장 총기가 모인 사천四川 아미산峨眉山 부근의 미산眉山이며, 부친 소순蘇洵 동생 소철蘇轍과 함께 삼부자가 모두 당송팔대가唐宋八大家의 일원으로 추앙받을 정도로 천재적인 문학가족의 피를 받고 태어난 인물입니다. 그래서인지 그는 시사詩詞와 산문, 서예와 그림에 이르기까지 문학과 예술의 모든 장르에서 탁월한 경지에 도달했지요.

선배님, 그러나 제가 이 책에서 소개하고자 하는 것은 그러한 천재성이 아니라 그의 내면세계입니다. 선배님께서는 늘 지나친 물질문명의 숭배와 이분법적 생각의 함정에 빠져 대립과 갈등이 첨예화되어 있는 작금의 우리나라 현실을 개탄하셨지요? 저는 이분법의 벽을 넘은 그의 가치관과 행동과 표현방법을 배우는 것이 우리 사회가 안고 있는 문제의 근본적인 해결책이 될 수 있겠다는 생각에, 이 책을 소개하고픈 간절한 마음이 들었던 것입니다.

● 한국 사회에 불고 있는 '웰빙'과 '힐링'의 현주소

선배님, 선배님께서도 '웰빙'과 '힐링'이라는 말을 들어보셨겠지요?

요사이 우리 사회의 메가트렌드로 등장한 단어입니다. 뜬금없는 것 같지만 먼저 그것으로 제 이야기를 풀어나가 보고 싶습니다. '웰빙Well-being'이란 한마디로 '잘 사는 삶'이란 뜻 아니겠습니까? 하지만 현실 속에서 '잘 살고 싶은' 그 소망을 이룬 사람이 몇이나 되겠습니까? 저처럼 평범한 보통 사람들은 늘 고단한 삶의 무게에 치여 아프고 힘들어하게 마련이지요. '힐링healing'이란 말은 그렇게 '다친 마음과 영혼의 상처를 어루만지는 치유'를 뜻하는 것으로 짐작합니다. 결국 '웰빙'과 '힐링'이란 바라보는 각도와 표현만 다를 뿐, 하나의 개념에서 비롯된 것으로 보아도 무방할 것 같습니다.

그렇다면 이 두 단어는 형태만 외래어일 뿐, 우리 동양에서도 아주 오래 전부터 이미 존재해 왔던 오래된 화두 아니겠습니까? 그런데 왜 하필 이 시점에 이르러 우리는 이 외래어들을 새삼스럽게 주목하고 있는 것일까요? 우리는 이미 경제적으로 수많은 개발도상국이 선망하는 선진국 문턱에 들어선 나라라고 합니다. 「대장금」과 K-pop, 「강남스타일」이 선 세계를 깅타하며 벽안의 외국인들이 한류韓流 열풍에 휩싸여 흥겹게 춤추면서 Korea를 노래하고 있습니다. 그런데 무엇이 부족하여 이 시점에서 새삼 '웰빙'을 추구하며, 무엇이 그리도 아프기에 '힐링'을 갈망하고 있는 것일까요? 혹시 그 이면에 뭔가 불편한 진실이 숨어 있지는 않을까요?

선배님, 10년에 가까운 세월동안 해마다 들려오는 똑같은 뉴스가 있더군요. 무엇인지 아십니까? 우리나라가 OECD 국가 중 자살률 1위를 차지했다는 기막힌 뉴스가 금년에도 어김없이 등장했습니다. 그런데도 우리 사회는 그다지 신경을 쓰지 않는 것 같네요. 하도 자주 듣다보니 이제는 무덤덤해진 것일까요? 아니면 그런 것쯤은 '웰빙'과는 아무런 관련이 없다는 이야기일까요? 혹시 우리는 '웰빙'의 참된 의미를 잘못 이해하고 있는 것은 아닌가 싶습니다.

선배님, '웰빙', 다시 말해서 '잘 사는 삶'이란 대체 어떤 것일까요? 어떻게 살아야 '잘 사는 것'일까요? 선배님도 아시다시피, '웰빙'이란 20세기 후반에 시작된 서구인들의 문화운동이었습니다. 근대 이전의 서구사회는 아주 오랫동안 '금욕적인 삶'을 '잘 사는 삶'으로 생각해 왔지요. 그러나 18세기 중엽부터 영국에서 시작된 산업혁명은 그러한 인식을 점차 바꿔버리게 만들었습니다. '금욕하는 삶'이 아니라 '욕망을 충족하는 삶'이 '잘 사는 삶'으로 생각하게 된 것이지요. 인식 전환의 결정적 계기는 '과학기술'이었습니다. 과학기술이 점차 발전함에 따라 인간의 물질적 욕구 충족이 점차 가능해지자 생각이 바뀐 것입니다. 그러나 정말 과학기술의 힘을 빌려 '욕망을 충족하는 삶'이 '잘 사는 삶'인 걸까요?

선배님, 배불리 먹고 따스하게 입고 편안하게 잠잘 수 있는 환경을 추구하는 것은 인간의 본능 아니겠습니까? 그것을 누가 탓할 수 있겠습니까? 그래서 일찍이 춘추시대의 관중管仲과 같은 인물도 "(백성들은) 칭고기 기득 사고 난 나음에야 예설을 자럴 술 알게 되며, 의식이 풍족해야만 영광과 치욕이 무엇인지 알게 된다倉廩實, 則知禮節; 衣食足, 則知榮辱"고 주장한 것이겠지요. 과학기술의 발전은 분명 인류에게 크나큰 혜택을 가져다주었습니다.

문제는 그 과학기술의 힘을 지나치게 믿고 의지한다는 점입니다. 무엇이든지 과유불급過猶不及, 지나친 것은 모자란 것과 마찬가지라며 조화調和와 중용中庸을 강조한 옛 성현의 지혜를 배우지 못한 것이 문제인 것 같습니다. 그 결과 대부분의 사람들에게 '힐링'의 필요성이 대두될 정도로 사회가 병들었을 뿐만 아니라, 그로 말미암아 전 인류의 존망이 걸린 대단히 심각한 문제가 야기되고 있다는 사실을 인지하는 사람은 그다지 많지 않은 것 같습니다.

유엔 산하의 '세계환경개발위원회WCED'는 1987년에 「우리 공동의 미래Our Common Future」라는 보고서를 발표하여 과학기술의 발전과 물질문명의 추구가 인류의 존속을 매우 심각하게 위협하는 수준에 이르렀음을 준엄히 경고하였지요. 특히 하빌랜드William A. Haviland와 같은 미국의 문화인류학자는 지구가 지니고 있는 자원의 한계 때문에, 현재와 같은 추세대로라면 2050년경이 인류가 버틸 수 있는 한계시점이 될 것이라는 섬뜩한 예측을 내놓기도 합니다. 그래서 유엔에 모인 세계의 지성인들은 '적은 것'과 '작은 것' 속에 내재된 정신적 가치를 인류의 새로운 패러다임으로 삼아야만 인류의 '지속가능한 발전sustainable development'이 가능하다는 결론을 제시하였다고 합니다.

선배님, 하지만 오늘날 한국사회는 유감스럽게도 그와는 정반대 방향으로 나아가고 있는 듯합니다. 우리의 웰빙 문화는 '물질에 대한 욕구충족적인 삶'의 형태를 지나치게 추구하는 단계에 와 있습니다. 부유층은 허망함을 채우기 위해 또다른 욕망의 허상을 쫓아 사회의 갈등을 유발하고 있으며, 소외된 세층은 또 그들대로 피폐의식과 열등감에 사로잡혀 커다란 마음의 상처를 입고 있는 것 아닌가 합니다. 아마도 그것이 우리 한국 사회에 불고 있는 '웰빙'과 '힐링'의 현주소일 것입니다.

그래서인지 근자에 이르러 '웰빙'과 '힐링'에 관련된 많은 책들이 쏟아져 나오고 있습니다. 그중 상당수가 베스트셀러 상위 랭킹을 점하고 있다 하니 우리 사회가 얼마나 '웰빙'과 '힐링'에 목말라하는지 짐작하고도 남음이 있겠습니다. 하지만 논자論者들의 평에 의하면 대부분 일시적인 감성의 위로만 얻을 수 있을 뿐, 인문학에 뿌리를 둔 근본적인 해결책을 얻기에는 부족한 감이라고 하는군요. 그러다보니 최근에는 외국의 '힐링 전문가'들이 대거 내한한다는 소식도 들려옵니다. 그만큼 우리가 진정한 '웰빙'과 참된 '힐링'을 모르고 있으며, 그만큼 한국사회가 병들었다는 이야기 아니겠습니까?

● 동파와 『동파지림』 속의 '웰빙'과 '힐링'

선배님, 저는 세계환경개발위원회가 제시한 '적은 것'과 '작은 것'에
담긴 가치를 깨닫고 음미하며 실천하는 삶의 패러다임에 크게 공감
합니다. 그러한 생각은 사실 동양 지성인들의 생각의 틀인 유가儒家
와 도가道家 그리고 불가佛家의 핵심 사상에서 비롯된 것이기 때문입
니다. 그 핵심 사상이란 어떤 것일까요? 여러 가지 각도에서 말할 수
있겠습니다만, '웰빙'에 초점을 맞추어 말씀드려 보겠습니다.

　도가의 키포인트는 개인의 '선종善終'이라고 할 수 있을 것입니다.
하늘이 우리에게 허락해준 수명을 끝까지 편안하게 누리다가 자연
으로 돌아가자는 이야기지요.[1] 그렇게 하기 위해서 도가에서는 대
자연과 일체가 되어 명상하고 호흡해 보기를 권합니다.[2] 시간과 공
간을 초월하여 사물과 현상을 거시적으로 바라보는 이른바 '장생구
시長生久視'의 지혜를 얻기 위함입니다.[3] 그러한 지혜를 얻게 되면 대
자연처럼 언제나 평화로운 감정을 유지할 수 있기 때문에 천수를
누릴 수 있다는 것입니다.

　불가에서는 삶과 죽음을 우주와 대자연의 거대한 에코시스템
eco-system이라는 순환현상으로 인식합니다. 그러나 우리네 어리석

---

[1]_ 『莊子·養生主』: "为善无近名, 为恶无近刑。缘督以为经, 可以保身, 可以全
　　生, 可以养亲, 可以尽年。"
[2]_ 『老子』의 "虚其心, 实其腹," "致虚极, 守静笃," "专气致柔, 能婴儿乎," 그리
　　고 『莊子』의 "吹呴呼吸, 吐故纳新, 熊经鸟伸" 등이 명상호흡법에 관한 記述
　　이다.
[3]_ 『老子 59章』: "深根固柢, 長生久視之道。"

은 인간들은 눈앞의 현상만을 바라보며 육체의 순간적 감각만을 믿는, 이른바 오온五蘊의 미망迷妄에 빠져 있기 때문에 늘 '괴로움dukkha'에 사로잡혀 있다는 것이지요. 불가에서 참선의 수행을 권하는 것도 바로 그 오온의 미망을 제거하고 삶과 우주의 원리를 정확히 직시하는 '깨달음'을 얻기 위한 것으로 저는 배웠습니다. 삶과 대자연과 우주의 구성 원리를 합리적이고 과학적이며 거시적으로 바라보는 지혜를 강조했다는 점에서, 불가는 노장사상과 하나로 만납니다.

하지만 설령 그러한 안목과 지혜를 구비하게 되어 참된 마음의 평화를 얻었다 한들 혼자만 잘 산다면 무슨 재미가 있을까요? 그래서 유가사상에서는 타인과 함께 더불어 사는 삶의 중요성을 강조합니다. 조화調和와 중용中庸의 정신을 살려 일시동인一視同仁의 대동사회大同社會를 구현하자는 유가사상의 궁극적인 목표가 바로 그 뜻 아니겠습니까?

선배님, 그러나 현대 한국인들이 그러한 동양사상의 가치를 진정한 '웰빙'이며, 참된 '힐링'의 방법이라고 마음으로 받아들이기에는 몇 가지 어려움이 있다고 생각합니다. 아마도 가장 큰 어려움은 유가와 도가 그리고 불가사상에 덧씌워진 세월의 이끼일 것입니다. 우리 사회는 아주 오랜 세월동안 이들 사상에 지대한 영향을 받아왔습니다. 그리고 그러한 사상을 추존하는 무리들이 점차 집단화·종교화되면서 원래 의미는 점차 왜곡·변질될 수밖에 없었지요.

상당수의 현대 한국인들은 그렇게 변질된 모습만을 바라보고 이들 사상을 현실과 괴리된 고리타분한 것쯤으로 잘못 인식하고 있는 것 같습니다. 그렇다고 원래의 정신은 이러한 것이라며 소리 높여 딱딱한 논리만을 전개한다면 사람들의 공감을 불러일으키기도 어려울뿐더러 자칫 소모적이고 추상적인 논쟁만을 야기하기 쉽겠지요.

그렇다면 해결책은 무엇일까요? 저는 그래서 문학의 힘이 필요하다고 생각합니다. 유가와 도가, 불가라는 생각의 틀을 삶 속에서 실천했던 선인先人의 모습을 찾아내어 그의 삶과 문학작품 속에 담긴 가치관을 생생하게 보여주어야만 사람들에게 감동을 줄 수 있다고 생각합니다. 그것이 바로 문학이 지니고 있는 힘이 아니겠습니까? 동파의 삶과 문학을 소개하고자 하는 이유가 바로 여기에 있습니다.

그의 일생은 한마디로 파란만장했습니다. 그는 44세부터 65세에 세상을 떠날 때까지 약 20년 동안 대부분의 시간을 세 번에 걸친 유배생활로 보냈는데요, 죽기 전에 자신의 삶을 돌아보면서 평생 이룬 업적이라곤 황주黃州·혜주惠州·담주儋州에서의 유배생활뿐이라고 말했을 정도로 환난과 역경의 삶을 살았습니다.[4]

선배님, 보통 사람이 그런 삶을 살게 된다면 그 심경이 어떨까요? 억울한 마음과 분노에 휩싸이는 것이 인지상정 아니겠습니까? 그러나 동파는 끼도 제대로 못 있는 유배시의 노신 생활 속에서 느리게 가는 삶의 지혜와 '적은 것'과 '작은 것' 속에 담긴 가치를 배웁니다. 역경 속에서 여유를 찾아내고, 눈물 속에서 웃음을 찾아내었습니다. 이분법적 생각의 함정에서 벗어나 절망과 희망, 행복과 불행이란 필경 동전의 양면임을 깨닫고 배우면서 부단히 스스로를 격려합니다. 그리고 우주의 호연지기를 배워 희생하고 봉사하며 밑바닥 인생들과 함께 더불어 사는 삶을 살았습니다. 무엇보다 중요한 것은 그의 언어와 글이 너무나 멋있고 재미있으며 감동적이라는 사실입니다.

선배님, 저는 그의 삶을 통해 '웰빙'의 참모습을 발견할 수 있었

4_ 淸, 王文誥, 『蘇文忠公詩編註集成』 부록 「總案」: "問汝平生功業, 黃州惠州儋州." 참조.

습니다. 『동파지림』의 언어 속에 엿보이는 가치관을 통해 괜스레 아팠던 마음과 다친 영혼의 상처가 치유되는 듯한 '힐링'의 감동도 체험할 수 있었습니다. 그 느낌, 그 감동을 이분법적 생각의 틀에 갇혀 스스로를 괴롭히고 있는 현대 한국인들과 공유하고 싶은 마음이 간절합니다.

● 선장은 멀미를 하지 않는다

선배님, 제가 대학교수가 된 것도 20년 세월이 훌쩍 넘었습니다. 강산이 두 번 바뀐다는 그 세월동안 저는 중국문학의 훈향薰香을 더 듬어보고자 구름과 달을 벗 삼아 팔천리 길 드넓은 중국대륙을 여기저기 참으로 많이 돌아다닌 것 같습니다. 아마도 동파의 고향인 사천 미산을 맨 처음 찾아간 것 아닌가 싶군요. 하지만 그가 태어난 삼소사三蘇祠에서 하룻밤을 묵을 때민 해도 지는 그저 한 천개 문인의 글재주가 부러웠을 뿐입니다. 그때는 매년 수업시간에 그의 대표작인 「적벽부」를 가르치면서도 그 글에 담긴 초월과 달관의 세계를 마음으로 다 이해하지 못했음을 솔직히 고백합니다. 그러다 언제부터인가 순간의 현상에 일희일비하지 말고 시간의 흐름을 보다 확대하여 거시적으로 바라보자는 글 속의 뜻을 조금씩 온몸으로 느끼기 시작했지요.

그 후로 지금까지 동파와 관련된 주요 유적지는 거의 다 찾아가 본 듯합니다. 그가 스승 구양수를 만났던 북송의 수도인 개봉開封, 맨 처음 관직생활을 했던 섬서성 봉상鳳翔, 특별히 좋아하여 은거하고 싶어했던 양주揚州·항주杭州 등의 강남 지역, 그리고 유배지였던 황주黃州·혜주惠州와 해남도의 담주儋州 담이儋耳[5]에 이르기까지 그

明, 文嘉, 《前赤壁圖》 1572년 작품

의 흔적을 정말 열심히 찾아다닌 것 같습니다. 마지막으로 얼마 전
출판사에 『동파지림』의 번역 초고를 넘긴 뒤, 대륙 본토와 해남도 사
이의 경주瓊州해협을 두 번 건너면서 많은 상념에 잠겨보았지요.

　선배님, 노을이 저무는 경주해협을 오랫동안 바라보았습니다.
몇 년 전 제가 이 책을 번역하기 시작하던 때가 생각나더군요. 맨
처음에 나오는 글을 보면 동파가 64세 되던 해의 여름에 사면령을
받고 육지로 돌아오기 위해 이 해협을 건너는 장면이 나옵니다. 병
들고 늙은 동파는 천신만고 끝에 이 해협을 건넙니다. 그리고 이듬
해 여름, 끝내 정착지를 찾지 못하고 강남 땅 상주常州의 어느 곳에
서 파란만장한 일생을 마치게 됩니다. 물론 동파가 무욕無慾의 소박
한 삶을 살지 않았더라면 아마도 훨씬 일찍 세상을 떴겠지요. 그렇
다 하더라도 저는 『동파지림』을 계속 읽어 내려가며 점점 더 가슴
이 아팠습니다. 해남도에서의 유배생활이 얼마나 힘들었기에, 이
해협을 건널 때 얼마나 고생을 하였기에 그렇게 노상에서 눈을 감
았을까요?

_____

5_ 오늘날에는 담주 중화진(中和鎭)임.

선배님, 그러나 어둠 속에서 해협의 양안兩岸에 반짝이는 불빛을 바라보며 다시 한 번 생각해보니 동파의 삶은 참으로 즐겁고 값진 것이었습니다. 그의 '즐거웠던 유배생활'을 곰곰 돌이켜보니, 그에게서는 욕망과 집착을 찾아볼 수 없었습니다. 노장老莊사상과 불가佛家에서 말하는 '무위無爲'와 '무심無心'이란 것도 필경은 물질에 대한 욕망과 현상에 대한 집착을 버리라는 이야기 아니겠습니까? 그러려면 '작은 것'과 '적은 것'에 담긴 내면적 정신적 질적 가치를 찾아내는 혜안이 있어야겠지요. 그런 혜안을 구비하게 되면 현상적으로는 절망과 불행처럼 보이는 환경 속에서도 긍정적 가치를 발견할 수 있을 터이므로 저절로 즐거워질 수 있지 않을까요?

선배님, 하지만 그런 혜안은 어떻게 하면 구비할 수 있는 걸까요? 해협의 수평선 위로 밤하늘에 가득 찬 별들을 바라보며, 시공을 초월하여 세상을 거시적으로 바라보는 '장생구시長生久視'의 안목이란 무엇일지 곰곰 생각해보았습니다. 억겁의 시간 속에서 '나'라는 존재는 지금 어디쯤 위치해 있는 것일까? '나'는 무엇을 위해 이 여행을 떠난 것일까? 내 인생항로의 목적지는 어디일까? 궁금해진 저는 마치 유체이탈을 하는 것처럼 마음의 눈을 창공 아주 높은 곳으로 올려 보내 제가 타고 있는 배가 어디로 향하고 있는지 살펴보았습니다.

선배님, 선장은 멀미를 하지 않는다는 말을 알고 계십니까? 망망대해를 항해하면 대부분의 사람들은 거센 파도에 멀미를 하게 마련입니다. 그러나 선장은 멀미를 하지 않는다고 합니다. 자신의 목적지를 분명하게 알고, 그곳을 향해 나아갈 항로에서 직면하게 될 상황을 미리 알고 있기 때문입니다. 시시때때로 밀려오는 거센 파도를 어떻게 오르내려야 하는지 미리 알고 있기 때문에 멀미를 하지 않는다는 것이지요.

선배님, 지나간 제 인생항로를 돌이켜보니 부끄럽기 짝이 없습니다. 저는 늘 행복과 불행, 절망과 희망을 구분하여 생각했지요. 이 분법적 생각의 함정에 빠져 제 삶의 항해에서 선장이 되지 못했습니다. 그러니 대부분의 소중한 시간을 멀미로 괴로워하며 소모할 수밖에요. 저의 사랑하는 제자들, 그리고 제 아들과 딸은 저처럼 멀미로 힘들어하지 않고 자기 인생항로의 선장이 될 수 있기를 간절히 소망합니다. 지난 세월, 못난 저 때문에 마음의 상처를 많이 받았을 제 처도 동파에게서 힐링의 방법을 배울 수 있기를 간절히 소망합니다. 이 책을 읽으시는 독자 여러분들께서도 이분법의 벽을 넘어 참된 웰빙의 삶을 누리실 수 있기를 간절히 소망합니다.

물론 '작은 것'과 '적은 것'에 담긴 가치를 찾아내는 혜안을 구비한다는 것은 결코 쉬운 일이 아닐 것입니다. 모든 사람이 동파처럼 무욕의 삶을 영위하기를 바란다는 것은 현실적으로 거의 불가능한 일처럼 보입니다. 그러나 유가儒家에서는 전혀 불가능한 일만은 아니라고 말합니다. 공자는 사회의 리더그룹인 지성인의 역할을 강조했지요. 지성인이라면 그 혜안을 구비하는 것이 보다 쉽지 않겠습니까? 저는 저의 제자들과 자식들, 그리고 이 책의 독자 여러분들은 모두 지성인이시리라 믿습니다. 우리부터 먼저 동파의 삶을 본받아 참된 웰빙 실천운동에 앞장선다면, 우리 사회의 지속적인 발전도 충분히 가능할 것으로 저는 생각합니다. 선배님 생각은 어떠신지요?

선배님, 아시다시피 저는 감히 '중국문학의 대중화'를 평생의 꿈으로 생각하고 있습니다. 그런 만큼 이 책의 번역과 해설에 나름대로 제법 정성을 기울여 보았지만 여전히 부족한 점이 태산처럼 많을 것입니다. 선배님께서 꾸지람하시는 목소리가 벌써부터 귓전에 들려오는 듯합니다. 그래도 아마 선배님께서는 이 책을 많은 후학들과 일반 독자들에게 권해주시지 않을까 짐작해봅니다. 그만큼 우리 사회가 '웰빙'과 '힐링'에 목말라 있고, 그만큼 동파의 삶과 가치관과 작품들이 우리에게 깊은 감동과 희망을 전해줄 것으로 판단하시리라 믿기 때문입니다. 아울러 이 책의 소개를 계기로 중국문학의 대중화라는 저의 꿈이 실천되는 출발점이 되기를 바라는 선배님의 소망도 헤아려 봅니다.

선배님, 게으른 탓에 책의 출판이 많이 늦어졌습니다. 인내심을 가지고 기다려주신 선배님과 세창출판사 임길남 상무님, 그리고 교정과 모니터링을 도와준 노미라 선생에게 감사의 뜻을 전합니다. 특별히 학교의 미래와 우리 사회의 지속가능한 발전을 위해 언제나 노심초사하시는 채수일 총장님께 깊은 감사를 드리며, 부족한 이 책을 제가 공부하고 가르치는 한신대학교의 모든 식구들에게 바치고자 합니다.

2012년 11월 13일

김 용 표

1. 분권의 원칙

❶ 이 책은 5권본『동파지림』을 저본으로 삼아 번역 해설한 것을 그 분량을 고려하여 상하권으로 나누어 수록한 것임. 이때 가급적 원본의 편제 구성에 따라 분권하는 것이 원칙이겠으나, 그 경우 어떤 형태로 분권하더라도 각권의 분량 편차가 심하기 때문에,『권1』부터『권3』의『제1부』까지는 상권으로 수록하였고 그 뒷부분부터는 하권에 수록하였음.

❷ 이는 원본에서『권2 · 제9부』가『괴이한 일異事 상편』으로 끝나고『권3 제1부』가『괴이한 일異事 하편』으로 시작되는 편집상의 문제점을 보완하는 방법으로 판단되어, 분권의 기준으로 삼은 것임.

2. 원저자의 호칭과 나이 표기

❶ 중국 고대의 문인들은 자字와 호號 등 수많은 호칭이 있기 때문에 혼동을 피하기 위해 본명으로 표기해주는 것이 원칙임. 따라서 이 책에서도 모든 인명은 본명으로 표기하였음. 단 이 책의 원저자의 경우에만 본명인 '소식蘇軾'을 사용하지 않고 '동파東坡'라는 호칭을 사용하였음. 이는 본 번역서적의 책이름이『동파지림』이어서 혼동의 우려가 없고, '소식'이라는 발음이 우리말에서 다른 뜻과 혼동되어 어색할 수 있다는 사실을 고려한 것임. 그러나 아직 '동파'라는 호를 사용하지 않은 시절의 저자를 지칭할 경우에는 '소식蘇軾'

이라는 호칭을 사용하였음.

❷ 동파는 음력으로 1036년 12월생이고 양력으로는 1037년 1월 생임. 때문에 계산법에 따라 그의 나이는 두 살씩 차이가 나기도 함. 이 책에서는 그 중간을 택하여 1037년을 한 살로 계산하였음.

3. 고유명사의 처리

❶ 고유명사의 한글 표기는 우리말 독음에 의거하였음.

❷ 【해제】【번역】【해설】 부분에서 저서명著書名을 표기할 경우 에는 『 』으로 처리하였으며, 단편작품에는 「 」표기를 하였음. 그러 나 【원문과 주석】 에서는 중국식 표기법에 따라 저서명에는 《 》으로, 단편작품은 〈 〉으로 표기하였음.

4. 한자의 병기倂記

❶ 【해제】【번역】【해설】 부분에서는 일반 독자를 고려하여 한 자를 몰라도 충분히 읽을 수 있도록 한글로 된 우리말 글쓰기를 시 도하였음. 이때 고유명사의 경우, 한 작품 안에서 최초로 등장한 고 유명사는 그 뒤에 한자를 병기해주고, 두 번째 등장할 때부터는 한 자 병기 없이 한글만 표기하였음. 그러나 한글로만 표기하면 개념 파악에 어려움이 있거나 착각을 일으키기 쉬운 경우에는 두세 번 등장하더라도 계속 한자를 병기하였음.

❷ 고유명사가 아닌 일반 명사라도 개념 파악에 어려움이 있거나 착각을 일으키기 쉬운 경우에는 한자를 병기하였음.

❸ 그러나 【주석】 부분에서는 독서대상이 주로 전공학습자일 것 임을 고려하여 한글 없이 한자로만 표기하였음.

❹ 【주석】 부분에서 독음이 어려운 글자는 그 뒤에 한글 발음과 함께 이따금 전공학습자들의 연구에 도움을 주기 위해 중국어발음

도 병기해 주었음. 한글 독음은 고대중국어 발음에서 전해진 것이므로, 그 상관관계를 이해하는 것도 고대중국어 어법에 대한 이해와 고문 해독 능력을 향상시키는 데 있어 일정 부분이나마 도움을 줄 것으로 판단하였기 때문임.

5. 주석註釋 처리

❶ 가독성을 위하여 미주尾注가 아닌 각주脚注의 형태를 채택하였음.

❷ 【원문】이 너무 길 경우 단락을 나누어 단락마다 그 밑에 각주를 달았음.

❸ 【원문】안의 해당 부분마다 각주의 번호를 일일이 표기하지 않고 가급적 문장의 마침표가 찍히는 곳에 번호를 하나만 달았음. 그리고 【주석】부분에서 해당 부분을 분리하여 주를 달았음.

❹ 초학자初學者를 위하여 자주 등장하는 어법적 기능을 지닌 문자/어휘에는 가급적 상세히게 그 기능을 설명하고자 하였음. 현대중국어를 배우는 이들을 위하여 가급적 현대중국어의 해당 어휘도 소개하려 노력하였음. 그러나 이미 앞에 등장한 문자/어휘는 중복 설명을 피하였음.

6. 대화對話의 처리

❶ 작품 중 직접화법을 사용한 곳은, 【해제】【번역】부분에서는 한국식으로 "큰 따옴표"와 '작은 따옴표'로 표기하였고, 【원문】안에서는 중국식으로 『큰 꺾쇠』와 「작은 꺾쇠」로 표기하였음.

❷ 대화는 화자話者와 상대방의 성별性別, 나이, 계급, 친소관계親疏關係 등을 고려하여 상황과 어울리게 번역하였음.

❸ 필요할 경우, 고전古典의 묵향墨香을 음미할 수 있도록 고어식

_{古語式} 말투로 번역하였음. 그러나 현대한국어에서 전혀 사용하지 않는 용어는 피하였음.

7. 해설의 원칙

❶ 일반 독자층까지 고려하여 최대한 쉬운 문체로 자세한 해설을 실었음.

❷ 기존 중국 판본에 실린 간단한 평어를 참고하였지만, 해설은 모두 필자의 독창적인 견해에 입각한 것임.

❸ 거의 모든 글에 해설을 달았지만, 구태여 해설이 필요 없는 메모 형식의 글에는 해설을 달지 않았음.

권

卷一

- 차 례 -

卷二

卷 三

卷四

卷 五

동파의 삶과『동파지림』

동파東坡 소식蘇軾: A.D.1037~1101은 64년 7개월의 삶을 살다가 바람타고 하늘나라 궁전으로 돌아갔다. 그 삶은 역경과 시련으로 가득 찼다. 특히 만년의 유배생활은 거의 극한 상황이었다. 동파 스스로 임종에 즈음하여 자신의 지난 삶을 돌아보며 "나는 평생 즐거운 일이 한 번도 없었다某平生無快意事"고 고백했을 정도였다. 그런데 모든 중국문학사 책에서는 입을 모아 말한다. 그는 호방豪放의 풍격을 지녔고, 그 작품세계의 특징은 초월과 달관이며, 최대의 매력은 유머humor라고. 최악의 생활 여건 속에서, 동파는 어떻게 그런 풍격과 특징과 매력을 창조할 수 있었던 것일까?

한마디로 말하자면 모든 것을 하나로 인식했기 때문이다. 그는 언제나 시간과 공간을 확장하여 거시적이고 전체적으로 바라보았다. 절망과 희망, 행복과 불행과 같은 이분법적이고 추상적인 명제가 지니는 오류의 함정에 빠지지 않았다. 때문에 그의 문학세계는 형식과 장르의 경계와 구속을 뛰어넘을 수 있었다. 그의 산문은 근엄한 도道를 담아야 한다는 중국전통산문의 대명제를 파괴하고, 사실과 허구, 의론議論과 서사와 서정의 세계를 자유롭게 넘나들었다. 지극히 일상적인 언어로 배꼽을 잡는 해학시諧謔詩도 서슴없이 창작했다. 당시의 보편적인 고정관념 속에서는 가냘픈 여인네와의 감상적인 사랑만을 노래하는 것으로 여겼던 '완약婉弱'의 사詞마저도, 동파의 손에서는 우주와 인생의 드넓은 경계를 노래하는 '호방豪放'으로 환골탈태할 수 있었다.

동파는 동시에 탁월한 서예가요 화가이기도 했다. 그가 "시詩 속에 그림이 있고, 그림 속에 시가 있구나!詩中有畫, 畫中有詩"라고 왕유王維를 평하였듯이, 그 자신의 시 역시 바로 곧 그림이었으며 서예이기도 했다. 이른바 시서화詩書畵의 합일이 무엇인지 우리에게 가르쳐주고 있는 것이다. 그뿐이 아니었다. 유가儒家사상을 숭상하는 정통파 문인이었으면서도 불가佛家사상의 정수精髓를 깨쳤고, 연단술煉丹術과 호흡법 그리고 소식小食의 식이요법에 이르기까지 양생養生의 조예도 익혔으니, 유불선儒佛仙 삼교三敎의 합일이 무엇인지도 가르쳐준다. 그의 삶과 문학과 학문과 예술은 하나였다. 모든 것이 그에게는 하나였던 것이다. 그 속에서 들려오는 그의 목소리는 마치 "올라가는 길은 여러 갈래지만 진리의 산은 하나일 뿐!" 외치는 것 같다.

그의 삶은 그 어떤 소설이나 드라마보다 더욱 파란만장하다. 수많은 학자와 문인들이 그 좋은 소재를 놓칠 리가 없다. 당연히 그의 삶을 서술한 전기傳記는 수없이 많다. 동파에게 매력을 느껴 그의 삶을 보다 자세히 알고 싶은 호기심이 생긴 독자들에게는 그 중 임어당林語堂이 쓴 『소동파평전』을 권하며, 지금 여기서는 에피소드 중심으로 그의 삶을 대충 살펴보면서 동파의 풍격과 특징, 그리고 매력을 알아보고자 한다.

● 동파의 초연함 – 어디를 간다 한들 즐겁지 아니하랴!

동파는 만 20세의 약관에 온 천하에 그 문명文名을 날렸다. 계기는 과거 시험이었다. 당시의 과거시험 제도는 형식 위주의 글쓰기를 중시하였기 때문에 참된 인재를 발탁하지 못하고 있었다. 그러나 동파는 운이 좋았다. 때마침 지공거知貢擧: 과거시험 총책임자로 임명된

당대 문단의 최고봉 구양수歐陽脩의 혜안 덕분에, 처음 응시한 과거에서 단번에 붙어버린 것이다.

이때 재미있는 일화가 두 가지 전해진다. 하나는 원래 장원壯元 급제할 수 있었는데 억울한 오해로 차석인 방안榜眼으로 합격했다는 사실이다. 구양수가 그렇게 훌륭한 글은 자신이 아끼던 제자 중 공曾鞏 정도나 되어야 쓸 수 있을 것으로 짐작하고, 남들의 오해를 피하기 위해 일부러 차석으로 발표한 것이다. 나중에 그 사실을 알게 된 구양수는 얼마나 놀라고 미안했을까? 훗날 구양수와 소동파가 각별한 사제지간의 정을 쌓게 된 것도 어쩌면 그 이유 때문인지 모르겠다.

더욱 재미있는 것은 두 번째 이야기이다. 답안지를 읽어본 구양수는 동파가 글 속에서 인용한 사례事例의 출처가 어떤 책인지, 어디서 본 것 같기는 한데 생각이 가물가물한지라 너무 궁금했다. 지공거 입장에서 누구에게 물어보기도 창피한 일이었지만 하도 궁금하여 벗인 매요신梅堯臣에게 물어보았는데, 그 역시 그게 궁금해서 구양수에게 물어보려던 참이었다는 것이었다. 결국 당대 최고의 두 문인은 궁금증을 참지 못하고 나중에 동파를 불러 물어보니, "제 생각에 그런 일이 있었을 법한지라 그렇게 쓴 것입니다" 천연덕스럽게 대답하였다는 것이다. 엄밀하게 말하자면 동파가 자신의 주장을 펼치기 위해 날조를 했다는 이야기 아닌가. 합격을 취소할 수도 있을 법한 일이었지만 구양수는 도리어 극찬을 했다. "이 친구 글을 읽을 때 나도 모르게 땀이 줄줄 났는데, 하하하, 앞으로 이 친구한테 내 자리를 비켜줘야 되겠어!"[1] 그렇게 하여 새파란 청년 동파는 졸지에 북송 문단의 최고봉 반열에 올라선 것이다.

1_ "讀軾書不覺汗出, 快哉! 老夫當避此人, 放出一頭地。"

동파는 그 정도로 생각이 자유분방했다. 그러면서도 세상 이치의 흐름을 정확하게 간파하는 판단력이 있었다. 기록에 나오지 않았다고 해서 그런 일이 벌어지지 않았노라 100% 단언할 수는 없지 않겠는가? 구양수나 매요신이 깜박 속았을 정도로 동파의 판단과 상상력은 현실성과 개연성이 높았다는 증거일 것이다.

이렇게 중앙 정계에 데뷔한 동파는 20대 중반 지금의 섬서성陝西省 서쪽 끝에 위치한 봉상鳳翔이라는 곳에서 첫 번째 관직생활을 하다가, 30대 초반에 당시 송나라의 수도인 개봉開封으로 돌아와 사관史官으로 재직한다. 그러나 신종神宗 황제가 채택한 왕안석王安石의 신법을 반대하는 바람에 30대 후반부터 지방 관리로 좌천되어, 그 후 7, 8년 동안 항주杭州·밀주密州·서주徐州·호주湖州 등지를 전전하게 된다. 동파가 슬슬 '웰빙 생활'을 즐기기 시작한 것은 이 무렵의 일이다. 그가 40세에 밀주태수로 재직하고 있을 때 지은 「초연대기超然臺記」의 일부를 읽어보자.

무릇 삼라만상의 모든 사물은 제각기 관상觀賞할 만한 가치를 지니고 있는 법. 만약 관상할 만한 가치가 있다면 그 모든 것에서 즐거움을 찾아낼 수가 있는 법이니, 그 사물이 반드시 기괴하거나 아름다워야 할 필요도 없는 것이리라. 찌꺼기로 걸러낸 술로도 취할 수 있고, 과일이나 푸성귀 같은 초목으로도 배를 채울 수 있는 법이니, 이로 미루어 본다면 내가 어디를 간다 한들 어찌 늘 즐겁지 않겠는가? (중략) 누각은 높으면서도 안락했고 그윽하면서도 밝았다. 여름이면 시원하고 겨울이면 따뜻하니, 눈비가 내리는 아침이나 바람 부는 달밤이나 내가 그곳에 있지 않은 적이 없었고, 손님들도 나와 함께하지 않은 적이 없었다. 뜰에서 푸성귀를 따오고 연못에서 물고기를 낚아 올리며, 술을 빚고 조밥을 지어먹으면서 나는 말한다. "참으로 즐겁구나, 이러한 노닒이여!"

　그때 내 동생 자유子由: 소철가 때마침 제남濟南에서 이러한 이야기를 듣고 시를 한 수 읊어 보내며 이 누각의 이름을 '초연超然'이라고 지어주었다. 이는 내가 어느 곳을 가더라도 즐거워할 수 있는 이유가, 바로 물외物外에서 노닒기 때문이리라는 점을 드러내주고 싶어서이리라![2]

　동파가 초연대超然臺라는 누각에서 객들과 함께 "뜰에서 푸성귀를 따오고 연못에서 물고기를 낚아 올리며, 술을 빚고 조밥을 지어먹는" 전원생활은 참으로 즐겁고 여유로워 보인다. 현대문명인들이 그리워하는 전형적인 웰빙 생활이다. 그러나 현대한국사회의 웰빙 문화와 겉모습은 비슷해 보일지라도 내면적으로는 큰 차이가 있다.

　이 글의 전편에 흐르는 키워드는 '즐거움樂'이다. 그 즐거움은 얼핏 태수로 지내는 풍족한 삶 속에서 나온 여유 같아 보인다. 그러나 현실은 그와는 정반대였다. 당시 밀주는 매우 궁핍한 지역이었다. 조정에서 새롭게 선포한 면역세의 할당량을 감당하지 못해 수많은 백성들이 길에서 죽어갔다. 태수였던 동파는 그 참상을 목격하고 그의 일생동안 가장 커다란 노여움과 비통에 사로잡힌다. 상황을 해결해보기 위해 고아 수십 명을 입양시키는 등 발버둥을 치지만 어림도 없었다. 그 자신 역시 비슷한 상황이었기 때문이다. 동파는 비록 태수의 신분이었지만 녹봉이 매우 적어 가족들은 늘 끼니를 걱정해야 했다. 때로는 굶주림을 견디다 못한 동파가, 성 밖의 버려

2_ 凡物皆有可觀。苟有可觀, 皆有可樂, 非必怪奇瑋麗者也。哺糟啜醨皆可以醉, 果蔬草木皆可以飽。推此類也, 吾安往而不樂?（中略）臺高而安, 深而明, 夏凉而冬溫。雨雪之朝, 風月之夕, 余未嘗不在, 客未嘗不從。擷園蔬, 取池魚, 釀秫酒, 瀹脫粟而食之, 曰: 樂哉游乎! 方是時, 予弟子由適在濟南, 聞而賦之, 且名其臺曰"超然", 以見余之無所往而不樂者, 蓋游於物之外也。

진 밭에 나가 버려진 구기자와 산국화를 주워 먹고 끼니를 때우며 신소를 터뜨린 적도 있을 정도였다.[3]

그런데도 동파는 태연자약하게 말한다. 삼라만상의 모든 것에는 반드시 긍정적인 가치가 있게 마련이니, 그 어떤 환경에서도 즐거움을 찾을 수 있는 법! 그러니 어디를 간다 한들 어찌 즐겁지 않겠느냐고. 그것이 억지로 꾸며낸 말일까? 그럴 리가 없다. 설령 마음 한 구석에 노여움과 비통함이 남아 있더라도, 이런 분위기의 글을 쓰는 가운데서 그 마음이 순화되고 정화되어 진정한 즐거움으로 승화되었을 것이다. 이것이 바로 힐링 아니겠는가? 동파의 웰빙 생활은 아이러니컬하게도 오히려 그렇게 절박한 상황이 탄생시킨 것이다.

● 동파의 유머 — 지성의 안목으로 찾아낸 여유와 긍정의 세계

동파는 외지를 전전하는 동안 수없이 많은 백성들의 참상을 목격하고 울분에 차서 시니컬하게 신법을 우회적으로 비판하는 시들을 많이 썼다. 당대 최고의 문명을 떨치고 있던 그였던지라 즉각 커다란 반향이 일어났다. 일반 독자들은 그의 시니컬한 유머에 즐겁기 한량없었겠지만 비판받는 당사자로서는 괘씸하기 짝이 없는 노릇이었을 터, 결국 정적들은 군사를 보내 호주湖州태수로 재직하고 있던 동파를 체포하여 경사京師의 어사대御史臺로 압송한다. 이른바 '오대시안烏臺詩案'이라고 불리는 필화 사건이다.[4]

3_「後杞菊賦」 서문 참조.

4_ 烏臺는 감찰기관인 御史臺를 말한다. 당시 어사대 관내에 까마귀 둥지가 있는 측백나무가 있어서 '烏臺'라는 별칭을 가졌다. 이곳에 동파가 필화로 넉 달 동안 갇힌 사건을 烏臺詩案이라고 한다.

여기서 동파의 천성을 알 수 있는 아주 재미있는 일화가 전해진다. 갑자기 밀어닥친 관군에게 체포되어 끌려 나가던 그 순간, 동파는 통곡을 하며 따라 나오던 아내에게 이런 말을 했다고 한다. "예전 양박楊朴 처사가 황제에게 붙잡혀갈 때 그 사람 아내는 이런 시로 남편을 전송했답디다. 당신도 그렇게 해주지 않으려오?" 그러면서 송나라 진종眞宗 때에 양박이라는 은사가 어느 날 갑자기 관군에게 끌려가게 되자 그의 아내가 불렀다는 시를 읊어주는 것이었다.

제멋대로 술독 속에 빠져 지내질랑 마시구려.　更休落魄耽盃酒,
오만방자 시 따위를 잘난 체 읊지도 마시구요.　且莫猖狂愛詠詩。
이제는 붙잡혀서 관가에 끌려가게 되었으니,　今日捉將官裏去,
여차하면 당신의 대가리와 영영 이별하실 게요!　這回斷送老頭皮。

그 절체절명의 긴박한 순간에 동파는 어떻게 이런 시를 떠올릴 수 있었을까? 눈물을 흘리며 따라 나오던 아내가 그 말에 웃음을 터뜨렸다고 하니, 동파의 유머는 위기의 돌발 상황에서 더욱 빛을 발한다. 그의 유머는 어설픈 말장난이 아니었다. 삶을 거시적으로 바라볼 줄 아는 지성의 안목으로 찾아낸 여유와 긍정의 세계였다. 결국 그는 그 힘으로 극적으로 구사일생, 넉 달 후 옥에서 풀려나 황주로 유배를 간다. 그의 첫 번째 유배였다.

황주 유배시절, 동파는 많은 식솔을 거느리고 있었다. 게다가 녹봉도 거의 없었으니 당장 끼니를 해결하기도 힘들었다. 보통 사람이라면 낙망에 빠져 한숨으로 세월을 보내련만, 동파는 자신이 바라던 은거생활을 하게 된 것처럼 아주 즐거운 마음으로 거처하던 곳의 '동쪽 언덕東坡'을 개간하여 직접 농사를 지었다. '동파(東坡)'라는 아호도 바로 그때 스스로 지은 것이다. 당시의 재미있는 일화가 수없이 많지만 하나만 소개해보겠다.

　그는 현지의 돼지고기 값이 아주 저렴하다는 사실을 알고, 돼지고기 요리법을 개발하여 유배지의 가난한 백성들에게 널리 전파했다. 이때 지은 「돼지고기 찬송가豬肉頌」라는 시 한 수를 읽어보자.

황주 땅 돼지고기 품질이 끝내주네	黃州好豬肉,
가격도 저렴하니 진흙보다 더 싸구나.	價賤如泥土,
부자들은 "그런 걸 왜 먹어?"	富者不肯食,
가난뱅이 "어떻게 먹는 거죠?"	貧者不解煮.
하, 하, 하! 내 가르쳐 줌세!	
불은 은은하게, 물은 자작하게!	慢著火, 少著水!
때가 되면 저절로 아유, 맛있어!	火候足時它自美.
아침마다 한 그릇, 아 배부르다!	每日起來打一碗,
자네는 배고파도 나는 몰라요!	飽得自家君莫管.

　너무나 재미있지 않은가? 가사가 이렇게 재미있으니 따라 부르지 않는 사람이 없었을 터이고, 그 요리법이 널리 전파되지 않을 리가 없었을 것이다. 오늘날까지 중국 서민들의 사랑을 받는 유명한 요리, 동파육東坡肉은 바로 그의 유머가 전파시킨 것이다. 유배지의 모진 생활 속에서 동파는 오히려 너무나 즐겁게 생활한다. 우리 주변에서 흔히 볼 수 있는 '작고 보잘것없는 것'에 담긴 가치를 새롭게 발굴 조명하고, 가난한 백성들과 함께 유머를 즐기며 사는 삶의 지혜를 배운다. 그의 글이 당시부터 오늘날까지 수집의 대상이 되어 중국민중들에게 최고의 인기를 끌었던 결정적인 이유가 바로 여기에 있다.

● 동파의 초월 – 물은 흘러갔지만 지금도 여전히 흐른다

동파는 바다처럼 드넓은 장강長江이 지나가는 황주 땅에서 호방함
과 초월의 인생관을 완성하게 된다. 『장자莊子』라는 두꺼운 책 한
권보다도 더 집약적으로 삶과 우주의 철리를 담아냈다는 불후의 명
작 「적벽부赤壁賦」도 바로 이 시기의 작품이다.

> 그대도 이 물과 저 달을 잘 알고 계시렸다? 흘러가는 것은 모두 다
> 이 물처럼 흘러가게 마련이오만, 그러나 한 번도 우리 곁을 떠난 적
> 이 없소이다. 차고 기우는 것은 모두 다 저 달처럼 변화하게 마련이
> 오만, 그러나 결코 줄어들거나 늘어난 적은 없소이다그려. 변화하는
> 측면으로 보자면야 천지간에 모든 일이 눈 깜짝할 사이라도 변화하
> 지 않는 때가 없겠으나, 변화하지 않는 측면으로 보면 만물이 나와
> 함께 끝이 없는 법이라오. 헌데 뭘 그리 부러워하신단 말이오?[5]

동파는 여기서 '변變'과 '상常'의 개념을 제시한다. 현상적으로 보
면 이 우주 안의 모든 사물과 모든 상황은 끊임없이 변화한다. 마치
달이 작아졌다가 커지면서 변화하고 물이 언제나 흘러가버리는 것
처럼, 봄 여름 가을 겨울의 사시사철이 변화하고 우리네 인간들도
시시각각 죽음의 순간을 향해 속절없이 늙어간다. 사람들은 눈앞
에 보이는 그 상황의 변화만 바라보고 기뻐하거나 슬퍼하게 마련이
다. 현상적·미시적인 시각으로 세상을 바라보기 때문이다.

그러나 동파는 내면적·거시적 시각으로 삶과 우주를 바라보라고

5_「赤壁賦」: 蘇子曰: "客亦知夫水與月乎? 逝者如斯, 而未嘗往也, 盈虛者如彼,
而卒莫消長也。 蓋將自其變者而觀之, 則天地曾不能以一瞬; 自其不變者而觀
之, 則物與我皆無盡也。而又何羨乎?

일러준다. 거시적 시각으로 다시 한 번 바라보면, 사시사철은 끊임없이 변화하는 것 같지만 그 다음 해가 되면 또다시 찾아오게 마련이며, 커졌다가 작아지는 달도 더 이상 커지거나 완전히 없어져버리지 않고, 흘러가버린 줄만 알았던 강물도 다시 한 번 바라보니 여전히 우리 곁에서 흐르고 있다는 사실을 일깨워준다. 늘 변화하는 그 이면에는 반드시 일정한 내재규율이 존재하는 법이므로, '변變'과 '상常'이라는 이분법적인 시각으로 세상을 바라보지 말라고 가르쳐준다.

　우리는 흔히 절망과 희망, 불행과 행복을 구분하여 생각하는 이분법의 함정에 빠져 스스로를 괴롭힌다. 하지만 동파는 그 순간의 현상만을 바라보지 말고 시간의 흐름과 공간의 범위를 보다 확대하여 거시적으로 바라보라고 말한다. 그러면 반드시 모든 것에 필연적으로 존재하는 긍정적 가치를 발견할 수 있다는 것이다. 후세 사람들이 경탄해 마지않는 그의 초월과 달관의 안목은 이렇게 고난의 유배생활을 통해 완성되었다. 이분법의 함정에서 벗어나니 고난의 시간이 오히려 너너히고 즐기운 엘빙 생활이 된 깃이나.

　초월과 달관의 넉넉한 마음가짐 덕분인지, 몇 년 후 동파는 유배생활을 끝내고 중앙 정계에 화려하게 복귀한다. 1085년, 동파 나이 49세 때에 신종이 죽고 철종哲宗이 12세의 어린 나이로 등극하자, 평소 그를 아끼던 고태후高太后가 섭정을 하게 되면서 동파를 조정으로 불러와 한림학사 등의 요직을 맡긴 것이다. 하지만 그는 오히려 조정에서 권력을 장악하고 호사를 누리며 사는 삶이 너무나 싫었다. 필연적으로 수반될 수밖에 없는 갈등과 투쟁, 질시와 반목의 정쟁政爭은 동파의 천성과는 전혀 어울리지 않았다. 그리하여 동파는 어렵게 태후의 허락을 얻어내어 항주杭州·양주揚州 등의 목민관을 자청하여 지방으로 내려간다.

　길지 않았던 그 목민관 시절, 동파는 고난받는 백성들을 위해 정열적으로 일을 한다. 가장 대표적인 것이 항주 서호西湖의 치수治水 사업인데, 늘 일정한 수위를 유지할 수 있도록 제방을 쌓고 수초를 제거하여 백성들의 농경에 크게 이바지하였을 뿐만 아니라, 천재적인 미적 감각으로 자연과의 아름다운 조화까지 멋들어지게 이루어 냈다. 마르코 폴로가 '세상에서 가장 아름다운 도시'라고 극찬하고, 오늘날 중국인들이 '하늘에서 떨어진 진주'라고 자랑하는 항주 서호의 아름다움은 전적으로 그 시절 동파의 치수사업 덕택이다.

동파는 임무가 주어지면 현실 속에서 사회를 이끌어가는 리더leader 그룹인 지성인으로서의 책임을 다하고자 최선을 다했다. 주어진 현실 속에서 사회적 책임을 다하는 모습! 제갈량諸葛亮이 '몸과 마음이 부수어지도록 최선을 다한다鞠躬盡瘁'고 표현한 그 마음가짐은 유가儒家사상의 핵심이다. 하지만 그것이 어찌 억지로 만들어지는 것이랴. 내적 수양을 통하여 진심으로 그러한 삶을 즐겨야만 가능한 것 아니겠는가? 자신에게 사회적 임무가 주어지면 나아가 몸이 부수어지도록 최선을 다히고, 남들에게 인정을 받지 못하면 물러나 수양을 쌓으며 자신의 내면세계를 충일하게 완성하도록 노력하는 삶. 그것이야말로 진정한 웰빙 생활이 아닐까?

● 동파의 혜안 − 좌천을 축하하고 영전을 슬퍼하라

동파의 삶은 점점 더 파란만장해진다. 동파가 필요했던 고태후는 자꾸만 그를 조정으로 불러올렸고, 동파는 동파대로 정적들의 공격에 진절머리를 내고 자꾸만 지방관을 자청하여 내려가는 일이 반복된다. 그 사이 조정에서 이부상서, 병부상서 등의 최고위 요직을 맡기도 하였지만, 강력한 후견자이던 고태후가 사망하면서 그의 삶은 드디어 급전직하急轉直下하고 만다.

고태후가 죽자 그 손자인 철종이 친정親政을 하게 되었다. 스무 살의 혈기 방장한 철종은 판단력이 없는 어리석은 임금이었다. 특히 8년 동안 할머니 고태후가 섭정을 하는 바람에 황제 노릇을 못했던 것이 한이 맺혔던지, 철종은 할머니가 아끼던 동파를 공연히 싫어했다. 자연스럽게 동파의 정적인 장돈章惇이 정권을 잡았고, 동파는 그 즉시 정주定州태수로 좌천되었다.

그로부터 동파는 본격적인 수난을 당한다. 동파는 정주에 부임하자마자 다시 영주英州태수로 발령받는다. 하릴없이 다시 영주로 길을 떠나는데, 이번엔 도착하기도 전에 노상에서 건창군사마建昌軍司馬라는 구품九品 말단직으로 강등되어 대륙의 남단에 위치한 머나먼 오지 혜주惠州로 유배를 가라는 명을 받았다. 그가 예부상서에서 파직되어 길을 떠난 것은 1093년 9월이었고, 죄인 신분이 되어 혜주에 도착한 것은 1094년 10월이었다. 무려 1년이 넘는 시간동안 드넓은 대륙을 어기적어기적 헤맨 것이다. 차라리 처음부터 유배를 보냈다면 일찌감치 도착하여 유배지에서나마 정착생활을 할 수 있었을 것 아닌가? 동파를 철저히 괴롭히고자 했던 정적의 간교한 술책이었다.

보통 사람이라면 정신적인 울분이 얼마나 클 것이며, 죄인으로 끌려가는 유배 길은 육체적으로 또 얼마나 고통스러웠겠는가. 그러나 동파는 달랐다. 먼저 예부상서 자리에서 파직되고 지방관으로 좌천되었을 무렵 쓴 것으로 추정되는 글 한 편을 읽어보자.

"좌천을 축하하고 영전은 축하하지 않는다." 이는 온 천하에 유행하는 말이다. 선비는 임기가 한 번 끝나서 외지에 나가게 되면 관료 세계의 비방을 안 듣게 되니, 마음에 부끄러움만 없다면 어깨를 가볍게 하여 떠나갈 수 있는 법이다. 이는 무더운 날 원행(遠行)을 나간 것과 같은 이치라.

미처 귀향歸鄕하지는 못하였다 할지라도, 시원한 관사에서 옷을 벗어젖히고 양치질한 후 몸을 씻은 것과 같으니, 이미 충분히 즐거운 일이로다! 하물며 관직에서 물러나 귀향하게 된다면, 관복을 벗어버리고 풍광명미風光明媚한 곳을 찾아다닐 수도 있으니, 평생을 돌아보아 가슴에 맺힌 일만 없다면 그 즐거움을 어찌 다 말로 형용할 수 있을까 보냐![6]

"좌천을 축하하고 영전은 축하하지 않는다." 참으로 기발하고 멋진 발상이다. 동파는 이것이 온 천하에 유행하는 말이라 하였으나, 아마도 동파 특유의 역설적 강조 용법이 아닐까 싶다. 행복과 불행을 나누어 생각하는 이분법적 생각의 틀에 사로잡혀 있는 보통 사람들에게는 어림도 없는 일이기 때문이다. 설령 진짜로 당시에 그런 말이 유행했나손 치더라도, 역경과 환난이 지닌 긍정적 의미를 모르는 자들이 그런 말을 입에 올리는 것이라면 그것은 공연한 가식이요 말장난에 불과할 것이다.

그러나 동파는 정말로 자신의 좌천을 기뻐했다. 황주 유배시절 이미 초월과 달관의 거시적 안목을 완성한 그 아닌가? 그가 좌천을 축하하는 이유, 그것은 필경 휴식과 여백 속에 대자연과 함께 느리게 사는 즐거움을 맛볼 수 있기 때문일 것이다. 돈과 명예와 출세욕에 눈이 멀어 한치 앞만 바라보고 정신없이 달려가는 현대 문명인에게 꼭 읽혀주고 싶은 글이다.

6_「賀下不賀上」: 賀下不賀上, 此天下通語。士人歷官一任, 得外無官謗, 中無所愧於心, 釋肩而去, 如大熱遠行, 雖未到家, 得清涼館舍, 一解衣漱濯, 已足樂矣。況於致仕而歸, 脫冠佩, 訪林泉, 顧平生一無可恨者, 其樂豈可勝言哉!

혹시 어떤 독자 분들은 이런 의문을 가질 수도 있겠다. 동파가 좌천을 기뻐한 깃은 태수로 부임하러 간 시절의 마음이었을 테고, 나중에 혜주에서 유배생활을 하게 되었을 때는 달랐을 것이라고. 물론이다. 내지內地에서 태수로 지내는 것과 오지에서 죄인으로 사는 마음상태가 같을 수가 없다. 하지만 동파의 마음가짐은 확실히 우리네 보통 사람과는 달랐다.

혜주는 동파의 두 번째 유배지였다. 오늘날 광동성廣東省 심천深圳의 동북쪽에 붙어 있는 무더위와 습기에 가득 찬 열대의 도시다. 동파는 일 년이 넘는 시간동안 걸어서 중국대륙의 여기저기를 헤매다가 간신히 이곳에 도착했다. 황주 유배시절에는 그나마 식솔들도 많았지만 이때쯤에는 아내도 죽고 자식들도 흩어져 오직 애첩 왕조운王朝雲과 막내아들 소과蘇過만이 그를 따라왔다. 얼마 후에는 조운마저 여독旅毒으로 사망하였으니, 혜주 유배시절은 예전 황주 유배생활과는 비교도 할 수 없을 정도로 외롭고 힘들었을 것이다. 그 시전 임시 거처에 묵으며 지은 글 한 편을 읽어보자.

혜주 가우사嘉祐寺에서 잠시 거하고 있을 때였다. 송풍정松風亭 부근에서 산책을 했다. 다리에 힘이 풀렸다. 숲속 나무 밑에 가서 쉬고 싶었다. 앞을 바라보니 정자는 아직도 숲 저쪽 끝에 있었다. 저기를 언제 가나 싶었다. 한참 시간이 지난 후 문득 깨달음이 있어 소리를 쳤다. "여기라고 쉬지 못할 이유가 어디 있겠나?!" 마치 낚시 바늘에 걸린 물고기가 바늘에서 벗어난 듯, 홀연 해탈의 심정이 되었다. 북소리가 천둥처럼 울리는 전쟁터에 나가 적진과 마주하더라도, 진격하여 적에게 죽으나 도망치다 군법에 의해 처단되거나 마찬가지인 법! 이런 이치를 깨닫게 된다면 언제 어디서라도 편안하게 마음 놓고 푹 쉴 수 있지 않겠는가![7]

그가 당시 얼마나 힘들어했는지 짐작할 수 있겠다. 절망 속에서 희망을 찾으려는 동파의 의지와 노력이 안쓰럽고 처연해 보인다. 그러나 동파는 위의 글속에서 말한 깨달음처럼 이내 마음의 안정을 찾고 스스로 '힐링'을 한 다음, 다시금 '웰빙 생활'을 즐기기 시작한다.

● 깨달음의 아라한 열매 — 사지死地에서의 삶이 바로 곧 경사慶事

그렇게 2년 반이 지나 혜주에서의 생활이 정착되어 갈 무렵이었다. 4월의 어느 봄날, 동파는 갑자기 뜬금없는 황명을 받는다. 이번에는 혜주보다 더 먼 남쪽 바다의 절해고도인 해남도海南島의 담주儋州 담이儋耳라는 곳으로 유배지를 옮기라는 것이었다.

후세에 동파의 에피소드를 모아놓은 책에 의하면, 유배지를 해남도로 옮기게 된 그 사연이 기가 막힌다. 그 시절 어느 날 동파는 산들산들 봄바람에 낮잠을 즐기다가 꿈결에 아련히 절에서 들려오는 종소리를 듣는 내용의 시를 지은 적이 있었다. 그 시를 정적인 장돈이 전해 듣고서는 혜주에서 편안하게 웰빙 생활을 즐기고 있는 것 같은 동파가 너무 얄미워서 더욱더 먼 오지인 해남도로 추방을 했다는 것이다.[8] 권력을 잡은 자신도 웰빙 생활을 즐기고 있었더라면 그런 마음이 들 리가 없었을 것이다. 역시 웰빙이란 돈이나 권력으로 얻을 수 있는 게 아니라는 사실을 다시 한 번 확인할 수 있겠다.

해남에 유배된 동파의 생활은 참으로 비참하기 이를 데 없었다.

7_ 「記遊松風亭」: 余嘗寓居惠州嘉祐寺, 縱步松風亭下, 足力疲乏, 思欲就林止息. 望亭宇尚在木末, 意謂是如何得到?良久忽日: "此間有甚麼歇不得處!" 由是如挂鉤之魚, 忽得解脫. 若人悟此, 雖兵陣相接, 鼓聲如雷霆, 進則死敵, 退則死法, 當甚麼時也不妨熟歇.

8_ 南宋, 曾季貍, 『艇齋詩話』 참조.

당시 대부분 '야만인'들인 여족黎族들이 살았던 해남도는 습하고 무더운 열대 기후에 먹을 것은커녕 정갈한 물도 구하기 힘든 오지 중의 오지로, 중원에서 관리를 지냈던 이를 여기로 유배 보낸 것은 동파가 처음이었다. 더구나 현지의 관리들이 조금이라도 호의를 베풀었다는 사실이 밝혀지면 중앙 정부에서 반드시 가혹한 보복을 했으므로, 그 어떤 도움을 얻을 수도 없었던 동파는 늘 기아(飢餓) 선상에서 허덕여야만 했다. 이런 상황 속에서 동파는 어떠한 마음가짐이었는지 살펴보자.

> 나도 이제 바다로 쫓겨났으니 사지死地에 조금 더 가까워진 셈이다. 마땅히 이 땅에서 깨달음의 아라한阿羅漢 열매를 거두어야 하리라.[9]

> 원부元符 3년은 세차歲次가 경진년庚辰年이다. 그 해 정월 초하루는 무진일戊辰日이요, 그 날 진시辰時는 병진시丙辰時이다. (中略) 그러므로 이 시각부터는 꼭 황중黃中의 기운은 키워야 하리라. 이 기간이 지나면 앞으로 또 늘 풀죽을 쒀먹어야 하므로. 하루 종일 좌선한 채 묵언默言을 하고 황중黃中을 키우는 수양을 하였다. 바다 바깥으로 귀양 나와 지내지 않았다면 어찌 이 같은 경사를 맛볼 수 있었으랴![10]

위의 글은 해남도에서 유배생활을 시작할 때의 각오이며, 아래의 글은 귀양 온 지 4년째로 접어드는 해의 설날 아침에 명상호흡을 하며 자신이 처한 '시간'의 의미를 곰곰 생각해본 글이다. 그의 결

9_「壽禪師放生」: 吾竄逐海上, 去死地稍近, 當於此證阿羅漢果。

10_「記養黃中」: 元符三年, 歲次庚辰; 正月朔, 戊辰; 是日辰時, 則丙辰也。(中略) 吾當以斯時肇養黃中之氣, 過此又欲以時取薤薑蜜作粥以啖。吾終日默坐, 以守黃中, 非謫居海外, 安得此慶耶?

론은 황중黃中, 즉 내적內的 수양을 더욱 쌓아야겠다는 것이었다. 다가올 새해에는 더욱 모진 굶주림의 삶이 기다리고 있음이 예측되었기 때문이었다. 자신의 운명이 기막히게 슬퍼져야 할 그 순간, 동파는 그러나 오히려 황중黃中의 수양을 연마할 수 있는 절호의 기회로 생각하고 사지死地에서의 삶을 오히려 '기쁜 일慶事'로 받아들이고 있다.

그리하여 동파는 해남도를 자신의 고향으로 생각하고, 남들이 '야만인'으로 취급하는 현지 주민들과 마음을 다하여 함께 어울린다. 어느 날 외출을 나갔다가 갑자기 쏟아진 폭우에 비를 쫄딱 맞고 후줄근한 꼴로 돌아오는 동파의 모습에, 마을 촌부村婦와 어린아이들이 놀려댄 적이 있었다. 그래도 그는 빙그레 웃으며 그들과 함께 즐겁게 어울려 놀았다. 이따금 그의 문명文名을 흠모하는 청년들이 찾아오면 그들을 가르치며 틈틈이 저작 활동에도 몰두했다. 그로부터 이 오지에서도 학문이 꽃피어나 수많은 문인들을 배출한 것 역시 전적으로 동파 덕택이었다. 힐링과 웰빙이 별것이겠는가? 바로 이런 모습이 진정한 힐링이요, 웰빙 생활 아니겠는가?

● 5권본 『동파지림』의 문제점

현전現傳하는 역대의 『동파지림』 판본에는 1권본卷本, 5권본, 12권본의 세 가지 종류가 있다. 필자가 번역 해설한 이 책은 그 중 가장 많이 통용되고 있는 5권본을 저본으로 한 것이다. 다섯 개의 '챕터卷'로 분류되어 203편의 글이 수록되어 있는 5권본 『동파지림』은 오늘날의 블로그blog와 유사한 형식인 이른바 '필기류筆記類'의 소품 모음집이다. 창작 시기는 북송北宋 신종神宗 원풍元豊 연간에서 철종哲宗 원부元符 3년, 그러니까 황주 유배시기에서 해남 유배시기까지의 약

20년간에 걸쳐서 쓴 다양한 분야에 걸친 잡문雜文을 모은 것이다.

이 책에는 동파의 일상생활과 개인적 경험담, 당시에 떠돌던 괴담, 민간의 풍속 등이 자연스럽게 기록되어 있을 뿐만 아니라, 정치·역사·학술 분야에 대한 동파의 생각이 가감 없이 표현되어 있어 그의 가치관이 잘 구현되어 있다고 평가할 수 있다. 그러나 책의 편제編制와 편집 면에 있어서는 많은 문제점을 지니고 있다. 주제별로 글을 분류해놓은 것 같지만 자세히 읽어보면 엉뚱한 내용의 글이 잘못 분류된 경우가 부지기수다. 그렇다고 해서 창작 시간별로 분류해놓은 것도 아니다. 특히 맨 마지막 챕터인 제5권에 수록된 13편의 글은 본격적인 고증을 시도한 장편의 전문적 학술성격의 역사 비평론으로, 제1권~제4권에 수록된 글의 내용 및 성격과는 크게 다르다. 왜 이런 문제가 있는 것일까?

첫째, 『동파지림』의 저자는 동파지만, 편집한 사람은 동파가 아니기 때문이다. 동파가 일생동안 자신의 입으로 '지림志林'이라는 단어를 언급한 것은 딱 한 번뿐이다. 세상을 뜨기 몇 달 전에 정정로鄭靖老라는 사람에게 쓴 편지에서 "『지림』은 아직 완성하지 못했고, 겨우 열세 권의 『서전書傳』 초고만 완성했다오"[11]라고 말한 기록만 찾아볼 수 있다. 동파는 원래 『지림』이라는 책을 쓸 계획을 가지고 있었으나 완성하지 못하고 곧 세상을 떠났던 것이다. 따라서 『동파지림』이라는 책은 후세 사람이 편찬한 것이라는 결론이 나온다.

둘째, 동파가 일생동안 쓴 글이 어마어마하게 많고 그의 글을 수집한 사람들도 엄청나게 많았기 때문이다.[12] 동파의 글은 당시부터

11_「與鄭靖老書」: "志林竟未成, 但草得書傳十三卷。"

12_동파의 작품을 모은 시문집은 송나라 때에 이미 7종의 판본이 출현했으며, 明淸 시대를 거치는 동안 지금까지 수십 종의 판본이 출현하였다. 그 모든 글

수많은 애호가들의 수집 대상이었기 때문에 여기저기 뿔뿔이 흩어져 여러 종류의 글 모음집에 수록되어 전해졌다. 이렇게 그의 글에 관심을 가진 사람이 너무 많았기 때문에, 그 옛날에 어느 한 사람이 동파의 글을 모아 체계적으로 정리하기란 대단히 어려운 일이었을 것이다. 거기에 수많은 오류가 있는 것은 어찌 보면 지극히 당연한 일이겠다.

셋째, 5권본『동파지림』은 애당초 전혀 다른 성격인 동파의『수택手澤』과『지림』을 아무런 원칙 없이 하나로 묶어놓은 책일 것으로 추정되기 때문이다. 동파가 의도했던『지림』의 성격은 학술성을 지닌 전문적 역사비평론이었다. 물론 동파는『지림』을 완성하지 못하고 세상을 떠났으므로, 우리는 그가 어떤 성격의 책을 쓰려고 했는지 단언할 수는 없다. 그러나 충분히 유추할 수는 있다. 추론의 근거는 크게 세 가지다.

1) 동파는 일생동안 자신이 쓴 글 중에서 문학성을 지닌 것만을 따로 모아 편찬한 경우가 전혀 없었다. 이에 반해『논어설論語說』·『역전易傳』·『서전書傳』등 세 권의 학술서적은 자신의 손으로 직접 책을 편찬했다. 그렇다면『지림』역시 학술성을 지닌 책으로 편찬하려고 했을 가능성이 농후하다.

2) 북송 당시의 소박邵博이 쓴『문견후록聞見後錄』에 결정적인 단서가 숨어 있다.

을 모아 체계적으로 정리하며 오류를 시정하고 현대식으로 표점을 찍는 작업을 한 것은 극히 최근인 1986년의 일이었다. 이렇게 출판된 孔凡禮 點校本『蘇軾文集』에 의하면, 오늘날까지 전해지는 그의 글은 모두 4,404편이나 된다. 失傳된 작품 421편까지 포함할 경우, 모두 4,825편이다. 林俊相,『蘇軾散文硏究』, 28쪽 참조. 그러나 여기에서도 누락된 글이 적지 않을 것으로 추정된다. 『동파지림』을 보면 전통적인 '글(古文)'의 개념에 포함시키기 어려운 매우 짧은 '메모' 또한 적지 않기 때문이다.

소숙당蘇叔黨이 엽소온葉少蘊에게 한 말에 의하면, 동파선생은 원래 일백 편의 글을 써서 『지림』을 완성시키고자 하였으나 겨우 12편을 쓰고 난 다음 병으로 쓰러졌다고 한다. 아쉽구나! 선생의 흉중에는 「무왕武王은 성인聖人이 아니다」와 같은 글보다도 더욱 위대한 논저論著가 있었구나![13]

소숙당이란 동파의 막내아들인 소과蘇過이며, 엽소온은 동파의 제자뻘인 엽몽득葉夢得을 말한다. 소과는 아버지 동파가 혜주와 해남 담주儋州에서 유배생활을 할 때 수행했던 유일한 인물이다. 그가 한 말인 만큼, 동파가 원래 100편의 글을 써서 『지림』이라는 책을 만들려고 했다가 12편만 완성한 채 쓰러졌다는 사실은 신빙성이 대단히 높다고 하겠다.

그런데 여기서 소박은 소과의 말을 인용하면서 「무왕은 성인이 아니다武王非聖人」이라는 글이 그 12편 중의 하나라는 뉘앙스로 말하고 있다. 그 글이 어떤 글인가. 5권본 『동파지림』의 제5권에 수록된 13편의 전문적 역사비평론의 첫머리를 장식하고 있는 글이 아닌가. 그렇다면 애당초 동파가 계획했던 『지림』도 학술성을 지닌 전문적 역사비평 서적 성격이었을 것임을 충분히 유추할 수 있겠다. 물론 12편과 13편이라는 숫자상의 작은 차이는 있지만, 5권본 『동파지림』의 제5권만이 진짜 미완성본 『지림』이고 나머지는 『지림』이 아니었다는 추리가 가능한 것이다.

3) 이러한 결론을 뒷받침해주는 자료도 있다. 오늘날 전해지는 『동파지림』의 판본 중에서 가장 먼저 출현한 북송 시대의 1권짜리 좌규左圭의 판본에는 5권본 『동파지림』의 제5권 13편의 역사비평론만

13_ 邵博, 『聞見後錄』: "蘇叔黨爲葉少蘊, 言東坡先生初欲作志林百篇, 才就十二篇, 而先生病。 惜哉! 先生胸中, 尙有偉於「武王非聖人」之論者乎!"

수록되어 있고 제1권~제4권은 존재하지 않는다.[14] 그러한 결론이
결코 억측이 아님을 알 수 있는 것이다. 그럼 5권본 『동파지림』의
제1권~제4권은 어디서 나온 것일까?

● 『동파지림』—『지림』과 『수택』의 만남

5권본 『동파지림』의 제1권~제4권은 동파의 『수택』에서 비롯되었
을 것이다. '수택手澤'이라는 단어는 원래 '선인先人의 손에 묻은 땀'
이라는 뜻으로, 일반적으로는 선배 또는 선친이 남긴 유물을 지칭하
는 말이다. 이 말을 동파와 관련하여 처음 거론한 사람은 소문사학사
蘇門四學士 중의 한 사람인 동파의 제자 황정견黃庭堅이었다.

그에 의하면 동파에게는 자신의 '수택'을 보관하는 포대布袋가 있
었던 모양이다. 동파에게는 자신이 보고들은 것을 매일 글씨로 써
서 그 포대자루에 보관하는 습관이 있었다는 것인데, 황정견이 발
견했을 때는 그 포대자루가 무려 20여 개나 되었다는 것이다. 그리
고 동파는 자신이 쓴 글이 행여 소인배들에게 트집거리가 될까봐
포대자루에 잘 보관하였다가 자기가 죽은 후에 꺼내보라고 말했다
는 것이다.[15]

황정견의 이 기록에 근거하면 '수택'이라는 단어는 동파가 생전
에 이미 사용했던 것처럼 보인다. 여기서 동파는 왜 자신이 살아 있

14_ 北宋, 左圭, 『百川學海』本을 지칭함. 이 13편은 南宋 시대에 간행된 『東坡
七集』에도 수록되어 있는 것으로 미루어 볼 때, 모두 송나라 때 이미 보편적
으로 알려진 작품들임을 짐작할 수 있다.

15_ 黃庭堅, 『豫章集』卷二十九, 「跋東坡敍英皇事帖」: "往嘗于東坡見手澤二囊,
中有似柳公權、褚遂良者數紙, 絶勝平時所作徐浩體字。(中略) 手澤袋蓋二十
余, 語意類小人不欲聞者, 輒付諸郞人袋中, 死而后可出示人者。"

음에도 불구하고 그 글을 '수택'이라고 칭했는지 의문이 남는다. 이에 대해 근대 학자 여가석余嘉錫과 같은 사람은 '고인, 또는 선친이 남긴 유물'이라는 전통적 의미에 구애받지 말고 '손이 가는 대로 기록한 글'로 해석해야 한다고 주장한 바 있다.[16]

하지만 여가석의 주장에는 무리가 있다. 동파는 원래 모든 예술 작품을 손이 가는 대로 창작했다. 물론 아무렇게나 창작한 것은 아니다. 흉중에서 구상을 완료한 다음, 물이 흐르듯이 글을 써내려 간 것이 동파 산문의 가장 큰 특색인 '행운유수行雲流水'의 필법 아닌가. 아마도 동파 생각에는 사람들이 포대자루 속에 보관했던 글을 꺼내 읽을 때면 자기는 이미 고인이 되어 있을 터이고, 그렇다면 그 글은 당연히 '수택'이 되어 있을 터인지라 미리 그렇게 이름 하였을 가능성이 농후하다. 유머 감각이 누구보다 뛰어난 동파 아닌가.

동파가 세상을 떠난 후 사람들은 당연히 그 포대자루 속의 글을 꺼내보았을 것이고, 자연스럽게 온 천하 여기저기에 유포되었을 것이다. 『송사宋史·예문지藝文志』에 1권짜리 『담이수택儋耳手澤』이 수록되어 있고, 진진손陳振孫의 『직재서록해제直齋書錄解題』에도 3권짜리 『동파수택東坡手澤』이 수록되어 있는 것을 보면 송나라 당시에 이미 동파의 『수택』이 광범위하게 퍼져 있었음을 짐작할 수 있다. 역대로 출현한 판본과 그 특징은 아래와 같다.

　　1) 1권본: 13편의 역사비평론만 수록되어 있음.
　　① 宋 左圭, 『百川學海』(이하 『百川』本)
　　② 明 成化, 『東坡七集』本
　　2) 12권본: 13편의 역사비평론만 수록되어 있지 않음. 오류가 대

16_ 余嘉錫, 『四庫提要辨證』, 권15, 子部6, 914~915쪽 참조. 『欽定四庫全書總目』 제8책에 수록. 1997. 9. 臺灣, 臺北, 藝文印書館.

단히 많음.

① 明 萬曆, 商濬, 『稗海』本(이하 商本)

3) 5권본: 13편의 역사비평론과 함께 모든 글이 실려 있음.

① 明 萬曆, 趙開美 刊本(이하 趙本)

② 淸 嘉慶, 張海鵬 重刊 趙本(이하 張本)

③ 淸 嘉慶, 『學津討原』本(이하 『學津』本)

④ 涵芬樓 校印本(趙本을 근거로 함)

　이상에서 1권본은 미완성본 『지림』이고, 12권본은 원래 『수택』이었음을 알 수 있겠다. 그러다가 1595년 명나라 만력萬曆 연간에 조개미趙開美가 『동파선생잡저東坡先生雜著』를 발행하면서 그 안에 『지림』과 『수택』의 모든 내용이 담긴 다섯 권짜리 『동파선생지림東坡先生志林』을 수록함으로써, 양자는 오늘날과 같이 하나가 된 모습으로 전해지기 시작한 것이다.

　그러니 『지림』과 『수택』을 하나로 합친 것은 사실 조개미의 발상이 아니었다. 부친 조용현趙用賢의 벗인 탕운손湯雲孫이 가지고 있던 5권짜리 합본을 발행한 것뿐이었다.[17] 탕운손이 어떤 사람인지 오늘날 확인할 방법은 없지만, 동파 당시부터 그의 글을 수집했던 수많은 애호가들이 존재했던 만큼, 『지림』에 담긴 동파의 취지를 몰랐던 이들이 『수택』과 합본으로 전했을 가능성이 대단히 높다 하겠다. 오늘날 『동파지림』이 『동파수택』이라는 별칭을 얻게 된 원인도 바로 이 때문이었을 것이다.

　20세기 이후에 출판된 모든 『동파지림』은 전부 다 『지림』과 『수택』을 하나로 합친 5권본이다. 기존에 출판된 서적은 아래와 같다.

17_ 王松齡 點校, 『동파지림』, 1쪽, 「序」 참조.

① 文淵閣『欽定四庫全書』第1108册,『東坡全集』卷101,『東坡
志林』. 臺灣商務印書館.

② 王松齡 點校,『東坡志林』, 中華書局, 1981.

③ 趙學智 校注,『東坡志林』, 三秦出版社, 2003年 第1版.

④ 劉文忠 評注,『東坡志林』, 中華書局, 2007.

⑤ 喬麗華 點評,『東坡志林』, 青島出版社, 2010, 4.

현재 출간된『동파지림』의 판본 중 가장 정평 있는 것은 흔히 왕송령王松齡본으로 알려져 있다. 그러나 이는 왕송령본이 1981년 이래 약 20여 년 동안 유일하게 출간된 판본이었기 때문으로, 이 책은 주석註釋이 없을뿐더러 표점 처리와 채택한 문자에도 많은 문제가 발견되었다. 조학지趙學智본은 비교적 주석이 많고, 유문충劉文忠본은 주석은 적으나 왕송령본의 표점 문제를 많이 시정하고 있으며 간단한 평을 달고 있다는 특징이 있다. 교려화喬麗華본은 일부 작품이 누락되어 있고 주석이 거의 없는 대신에 작품마다 산난한 평이 달려 있다.

이에 따라 이 책은 조학지와 유문충본을 저본으로 삼고, 왕송령본과『사고전서』본을 참고하여 주석 및 문자상의 오류와 표점처리상의 문제를 해결하였다. 또한 이 책에서는 일반 독자층까지 고려하여 최대한 쉬운 문체로 자세한 해설을 실었다. 물론 유문충본과 교려화본에 실린 간단한 평어도 모두 참고하였지만, 해설은 필자의 독창적인 견해에 입각한 것임을 밝힌다.

東坡志林

卷一

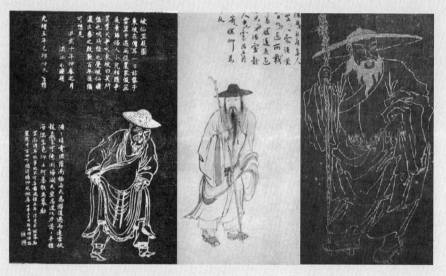

《東坡笠屐圖》

만년의 동파가 오지 해남도 담이에서 유배생활을 하던 때였다. 어느 날 길을 나섰다가 폭우를 만나 동파는 인근 민가에서 도롱이(笠)와 나막신(屐)을 빌려 신고 집으로 돌아온다. 곧 비가 멈추었다. 온몸이 흠딱 젖은 동파는 영낙 없이 물에 빠진 생쥐 꼴이 되었다. 아낙네들과 아이들이 그 뒤를 쫓으면서 놀려대었고 온 동네 개들이 함께 짖어대었다. 동파가 싱긋 웃으며 말했다. "내 꼬락서니가 우스우니 그런 게지." 그 이야기를 전해들은 후인들은 동파야말로 진정한 신선이라고 감탄했다는 일화다. 그 일화를 후세의 많은 화가들이 그림으로 옮긴 것이 바로 「東坡笠屐圖」이다. 왼쪽은 明代의 朱蘭嵎, 중앙은 明代의 孫克, 오른쪽은 동파의 유배지였던 儋州 동파서원에 소장된 작가 미상의 石刻畵이다.

제1부

여행 記游

東坡志林

합포合浦 가는 길*

해제 이 글은 동파가 죽기 일 년 전인 64세A.D. 1100에, 3년간의 해남도海南島 귀양 생활을 마치고 육지로 귀환하는 길에 쓴 기록이다. 글을 쓴 시기순으로 따지자면 이 책의 마지막 부분에 수록되어야 할 글이 맨 처음에 등장하고 있다. 『동파지림』의 편집이 그만큼 체계적이지 못했다는 증거다.

고난의 유배생활을 마친 동파는 그러나 귀로에서도 큰 고생을 한다. 힘들게 해협海峽을 건너 땅끝 마을인 서문徐聞을 거쳐 해강海康; 오늘날의 雷州에 도착하니, 이번에는 홍수로 북상北上 길이 끊겨 돌아갈 길이 막막했다. 결국 동파는 다시 바닷길을 택해 광서성廣西省의 합포合浦로 향한다. 이 글은 그때의 기록이다.

번역 해강海康에서 합포合浦로 가는 길이었다. 며칠 동안 큰 비가 내렸다. 다리가 대파되고 물이 끝없이 이어졌다. 홍렴촌興廉村

---

* 원제(原題)는 「합포를 찾아간 기록(記過合浦)」. 이때 「過」는 「지나가다」의 뜻이 아니라 「찾아가다, 방문하다」의 뜻임. 왕유(王維)의 유명한 詩인 「過香積寺」 역시 「향적사를 찾아가다」로 번역해야 타당하다.

정행원淨行院 어귀에서 쪽배를 타고 관아의 숙소에 도착했다. 들자하니 여기부터 서쪽 지역은 모두 큰물이 들어 더 이상 다리도 없고 배도 없다고 하였다. 어떤 사람이 단족蜑族; 수상생활을 하는 현지 소수민족의 배를 타고 바닷길로 가면 백석白石에 도착할 수 있다고 권했다.

유월六月 그믐날. 달도 뜨지 않은 날이다. 망망대해에서 닻을 내리고 자게 되었다. 하늘과 바다가 서로 만난 수평선, 별들이 하늘에 가득 차 있다. 일어나 앉아서 사방을 둘러보니 탄식이 나왔다. "내 어찌 어려움을 이리 자주 겪을꼬! 서문徐聞으로 건너올 때도 그러하였거늘 여기서 또 이런 재난을 겪는단 말인가!"

어린 아들 과過는 옆에서 코를 골며 자느라, 불러도 대답이 없다. 내가 편찬한 『서전書傳』·『역전易傳』·『논어설論語說』을 모두 지니고 왔으니, 이 세상에 다른 판본도 없건만…. 책을 어루만지니 탄식이 나왔다. "하늘이 이 어려움에 굴복하게 하지 않을 것이야. 우리들은 이 바다를 꼭 건널 것이야…."

시간이 지나니 과연 그러했다. 7월 4일, 합포 땅에서 기록한다. 때는 원부元符 3년이다.

記過合浦

余自海康適合浦。❶ 連日大雨, 橋梁大壞, 水無津涯。自興廉村淨行院下乘小舟至官寨, 聞自此西皆漲水, 無復橋船, 或勸乘蜑並海即白石。❷ 是日六月晦, 無月, 碇宿大海中。❸ 天水相接, 星河滿天。起坐四顧太息:「吾何數乘此險也! 已濟徐聞, 復厄於此乎?」❹ 稚子過在旁鼾睡, 呼不應。❺ 所

撰《書》、《易》、《論語》皆以自隨, 而世未有別本。❻ 撫之而
嘆曰 :「天未欲使從是也, 吾輩必濟。」❼ 已而果然。❽ 七月四
日合浦記, 時元符三年也。❾

❶ • 海康 : 오늘날의 雷州. 廣東省 雷州半島의 중심 고을임.

　• 合浦 : 오늘날의 廣西壯族自治區 北海市 合浦縣. 雷州와 北部灣을
　　격하여 있음.

　• 適 : 여기서는 '去'와 같은 뜻. '가다'.

❷ • 淨行院 : 海康 서쪽의 興廉村에 위치한 암자. 동파는 과거에도 이곳
　　에 유숙하며 몇 편의 詩를 지은 적이 있다. 「自雷適廉, 宿于興廉村
　　淨行院」, 「雨夜宿淨行院」 참조.

　• 蜑(단; dàn) : 蜑族. 수상생활을 하던 고대 남방민족. 여기서는 그
　　들의 배.

　• 並 : 여기서는 동사로 사용됨. '나가다'로 번역하는 것이 적절함.

　• 白石 : 오늘날의 廣西壯族自治區 欽州市에 위치한 마을. 合浦의
　　동북쪽에 인접하여 위치함.

❸ • 晦 : 그믐날. 어둡다.

　• 碇[정; dìng] : 닻. 닻을 내리다.

❹ • 徐聞 : 해남도에서 가장 가까운 육지인 雷州半島의 땅끝 마을.

　• 濟[제; jì] : 건너다, 건지다. 빈곤이나 어려움에서 구제하다. 地名은
　　3성으로 발음함.

　• 厄[액; è] : 재앙, 불행, 사나운 운수.

　• 已濟徐聞, 復厄於此乎 : 직역하면 "이미 서문을 건넜거늘 또 다시
　　여기서 어려움을 겪는구나!" '復'라는 표현에서 그가 瓊州海峽을 건
　　널 때 이미 어려움을 겪었음을 알 수 있다.

❺ • 稚子 : 어린 아들. 아들 蘇過는 당시 이미 28세였음에도 이렇게 표
　　현한 것으로 보아 동파의 사랑이 극진했음을 짐작할 수 있겠다.

　• 過 : 東坡의 셋째 아들 蘇過(A.D.1072~1123)를 지칭함. 蘇過의 字
　　는 叔黨, 號는 斜川居士임. 동파의 네 아들 중 글재주가 가장 빼어
　　나 小坡로 불리기도 함. 아버지 동파를 모시느라 英州, 惠州 등의
　　유배생활을 함께 한 것으로 보아 효성이 지극했음을 짐작할 수 있

다. 문집으로 『斜川集』 20권이 전해진다. 『宋史』 338권에 그의 傳記가 있다.

- 鼾[한; hān] : 코를 골다.

❻ ・所撰 《書》、《易》、《論語》: 東坡가 편찬한 『書傳』 20권 및 『東坡易傳』 9권, 그리고 明代에 失傳된 『論語說』 5권을 지칭한다. 특히 『東坡易傳』은 『易經』에 대한 해설 서적을 내고자 했으나 미처 완성하지 못하고 사망한 부친 蘇洵의 유작을 보완 출판한 것이다. 천재지변을 만나 망망대해에서 하룻밤을 지내며 무사히 육지에 도착할 수 있을지 기약 없는 상황에서, 그는 자신이 편찬한 이 서적들이 수장되어 세상에서 빛을 보지 못할까 염려하고 있다.

❼ ・天未欲使從是也 : 이 문장의 동사는 '從'이다. 여기서 '從'은 '굴복하다', 「是」는 '홍수를 만난 어려운 상황'을 가리키는 代詞.

- 吾輩 : 우리들.
- 必濟 : '반드시 건널 것이다.' 하늘이 버리지 않고 반드시 이 바다를 무사히 건너게 해 줄 것이다.

❽ ・已而 : 시간이 경과함을 나타냄. 흔히 '잠시 후', '얼마 후'로 번역되지만, 여기서는 '하루 이틀 정도의 시간이 경과하여 육지에 무사히 도착한 후'의 뜻임.

- 果然 : '과연 그러했다.' 앞 문장에서 동파가 희망한 것처럼 하늘은 과연 그들을 무사히 육지에 도착하게 해주었다는 뜻.

❾ ・元符 : 宋 哲宗 趙煦가 사용한 세 번째 年號. 元符3年 正月에 徽宗이 卽位하여 이 연호를 沿用하였다. 東坡는 휘종이 즉위하여 사면령을 받고 귀로에 오른 것이다.

해설 이 글은 '파란만장'에 감상의 포인트를 맞추어 읽는 게 좋을 듯싶다. 동파의 삶은 파란만장했다. 뜻을 펼친 적은 별로 없었고, 괴롭고 억울한 폄적貶謫 생활은 끊임없이 이어졌다. 만년에 조정의 사면령을 받고 해남도에서 육지로 귀환하는 길마저 파란만장하기 짝이 없다.

동파는 현지 수상족水上族의 쪽배를 타고 망망대해를 건너

며 바다에서 하룻밤을 자게 된다. 끝없는 수평선의 광활한 밤
하늘에 펼쳐진 별들의 세계는 흡사「적벽부」에 등장하는 장
강長江의 밤하늘 같다. 그러나 그 심경이 같을 수가 없다.「적
벽부」는 유배생활 도중에 쓴 글이고 이 글은 유배를 마치고

① 홍콩(香港)
② 심천(深圳)
③ 혜주(惠州): 동파 유배지
④ ●해강(海康) : 오늘날의 雷州
⑤ ●합포(合浦)
⑥ 담주(儋州) 담이(儋耳): 동파 유배지

광서성

해남도

瓊州海峽. 왼쪽이 해남도의 海口, 오른쪽에 희미하게 보이는 곳이 중국대륙의 남단인 雷州半島이다.

돌아올 때의 기록이지만, 46세의 중년이 명승지로 유람 나갔을 때의 정서와 64세의 노인이 재난을 피해 귀환하는 심정이 같을 수가 없다.

무사히 육지에 도착할지 기약할 수 없는 이 위급상황에서, 특히 늙은 동파가 무엇을 가장 두려워하고 있는지 곰곰 음미해 볼 필요가 있다. 그가 염려한 것은 자신의 목숨이 아니었다. 자신이 평생 동안 연구한 학문적 업적이 세상에 알려지지 못하고 그대로 수장되지나 않을까 두려워하고 있다. 가슴이 뭉클해지는 장면이다.

한가한 이의 절동浙東 유람 계획*

해제 동파가 63세A.D. 1099에 유배지인 해남도에서 쓴 글이다.

번역 항주에 가면 먼저 용정龍井에 가야겠다. 변재辨才 스님의 영정影幀을 찾아뵙고 밀운단密雲團을 가져가서 용정사龍井寺에 바쳐야겠다. 그래, 고산孤山 아래에는 석실石室이 있었어.** 그 앞에 육일천六一泉이 있고. 샘물이 맑고도 달았지. 꼭 찾아가서 마셔봐야겠다. 호반의 수성원壽星院은 대나무 밭이 기가 막혔지. 그 옆 지과원智果院엔 삼료천參寥泉이랑 신천新泉이 있었어. 달고 차기가 이루 말할 수 없으니 자주 가서 마셔야겠다. 그리고 삼료자 묘총 스님의 유적지도 찾아봐야지. 영사미穎沙彌 스님도 만나서 고맙다고 인사를 해야겠다. 영은사靈隱寺 뒷산

---

* 원제는 「한가한 이의 절동 유람(逸人遊浙東)」. 그러나 실제로 간 것이 아니라 항주 지역을 그리워하는 마음을 담은 글이기 때문에, 독자의 이해를 돕고자 제목에 '계획'이란 단어를 추가해 보았다.

** 원문에는 '그래'라는 표현은 없지만, 동파의 독백과 같은 글 전체의 흐름으로 볼 때, 말을 바꾸어주는 기능으로써의 이 표현을 집어넣는 것이 자연스러울 듯하다.

으로 오리五里를 올라가면 고봉탑高峰塔이 있지. 거기에 30년 동안 하산하지 않고 지내는 스님이 있었는데 지금도 계실까? 거기도 가봐야겠다. 원부元符 2년 5월 16일. 동파거사 적다.

逸人遊浙東❶

到杭州一遊龍井, 謁辨才遺像, 仍持密雲團爲獻龍井。❷ 孤山下有石室, 室前有六一泉, 白而甘, 當往一酌。❸ 湖上壽星院竹極偉, 其傍智果院有參寥泉及新泉, 皆甘冷異常, 當時往一酌,❹ 仍尋參寥子妙總師之遺迹, 見穎沙彌亦當致意。❺ 靈隱寺後高峰塔一上五里, 上有僧不下三十餘年矣, 不知今在否? 亦可一往。❻ 元符二年五月十六日, 東坡居士書。❼

❶ · 浙東: 浙江省 東部 지역. 여기서는 杭州를 지칭함.

❷ · 龍井: 西湖 서쪽 翁家山의 서북 기슭에 위치한 圓形의 샘물. 원래 지명은 龍泓. 가뭄이 심해도 물이 마르지 않음. 옛날에는 바다와 통해 있다고 믿었다. 그 사이에 龍이 살고 있다고 하여 龍井이라고 불리었다. 晉의 葛洪이 여기서 丹藥을 제조했다는 전설이 있다. 이 문장의 뒤에 나오는 龍井은 인근의 龍井寺를 지칭함. 용정사는 속칭 老龍井이라고도 함. 용정사는 五代 後漢 乾祐二年(949年)에 창건되어 報國看經院으로 호칭되다가 北宋 때는 壽聖院, 南宋 때는 廣福院, 延恩衍慶寺로 불리었음. 현재는 없어지고 그 터에 茶室이 생겼다.

· 辨才: 宋代 항주의 스님 이름. 『咸淳臨安志』 78권의 기록에 의하면 元豊 2年(1079)에 天竺에서 건너와 龍井 壽聖院에서 지냈다고 함. 동파는 그를 위해 祭文을 지은 적도 있다. (『東坡七集 · 後集』 卷十六 「祭龍井辨才文」)

· 仍: 여기서는 「再」의 의미로 사용됨. '그 후에, 다시'의 뜻. 따라서 그 앞의 「謁辨才遺像」의 구절에는 '먼저'라는 말이 생략된 것으로

볼 수 있다. '먼저' 辨才 스님의 영정을 찾아뵙고, '그 다음'에 密雲
團을 바치겠다는 의미임.

- 密雲團 : 최고급 茶의 이름. 神宗 元豊 연간에 제조하였다고 함.
  密雲龍이라고도 함.

❸ • 孤山: 항주 서호의 서북쪽에 위치하여 서호를 에워싸고 있는 산.

- 六一泉: 항주 孤山의 서남쪽 기슭에 위치한 샘물 이름. 歐陽修와
  친하게 지내던 西湖의 승려 惠勤의 講堂 뒤에 위치함. 元祐 4年
  (1089) 동파가 항주태수로 지낼 때 이곳에서 갑자기 맑은 샘물이
  솟구쳤다고 함. 이에 동파가 이미 亡者가 된 두 사람을 회상하며
  스승인 구양수를 기억하기 위해 그의 아호인 六一居士의 이름을
  따서 명명하였음.

❹ • 壽星院: 明 萬曆 趙刻本에는 「星」字가 없으나, 王松齡의 『東坡志
  林』(中華書局, 1981)이 『咸淳臨安志』 79권의 기록에 의거하여 壽
  星院으로 수정함.

- 智果院: 五代 시기에 창건된 절. 원래는 智果寺라 하여 孤山에 있
  었으나 훗날 栖霞嶺으로 이전하고 智果觀音院으로 개칭하였음.
  南宋 시대에 절 옆에 岳飛의 묘가 들어섬. 嘉定 14년(1221)에 악비
  의 공덕을 칭송하기 위해 전 이름을 '褒忠衍福禪寺'고 바꿨다가,
  절은 葛嶺 쪽으로 이전하고 그 장소는 악비의 사당인 岳廟가 되어
  현재까지 전해짐.

- 參寥泉: 아래 註釋 참조.

❺ • 參寥子妙總師: 송나라 때의 승려 道潛의 별호. 道潛은 浙江省 於
  潛(오늘날의 臨安縣) 사람으로 詩歌에 뛰어나 동파나 秦觀 등과
  자주 어울렸음. 조정에서 紫衣를 하사하고 '妙總'이라는 법호를 내
  린 적이 있어서 동파는 그를 '妙總師' 또는 '妙總大師'로 부르기도
  하였음(東坡, 「次韻參寥師寄秦太虛三絶」 참조). 參寥泉은 그를
  기념하여 붙인 샘물의 이름임.

- 穎沙彌: 參寥子의 제자. 서예에 능하고 佛法에 정통하여 삼료자의
  衣鉢을 이을 것이라고 동파가 극찬한 적이 있음.

❻ • 靈隱寺: 중국 남방 최대의 사찰로 雲林寺라고도 함. 항주 서호 서
  북쪽의 飛來峰과 北高峰 사이의 靈隱山 산록에 위치함.

- 高峰塔: 영은산 정상의 理公塔을 지칭함. 慧理 화상의 浮圖임. 8m

높이에 팔각 칠층의 석탑임.

❼ · 元符二年五月十六日, 東坡居士書: 이 14 글자는 中華書局 王松齡 本에는 없으나, 孔凡禮 整理本 『蘇東坡集』에는 있음. 孔本을 따 름. 元符 2년은 서기 1099년임.

해설 이 글은 일견 동파가 유람 계획을 세우고 있는 것처럼 보인 다. 그러나 자세히 읽어보면 그의 일생에서 가장 화려했던 항 주杭州 시절을 그리워하며 쓴 독백임을 알 수 있다. 물처럼 담 백한 그의 독백을 잘 음미해보면 스승 구양수에 대한 존경심 이 드러난다. 남가일몽南柯一夢과 같은 삶의 허망함을 차분히 관조하는 초월超越의 인생관도 엿보인다.

당시 해남도는 사형을 간신히 면한 중죄인들을 보내는 최 악의 유배지였다. 그곳에서 기약 없는 귀양 생활을 하며 늙 어가는 동파가 회상하는 항주는 낭만과 풍류의 고장이 아니 다. 맑은 샘물과 차와 대나무 밭, 그리고 그와 인연을 맺었던 스님들의 고장이었다. 절망의 유배지에서 갈래야 갈 수 없는 그곳으로의 유람 계획을 세우고 있는 동파의 심정을 음미해 보자.

밤에 승천사承天寺를 거닐다

이른바 '오대시안烏臺詩案'으로 황주黃州 단련부사團練副使로 유배된 지 3년이 되던 해, 동파 나이 47세에 쓴 글이다. 억울하게 귀양 온 지 3년이나 지났으니 그의 마음이 오죽 답답하고 울적할 것인가. 그가 처한 환경을 이해하고 이 글을 음미하면 동파의 광활한 인생관을 조금이나마 엿볼 수 있을 것이다.

번역 원풍元豊 6년 10월 12일 밤이었다. 옷을 벗고 잠을 청해 보았다. 달빛이 창을 넘어 들어왔다. 문득 흔쾌한 마음에, 일어나 뜰을 거닐어 보았다. 이 즐거움을 함께 나눌 이가 없다는 생각이 들었다.

그리하여 승천사承天寺로 장회민張懷民을 찾아갔다. 그 역시 아직 잠을 이루지 못하고 있었다. 둘이 함께 뜰을 거닐어 보았다. 뜨락, 텅 빈 밝은 곳에 물이 고여 있는 듯하였다. 그 속에 수초水草가 어지러이 흔들리고 있었다. 아마도 대나무와 측백나무 그림자이리라…. 그 어느 날 밤에 달이 없겠는가? 그 어느 곳에 대나무 측백나무가 없겠는가? 하지만 우리 두 사람과 같은 한가로운 사람들은 별로 없으리라.

記承天寺夜遊

元豊六年十月十二日夜, 解衣欲睡, 月色入戶, 欣然起行。❶
念無與樂者, 遂至承天寺尋張懷民。❷ 懷民亦未寢, 相與步於
中庭。❸ 庭下如積水空明, 水中藻荇交橫, 蓋竹柏影也。❹ 何
夜無月, 何處無竹柏, 但少閑人如吾兩人耳。❺

❶ • 承天寺: 黃州(오늘날의 湖北省 黃岡縣) 남방에 있는 절.
  • 元豊: 宋 神宗의 연호. 원풍 6년은 1083년으로, 동파가 烏臺詩案의
    화를 입고 黃州로 귀양 온 지 4년째 되는 해임. 당시 동파는 47세
    로, 이 글은 前後 「赤壁賦」를 지은 그 다음 해에 쓴 것임.

❷ • 張懷民: 이름은 夢得. 또 다른 字는 偓佺. 河北 淸河人. 원풍 6년
    에 황주로 귀양 왔음. 귀양 온 초기에 承天寺에서 임시로 거주하였
    음. 승천사 옆 강가에 長江의 호쾌한 풍광을 감상할 수 있는 곳에
    정자를 지은 바 있다. 東坡는 그 정자의 이름을 '快哉亭'이라 지음
    과 동시에 「水調歌頭(落日繡簾卷)」 1首를 그에게 바쳤다. 또 동파
    의 동생 蘇轍은 「黃州快哉亭記」를 써서 그 사실을 기록에 남겼다.
    東坡 형제가 남긴 작품 내용으로 미루어보아 그들이 장회민의 위
    인 됨을 매우 높게 평가하고 있음을 잘 알 수 있다.
  • 念無與樂者, 遂至承天寺尋張懷民: 여기서 동파의 '즐거움(樂)'은
    단순한 즐거움이 아니다. 한 밤중에 자다 말고 일어나 멀리 承天寺
    까지 張懷民을 찾아갈 정도로 복잡한 심정이었다. 그 마음을 '즐거
    움(樂)'으로 표현하고 있는 동파의 숨은 심경도 함께 헤아려야 할
    것이다.

❸ • 「亦」이란 글자에서도 귀양 온 동파와 장회민의 잠 못 이루는 착잡
    한 심경이 엿보인다.

❹ • 藻、荇 : 모두 水草의 이름.

❺ • 閑人: 한가로운 사람. 당시 동파의 관직은 유명무실한 團練副使로
    아무 할 일이 없었다. 그러나 여기서는 단순하게 할 일이 없어서 한
    가로운 사람이라기보다는 '마음의 여유를 가진 사람'으로 보아야 동
    파를 제대로 이해할 수 있다. 그래야 이 글이 더욱 운치 있을 것이다.

은빛 흐르는 아름다운 달밤의 낭만적 풍광이 담긴 대단히 짧은 글이다. 한 폭의 그림이랄까, 한 수의 서정시랄까? 눈을 감으면 감미로운 월광곡의 멜로디마저 들리는 듯하다. 그런데도 겨우 84 글자가 동원되었다. '문이명도文以明道'의 굴레를 벗어나지 못하던 중국 산문에 '예藝'의 정신을 가미하여 마침내 순수 문학의 영역으로 끌어올린 동파의 마술 같은 문장 솜씨가 아닐 수 없다.

동파의 추종자이자 宋代의 저명한 화가, 文同의
《墨竹圖》

사호沙湖 유람

해제

원풍元豊 5년A.D. 1082 3월, 동파가 46세 되던 해, 황주黃州 유배 생활 중에 지은 글이다.

번역

황주黃州 동남쪽 30리 길 되는 곳에 사호沙湖라는 호수가 있다. 나사점螺師店이라고도 불린다. 그 부근에 밭을 샀다. 그 밭을 살펴보러 갔다가 병에 걸리고 말았다. 마교麻橋 사람 방안상龐安常이 귀머거리이지만 의술이 빼어나다는 소문을 듣고 그를 찾아가 치료를 간청했다. 방안상은 귀가 먹었지만 총명하기가 이를 데 없었다. 종이에 글을 써서 대화를 나누는데, 몇 글자 적기도 전에 상대방이 무슨 말을 하려는 것인지 정확하게 파악했다. 내가 농담 삼아 말했다. "나는 손이 입인데, 당신은 눈이 귀이구료. 우리 둘 다 당금 천하의 이인異人일세."

　병이 완치된 후, 그와 함께 청천사清泉寺로 놀러갔다. 기수蘄水 성곽 문밖의 2리里 남짓 거리에 있는 그 절에는 왕희지王羲之가 붓을 씻었다는 세필천洗筆泉이 있었다. 샘물이 무척 달았다. 그 아래로 난계蘭溪라는 개울물과 이어져 있었는데, 물이 서쪽으로 흐르고 있는 것이 아닌가. 이에 노래를 지어봤다.

산기슭 키 작은 난초 새싹 계곡물을 적시누나.

솔밭 사이 정갈한 모랫길은 진흙 하나 없도다.

부슬부슬 흩뿌리는 저녁 비에 소쩍새 울어댄다.

젊은 시절 다시 오지 않는다고 그 누가 말했던가?

시냇물도 서쪽으로 흐를 수 있는 것을 그대여 보시게나.

백발이 성성해도 황계(黃鷄)의 노래일랑 부르지 마십시다!

이 날, 통쾌하게 술 마시고 돌아왔다.

遊沙湖

黃州東南三十里為沙湖, 亦曰螺師店, 予買田其間。因往相田, 得疾。❶ 聞麻橋人龐安常善醫而聾, 遂往求療。❷ 安常雖聾, 而穎悟絕人, 以紙畫字, 書不數字, 輒深了人意。❸ 余戲之曰:「余以手為口, 君以眼為耳, 皆一時異人也。」疾愈, 與之同遊清泉寺。❹ 寺在蘄水郭門外二里許, 有王逸少洗筆泉, 水極甘, 下臨蘭溪, 溪水西流。❺ 余作歌云:「山下蘭芽短浸溪, 松間沙路淨無泥, 蕭蕭暮雨子規啼。誰道人生無再少? 君看流水尚能西, 休將白髮唱黃鷄。」❻ 是日劇飲而歸。

❶ · 沙湖: 黃州 동남쪽 약 10km 지점에 위치한 호수. 오늘날엔 白潭湖로 불린다. 수산물이 풍부하다.

· 因往相田, 得疾。: 中華書局 王松齡本에는 "因往相田得疾, …"로 표점이 찍혀있으나, '밭을 사러 보러 갔다가(因往相田)', 그 결과로 '병에 걸렸다(得疾)'는 뜻이므로 이렇게 표점을 찍는 것이 보다 명확하다. 또한 뒷문장과는 내용이 이어지지 않으므로 여기서 마침표를 찍어주는 것이 좋겠다.

❷ ‧ 麻橋: 오늘날의 湖北省 黃岡市 浠水縣 麻橋村.

‧ 龐安常: 北宋 시대의 명의. 본명은 安時. 安常은 그의 字이다. 湖北 蘄水 사람. 어렸을 때부터 책을 한 번 읽으면 잊어버리지 않아 古今의 일을 모르는 것이 없었다. 나이가 들며 귀가 먹었으나, 독학으로 의학을 익혀 침술로 수많은 사람들을 치료하였다. 치료를 받은 이들이 마을 입구에 공덕비를 세울 정도였다. 『東坡集』에 「與龐安常」이 전해진다. 『東坡志林』 권3 「技術」에 그에 관한 기록이 두 번 더 등장한다.

❸ ‧ 輒[첩; zhé]: '곧, 즉시, ~하자마자' 현대중국어의 '就'에 해당한다.

❹ ‧ 淸泉寺: 湖北省 浠水縣에 있는 절 이름. 王羲之가 붓을 씻었다는 洗筆泉이 있어서 淸泉寺로 이름 지어졌다고 한다.

❺ ‧ 蘄[기; qí]水: 오늘날의 湖北省 黃岡市 浠水縣. 또는 그곳을 흐르는 강 이름.

‧ 王逸少: 魏晉南北朝 시대 東晋의 서예가 王羲之(A.D.303~361, 또는 321~379). 逸少는 그의 字이다. 號는 澹齋. 書聖으로 불릴 정도로 서예가로써 후대에 미친 영향이 지대하다.

‧ 蘭溪: 蘄水의 지류. 강가에 난이 많다고 하여 命名되었다고 한다.

❻ ‧ 休將白髮唱黃鷄: 세월이 빨리 감을 한탄한 白居易의 詩句를 뒤집어서 표현한 것임. "누런 닭은 새벽을 재촉하듯 丑時에 벌써 울고, 저무는 하얀 해는 세월을 재촉하듯 酉時에 벌써 진다(黃鷄催曉丑時鳴, 白日催年酉時沒。)"(白居易, 「醉歌, 示妓人商玲瓏」). 여기서 동파는 '黃鷄'를 '流水같이 흐르는 세월을 재촉하는 상징'으로 묘사한 백거이의 이 詩句를 노래하지 말라며, 시간이 흐르는 것을 의식하지 말고 초월의 인생관을 지니자고 말하고 있다.

해설 이 글의 기이한 점은 우선 제목과 내용이 일치하지 않는다는 사실에 있다. 제목은 「사호 유람游沙湖」인데, 사호라는 호수에 유람 간 이야기가 아니라 이인異人을 만나 병을 고친 이야기와 절에 놀러간 이야기를 소재로 사용했다. 글의 제목과 형식에 구애받지 않는 동파의 문학관이 엿보인다.

그러나 이 글의 감상 포인트는 따로 있다. '유머humor'와 '초월'이다. 오대시안烏臺詩案으로 억울하게 모진 옥고獄苦를 치르고 유배를 온 마당에, 병까지 걸린 그가 자신의 병을 치료하는 과정에 등장한 묘사는 뜻밖에도 '심각함'이 아닌 '유머'였다. 자신의 목소리를 녹음한 글 속에서 껄껄 웃는 동파의 호방한 웃음소리가 들린다. 유머는 '세계에 대한 독특한 직관'이다. 그것이 설령 가장 비통한 성격이라 해도 모든 것을 망라하여 융화시키는 거시적 감성임을 동파의 유머가 증명해주고 있다.

《王羲之玩鵝圖》宋, 馬遠
왕희지는 거위를 특별히 좋아했다.

그러한 동파의 직관과 감성은 시냇물이 서쪽으로 흐르는 것을 보고 즉흥적으로 부르는 노래에서 더욱 확연하게 드러난다. 중국의 시냇물과 강물은 거의 대부분 동쪽으로 흐른다. 중국대륙의 지형지세가 서고동저西高東低이기 때문이다. 범인凡人이라면 무심코 지나쳤을 그 사실을 동파는 직관으로 파악하고, 그 속에서 인생의 철리를 발견하며 기뻐 노래한다. 붓 가는 대로 쓴 짧은 소품 속의 담담한 필치에 이토록 광활한 거시적 인생관이 담겨 있다는 사실이 참으로 경이롭다. 이 글을 쓴 5개월 후에 불후의 명작 「적벽부赤壁賦」가 탄생했다는 점을 기억하는 것도 감상에 도움이 될 듯하다.

송강松江 유람

해제 원풍元豊 4년A.D. 1081 동파가 45세 되던 해의 겨울, 황주黃州 유배생활 중에 지은 글이다.

번역 예전에 항주杭州에서 밀주密州로 관직을 옮겨 갈 때의 일이다. 양원소楊元素와 동행하여 배를 타고 갔었지. 진영거陳令擧, 장지야張子野 도 나를 따라 호주湖州에 있는 이공택李公擇을 찾아갔었고. 유효숙劉孝叔이 합류하여 모두 함께 송강松江에 갔었다. 깊은 밤, 달이 뜨자 수홍정垂虹亭에 술자리를 마련했었다. 여든 다섯 노인인 장자야가 천하에 이름을 떨치는 유명한 사인詞人인지라, 「정풍파령定風波令」한 곡을 노래했었지. 가사는 대충 이러했었다.

현인들이 오나라에 모였구나. 그 옆에 노인성(老人星)도 있을 텐데?

좌정한 사람들은 너무 기뻐했다. 술에 취해 쓰러진 사람도 있을 정도로. 그 때의 즐거움을 잊은 적이 없다. 그게 겨우 7

년 전의 일인데, 장자야와 유효숙, 진영거가 모두 저세상 사람이 되다니. 송강의 그 다리와 정자도 금년 7월 9일 태풍과 해일에 한 장丈 남짓 땅덩어리가 아무 것도 남김없이 휩쓸려 갔다 한다. 옛 일을 돌이키니 참으로 한바탕 꿈일 뿐이로다. 원풍元豊 4년 12월 12일, 황주黃州 임고정臨皐亭에서 밤에 앉아서 쓰다.

원문과 주석

記遊松江

吾昔自杭移高密, 與楊元素同舟。❶ 而陳令擧、張子野皆從余過李公擇於湖, 遂與劉孝叔俱至松江。❷ 夜半月出, 置酒垂虹亭上。❸ 子野年八十五, 以歌詞聞於天下, 作《定風波令》, 其略云:「見說賢人聚吳分, 試問, 也應傍有老人星。」❹ 坐客懽甚, 有醉倒者, 此樂未嘗忘也。今七年耳, 子野、孝叔、令擧皆爲異物,❺ 而松江橋亭, 今歲七月九日海風駕潮, 平地丈餘, 蕩盡無復孑遺矣。❻ 追思曩時, 眞一夢耳。❼ 元豐四年十二月十二日, 黃州臨皐亭夜坐書。❽

❶ · 杭: 杭州를 지칭함.
　· 高密: 山東省 동부 膠萊河와 濰河 사이에 위치한 도시. 春秋時代 晏嬰과 漢代의 鄭玄 등 名士의 고향이다. 宋代에는 흔히 密州로 불렀다. 熙寧 7년(1074) 杭州通判이던 38세의 동파는 密州太守로 임명되어 徐州太守로 떠날 때까지 이곳에서 2년 간 재직했다.
　· 楊元素: 이름은 繪. 1074년 7월, 동파가 항주를 떠나기 직전 杭州太守로 부임해왔다. 9월에 동파가 密州로 떠나게 되자 西湖에서 餞別宴을 가지고 서로 詩歌를 지어 기념했다. 동파의 「南鄉子, 和楊元素」는 이때 지은 작품이다. 『宋史』 322권에 그의 傳記가 전해진다.

❷ ・陳令擧: 陳舜兪(?~1075)를 지칭한다. 令擧는 字. 號는 白牛居士
다. 湖州 烏程(오늘날의 浙江省吳興) 사람이다. 仁宗 慶曆 6년
(1046)에 진사에 급제하여 관직 요로를 거치는 동안 歐陽修, 司馬
光, 蘇東坡 등과 두터운 교분을 쌓았다. 熙寧 3년(1074)에 山陰太
守로 있다가 王安石의 新法에 반대하여 監南康軍酒稅로 폄적되었
다. 『宋史』 331권에 그의 傳記가 전해진다.
・張子野: 張先(990~1078)을 지칭한다. 子野는 字. 湖州 烏程(오늘
날의 浙江省 吳興) 사람이다. 北宋時代의 유명한 詞人으로 柳永과
함께 이름을 날렸다. 『安陸集』 1권이 전해진다.
・李公擇: 李常(1027~1090)을 지칭한다. 公擇은 字. 어린 시절 廬山
의 거처에서 독서를 하며 9천 권의 책을 베껴 썼다고 한다. 훗날 그
거처를 '李氏山房'이라고 이름하여, 동파가 「李氏山房藏書記」를
쓴 바 있다. 왕안석과 교분이 두터워 중앙 요직에서 활동하다가 新
法을 반대하여 폄적생활을 하게 되었다. 熙寧 3년(1074)에는 湖州
太守로 재직하고 있었다.
・過: 찾아가다, 방문하다.
・湖: 湖州. 浙江省 北部 上海와 杭州 사이에 위치해 있다. 太湖와
인접하여 붙여진 지명이다.
・劉孝叔: 劉述. 孝叔은 그의 字이다. 역시 湖州 사람이다. 神宗 때에
御史였으나 王安石을 탄핵하여 江州太守로 폄적되었다. 『宋史』
321권에 그의 傳記가 전해진다.
・松江: 長江 하류의 삼각지에 위치한 吳淞江의 옛 이름이다. 上海
를 관통하는 黃浦江의 지류다.
❸ ・垂虹亭: 江蘇省 吳江市 松陵鎭의 동문 밖에 위치한 정자. 그 앞의
垂虹橋(속칭 長橋)와 함께 江南의 으뜸가는 풍광 명소이다. 동파
가 연회를 베풀었던 정자는 태풍으로 사라지고, 오늘날에는 높은
정자가 들어서 있다.
❹ ・見說: 듣건대. '見'은 피동형으로 쓰인 것으로 '被'의 뜻. 이 부분은
詞의 음률을 맞추기 위한 領字로써 굳이 해석할 필요는 없다.
・試問: 역시 음률을 맞추기 위한 領字로써 굳이 해석할 필요는 없
다.
・老人星: 남극성. 작자인 張先이 자기 자신을 비유한 말.

⑤・異物: 저세상. 타계했음을 말한다.

⑥・孑[혈; jié]遺: 남기다.

⑦・曩[낭; nǎng]時: 옛날, 과거.

⑧・臨皐亭: 黃州 長江 연안의 정자. 東坡는 황주에 폄적 와서 이곳에
서 거했다.

해설

이 글은 단순한 유람 기록이 아니다. 옛날 좋았던 시절, 좋은
사람들과 함께 어울려 명승지를 찾아가 즐거운 시간을 가졌
던 추억을 회상하며 쓴 독백에 가까운 글이다. 동파는 38세에
항주통판으로 있다가 밀주
密州태수가 되어 전근 길에
오른다. 차제에 친분이 두터
운 이들과 함께 강남江南의
명승지인 송강松江에 위치한
수홍정垂虹亭이라는 정자로
유람을 나가서 한없이 즐겁
고 유쾌한 시간을 가진 적이
있다.

그로부터 7년 후, 모든 것
이 바뀌었다. 동파는 억울하
게 황주에 유배를 오게 되었
고, 당시 함께 유람했던 다
섯 명의 동행 중 세 사람이
나 세상을 떠났다. 게다가
그해 여름의 태풍에 당시에
유람했던 정자가 유실되었

《五老圖》清, 汪圻
'五老'는 東坡와 蘇門四學士를 지칭한다.

다는 소식도 들려왔다. 제아무리 달관의 인생관을 지닌 동파라 할지라도 그 역시 인간일 터, 억울함과 답답함이 어찌 없을 수 있으랴. 삶의 허망함과 덧없음이 어찌 밀려오지 않으랴. 더구나 한 해가 저물어가는 겨울날의 깊은 밤은 평범한 길을 걸어온 사람이라도 온갖 감회가 밀려올 만한 시간 아닌가.

그 다음 해, 동파는 거시적 달관과 초월의 지혜를 설파한 천고千古에 길이 빛나는 명작 「적벽부」를 쓰게 된다. 이 글 속에 엿보이는 감회는 그의 광활한 인생관의 완성을 향해 나아가는 과정인 것이다.

백수白水 유람기를 써서 아들에게 주다

해제 이 글은 동파 나이 58세에 광동廣東 혜주惠州에서 아들과 함께 백수산白水山의 폭포에 놀러간 기록이다.

번역 소성紹聖 원년 10월 12일, 어린 아들 과過와 함께 백수산白水山 불적원佛迹院에 놀러갔다. 온천에서 목욕을 했다. 물이 매우 뜨거웠다. 상류上流의 온천물은 아마도 음식을 삶을 수 있을 것 같았다.

동쪽으로 산을 돌아가니 조금 북쪽에 백길 높이의 폭포가 걸려 있었다. 그곳을 향해 예닐곱 번 산굽이를 돌며 올라갔다. 굽이굽이마다 못과 담潭이 나타났다. 깊은 곳은 줄에 돌을 달아 다섯 장丈 깊이로 내려 보아도 바닥에 닿지 않을 정도였다. 폭포에 도착하니 눈보라가 흩뿌리고 분노한 천둥소리가 귀청을 때렸다. 즐거우면서도 두려운 마음이었다. 물가의 암반에는 거인의 발자국 수십 개가 찍혀 있었으니, 이른바 '부처님 발자국佛迹'이 바로 이것인 모양이다.

저녁이 되어, 왔던 길로 산을 내려왔다. 노을에 산이 불타는 모습이 참으로 장관이었다. 골짜기를 오르락내리락 몇 번이나 건넜다. 강에 도착하자 산봉우리에 달이 떴다. 물결을 가르고 강 한가운데에 나아가, 구슬같이 둥근 달님을 두 손으로 떠받치며 희롱해 보았다.

집에 도착하니 이경二更이었다. 다시 아들 녀석 과過와 함께 술을 마셨다. 감람橄欖을 먹고 요리를 했다. 내 그림자를 돌아보니 쓸쓸한 모습이다. 다시 잠을 이룰 수가 없었다. 이 글을 써서 아들 과에게 건네준다. 늙은이 동파가.

遊白水書付過

紹聖元年十月十二日, 與幼子過遊白水佛迹院,❶ 浴於湯池, 熱甚, 其源殆可熟物。❷ 循山而東, 少北, 有懸水百仞,❸ 山八九折, 折處輒為潭, 深者磓石五丈, 不得其所止。❹ 雪濺雷怒, 可喜可畏。 水崖有巨人迹數十, 所謂佛迹也。❺ 暮歸倒行, 觀山燒壯甚。❻ 俛仰度數谷, 至江, 山月出, 擊汰中流, 掬弄珠璧。❼ 到家二皷, 復與過飲酒, 食餘甘, 煮菜。❽ 顧影頹然, 不復甚寐, 書以付過。❾ 東坡翁

❶ • 白水: 白水山. 廣東省 博羅縣 동북쪽에 있다. 산에 하얀 폭포가 있다 하여 白水山이라는 이름을 얻었다. 『輿地紀勝』에 보면 "산에 이십여 장(丈) 높이의 폭포가 있다. 그 아래 석단(石壇)이 있는데 부처의 자취가 매우 괴이하다(山有瀑布泉二十丈, 下有石壇, 佛迹甚異。)"라는 기록이 있다.

• 紹聖: 北宋 哲宗의 연호. 紹聖 元年은 1094년이다. 그해 동파는 58세였다.

• 幼子過: 동파의 셋째 아들 蘇過. 「합포를 찾아간 기록(記過合浦)」의 주석 참조. 이 글을 쓴 당시에 蘇過는 23세였으나 동파는 여전히 '어린 아들'로 부르고 있다. 극진한 父情의 발로가 아닐까.

- 佛迹院: 백수산에 있는 절. 『蘇軾詩集』38권에 「白水山佛迹巖」 시 한 수가 전해지는바, 佛迹院은 "羅浮山 동쪽 기슭, 惠州 동북쪽 이십 里에 있다(羅浮之東麓也, 在惠州東北二十里。)"고 해설하였다.

❷ - 湯池: 온천탕. 佛迹院에는 두 개의 湯泉이 있었다고 한다. 동쪽 湯泉은 온천물이었고, 서쪽은 얼음물처럼 차가웠다고 한다.

- 殆[태; dài]: 여기서는 추측을 나타내는 '아마'의 뜻. 현대중국어의 '大槪', '恐怕'에 해당한다.

❸ - 循: '~를 따라서'. 현대중국어의 '沿着'에 해당한다.

- 少北: '少'는 '조금'의 뜻. 현대중국어의 '稍'에 해당한다.

- 懸水: 폭포

- 百仞: '仞'은 거리를 측량하는 단위. 7~8尺이 1仞이었다. 폭포 높이가 百仞이라고 한 것은 과장법으로 표현한 것이다. 上記 註釋의 『輿地紀勝』에서 언급한 바는 20丈이었고, 동파 자신도 「答陳季常書」에서 "이 폭포의 높이는 30仞(布水三十仞)"이라고 묘사한 바가 있다.

❹ - 八九折: '八九'는 열에 가까운 숫자를 대충 표현한 것. 우리말로는 '예닐곱 번'으로 번역해야 매끄럽다. '折'은 '꺾인 곳', 즉 '산굽이', '굽이를 돌다'.

- 輒[첩; zhé]: '곧, 즉시, ~하자마자'. '輒爲'는 현대중국어의 '就是'에 해당한다.

- 磓[추; zhuì]: '磓'는 '縋'. '줄로 매어달다.' '줄로 사람 또는 물건을 매어달아 내리다.'

❺ - 雪濺雷怒: 눈발이 흩뿌리고 천둥소리가 화를 내다. 폭포가 떨어지는 모습을 형용한 것.

- 厓[애; yá]: '厓'는 '涯'. 언덕, 낭떠러지, 물가.

❻ - 倒[도; dào]行: 왔던 길로 돌아가다.

- 觀山燒壯甚。俛仰度數谷: 王松齡本에는 '觀山燒火, 甚俛仰。度數谷, …'으로 되어있으나, 『蘇東坡集』에 근거하여 바로잡는다. '甚'은 '매우'. '山燒'는 '석양으로 산이 불붙는 듯한 모습.'

❼ - 俛[면; miǎn]仰: 고개를 숙여 아래를 보았다가 고개를 들고 위를 바라보다.

- 俛仰度數谷: 몸을 굽혔다가 폈다가 하면서 몇 번이나 계곡을 건너

다. 험난한 계곡의 절벽길을 계속 건너며 하산했음을 뜻함.

- 汰[태; tài]: 파도. 물결. '擊汰'는 '물결이 치다.' 여기서는 배를 타고 물결을 가르며 나아가는 모습을 형용한 것임.
- 掬[국; jū]: 두 손으로 들다.
- 璧[벽; bì]: 둥근 원 모양의 玉. 여기서 '珠璧'은 물속에 비친 달을 비유한 것임.

❽ ・ 皷[고; gǔ]: 鼓. 북. 고대에는 북을 쳐서 시간을 알렸다. '二皷'는 '二更', 대략 저녁 9시~11시임.
- 餘甘: 橄欖. 중국 남방의 아열대 특산 과일.
- 顧影: 자신의 그림자를 돌아보다.

❾ ・ 頹[퇴; tuí]然: 노쇠한 모습. 술 취한 모습.

해설

이 글을 제대로 감상하려면 먼저 당시 동파가 처했던 환경과 심경을 이해해야 한다. 정치적으로 어려움을 겪던 동파는 신종神宗이 죽고 철종哲宗이 즉위하면서 때를 만나기 시작한다. 그 배경은 두 가지다. 하나는 그와 정치적으로 대립하였던 왕안석王安石이 물러나고 사마광司馬光이 집권한 것이고, 또 하나는 12세의 나이로 즉위한 철종 대신 섭정을 베풀기 시작한 고태후高太后가 동파를 몹시 아꼈기 때문이었다. 덕분에 동파는 중요한 지방의 태수와 조정의 요직을 맡으며 8년 남짓 득의得意의 시절을 보내게 된다.

그러나 동파가 58세 되던 해 두 번째 아내인 왕윤지王閏之가 죽으면서 다시 불운이 시작된다. 그의 후견인이었던 고태후가 죽고 철종이 친정親政을 베풀면서 다시 왕안석 일파의 장돈章惇이 집권한 것이다. 동파는 그 즉시 관직이 삭감되기 시작한다. 한 달 사이에 무려 3번이나 강등되더니 마침내 영원군절도부사寧遠軍節度副使라는 유명무실한 한직閑職을 제수받고

동파 부자가 목욕한 불적사의 온천. 오늘날에는 湯泉 으로 불린다.

湯泉에는 세 종류의 샘물이 솟는다. 오른쪽이 熱水, 가운데가 溫水, 왼쪽이 冷水泉이다.

중원에서 아주 멀리 떨어진 혜주로 귀양을 오게 된다. 이 글은 소성紹聖 원년인 1094년 10월에 혜주에 도착한 뒤 두 달 후에 쓴 것이니, 당시 동파의 심경이 최악의 상황이었을 것임을 짐작할 수 있겠다.

그에게 유일한 위안은 당시 23세의 셋째 아들 소과蘇過가 기상 £ 아버지를 모시기 위해 함께 따라왔다는 점이었다. 모든 것을 초월하는 달관의 인생관을 지닌 동파는 아들과 함께 백수산을 오르면서 조금도 위축된 모습을 보이지 않는다. 웅

白水山 폭포(上段)

白水山 폭포(下段)

장한 폭포와 깊은 연못, 그리고 노을에 물들어가는 산록에 대한 간결한 묘사에는 여전히 싱그러움이 넘친다. 배를 타고 강물에 투영된 달님을 건져보는 그의 마음은 여전히 소년처럼 해맑기 그지없다. 밤늦게 집에 돌아와 아들에게 요리를 만들어주고 함께 술을 마시는 모습에서는 아버지의 깊은 사랑이 은근하다.

그러나 문득 돌이켜본 자신의 늙은 모습에서 동파는 못내 참고 참았던 쓸쓸한 감정을 드러내고야 만다. 이제 곧 환갑을 맞이할 그가 아들에게 이 글을 건네 준 이유는, 어쩌면 조만간 닥쳐올 자신의 죽음을 예감했던 것일까.

여산盧山 유람기

해제 동파 나이 48세. 황주黃州에서의 유배생활을 끝내고, 새로운 임지인 여주汝州로 가는 길에 강서성에 위치한 천하 명산인 여산을 유람하며 쓴 기행문이다.

번역 처음으로 여산盧山에 들어갔다. 산과 골짜기가 기이하고 빼어나 평생 보지 못하던 절경이었다. 눈 돌릴 틈이 거의 없는지라 시를 짓지 말아야지, 생각했다. 잠시 후였다. 산속에서 만나는 승려나 여염 사람들마다 모두 다 한결같이 말하는 것이었다. "소자첨蘇子瞻이 놀러왔네!" 나도 모르게 절구 한 수가 지어졌다.

> 푸른 죽장에 짚신 신고 나선,
> 하루에 백문(百文) 쓰는 가난뱅이 유람인데
> 신기한 일이로고! 깊은 산속에서
> 한물 간 벼슬아치를 사람마다 알아보네.

앞서 시를 안 짓겠다는 생각이 어리석었음에 피식 웃음이 나왔다. 다시 절구 두 수를 지어봤다.

청산은 무정한 듯,
교만하게 우뚝 서서 아는 체를 안 하누나.
여산의 얼굴이 보고파서
다시 오면 그때는 친한 사람 되겠지.

또 한 수 지어 가라사대,

옛날부터 오늘 구경 그리워하였노라.
소싯적엔 아득한 안개, 꿈속의 여행.
이제는 꿈이 아니로세!
여기는 진짜 여산이다!

이 날, 어떤 사람이 진영거陳令擧의 『여산유람기廬山記』를 보내왔다. 길가며 읽어보니 그 속에 옛날 서응徐凝과 이백李白이 노래한 시詩가 적혀 있었다. 나도 모르게 실소가 터져 나왔다. 잠시 후 개선사開先寺에 도착하니 주승主僧이 시 한 수를 요청하기에 그를 소재로 절구 한 수 지어봤다.

옥황상제, 은하수를 보내어 밤하늘에 드리웠으니
자고이래 오로지 귀양 나온 신선의 노래일 뿐.
휘날려 흩뿌리는 폭포수의 포말이 얼마던가.
서응(徐凝)은 따돌리고 나쁜 시는 씻어가라!

여산의 남쪽을 십여 일 동안 돌아다녔다. 그동안의 빼어난 풍광은 이루 다 말로 표현할 수가 없다. 그 중에서도 특히 빼어난 곳을 골라보니 수옥정漱玉亭과 삼협교三峽橋만한 데가 없는지라 두 수의 시를 지어봤다. 마지막으로 상총常總 장로와 동행하여 서림산西林山 절벽을 돌아본 후, 또 한 수의 절구를 지었다.

가로 보면 고개요, 모로 보면 봉우리.
여기저기 산을 봐도 모두가 다르구나.
여산의 참 모습을 모르는 것은,
이 몸이 저 산속에 갇혀 있는 탓이로다.

나의 여산 시詩 기행은 여기서 끝이 났다.

원문과 주석

記遊廬山

僕初入廬山, 山谷奇秀, 平生所未見, 殆應接不暇, 遂發意不欲作詩。❶ 已而見山中僧俗, 皆云：「蘇子瞻來矣！」❷ 不覺作一絶云：「芒鞋青竹杖, 自挂百錢遊。可怪深山裏, 人人識故侯。」❸ 旣自哂前言之謬, 又復作兩絶云：「青山若無素, 偃蹇不相親。要識廬山面, 他年是故人。」❹ 又云：「自昔憶清賞, 初遊杳靄間。如今不是夢, 真箇是廬山。」❺ 是日有以陳令舉《廬山記》見寄者, 且行且讀, 見其中云徐凝、李白之詩, 不覺失笑。❻ 旋入開先寺, 主僧求詩, 因作一絶云：「帝遣銀河一派垂, 古來惟有謫仙辭。飛流濺沫知多少, 不與徐凝洗惡詩。」❼ 往來山南地十餘日, 以爲勝絶不可勝談, 擇其尤者, 莫

如漱玉亭、三峽橋, 故作此二詩。❽ 最後與摠老同遊西林, 又
作一絕云:「橫看成嶺側成峯, 到處看山了不同。不識廬山眞
面目, 只緣身在此山中。」❾ 僕廬山詩盡於此矣。

❶ • 廬山: 江西省 북부에 위치한 천하 명산이다. 최고봉은 漢陽峰으로
  1,474m. 周 나라 때 匡氏 형제 7명이 산상에서 오두막집을 짓고 수
  련하였다 하여 廬山으로 명명되었다고 한다. 東漢 시대에는 불교
  의 중심지였고, 唐代를 전후하여 陶淵明, 李白, 白居易, 王安石, 蘇
  東坡, 黃庭堅 등 수많은 道士들과 문인, 학자들이 거주하였다. 특
  히 인근의 鄱陽湖에서 올라오는 수증기의 영향으로 연중 190일 이
  상 짙은 안개가 끼는 것으로 유명하다.

 • 僕: 일인칭 謙語. '저'.

 • 殆: 여기서는 '거의'의 뜻.

 • 應接不暇: 볼거리 따위가 많아서 여기저기 둘러보느라 '눈 돌릴 틈
  이 없다'는 뜻.

 • 遂: 문장에 나오는 동사가 완료형임을 알려주는 부사.

❷ • 已而: 시간이 경과함을 알려주는 시간 부사. '잠시 후', '이윽고'의 뜻.

 • 子瞻: 동파의 字.

❸ • 芒鞋: '鞋'는 '鞋'. 짚신.

 • 故侯: 옛날 貴人이었던 사람. 한물 간 벼슬아치. 자기 자신을 일컫
  는 말임. '故'는 '옛날', '侯'는 제후, 貴人, 벼슬아치.

❹ • 哂[신; shěn]: 미소 짓다. 살짝 웃다. 피식 웃다. 비웃다. 조소하다.

 • 前言之謬: 앞서 잘못 말한 것. 처음에 시를 안 짓고 경치 구경에 전
  념하겠다고 생각한 어리석음.

 • 若無素: 정이 없는 것 같다. 무정해 보인다. 무뚝뚝하다. '素'는 '愫'
  의 뜻. 참된 마음. 情.

 • 偃蹇[언건; yǎnjiǎn]: 교만하게 우뚝 선 모습.

 • 故人: 아는 사람. 친한 사람.

❺ • 自昔憶淸賞, 初遊杳靄間: 예전부터 廬山 구경할 날을 그리워했노
  라. 처음에 노닐 때는 아득한 아지랑이 꿈속의 세계였지. '憶'은 '그
  리워하다.' '淸賞'은 '유유자적하게 구경하다.' '初遊'는 다른 판본에

는 '神遊'로 나옴. 상상의 세계에서 처음 노닐 때. '靄'는 '아지랑이', '안개', '산 이내'의 뜻.

- 箇: 양사. 현대중국어의 '個', '个'.
- 陳令擧: 陳舜兪(?~1075)를 지칭한다. 令擧는 字. 號는 白牛居士 다. 湖州 烏程(오늘날의 浙江省吳興) 사람이다. 仁宗 慶曆 6년 (1046)에 진사에 급제하여 관직 요로를 거치는 동안 歐陽修, 司馬 光, 蘇東坡 등과 두터운 교분을 쌓았다. 熙寧 3년(1074)에 山陰太 守로 있다가 王安石의 新法에 반대하여 監南康軍酒稅로 폄적되었 다. 『宋史』331권에 그의 傳記가 전해진다.
- 且~且~: ~하면서 ~하다. 현대중국어의 '邊~邊~'에 해당함.
- 徐凝: 唐나라 때의 시인. 廬山에 와서 「廬山瀑布」 시 한 수를 지었 다. "허공에서 샘물이 떨어지니 천길 절벽에 가로 섰네. 천둥치듯 달려가 쉬지 않고 강으로 들어간다. 옛날부터 지금까지 기다란 하 얀 명주 날아가듯, 한 줄기 경계선이 청산의 색조를 깨트린다.(虛 空落泉千仞直, 雷奔入江不暫息。今古長如白練飛, 一條界破靑山 色。) 그러나 소동파는 여기서 이 시의 수준을 매우 낮게 평가했다.
- 李白之詩: 「望廬山瀑布二首」중에서 두 번째 詩를 지칭한다. "해 비치는 향로봉엔 자색 연기 피어나고, 앞 내에 걸린 폭포 아득히 보이누나. 곧장 날아 내려 꽂는 3천 척 폭포수는, 밤하늘 구천에서 은하수가 떨어지듯(日照香爐生紫煙, 遙看瀑布掛前川。飛流直下 三千尺, 疑是銀河落九天。)."

❻ - 旋: 곧. 현대중국어의 '不久'.
- 開先寺: 王松齡本에는 '元'으로 되어 있으나 『蘇東坡集』에 의거하 여 '先'으로 고침. 五老峰 아래에 위치한 절.
- 謫仙: 귀양 나온 신선. 李白을 지칭함.

❼ - 漱玉亭: 開先寺에 있는 정자.
- 作此二詩: 漱玉亭에서는 「開先漱玉亭」(『東坡詩集』22권에 수록), 三峽橋에서는 「棲賢三峽橋」를 지었다(『東坡詩集』23권에 수록).

❽ - 摠老: 여산 東林寺의 장로 常摠大師를 지칭함.
- 西林: 西林山 절벽을 말한다. 여기에 수록된 시 제목은 유명한 「題 西林壁」이다.
- 到處看山了不同: 『蘇軾詩集』에는 '遠近高低總不同'으로 나와 있다.

❾ • 摠老: 여산 東林寺의 장로 常總大師를 지칭함.

• 西林: 西林山 절벽을 말한다. 아래의 시 제목은 유명한 「題西林壁」
이다.

• 到處看山了不同: 『蘇軾詩集』에는 '遠近高低總不同'으로 나와 있
다.

해설 이 글은 또 하나의 파격이다. 기행문은 일반적으로 풍광을 묘
사하는 서사敍事의 기록 속에 작가의 정서를 담는다. 그러나
동파의 이 유람기는 시詩로 점철되어 있다. 시로 기행문을 쓰
다니! 삶의 낡은 형식과 제도와 가치관을 초월하여 언제나 세
상을 새로운 시각으로 바라보는 동파가 아니라면 생각도 못
할 일이다.

그런데 그 동기가 무척이나 재
미있다. 천하절경 여산에 들어서
는 순간, 동파는 내심 다짐한다.
시를 짓지 말고 오로지 경치 구경
에 전념하겠노라고. 헌데 노잣돈
도 별로 없이 거렁뱅이나 다름없
는 모습으로 산행에 나섰음에도
불구하고, 깊은 산속에서 만나는
사람마다 그를 알아보는 것이 아
닌가! '오대시안烏臺詩案'은 동파를
저승문턱까지 다녀오게 하였지만,
그 덕분에 온 천하에 문명文名을 날
려 그를 최고의 유명인사로 만든
것이었다.

《盧山高圖》明, 沈周

기분이 좋아진 동파는 씨익 웃으면서 자신과의 약속을 깨고 신이 나서 시를 짓기 시작한다. 입에서 나오는 시구마다 유머와 흥겨움이 넘쳐난다. 그러면서도 그 속에 심오한 인생의 철리哲理가 숨어있다. 특히 마지막에 지은 「제서림벽題西林壁」은 오늘날까지 인구人口에 회자膾炙되는 천고의 명구名句이니, 음미하고 음미하며 낭송을 거듭하여 온전한 우리의 것으로 만들어 놓을 필요가 있다.

　이렇게 멋들어진 시들이 쏟아져 나온 것은 물론 여산의 절경 덕이다. 그가 맨 처음에 시를 짓지 않겠다고 내심 생각한 이유는, 여산의 기막히게 아름다운 절경 감상에 전념하기 위해서였을 것이다. 그러나 그 절경들을 만나는 순간, 여산은 동파로 하여금 생각할 필요도 없이 즉흥적으로 시를 쏟아내게 만든다. 하지만 또 하나의 숨은 이유도 음미해 볼 필요가 있다. 이 글을 쓴 시점은 동파 나이 48세. '오대시안'으로 인한 황주黃州에서의 유배생활이 드디어 끝이 나고, 새로운 임지任地인 여주汝州로 가는 길이었으니, 그 마음이 어찌 즐겁고 흥이 나지 않으랴!

송풍정松風亭 유람기

해제 동파 나이 60세에 광동廣東 혜주惠州로 귀양 가서 지은 글이 다.

번역 혜주惠州 가우사嘉祐寺라는 절에서 잠시 거하고 있을 때였다. 송풍정松風亭 부근에서 산책을 했다. 다리에 힘이 풀렸다. 숲 속 나무 밑에 가서 쉬고 싶었다. 앞을 바라보니 정자는 아직 도 숲 저쪽 끝에 있었다. 저기를 언제 가나 싶었다. 한참 시간 이 지난 후 문득 깨달음이 있어 소리를 쳤다. "여기에서라고 쉬지 못할 이유가 어디 있겠어?!"

그리하여 마치 낚시 바늘에 걸린 물고기가 바늘에서 벗어 난 듯, 홀연 해탈의 심정이 되었다. 전쟁터에 나가 적진과 마 주하여 북소리가 천둥처럼 울린다 하더라도, 진격하여 적에 게 죽으나 도망치다 군법에 의해 처단되거나 마찬가지인 법! 이런 이치를 깨닫게 된다면, 언제 어디서라도 편안하게 마음 놓고 푹 쉴 수 있지 않겠는가!

記遊松風亭

余嘗寓居惠州嘉祐寺, 縱步松風亭下, 足力疲乏, 思欲就林止息。❶ 望亭宇尚在木末, 意謂是如何得到?❷ 良久忽曰:「此間有甚麼歇不得處!」❸ 由是如挂鈎之魚, 忽得解脫。若人悟此, 雖兵陣相接, 皷聲如雷霆, 進則死敵, 退則死法, 當甚麼時也不妨熟歇。❹

❶ • 嘗: 흔히 '일찍이'로 번역하는 경우가 있으나 우리말답지 않다. 과거 사실의 경험을 알려주는 시간 부사이므로, 문장에 등장하는 동사를 그런 뉘앙스로 번역해주면 되겠다.
   • 惠州: 廣東省 동남부 珠江 삼각지의 동북단에 위치한 지명이다. 동파는 紹聖 원년(1094)에 이곳으로 귀양 갔다. 당시 58세.
   • 縱步: 내키는 대로 걷다. 산책하다.
   • 松風亭: 옛날 정자 이름. 광동성 惠陽縣 동쪽 彌陀寺 뒷산 고개 위에 있다. 宋, 王象之, 『輿地紀勝·惠州·松風亭』에 보면 峻峰이라는 봉우리에 소나무 이십 여 그루를 심은 뒤 솔바람이 좋아져서 이름을 하였다고 한다.
❷ • 亭宇: 정자(송풍정)의 처마.
   • 木末: 숲 끝.
❸ • 良久: 한참 있다가. 제법 오랜 시간이 경과되었음을 의미함.
   • 忽曰: 갑자기 말하다. 전후 문맥을 살펴보면 동파는 혼자서 산책을 나갔다가 문득 깨달음을 얻어 말한 것이므로 '갑자기 소리쳤다'고 번역하는 것이 자연스러운 우리말이겠다.
❹ • 死敵: 死於敵, 적에게 죽다.
   • 熟歇[헐; xiē]: 편안하게 마음 놓고 푹 쉬다.
   • 이 문장은 우리말로 번역할 때, '若人悟此'를 뒤로 도치시켜 '當甚麼時也不妨熟歇'의 바로 앞에 위치한 것으로 인식하고 번역하면 훨씬 더 우리말 문맥에 매끄러울 것 같다. '이런 이치를 깨닫게 된다면, 언제 어디서라도 편안하게 마음 놓고 푹 쉴 수 있게 되지 않겠는가!'

당나라 왕유王維의 유명한 시, 「향적사를 찾아서過香積寺」를 떠올리게 하는 글이다. 제목에는 향적사를 찾아간다고 하고서 향적사는 내용에 등장하지도 않는다. 그 시처럼 송풍정으로 산책을 나선 동파는 송풍정은 가지도 않고서 이 글을 쓴다. '유람'이 아니라 '깨달음'을 쓴 것이다. 동파의 그 깨달음의 순간은 "유레카!" 소리친 아르키메데스를 떠올리게 한다. 해골 물을 마신 원효대사도 생각나게 한다. 그 자신이 쓴 명문名文 「초연대기超然臺記」의 논조와도 유사하다.

그러나 이 글에서 동파가 사용한 비유는 영 못마땅하다. 삶과 죽음의 이분법을 초월한 관조觀照의 시각으로 보기에는 그 비유가 너무나 처연하다. 왕안석王安石이 물러가자 정치적으로 기지개를 펼 수 있었던 것도 불과 몇 년뿐. 다시 반대파인

동파의 벗인 宋代 화가 米芾이 그린 《春山瑞松圖》. 嘉祐寺 松風亭도 비슷한 분위기일 것으로 짐작하였으나 현재 풍광은 전혀 달랐다.

嘉祐寺 松風亭 옛터. 지금은 동파초등학교 구내에 위치해 있다. 조악한 동파의 동상과 '松風亭'이라고 쓰인 시멘트 정자, 그리고 주변의 허름한 民家들이 무상한 세월을 느끼게 한다.

장돈章惇이 재상이 되자, 나이 예순에 이번에는 중원에서 더욱 멀리 떨어진 혜주惠州라는 오지에 귀양 온 처지 때문이었으리라. 눈물 속에서 웃음을 찾고, 절망 속에서 희망을 찾는 동파의 의지와 노력이 이 글에서는 왠시 안쓰러워 보이기만 하다.

담이儋耳에서 밤에 쓰다

해제 63세에 해남도에 유배되어 쓴 글이다.

번역 기묘년己卯年 정월 대보름날, 나는 담이儋耳에 살고 있었다. 늙은 서생 몇 사람이 찾아와 말했다. "달이 이렇게 좋은 밤인데 선생께서도 한 번 나가보시지요?" 즐거운 마음으로 그들을 따라나섰다. 성곽 시문四門을 나가서 사원寺院에도 들어가고 좁은 골목길도 지나가 보았다. 한족漢族들과 소수민족들이 섞여 살고 있었다. 백정과 술장수도 많았다.

숙소에 돌아오니 이미 삼경三更이었다. 숙소는 문이 굳게 잠겨 있었다. (아들 녀석은) 깊은 잠에 빠져 있다가, (문을 열어주곤) 금방 다시 코를 골기 시작한다.

지팡이를 내려놓고 웃음을 터뜨렸다. 누가 이득을 보고 누가 손해를 보았을까? "선생, 왜 웃으시오?" 물으시는가? 아마도 나 자신이 한심해서 웃는 모양이오 그려. 하지만 한퇴지韓退之도 한심하구려. 물고기가 안 낚이면 더 멀리 가서 잡아야 한다니. 낚시를 한다고 반드시 대어를 잡으라는 법은 없다는 사실을 모르지 않소?

儋耳夜書

己卯上元, 余在儋耳, 有老書生數人來過, 曰:「良月佳夜, 先生能一出乎?」予欣然從之。❶ 步城西, 入僧舍, 歷小巷, 民夷雜揉, 屠酤紛然, 歸舍已三鼓矣。❷ 舍中掩關熟寢, 已再鼾矣。❸ 放杖而笑, 孰爲得失? 問先生何笑? 蓋自笑也。然亦笑韓退之釣魚無得, 更欲遠去, 不知釣者未必得大魚也。❹

❶・己卯: 宋 哲宗 元符 2년(1099)을 지칭함.

・上元: 上元節, 元宵節. 정월 대보름.

・儋[담; dān]耳: 儋州의 옛 명칭. 儋州는 海南島 최북단에 위치한 해남도 최대의 도시. 동파는 61세(1097)에 이곳에 유배되었다.

❷・民夷: '民'은 漢族, '夷'는 현지 소수민족을 뜻함. 해남도는 黎族의 거주 지역이었다.

・雜揉: 뒤섞이다. 여기서는 '混居하다'의 뜻.

・屠酤[고; gū]: 백정과 술장수. 여기서는 여러 종류의 가게들을 지칭함.

・三鼓[고; gǔ]: '鼓'는 '鼓', 북. 고대에는 북을 쳐서 시간을 알렸다. '三鼓'는 '三更', 대략 저녁 11시~새벽 1시의 깊은 밤을 뜻함.

❸・掩關: 문을 닫다. 關門.

・再鼾[한; hān]: 다시 코를 골며 자다. 여기서는 문을 열어주러 일어났다가 금방 다시 잠든 것을 형용한 것임. 누가 코를 골고 자는지는 불분명하다. 아마도 동파의 아들 소과(蘇過)일 것이다.

❹・孰爲得失: 곤히 잠을 자는 사람과 원소절 밤나들이를 나갔던 동파 자신을 비교하면, 과연 '누가 이득을 얻고 누가 손해를 보았을까?' 동파가 밤나들이에 실망하였음을 짐작할 수 있다.

・問先生何笑? 蓋自笑也: 自問自答이다. 기대를 걸고 밤나들이에 나섰던 자기 자신이 한심해서 웃었다는 뜻이다.

・韓退之: 韓愈(A.D. 768~824). 唐代의 뛰어난 文章家이자 詩人. 古文運動을 주도하여 중국문화사의 흐름을 바꿔놓았다. 唐宋八大家의 한 사람.

- 韓退之釣魚無得, 更欲遠去: 韓愈의 詩句를 두고 한 말임. 한유,「贈侯喜」: "물고기를 잡고 싶거들랑 멀리 가시게나. 대어가 어찌 얕고 썩은 구덩이에 살까보냐(君欲釣漁須遠去, 大漁豈肯居沮洳。)".
  한유는 이 詩句에서 자신이 물고기를 못 잡은 이유가 썩은 구덩이 때문으로 탓하고 있다. 이에 동파는 자신의 불우함을 세상이 알아주지 못한다고 탓한 한유를 비웃고 있는 것이다.

해설 정월 대보름, 원소절元宵節 밤은 정초正初의 명절 분위기가 마지막으로 후끈 달아오르는 시간이다. 그러나 나이 예순을 훌쩍 넘긴 동파가 이 절해고도에 유배된 지도 벌써 3년째임을

동파가 돌아다녔을 儋耳(오늘날의 해남도 儋州 中和)의 성문과 거리. 오늘날에도 천여 년 전과 크게 다를 바 없어 보였다.

생각해보면 당시 그의 심정이 어떠했을지 짐작하고도 남음이 있다. 무료했던 동파는 때마침 몇 사람이 찾아와 함께 밤나들이를 가자고 권하자 흔쾌히 따라나선다. 하지만 오지의 원소절 밤은 중원과는 크게 다른 모양이었다. 실망한 동파는 그러나 유머와 달관으로 금세 여유를 되찾는다. 차라리 잠이나 잘걸 그랬나? 아니야, 낚시를 할 때마다 대어를 잡을 수는 없잖아. 껄껄 웃으며 중얼거리는 동파의 목소리에서, 역경逆境에 부딪칠수록 웃음을 찾는 삶의 지혜가 여유롭다.

왕자립王子立을 추억하며

언제 기록한 글인지 알 수 없다. 글의 내용으로 보아 황주黃州 시기 이후에 쓴 것은 분명하다. 슬픈 감정에 사로잡혀 옛 추억을 더듬는 모습으로 보아, 만년의 해남도 유배생활 시절에 쓴 것으로 보인다.

서수徐州에 있을 때의 일이나. 왕사립王士立과 자민子敏은 모두 관사官舍에 묵고 있었다. 촉인蜀人 장사후張師厚가 찾아왔다. 왕씨 형제는 바야흐로 청춘이었다. 살구꽃 아래에서 퉁소를 불며 함께 술을 마셨다. 그 다음 해, 나는 황주黃州에 유배되어 홀로 달을 보며 술 마셨다. 그때 이런 시를 지었지.

지난 해 꽃이 질 때 서주에 있었도다.
달님과 술 마시고 노래했던 아름다운 밤이었지.
오늘 황주에 꽃 피는 계절 보니,
문 닫힌 작은 뜰에 이는 바람, 서리가 내렸구나.

왕씨 형제와 술 마시던 그때를 회상한 노래였다. 장사후는

오래 전에 죽었고, 올해 다시 왕자립마저 고인故人이 되었다
니, 슬프구나!

원문과 주석

憶王子立

僕在徐州, 王子立、子敏皆館於官舍, 而蜀人張師厚來過。❶
二王方年少, 吹洞簫飲酒杏花下。明年, 余謫黃州, 對月獨
飲,❷ 嘗有詩云:「去年花落在徐州, 對月酣歌美淸夜。今日黃
州見花發, 小院閉門風露下。」❸ 蓋憶與二王飲時也。張師厚
久已死, 今年子立復爲古人, 哀哉!❹

❶ · 王子立, 子敏 : 기록에는 나오지 않지만, 형제로 추정된다. 동파의
　　시에 '王郎昆仲'을 칭찬하는 구절이 나오는 바, 동파 자신이 注를
　　달아놓은 바에 의하면 王適과 王遹이라고 하였다. 아마도 그들 형
　　제로 추정된다.
　· 館: 묵다
　· 而: 여기서는 시간이 다소 경과하였음을 알려주는 허사.
　· 蜀: 오늘날의 四川 지역.
　· 張師厚: 宋代의 隱者. 字는 天驥. 徐州 雲龍山에서 은거하였기 때
　　문에 雲龍山人으로도 불린다. 放鶴亭이라는 정자를 지어놓고 학
　　두 마리를 길렀다. 아침에 그 학을 풀어놓으면 저녁에 돌아오곤 하
　　였다. 이에 당시 서주태수이던 동파가 벗들과 함께 그 정자에서 연
　　회를 베풀며 지은 글이 유명한 「放鶴亭記」다. 동파 나이 42세
　　(1078)의 일이었다.
　· 過: 찾아가다. 방문하다.
❷ · 明年: 그 다음 해.
　· 余謫黃州: 동파가 황주에 폄적된 것은 1080년이므로, 王子立 형제
　　와 함께 술을 마신 것은 「放鶴亭記」를 지었을 무렵이다.
❸ · 嘗: 흔히 '일찍이'로 번역하는 경우가 있으나 우리말답지 않다. 과
　　거 사실의 경험을 알려주는 시간 부사이므로, 문장에 등장하는 동

사를 그런 뉘앙스로 번역해주면 되겠다.

- 去年花落~: 이하는 『蘇軾詩集』 권 20에 「次韻前篇」의 전반부 네 구절이다.
❹ · 今年: 여기서 금년이 어느 해인지 정확하지 않다. 劉文忠本에서는 해남도 유배 시기일 것으로 추정하였다.

해설 좋은 시절을 함께 즐거이 보냈던 사람들 중에 벌써 두 사람이 나 세상을 떠나보낸 동파의 그 심정이 오죽하랴. 더구나 왕자 립에 대한 동파의 인상은 청춘 그 자체였는데! 그랬던 그가 자신보다도 먼저 세상을 떠났다는 사실에 동파는 자신에게 다가오고 있는 죽음의 그림자를 직감으로 느끼고 있는지도 모르겠다.

여 몽 자 黎檬子

해제 만년에 동파가 유배지인 해남도에서 옛 친구들을 떠올리며 쓴 글이다.

번역 나의 옛 벗 여순黎錞은 자字가 희성希聲이다. 집안 대대로 춘추학春秋學에 조예가 깊어 구양歐陽 문충공文忠公께서 그를 아껴주셨다. 그 위인 됨이 순박하고 성실하되 어눌하고 동작이 느려 터진지라, 유공보劉貢父가 장난으로 '여몽자黎檬子'라는 별명을 지어주었다. 그의 덕성德性을 말하고자 한 것인데, 진짜로 이런 이름의 과일이 있는지는 알지 못했다. 하루는 나란히 말을 타고 나왔다가 저잣거리의 장사치가 소리치며 이 과일을 파는 것을 듣고, 폭소를 터트리다가 하마터면 말에서 떨어질 뻔하기도 했다.

이제 해남海南에 유배를 와보니 내 거처居處에 이 나무가 있어, 서리 맞은 과일이 주렁주렁 열려 있구나. 하지만 그 두 사람은 모두 저승 명부에 이름을 올렸으니, 벗들의 풍채風采가 그리워도 어찌 다시 볼 수 있겠는가! 유공보는 당연히 후세에 이름이 사라지지 않고 전해질 것이며, 여순 역시 문장이 뛰어

나고 도道를 지켰으니 구차하게 세속의 욕심을 따르지는 않으
리라.

원문과 주석

黎檬子

吾故人黎錞, 字希聲. 治《春秋》有家法, 歐陽文忠公喜之。❶
然爲人質木遲緩, 劉貢父戲之爲 '黎檬子', 以謂指其德, 不知
果木中真有是也。❷ 一日聯騎出, 聞市人有唱是果鬻之者, 大
笑, 幾落馬。❸ 今吾謫海南, 所居有此, 霜實累累。❹ 然二君皆
入鬼錄, 坐念故友之風味, 豈復可見!❺ 劉固不泯於世者, 黎
亦能文守道不苟隨者也。❻

❶ · 黎錞[순; chún]: 字는 希聲. 四川 廣安 사람. 眉州太守를 역임했다.
    동파는 「眉州遠景樓記」에서 그의 위인 됨이 "강직하면서 어질고
    정의로우며 아부하지 않는다(剛而仁明, 正而不阿)"고 칭송한 바
    있다. 黎檬子는 劉貢父가 그에게 붙여준 별명이다.

  · 治《春秋》有家法: 집안 대대로 春秋學에 조예가 깊다. 『春秋』는
    공자가 편찬한 魯나라의 역사책.

  · 歐陽文忠公: 歐陽修를 지칭한다. 文忠은 그의 諡號.

❷ 質木遲緩: 순박하고 성실하되 어눌하며 느려터진 성격.

  · 劉貢父: 劉放(유반). 貢父는 그의 字이다.('父'가 남자의 이름일 때
    는 '보'로 발음한다.) 臨江 新喩 (오늘날의 江西省 新餘) 사람이다.
    北宋의 사학자로 司馬光을 도와 『資治通鑒』의 漢代 부분을 찬수
    하였다. 慶曆 연간에 進士가 되어 國子監直講을 제수받았으나 王
    安石의 新法에 반대하여 泰州 通判으로 폄적되었다가 오랫동안 지
    방관으로 돌아다녔다. 諧謔과 비판을 좋아하여 타인의 원성을 많
    이 샀다고 한다. 『宋史』 319권에 그의 傳記가 전한다.

  · 黎檬[몽; méng]子: '檬'은 원본에 '禾+蒙'으로 되어있다. 글씨체 폰
    트가 없고 黎朦子 또는 黎檬子라고도 하므로 여기서는 '檬'자로 대

체 사용한다. 남방 과일 이름이다. 레몬의 일종으로 커다란 매실, 또는 작은 귤처럼 생겼다. 맛이 매우 시다. 劉貢父가 黎錞에게 붙여준 별명이기도 하다.

❸ · 唱: 소리치다.

· 是果: 이 과일. 즉 黎檬子를 지칭한다.

· 鬻[육; yù] : 팔다.

· 幾: 하마터면, 자칫, 거의. 현대중국어의 '幾乎'에 해당한다.

❹ · 霜實: 서리 맞은 과일. 서리 맞은 黎檬子.

· 累累: 많이 쌓인 모습. 과일이 주렁주렁하다.

❺ · 入鬼錄: 죽었다는 뜻. '鬼錄'은 저승 명부.

· 坐: ~으로 인하여. ~ 때문에.

❻ · 不泯: 不滅. 사라지지 않는다. 후세에 이름이 사라지지 않고 전해지다. 劉貢父는 『資治通鑑』의 편찬에 참여한 만큼 그 이름이 후세에 길이 알려질 것으로 믿는다는 뜻.

· 不苟隨: 구차하게 (이름을 후세에 알리겠다는 욕심을) 따르지 않다. 黎錞은 劉貢父처럼 유명 인사는 아니더라도 나름대로 문장이 뛰어나고 덕망이 있으니, 이름을 남기겠다는 욕심이 없을 것이라는 뜻.

오늘날 동파 유배지에는 여몽자 대신 280년 전에 심은 망과 나무가 서 있다(海南島 儋州 中和 東坡書院 戴酒堂).

만년에 동파가 해남도에서 쓴 글들은 눈물과 웃음이 뒤범벅
되어 있다. 이 글이 특히 그러하다. 옛날 친구에게 붙여준 '여
몽자黎檬子'라는 별명이 알고 보니 이 지방의 특산물 과일 이름
이었다는 사실도 그러하거니와, 과일 장수가 "여몽자 사려!
여몽자 사려!" 외치는 소리에 폭소를 터트리느라 말에서 떨어
질 뻔했다는 이야기가 너무나 재미있다. 유머는 이렇듯 동파
문학의 가장 큰 특징 중의 하나다.

그러나 글이 후반부로 접어들자 분위기는 돌연 반전한다.
자신의 유배지에 심어진 여몽자 나무를 발견한 동파는 옛 일
이 너무나도 그리웠을 것이다. 더구나 벗들은 이미 저승 명부
에 이름을 올린 망자亡者가 되었으니 어찌 그리움과 슬픔이
사무치지 않겠는가. 그러나 동파는 역시 동파다. 초월의 거시
적 시각으로 벗들을 평가해주는 담담한 언어로 먼저 떠난 이
들의 넋을 위로해주고 있다. 광달曠達의 정신세계와 신필神筆
이 어우러진 수필隨筆의 최고 경지가 아닐 수 없다.

유원보劉原父의 말을 기록하다

해제 만년의 동파가 유배지에서 유공보劉貢父의 부음을 듣고, 그의 형인 유원보를 그리워하며 쓴 글이다.

번역 옛날 봉상鳳翔에서 막료 생활을 할 때였다. 장안長安을 방문하여 유원보劉原父를 만났다. 그의 만류로 며칠 동안 묵으며 통음은 하였다. 술이 거나하게지 인보가 내게 말했다.

"옛날에 진계필陳季弼이 진원룡陳元龍에게 이런 말을 했다오. '주변 사람들의 평판을 듣자하니, 명부明府; 진원룡께서 교만하고 잘난 체를 하신다고 하더이다.' 그 말에 원룡이 이렇게 말했지요. '나는 가문이 화목하고 덕행을 행하는 자로는 진원방陳元方 형제를 존경한다오. 성품이 호수처럼 맑고 깨끗하며 예법禮法을 잘 지키는 자로는 화자어華子魚를 존경하고, 강직하여 불의를 참지 못하는 정의로운 자로는 조원달趙元達을 존경하지요. 빼어나게 박문강기博聞强記한 인재로는 공문거孔文擧를 존경하고, 영웅호걸의 자태와 임금의 책략을 지닌 자로는 유현덕劉玄德만을 존경한다오. 내가 존경하는 바가 이와 같은데, 어찌 교만함이 있겠소이까? 별 볼 일 없는 '나머지 다른 사람들餘子’이야 군이 말할 나위조차도 없지 않겠소!’”

유원보가 그 말을 하고는 하늘을 바라보며 탄식했다. 그가 한 말은 또한 원보 그 자신의 고상한 취향이기도 하다. 나는 훗날 황주에서 시를 지은 적이 있다.

한 평생 나 역시 ‘나머지 다른 사람들’을 우습게 알았거늘
만년에는 어느 누가 이 늙은이 기억해 줄 것인가!

원보의 말을 기억하고 쓴 시였으리라. 원보가 죽은 지도 참 오래 되었다. 그동안 그의 동생 공보貢父가 있어 늘 함께 이야기를 나눌 수 있었다. 이제 그마저 죽었으니 언제 다시 이런 준걸俊傑한 인재들을 만나볼 수 있으랴? 슬프구나!

원문과 주석

記劉原父語

昔爲鳳翔幕, 過長安, 見劉原父, 留吾劇飮數日。❶ 酒酣, 謂吾曰:「昔陳季弼告陳元龍曰:『聞遠近之論, 謂明府驕而自矜。』❷ 元龍曰:『夫閨門雍穆, 有德有行, 吾敬陳元方兄弟; ❸ 淵清玉潔, 有禮有法, 吾敬華子魚; ❹ 清修疾惡, 有識有義, 吾敬趙元達; ❺ 博聞强記, 奇逸卓犖, 吾敬孔文舉; ❻ 雄姿傑出, 有王霸之略, 吾敬劉玄德。❼ 所敬如此, 何驕之有? 餘子瑣瑣, 亦安足錄哉!❽」因仰天太息。此亦原父之雅趣也。❾ 後在黃州, 作詩云:「平生我亦輕餘子, 晚歲誰人念此翁?」蓋記原父語也。元父旣沒久矣, 尙有貢父在, 每與語, 今復死矣, 何時復見此俊傑人乎? 悲夫!❿

❶ • 鳳翔: 陝西省 西安 서북쪽에 위치한 지명. 동파는 仁宗 嘉祐 6년
  (1061) 25세부터 3년 간 이곳에서 大理評事簽書鳳翔府判官 벼슬
  을 제수받고 재직한 바 있다.
• 幕 : 幕府, 幕僚.
• 劉原父: 劉敞. 原父는 그의 字이다. 앞의 「黎檬子」에 나오는 劉貢
  父의 형이다. 동생과 함께 慶曆연간에 進士科에 급제했다. 揚州,
  郓州太守를 역임하였고 벼슬이 集賢殿學士, 判南京御史臺에 이르
  렀다. 학문이 깊고 아는 것이 많아서 歐陽修가 독서하다가 모르는
  것이 나오면 그에게 편지를 써서 묻곤 했을 정도였다. 劉原父는 그
  때마다 조금도 막힘없이 답장을 보내와 歐陽修가 크게 탄복했다
  한다. 『宋史』 319권에 그의 傳記가 전해진다.
❷ • 酣[감; hān]: 술을 통쾌하게 마시며 즐기다, 거나하게 취하다.
• 陳季弼: 陳矯. 季弼은 그의 字이다. 東漢末의 廣陵(오늘날의 揚
  州) 東陽 사람. 『三國志·魏書』 22권에 그의 傳記가 전해진다.
• 陳元龍: 陳登. 元龍은 그의 字이다. 東漢末에 廣陵太守를 역임했
  다. 呂布 토벌에 공을 세워 伏波將軍 벼슬을 추증 받았다. 『三國
  志·魏書』 7권에 그의 傳記가 전해진다.
• 遠近之論: 주변 사람들의 평판.
• 明府: 고대에 太守나 縣令 등 지방 목민관을 통칭하는 단어인 明府
  君의 준말.
• 自矜: 자기 자랑을 하다, 자만하다.
❸ • 閨門: ① 여인의 內室. ② 家門. ③ 城門. 여기서는 家門의 뜻으로
  사용됨.
• 雍穆: 화목하다.
• 陳元方兄弟: 後漢 陳寔의 아들인 陳紀(字, 元方)와 陳諶(字, 季方)
  형제를 지칭함. 형제가 모두 효성과 우애가 돈독하고 가문이 화목
  하여 후세인들의 칭송을 얻음. 당시 그들 三父子가 모두 유명 인사
  였으므로 '三君'으로 불렸다고 함.
❹ • 華子魚: 華歆. 子魚는 그의 字이다. 後漢 시대 平原 高唐 사람으로
  曹操의 막료가 되었다. 魏文帝 曹丕가 황제에 오르면서 相國 벼슬
  을 하였고, 安樂鄕侯에 봉해졌다.
❺ • 淸修疾惡: 행동거지가 맑고 고우며 不義를 미워하다.

- 趙元達: 趙昱. 元達은 그의 字이다. 後漢 시대 琅邪(낭야, 오늘날 의 山東 臨沂縣) 사람으로 성품이 강직하여 삿된 언행을 듣지도 보 지도 않으려 하여 벗들과도 잘 만나지 않았다고 한다. 『後漢書』73 권 「陶謙傳」에 그의 傳記가 첨부되어 전해진다.

❻ · 卓犖[락; luò]: 빼어나다, 훌륭하다.

- 孔文擧: 孔融. 文擧는 그의 字이다. 後漢 시대 魯國 魯縣(오늘날의 山東 曲阜) 사람으로, 建安七子중의 하나로 꼽힐 정도로 빼어난 문 인이다. 北海相 벼슬을 역임하였기에 흔히 孔北海로 불린다. 훗날 曹操에게 죽임을 당하였다. 『後漢書』70권에 그의 傳記가 전해진 다.

❼ · 劉玄德: 劉備. 玄德은 그의 字이다.

❽ · 餘子: 나머지 사람. 나머지 다른 사람들.

- 瑣瑣: 작고 자질구레한 모양.

- 亦安足錄哉: '安'은 '어떻게', '足'은 '충분하다', '錄'은 '기록하다', '말 하다'의 뜻. 어찌 말하기에 충분하겠는가. 굳이 언급할 가치조차 없다.

❾ · 太息: 탄식하다.

- 雅趣: 고상한 정취.

❿ · 平生我亦~: 이하 두 구절은 『蘇軾詩集』권 21의 「次韻和王鞏6首」의 다섯 번째 시의 일부다.

- 沒: 歿. 죽다.

해설 원보 유창劉敞과 공보 유반劉攽 형제를 그리워하며 쓴 글이다. 특히 동파는 청년 시절 유원보劉原父가 들려주었던 말을 다시 한 번 가슴 속 깊이 새기고 있다. 유원보는 아마도 주변에서 "교만하고 잘난 체 한다"는 평을 들은 모양이었다. 그는 여기 에 대해 직접적으로 울분을 토하지 않고, 『삼국지』에 나오는 진등陳登의 말을 인용하여 자신의 답답한 심경을 넌지시 표현 한다.

동파가 어찌 그 말뜻을 못 알아들으랴. 40대 후반이 되어 황주에 폄적되었던 동파는 유원보의 말을 기억하고 시를 짓기까지 한다. 그만큼 유원보의 말이 인상적이었다는 이야기다. 그리고 다시 60대가 되어 유원보의 말을 다시 떠올리며 글로 기록한다. 빼어난 준걸이었던 유씨劉氏 형제들이 이승을 떠난 것이 못내 슬프기만 하다. 유원보의 말은 바로 곧 동파가 하고팠던 말이리라. "교만하고 잘난 체 한다"는 소인배들의 질시 때문에 한평생을 유배생활로 전전하였던 동파가 아니던가. 유씨 형제의 죽음을 슬퍼하는 동파, 몇 년 후 찾아올 자신의 죽음을 직감하고 미리 슬퍼하는 것은 아닐까?

제2부

회고 懷古

東坡志林

광무산廣武山의 탄식

해제 이 글은 그 내용으로 미루어볼 때, 동파가 오대시안烏臺詩案으로 황주黃州에 유배를 갔을 때의 초기 작품으로 추정된다.

번역 예전에 선친의 벗인 언보彦輔 사경신史經臣이 나에게 이런 말을 한 적이 있었다. "완적阮籍이 광무산廣武山에 올라가 '시절에는 영웅이 없구나! 수자豎子 따위가 명성을 날리다니!'라고 탄식을 한 적이 있는데, 패공沛公 유방劉邦을 두고 한 말이겠지?" 내가 말했다. "아닐 것입니다. 완적이 감상에 젖었을 때 유방과 항우項羽는 이미 죽은 인물이니, '수자'는 위진 시대의 인물을 지칭한 것일 겁니다."

그 후, 나는 윤주潤州 감로사甘露寺에 제갈공명과 손권, 양梁 무제 소연蕭衍, 그리고 당唐나라 이덕유李德裕의 유적이 남아 있다는 말을 듣고 감회에 젖어 시를 읊은 적이 있었다. 그 내용은 대충 이러했다.

네 명의 영웅은 모두 용과 호랑이,
그 유적이 아직도 분명히 남았도다.

그들이 왕성하게 활동했던 그 시절,
쟁탈함이 어찌 적을 수 있었으리.
흥망성쇠는 하늘의 조화이니,
삶의 변화무쌍함을 그 누가 조절하랴!
저들은 함부로 무능한 자라 하였으나,
뜻한 일은 이루어지기 어려운 법.
공연히 광무산(廣武山)에서 탄식하여,
옹문(雍門)의 연주를 듣지 못하누나!

이 시에서 말하고자 한 것이 바로 그 뜻이었다.

오늘 이태백의 「옛 전쟁터에 올라」라는 시를 읽으니, "완적이 대취하여 수자竪子 운운하였으나, 미친 자의 헛소리는 공평하지 못하도다!" 하였거늘, 이태백 역시 선친의 벗과 다름없이 완적의 뜻을 잘못 인식하고 있음을 알게 되었다. 완적이 비록 빙딩하였었지만 원래 세상에 뜻을 두었던 사람이다. 단지 위진 시대에 변고가 많았으므로 술로 방탕하게 지냈던 것이다. 어찌 패공 유방을 '수자'라고 여겼겠는가!

廣武嘆

昔先友史經臣彥輔謂余: ❶「阮籍登廣武而嘆曰:❷『時無英雄, 使竪子成其名!』豈謂沛公竪子乎?❸」余曰:「非也, 傷時無劉、項也, 竪子指魏、晉間人耳。」❹ 其後余聞潤州甘露寺有孔明、孫權、梁武、李德裕之遺跡,❺ 余感之賦詩, 其略曰:「四雄皆龍虎, 遺跡儼未刓。❻ 方其盛壯時, 爭奪肯少安! 廢興屬造化, 遷逝誰控搏?❼ 況彼妄庸子, 而欲事所難。聊興廣武嘆, 不得雍門彈.」❽ 則猶此意也. 今日讀李太白〈登古戰場〉詩云: 「沈湎呼豎子, 狂言非至公.」❾ 迺知太白亦誤認嗣宗語,❿ 與先友之意無異也. 嗣宗雖放蕩, 本有意於世, 以魏、晉間多故, 故一放於酒,⓫ 何至以沛公爲豎子乎?

❶ㆍ史經臣: 字는 彦輔. 소식과 동향으로 四川 眉山 사람이다. 소식의 부친인 蘇洵의 벗이다. 동생인 史沆, 아들인 史凝 등 가족들이 모두 박학다식하고 글을 잘 썼으나 과거에 급제하지 못하고 일생을 마쳤다. 「思子臺賦」를 남겼다.

❷ㆍ阮籍(A.D.210~263): 魏晉시대의 시인. 字는 嗣宗. 建安七子의 한 명인 阮瑀의 아들이다. 步兵校尉 벼슬을 맡은 적이 있기 때문에 흔히 阮步兵이라고 부른다. 嵇康, 劉伶 등과 함께 竹林七賢으로 불린다. 대표작은 『詠懷』82首. 「淸思賦」、「首陽山賦」 등의 賦와 「大人先生傳」 등 산문에도 능했다.

ㆍ廣武: 河南省 滎陽 동북쪽에 위치한 廣武山에 있는 두 개의 古城. B.C. 203년, 劉邦과 項羽가 계곡을 사이에 두고 두 개의 산봉우리 위에서 각기 성을 쌓고 대치하던 옛 전쟁터이다. 유방의 城은 漢王城, 항우의 城은 霸王城으로 불린다. 楚王 항우는 유방의 돌연한 공격을 받고 이곳에서 수 개월 동안 대치하지만 식량 부족과 韓信의 배후 공격에 못 이겨, 漢王城과 霸王城의 사이에 있는 '鴻溝(廣武澗)'라는 계곡을 경계로 천하를 양분하는 和約을 맺는다. 후세의 장기판에서 말하는 이른바 '楚河'와 '漢界'는 바로 이 '鴻溝'를 지칭한다. 역대의 많은 문인들이 이곳에 올라 人口에 膾炙되는 名句를 남겼다. 그중 가장 유명한 것은 阮籍의 작품 외에도 韓愈의 「過鴻溝」와 李白의 「登廣武古戰場懷古」가 있다.

❸ㆍ豎子: 나이 어린 하인, 내시, 어린 아이를 일컫는 古語. 引申義로 '유치하고 무능한 자'로 타인을 비난하는 뜻. 완적의 이 구절에서 '무능한 자가 요행히 이름을 날리게 된다'는 뜻의 '豎子成名'이라는 성어가 탄생하였다.

ㆍ沛公: 劉邦을 지칭함.

❹ · 竪子指魏、晉間人: 완적이 '竪子'로 비판하고자 했던 사람은 魏晉
연간의 司馬氏 三父子를 지칭한 것이라는 뜻. 완적이 廣武城을 찾
아갔을 무렵은 魏 明帝 曹叡가 죽고 曹芳이 등극한 正始 연간이었
다. 당시는 司馬懿 三父子가 曹氏 황실의 권력을 쟁탈하기 위해
반대세력을 가차 없이 살육하던 시기로써, 완적은 그들에게 불만
을 가졌으나 明哲保身을 위해 산수를 유람하며 술로 나날을 보냈
다. 소동파는 완적의 이러한 심리를 파악하고, 그가 廣武城에 올라
탄식하며 말한 '竪子'는 劉邦이나 項羽가 아닌 司馬氏였으리라고
단정한 것이다.
❺ · 潤州: 오늘날의 江蘇省 鎭江市.
　· 甘露寺: 鎭江市의 北固山 정상에 있는 절. 劉備가 東吳에 가서 맞
선을 본 장소로 알려져 있음. 東吳 甘露 元年(A.D.256)에 지었기
에 감로사로 명명하였다고 함.
　· 梁武: 梁 武帝 蕭衍.
　· 李德裕: 唐 武宗 때의 재상. 字는 文饒.
❻ · 儼[엄; yǎn]: 儼存하다. 엄연하다. 분명히 존재하다.
　· 刓[완; wán]: 깎다. 깎여지다. 파괴되다.
❼ · 澒洞: 인간세상의 변화무쌍함.
　· 控摶[공단; kòngtuán]: 控制. 조종하다. 컨트롤하다.
❽ · 聊: 억지로.
　· 雍門彈: '雍門鼓琴'라고도 함. 戰國시대 齊나라의 음악가인 雍門周
(雍門子周라고도 함)가 琴을 연주하여 孟嘗君을 울리게 만든 典故
를 인용한 것임. 당시 재상이던 맹상군이 명연주가로 알려진 옹문
주에게 금을 연주하여 자신을 울리게 할 수 있느냐며 그의 재능을
시험하고자 하였다. 이에 옹문주는 "역경에 처한 이를 음악으로 울
리게 하기는 쉬우나, 재상으로 호의호식하는 이의 눈물을 흘리게
하기는 어렵다"고 답하여 맹상군을 방심하게 한 다음, 의표를 찔러
말한다. "그러나 당신의 사후에 당신에게 불이익을 당했던 이웃나
라 강대국들이 침범하여 당신의 무덤을 파헤칠지 그 누가 짐작하
겠소?" 그리고 금을 들어 슬픈 음악을 연주하니, 맹상군은 먼 훗날
자신의 무덤이 파헤쳐지는 장면을 연상하고 눈물을 흘리게 되었다
고 한다(『說苑 · 善說』). 여기서 동파는 인간 세상의 흥망성쇠는 아

무도 짐작할 수 없다는 의미로 이 고사를 인용한 것인바, 동파가
오대시안으로 귀양 나온 상황이었음을 고려해보면, 권력을 장악한
政敵들에게 "당신들의 말로 역시 어찌 될지 모른다." 경고하는 신
랄한 야유가 숨어 있다고 하겠다.

❾ • 李太白〈登古戰場〉: 原題는 「登廣武古戰場懷古」임.

　• 沈湎: 술에 대취하다. 늘 술에 취해 지냈던 완적을 두고 한 말임.

　• 狂言: 미친 자의 헛소리. 즉 완적이 '竪子' 운운했던 말.

　• 非至公: 공정함에 이르지 못했다.

❿ • 酒[nǎi]: 乃

⓫ • 放於酒: 술로 방탕한 생활을 하다.

'수자성명竪子成名'이라는 성어成語가 있다. '수자竪子', 즉 '무능
하고 유치한 어린아이 같은 자'가 '요행히 운이 좋아 세상에서

명성을 날린다'는 시니컬한 의미다. 위
진 시대 죽림칠현의 한 사람인 완적阮籍
이, 항우項羽와 유방劉邦이 천하를 양분했
던 전쟁터인 광무산廣武山에 올라갔다가
"시절에는 영웅이 없구나! '수자' 따위가
명성을 날리다니!" 탄식했다는 일화에서
비롯된 어휘다.

　이때 완적이 탄식하며 언급한 '수자'란
과연 누구를 지칭한 것인지, 중국 역대
문인들의 의견이 분분했다. 혹자는 유방
이라고 생각했고, 혹자는 위진 연간에
사마씨司馬氏에게 정권을 찬탈당한 조씨
曹氏 일가라고 생각하기도 했다. 동파의
견해는 달랐다. 완적 역시 한 때 세상에

《李白行吟圖》宋, 梁楷

뜻을 두었던 인물이므로 이미 죽은 옛날 인물을 풍자했을 리가 없으니, 당연히 그 당시의 권력자를 비판한 것이리라는 생각이었다.

이 글은 일견 이태백의 시를 읽다가 문득 떠오른 단상斷想을 단순 기록한 것처럼 보인다. 그러나 자세히 음미해보면 그 속에 자신을 귀양 보낸 당시의 권력자들을 은근히 '수자'로 풍자하고 있음을 알 수 있다. 더욱 자세히 음미해보면 '옹문의 연주雍門鼓琴'라는 고사를 통해 '당신들의 말로末路도 어찌 될지 모른다'며, 정적들에게 던지는 야유도 숨어 있다는 사실을 눈치챌 수 있다. 지극히 단순하게 보이는 글 속에 이토록 신랄한 비판성을 은밀하게 매복시켜 놓은 수법은 가히 노화순청爐火純靑의 필력이다. 그 점을 감안하면 오대시안烏臺詩案으로 황주黃州에 유배 온 초기의 작품으로 추정된다.

동네 꼬마들이 삼국지 이야기를 듣다

해제 동파가 메모하듯 짧게 기록한 이 글은, 그러나 후세 중국문학을 연구하는 학자들이 자주 인용하는 귀중한 문학사 연구 자료가 되었다. 가난한 동네 꼬마 아이들을 위해 직업 이야기꾼인 '설화가說話家'를 따로 초청할 정도로 '귀로 듣는' 백화소설白話小說이 크게 유행했음을 확인할 수 있을 뿐더러, 당시에 이미 유비劉備를 추존하고 조조曹操를 폄하하는 경향이 형성되어 있었음을 알 수 있기 때문이다.

번역 왕팽王彭이 이런 말을 한 적이 있었다. "동네 골목에서 노는 꼬마들의 환경이 열악하여 집집마다 가난을 지겨워하는바, 돈을 주고 이야기꾼을 불러 아이들을 모아 옛날이야기를 들려주었던 적이 있지요. 삼국지 이야기를 하게 되었는데, 유현덕이 패하는 장면을 들으면서는 이마를 찌푸리고 눈물을 흘리더니만, 조조가 패하는 장면에서는 기뻐 소리를 지르더군요. 그래서 군자나 소인의 행동이 후세에 미치는 영향은 백대百代가 지나도 끊어지지 않는다는 사실을 알게 되었습지요."

왕팽은 왕개王愷의 아들이다. 무관武官이지만 제법 글을 잘 썼다. 그를 위해 애도사를 써준 적이 있다. 자字는 대년大年

이었다.

원문과 주석

塗巷小兒聽說三國語

王彭嘗云:「塗巷中小兒薄劣, 其家所厭苦, 輒與錢, 令聚坐聽說古話。❶ 至說三國事, 聞劉玄德敗, 顰蹙有出涕者; ❷ 聞曹操敗, 即喜唱快。以是知君子小人之澤, 百世不斬。」❸ 彭, 愷之子, 為武吏, 頗知文章, 余嘗為作哀辭, 字大年。

❶ • 塗巷: 골목.
　• 薄劣: 환경이 열악하다.
　• 輒: 곧. 즉시. 현대중국어의 就에 해당함.
　• 古話: 說話家, 說書家라고 불렸던 당시 이야기꾼들의 臺本. 당나라 때는 '說話'로, 宋나라 때는 '話本'이라고 칭함.
❷ • 顰蹙[빈축; píncù]: 이마를 찌푸리다.
❸ • 以是: 이로써.
　• 君子小人之澤, 百世不斬: 군자와 소인의 生前 행동이 끼치는 영향은 百代를 지나도 끊어지지 않 는다. '澤'은 여기서 '후대에 미치는 영향'이라는 뜻. '斬'은 '단절되다'는 뜻.
　　『孟子・離婁下』에 보면, "군자의 행동이 후대에 미치는 영향은 五代에 이르러서야 비로소 끊어진다. 그런데 소인의 행동이 후대에 미치는 영향도 마찬가지로 五代가 지나서야 비로소 끊어진다(君子之澤, 五世而斬; 小人之澤, 亦五世而斬。)"는 말이 나온다. 군자의 고상한 품행은 역사에 길이길이 전해진다는 사실을 강조함과 동시에, 소인들의 나쁜 행위 역시 마찬가지로 역사에 길이 남는다는 사실을 강조함으로써 世人들에게 경각심을 불러일으키고자 한 것임. 孔子가 주창한 春秋精神의 하나인 褒貶 思想의 一端을 표현한 것임.

문학사적 가치 외에, 이 글 속에 내재된 동파의 심리에도 주목할 필요가 있다. 동파는 여기서 왕팽의 말을 빌려, 군자의 덕행德行과 소인배들의 악행惡行은 모두 역사에 길이 남아 오래도록 영향을 미친다는, 이른바 공자의 '포폄褒貶 정신'을 다시 한번 상기하고 있다. 왜 그랬을까? 그저 단순한 메모에 불과한 것일까? 혹시 자신을 귀양 보낸

《雜技戱孩圖》 宋, 蘇漢臣

정적政敵들을 조조로 풍자한 것은 아닐까? 훗날 역사 속에서 어린아이들에게조차 욕을 먹으리라는 신랄한 야유가 숨어 있

《關羽擒將圖》 明, 商喜

는 것은 아닐까? 또한 스스로를 유비에게 빗대어, 비록 현실 속에서는 일패도지一敗塗地하였으되 훗날 역사 속에서 보상받을 수 있을 것으로 생각하며 마음의 위안을 삼고자 한 것은 아니었을까?

그 점을 생각하며 다시 한 번 내용을 음미해보면, 지극히 단순해 보이기만 하던 메모와 같은 글이 아연 활기를 띤다. 읽으면 읽을수록 그 의미심장함에 감탄을 금치 못하게 된다. 그 내용으로 보아, 오대시안烏臺詩案으로 황주에 유배된 초기의 작품으로 추정된다. 붓을 잘못 놀려 간신히 죽을 고비를 넘기고 폄적되었건만, 동파는 여전히 붓을 꺾을 수 없었던 것이리라. 그는 천성이 하고픈 말은 기어코 한 마디라도 해야 하는 사람이었으므로. 정적들이 이 글을 읽었다면 아마도 두 가지 반응 중의 하나였을 것이다. 첫째, 단순한 메모로 여기고 그냥 대수롭지 않게 넘어갔을 가능성. 둘째, 어쩐지 야유와 풍자가 숨이 있는 것 같은데, 단정지을 수는 없으니 무척 약이 올랐을 가능성. 과연 어느 쪽이었을까?

제3부

수양 修養

東坡志林

양 생 설 養生說

해제 동파는 유배 기간 동안 양생에 깊은 관심을 가지고 수많은 양생의 방법과 이론을 기록으로 남겼다. 특히 명상수련의 방법에 대해 구체적으로 언급하고 있는 본문은 중국 양생문화의 계승과 발전에 있어서 매우 중요한 역할을 담당하고 있다.

번역 배가 고프고 난 연후에야 식사를 하고, 배가 부르기 전에 그만 먹도록 한다. 유유자적하게 산책하여 공복空腹 상태를 만들도록 한다. 공복 상태가 되면 바로 집에 돌아온다. 밤낮에 구애받지 말고, 앉든지 눕든지 상관없이 편한 자세를 취하도록 한다. 오로지 섭생攝生에 마음을 두고 몸을 나무 인형처럼 여기도록 한다. 이때 이렇게 중얼거린다. "내 몸이 조금이라도 동요하면 안 되느니. 머리카락 한 올이라도 움직이면 지옥에 떨어지는 것이니. 상앙商鞅의 법을 지키는 것처럼, 손무孫武의 군령을 지키는 것처럼 이 일을 꼭 해내야 하느니. 어기면 용서하지 말아야 할 것이야….

또 불가佛家와 도교道敎에서 말하는 방법대로 코끝을 응시하며 호흡하는 횟수回數를 세어본다. 끊어질 듯 이어지게, 느릿

느릿 호흡하도록 한다. 그 횟수가 수백을 헤아리게 되면, 마음이 고요해지고 몸은 허공과 함께 우뚝 솟게 된다. 이때쯤이면 억지로 참지 않아도 몸이 저절로 움직이지 않게 된다. 그 횟수가 수천 번에 이르게 되면, 혹은 그 숫자를 헤아릴 수조차 없어지고 딱 한 가지 방법만 남게 되니, 그것을 이름 하여 '수隨'라 한다. 즉 날숨과 함께 나가고 다시 들숨과 함께 들어오게 하는 것이다. 그리하면 이따금 팔만 사천 개의 인체 내 모공毛孔으로 숨쉬는 것처럼 느껴지기도 한다. 구름이 증발하고 안개가 걷히는 듯, 시작이 없으니 끝도 없듯이, 모든 병이 저절로 제거되고 모든 장애물이 점차 사라진다. 맹인盲人이 홀연 눈을 뜨듯 자연스럽게 깨달음을 얻게 되는 것이다. 이러한 경지에 이르면 어찌 더 이상 스승을 찾아 가르침을 구할 필요가 있겠는가? 때문에 이 늙은이의 말은 여기서 끝맺고자 하노라.

養生說

已饑方食, 未飽先止。散步逍遙, 務令腹空。當腹空時, 即便入室, 不拘晝夜, 坐臥自便, 惟在攝身, 使如木偶。❶ 常自念言:「今我此身, 若少動搖, 如毛髮許, 便墮地獄。如商君法, 如孫武令, 事在必行, 有犯無恕。」❷ 又用佛語及老聃語, 視鼻端白, 數出入息, 綿綿若存, 用之不勤。❸ 數至數百, 此心寂然, 此身兀然, 與虛空等, 不煩禁制, 自然不動。❹ 數至數千, 或不能數, 則有一法, 其名曰「隨」: 與息俱出, 復與俱入。或覺此息, 從毛竅中, 八萬四千, 雲蒸霧散, 無始以來, 諸病自除, 諸障漸滅, 自然明悟。❺ 譬如盲人, 忽然有眼, 此時何用求人指路? 是故老人言盡於此。

❶ • 已A方B: A한 연후에 B를 한다.
　• 不拘: 구애(제한)받지 않다. ~을 막론하고.
　• 攝身: 몸을 조절하다. 양생하다.
❷ • 商君: 戰國時代의 商鞅을 지칭함. 秦 孝公에게 강력한 變法의 시
　　행을 건의하여 훗날 진시황이 戰國을 통일할 기반을 다지게 하였
　　으나, 자기 자신마저 變法을 어긴 죄로 처형당하였다.
　• 孫武: 『孫子兵法』을 지은 戰國時代의 軍事家.
❸ • 視鼻端白: 자신의 코끝을 응시하다.
　• 數出入息: 자신이 호흡하는 回數를 세다.
　• 縣縣若存: 끊어지듯 이어지게 고요히 호흡한다는 뜻.
　• 用之不勤: 서두르지 않고 천천히 호흡한다는 뜻.
❹ • 兀然[올연; wūrán]: 우뚝 선 모습.
❺ • 隨: 호흡을 자연스러움에 맡기다. 즉 느릿느릿 고요하게 수천 번
　　호흡하다 보면 무의식중에 모든 것이 저절로 흘러간다는 뜻.
　• 竅[규; qiào]: 구멍.
　• 八萬四千: 옛날 중국의 지식인들은 인체에 팔만 사천 개의 毛孔이
　　있다고 인식하였음.

해설 우리는 흔히 동파의 사상이 유가儒家보다는 도가道家 쪽에 가
깝다고 말한다. 그러나 고대 중국의 지성인들은 대부분 출사
出仕하게 되면 유가의 정신을 발휘하고, 그 기회가 주어지지
않으면 노장 사상, 혹은 불교에 귀의하는 것이 일반적이었다.
동파 역시 마찬가지였다. 비록 길지 않은 기간이었지만, 그가
주요 관직을 맡았을 때의 행적을 살펴보면, 천하 만민을 이롭
게 하고자 하는 유가적 열망을 잘 엿볼 수 있다. 그에게는 단
지 유가의 도를 실천할 수 있을 만큼의 충분한 기회가 주어지
지 않았을 따름이었다.
　동파가 양생에 깊은 관심을 보이기 시작한 것은 유배생활

을 시작하면서부터였다. 생각의 틀이 자유분방했던 동파는 유불선儒佛仙의 경계에 구속되지 않고, 영혼과 육체의 불멸에 대한 깊은 관심하에 요가와 연단煉丹 등 양생의 수련에 나선다. 하지만 그 배경을 곰곰 들여다보면 볼수록, 이 천재 문인에 대한 연민의 정이 한없이 솟구친다. 물론 그가 정신적으로 지향하던 바가 있어서, 그리고 시간적 여유가 많아서 수련에 나섰던 이유도 있을 것이다. 그러나 그는 양생의 필요성을 절실하게 느낄 정도로 늘 병에 시달리면서도 제대로 된 치료를 받을 수 없었고, 경제적으로도 매우 궁핍하였던 상황이었음을 알아야 한다.

동파는 늘 세상을 거시적인 초월의 관점에서 바라보고자 했다. 역경과 환난은 그 나름대로의 의미와 가치가 있을 것으로 생각하여, 힘든 유배생활 속에서도 언제나 긍정적 요소를 찾아 나섰다. 후세에 도술을 연마하고자 하는 이들에게까지 큰 영향을 미친 양생에 관한 동파의 기록들은 바로 그러한 결과의 산물이다. 그러면서도 그는 가장 근본적인 양생의 비법은 역시 욕심을 버리고 마음을 편안하게 하며 내면의 덕성을 기르는 일임을 잊지 않고 충고해준다.

빗물과 우물물의 효능 論雨井水

해제 현대문명사회에서의 상황은 크게 다르지만, 불과 몇십 년 전까지만 해도 빗물과 우물물은 우리 주변에서 아주 쉽게 찾아볼 수 있는 최고의 생수였다. 너무나 흔해빠져서 고대인들은 별로 주목하지 않았던 빗물과 우물물이 지니고 있는 효능을 동파는 대단히 과학적으로 밝혀내고 있다.

번역 때가 되어 비가 내리면 넓은 마당에 여러 개의 그릇을 설치하여 빗물을 받는다. 이렇게 얻은 빗물은 달고 매끄러워 이름을 붙일 수가 없을 정도이다. 빗물로 차를 달이고 약을 달이면 맛도 뛰어나고 건강에도 도움이 되니, 이렇게 계속하여 장복長服하면 장수長壽할 수 있다. 그 다음은 달고 차가운 우물물과 샘물인데 모두 좋은 약이 된다. 건괘乾卦의 구이九二가 변화하고, 곤괘坤卦의 육이六二가 감괘坎卦가 된 것이니, 태극太極이 태동하여 가장 먼저 탄생시킨 것이 바로 물인 것이다.

　어느 도사에게 들으니 정화수井華水를 마실 수는 있지만, 그 열熱이 유황硫黃이나 종유석鐘乳石과 비슷한지라 몸에 안 맞는 사람이 마시면 등창이나 뇌저腦疽 등 악성종기가 생길 수도 있다고 했다. 그런 일을 본 적이 있는 것 같기도 하다.

또한 춘분이나 추분, 혹은 하지나 동짓날에 우물물을 길어 올려 보관하였다가 먹으면 쓸모가 있다. 길어 올린 후 이레가 지나면 운모雲母처럼 생긴 부유물浮游物이 생기는데, 도사들은 그것을 '수중금水中金'이라 부른다. 그 물로 단약을 만들어 양생술에 사용하는 것은 원래 늘 볼 수 있는 일이다. 세상 사람들은 이렇게 쉽게 행할 수 있는 일도 유독 실천하지 못하니, 하물며 이른바 어렵다고 하는 일이야 말해 무엇 하겠는가!

원문과 주석

論雨井水

時雨降, 多置器廣庭中, 所得甘滑不可名, 以瀹茶煮藥, 皆美而有益, 正爾食之不輟, 可以長生。❶ 其次井泉甘冷者, 皆良藥也。《乾》以九二化, 《坤》之六二爲《坎》, 故天一爲水。❷ 吾聞之道士, 人能服井花水, 其熱與石硫黃鍾乳等, 非其人而服之, 亦能發背腦爲疽, 蓋嘗觀之。❸ 又分、至日取井水, 儲之有方, 後七日輒生物如雲母狀, 道士謂「水中金」, 可養鍊爲丹, 此固常見之者。❹ 此至淺近, 世獨不能爲, 況所謂玄者乎?❺

❶ • 正爾: 바로 이렇게만 하면. '爾'은 여기서 '如此'의 뜻임.
 • 輟[철; chuò]: 멈추다. 停止.
❷ • 《乾》以九二化, 《坤》之六二爲《坎》: 『周易』에 근거하여 빗물과 우물물의 효능을 설명하고 자 한 것임. 즉 빗물과 우물물은 음양의 변화로 생성되어 天地日月의 靈性을 지니고 있으므로 長服하면 長壽할 수 있다고 인식한 것임.
 • 天一: 만물의 근원인 太極을 뜻함. 태극이 움직여서 제일 먼저 물을 만들고, 물에서 다시 만물이 탄생하였다는 『周易』의 이론을 말

한 것임.

❸ · 井花水: 이른 아침에 맨 먼저 길어 올린 샘물 또는 우물물. 井華水라고도 함.

· 石硫黃: 硫黃의 별칭. 광물질로 약용으로 쓸 수 있음.

· 鍾乳: 鍾乳石. 石鍾乳라고도 함. 광물질로 약용으로 쓸 수 있음.

· 發背: 등에 생긴 악성 종기. 양성을 發背癰라고 하며, 음성을 發背疽라고 함.

· 疽[저; jū]: 등창. 머리 뒷부분에 생기는 악성 종기를 腦疽라고 함.

❹ · 分、至日: 分日은 春分과 秋分을 말하며, 至日은 夏至와 冬至를 지칭함.

· 雲母: 운모. 돌비늘이라고도 한다. 층상구조를 가지며, 보통은 육각 판상의 결정형을 이룬다. 또한 鱗狀·섬유상·柱狀을 이루는데, 어느 형태나 밑면에 완전한 쪼개짐이 있어서 아주 얇게 벗겨진다. 광물 중에서 가장 쪼개짐이 완전하며, 쪼개진 조각은 탄력이 강하다.

❺ · 此至淺近: 여기서 '此'는 빗물과 우물물의 효능을 제대로 알고 사용하는 일을 말함. 이것은 너무나 쉽게 행할 수 있는 일이라는 뜻.

해설

동파는 서민庶民의 친구다. 희귀하고 값비싼 먹거리와 약재를 구할 수 없는 가난한 백성들을 위하여, 주변에서 쉽게 구할 수 있는 재료가 지니고 있는 가치를 끊임없이 발굴해내고 있다. 서민들도 쉽게 구할 수 있는 값싼 돼지고기 요리법을 개발해내는가 하면, 빗물과 우물물이 지니고 있는 효능도 밝혀내고 있다. 동파 자신이 대부분의 삶을 궁핍하기 짝이 없는 유배생활로 보냈기 때문일 것이다.

자유子由에게 편지를 보내 수양修養에 대해 논하다

해제 이 글은 동파 나이 47세에 황주에서 동생 자유子由; 蘇轍에게 보낸 편지로, 양생에 대한 동파 형제의 미묘한 견해 차이를 엿볼 수 있다. 건강을 위해 양생 수련에 매달리는 아우와는 달리, 동파는 초월의 거시적인 시각에서 삶을 바라보고 있음을 알 수 있다.

번역 마음 내키는 대로 유유자적하게 지내다가, 인연이 닿는 대로 세상을 크게 바라보게나. 속세의 범심凡心을 모두 버리는 것뿐, 양생의 탁월한 비법秘法이란 별달리 없는 법. 생각건대 범심을 다 버린 곳에 문득 비법이 찾아오는 듯. 허나 그 비법이란 것이 있는 것에 속하는 것도 아니요, 없는 것에 속하지도 않으며, 언어로 설명할 수도 없는 성격이니, 그리하여 옛날 조사祖師들이 딱 여기까지만 사람들을 가르쳤던 것 아니겠는가.

눈에 생긴 안질이 없어지면 시력은 저절로 원래대로 회복되는 법. 의사들이야 그저 안질을 치료하는 약이나 있을 뿐, 시력 자체를 지니게 해주는 약을 만들려고 한 적이 있겠는가?

만약 그 시력이란 것이 의사들이 만들 수 있는 성격이라면, 그것은 또 다른 안질에 불과한 것일 터. 안질 속에 시력 자체가 있는 것이 결코 아니듯, 안질 바깥에 시력 자체가 없다고도 할 수 없을 것이네.

그럼에도 세상의 어리석은 이들은 '무지無知의 공백 상태'를 성불成佛한 것으로 여기기도 하지. 허나 만약 그것이 부처의 경지라면, 고양이나 개가 포만감에 배를 움직이고 코로 호흡하며 곤히 잠잘 때는 흙이나 나무처럼 추호의 사념도 없을 터인데, 그러한 상태를 어찌 부처의 경지라고 할 수 있겠는가?

그러므로 무릇 학자들은 망령된 것이 무엇인지 잘 관조觀照하여 갈애渴愛의 마음을 버리고, 투박한 시각에서 벗어나 세상을 섬세하게 바라보는 안목을 갖추도록 해야 할 터. 잊지 말고 전념하여 어느 날 그 이치를 깨달으면 생각에 머무름이 없어질 것일세.

아우가 내게 가르쳐주려고 한 것이 바로 이러한 이치가 아니었는지? 보내준 경책警策의 게송偈頌 두 편을 읽다보니 온 몸의 모공毛孔 제군諸君들이 모두 함께 쭈뼛 일어서는지라 다시 한 번 생각해 본 것이라네. 하하.

이만 쓰겠네. 담장 넘어 사나운 여편네가 남편과 싸우는데, 욕지거리에 화토재가 휘날리니, 돼지가 멱을 따고 개가 짖는 소리 같구먼 그려. 모든 것을 포용하는 원명圓明의 경지를 골똘히 생각해보니, 그 경지가 바로 저 돼지 멱따는 소리에 있는 것 같으이. 고요한 강물에 사물의 본성을 비춰보려고 하면 언제나 거센 모래바람에 휘말리게 되듯이 말일세. 늘 고요함 속에서 깨달음을 추구했으나 그 경지가 보이지 않음을 안타까워했는데, 오늘 요란 북새통 가운데 홀연 그 이치를 조금 깨달은 것 같구먼. 원풍元豐 6년, 3월 25일.

원문과 주석

論修養帖寄子由❶

任性逍遙, 隨緣放曠, 但盡凡心, 別無勝解。❷ 以我觀之, 凡心盡處, 勝解卓然。但此勝解不屬有無, 不通言語, 故祖師教人到此便住。❸ 如眼翳盡, 眼自有明, 醫師只有除翳藥, 何曾有求明藥?❹ 明若可求, 即還是翳。固不可於翳中求明, 即不可言翳外無明。

而世之昧者, 便將頹然無知認作佛地,❺ 若如此是佛, 猫兒狗兒得飽熟睡, 腹搖鼻息, 與土木同, 當恁麼時, 可謂無一毫思念, 豈謂猫狗已入佛地?❻ 故凡學者, 觀妄除愛, 自麤及細, 念念不忘, 會作一日, 得無所住。❼ 弟所教我者, 是如此否? 因見二偈警策, 孔君不覺聳然, 更以聞之。❽ 書至此, 牆外有悍婦與夫相毆, 罳聲飛灰火, 如猪嘶狗嗥。❾ 因念他一點圓明, 正在猪嘶狗嗥裏面, 譬如江河鑒物之性, 長在飛砂走石之中。❿ 尋常靜中推求, 常患不見, 今日鬧裏忽捉得些子。元豐六年三月二十五日。⓫

❶ · 帖: 관청의 공문, 또는 간략하게 쓴 서찰. 원래는 종이가 대량 생산되기 전에 천이나 비단에 간략 하게 썼던 편지의 형태를 지칭함.

· 子由: 소식의 동생 蘇轍의 字.

❷ · 隨緣放曠: 세태에 구속됨이 없이 인연에 따라 마음 문을 열고 세상을 크게 바라보는 것.

· 凡心: 속세의 욕망과 삿된 마음.

· 勝解: 養生의 탁월한 비법.

❸ · 不屬有無: 有에 속하지도 않고 無에 속하지도 않는다는 뜻. 佛家에서 말하는 "有가 바로 곧 無이며, 無가 바로 곧 有(有卽是無, 無卽

是有)"를 말한 것임.

- 不通言語: 언어로 설명할 수 없는 성격의 것. 佛家에서는 지고지순한 정신적 신비체험(깨달음)은 언어로 설명할 수 있는 것이 아니라 오로지 自證, 즉 스스로의 체험으로만 증명할 수 있다는 인식을 말한 것임.

❹ • 翳[예; yì]: 덮다, 가리다. 여기서는 눈에 생기는 白斑症 또는 각막염을 뜻함. 즉 시력을 흐리게 만드는 후천적인 병을 의미함.
  • 明: 여기서는 눈(眼)이 지니고 있는 원래의 밝은 시력을 의미함.

❺ • 頹然[퇴연; tuírán]: 太古의 공백과 같은 寂寥한 모습, 늙어 힘없는 모습, 취한 모습, 柔順한 모습.
  • 頹然無知認作佛地: 太古의 공백과 같은 무지한 상태를 成佛하였다고 여기다.

❻ • 腹搖鼻息: 배가 코의 호흡을 움직이게 하다. 즉 곤히 잠에 빠져 호흡을 할 때는 배가 움직이며 콧구멍을 벌렁거리게 한다는 뜻.
  • 恁麼[nènme]: 그렇게. 那麼.

❼ • 觀妄除愛: 관조의 마음으로 망령된 것이 무엇인지 살펴서 지나치게 집착하는 渴愛의 마음을 버리다.
  • 麤[추; cū]: 粗의 異體字. 거칠다. 거칠고 투박한 마음상태.
  • 自麤及細: 거칠고 투박한 마음상태에서 벗어나 섬세하게 세상을 바라보는 지혜의 안목을 갖추는 방향으로 나아가다.
  • 念念不忘: 잊지 않고 늘 전념하여 생각하다.
  • 得無所住: 머무르는 곳이 없는 경지에 이르다. 『金剛經』第10分, 第5節에 나오는 "머무는 곳 없는 그곳에 마음을 둘지어다(應無所住而生其心)"는 말과 상통하는 뜻. 즉 생각이 어느 한곳에 머물러 있는 '고정된 인식의 상태'를 벗어나 초월과 달관의 시각을 갖춘 경지에 이른다는 뜻.

❽ • 偈[게; jì]: 偈頌. 佛經의 한 體裁로 4~7言의 네 구절의 운문으로 이루어짐.
  • 孔君: 毛孔, 즉 털구멍을 유머러스하게 표현한 것임.

❾ • 悍婦: 사나운 여편네.
  • 詈[리; lì]聲: 욕하는 소리.
  • 嗥[호; háo]: 짖다, 외치다.

⑩ ・ 圓明: 佛家의 용어. 사물의 本性을 직시하여 깨달음을 얻어 모든 것을 포용할 수 있는 상태.

・ 江河鑒物之性, 長在飛砂走石之中: 사물의 본성을 강물에 비춰보려고 하면 언제나 거센 모래바람 속을 거닐게 된다. 즉 사물의 본성을 깨쳐보고자 마음을 고요히 만들고자 하면 늘 어지러운 일에 휩싸이게 된다는 뜻.

⑪ ・ 些子: 조금, 약간. 一些.

・ 元豐: 宋 神宗의 연호. 원풍 6년은 1083년으로, 동파가 烏臺詩案의 화를 입고 黃州로 귀양 온 지 4년째 되는 해임. 당시 동파는 47세였음.

해설

자유子由는 형인 동파보다 약 10년 정도 먼저 요가 및 연단 등의 양생술을 배우기 시작했다. 그는 어린 시절부터 여름에는 소화불량으로, 가을에는 기침으로 고생하였는데 백약이 무효였다. 그러다가 31세 때에 도사 이약지李若之에게 양생술을 배우면서 큰 효험을 보기 시작했다. 동파가 황주로 귀양을 올 때, 자유는 회양淮陽까지 형을 전송한다. 이때 동파는 아우에게서 전과 달리 생명력이 넘치는 모습을 발견한다. 그리고 황주에 도착한 후, 좌선과 양생에 몰두한다. 동생의 변한 모습이 어느 정도 자극을 주었을 것이 틀림없어 보인다.

동파 형제는 매우 우애가 깊었다. 늘 서신을 주고받으며 학문과 인생에 대해 이야기하곤 했다. 황주 시절, 새롭게 양생을 익히기 시작한 형에게 양생의 구체적인 방법에 대해 동생인 자유가 자신의 견해를 밝히지 않았을 리가 없다. 양생술로만 따진다면 형의 스승인 셈이었으므로. 동생은 아마 형을 아끼는 마음에 금기사항을 잔뜩 적어놓은 경책警策의 시詩를 써보낸 모양이다.

하지만 동파의 생각은 조금 달랐던 것 같다. 그는 이 답장을 통해, 최고의 양생법은 결국 '기술'보다는 '마음가짐'에 있지 않겠느냐는 자신의 견해를 우회적으로 부드럽게 동생에게 일러주고 있다. 그러면서도 행여 동생이 무안해 할까 싶어 '모공 제군毛孔君'이라는 유머러스한 표현을 사용한 것이라든지, 늦은 밤 시끄럽게 부부싸움을 벌이는 동네 아낙의 표독한 목소리에서 양생의 비법을 새삼 깨닫는다는 해학이 역시 동파다워 무릎을 치게 만든다. '도道'는 저잣거리의 똥 속에 있다는 장자莊子가 부활한 느낌. 자칫 무미건조함으로 흐를 수 있는 딱딱한 소재로 어쩌면 이리도 재미있는 수필을 쓸 수 있을까!

도 인 술 導引術

해제 동파가 도인술導引術의 수련 요결 중에서 인상적인 부분을 소개한 메모 형식의 기록이다.

번역 도인導引을 연마하는 사람들은 이런 말을 한다. "선악의 씨앗을 보관하고 있는 마음心은 그것을 뿌리고 가꾸는 밭田과 불가분의 관계에 있다. 또한 손으로 저지르는 인간의 모든 행위는 그 근원인 마음의 밭과 불가분의 관계에 놓여 있다." 매우 일리 있는 말이다.

또 이런 말도 한다. "'참 인간眞人'의 마음은 깊은 연못 속에 숨겨진 진주처럼 쉽게 그 모습이 드러나 보이지 않으며, 보통 사람들의 마음은 물 위에 뜬 거품처럼 표면에 드러나 보인다." 훌륭한 비유다.

원문과 주석

導引語❶

導引家云:「心不離田, 手不離宅。」❷ 此語極有理。又云:「真人之心, 如珠在淵, 眾人之心, 如泡在水。」❸ 此善譬喻者。

❶ · 導引: 춘추전국시대부터 전해져 온 일종의 養生法. 호흡을 통해 氣를 부드럽게 체내에 흡입한 후, 수족을 움직여서 血氣를 원활하게 유통시킨다는 원리임. 1972~1974년에 馬王堆 3호 고분에서 출토된 〈導引圖〉를 통해 선진시대의 導引 자세 40여 종이 전해짐. 초기에는 氣功과 按摩가 포함되었으나, 唐代 이후로 따로 분리되어 의료 보건체조의 형태로 발전되었음. '道引'이라고도 함.

❷ · 心不離田: 心과 田은 불가분의 관계에 있으니, 마음의 평정을 강조한 뜻. 東坡가 불교의 '心田'이 라는 생각의 틀을 인용한 말. 불교에서는 '業', 즉 인간의 모든 행위에는 '몸으로 저지르는 행위(身業)', '언어로 저지르는 행위(口業)', '마음속에서 저지르는 행위(心業)'가 있는 것으로 인식하였음. 또한 '마음(心)'에는 '선한 씨앗'과 '나쁜 씨앗'이 보관되어 있는 바, 그 중 어떤 씨앗을 꺼내어 '마음의 밭(心田)'에 뿌리느냐에 따라 善業과 惡業이 결정된다고 인식함.

· 手不離宅: 여기서 '手'는 '손, 또는 몸으로 저지르는 행위', 즉 '身業'을 의미함. 여기서 '宅'은 '本家', '根源'의 뜻으로 해석할 수 있음. 즉 '身業'은 그 근원인 '心田'과 불가분의 관계에 놓여있다는 뜻. 행동의 신중을 강조한 것임.

❸ · 眞人之心, 如珠在淵: '참 인간(眞人)'의 마음은 깊은 연못 속에 숨겨진 진주처럼 쉽게 그 모습이 드러나 보이지 않는다는 뜻.

· 衆人之心, 如泡在水: 보통 사람들의 마음은 물 위에 뜬 거품처럼 표면에 드러나 보인다는 뜻.

漢代 貴夫人의 묘인 馬王堆 3호 고분에서 출토된 導引圖(帛畵) 일부와 그 復原圖(오른쪽)

도인술導引術은 춘추전국시대부터 전해 내려온 일종의 중국식 요가이다. 연마하는 사람들의 궁극적 목적은 결국 신선이 되고자 함에 있다. 그러나 그들의 수련 요결要訣 중에서 동파의 마음을 사로잡은 구절은 그 안에 스며들은 불가佛家의 언어였다. 유불선儒佛仙의 경계에 구속되지 않고, 육체와 정신의 참된 가치와 의미를 탐구하는 동파의 맑은 영혼이 보이는 듯하다.

가난뱅이 조씨趙氏의 말

해제 어느 가난뱅이 인물의 입을 통해 상류층을 풍자한 우언寓言 형식의 글이다.

번역 가난뱅이 조씨趙氏가 어떤 사람에게 말했다.

"그대의 정신세계는 경지에 이르지 못했소이다."

상대방은 수긍할 수 없었다.

"나는 만승萬乘의 천자와 동료로 벗하고 살면서, 땅강아지와 개미를 삼군三軍의 군사로 부리고 있소이다. 쌀겨와 쭉정이를 먹으면서도 부귀영화를 누리는 삶으로 여기고, 낮과 밤의 변화를 삶과 죽음의 순환으로 여기고 있는데, 어찌 내 정신적 경계가 경지에 이르지 못했다 하시오?"

가난뱅이가 웃으며 말했다.

"그거야 혈기에 들떠 이름을 얻고자 한 짓이지, 정신세계가 지고하여 그리 한 것은 아니지요."

다음 날, 가난뱅이가 그 사람에게 물었다.

"그대는 부모님이 생존해 계시오?"

"돌아가신 지 오래 되었소."

"꿈에 뵌 적이 있소이까?"

"자주 뵈었지요."

"꿈에서 부모님이 돌아가신 것으로 알고 있었소, 아니면 생존해 계신 것으로 여기고 있었소?"

"둘 다 있었지요."

가난뱅이가 말했다.

"부모님이 돌아가셨는지의 여부는 생각할 필요도 없이 알고 있는 사실이요. 낮에 그대에게 물어보면 생각하지도 않고 답변할 것이요. 그런데 꿈에서는 돌아가신 부모님을 만나 뵈며 생존해 계신 것으로 여기기도 하오. 삶과 죽음을 꿈을 꿀 때와 깨어 있을 때 서로 다르게 인식하고 있으니, 사물이 그대를 미혹하고 있다는 사실을 깨닫기가 어렵겠지요. 그것은 부모님이 생존해 계신지 아닌지 판단하는 것보다 훨씬 더 어렵다오. 그런데도 그대는 자신의 정신세계가 경지에 이르렀다고 생각하며 배우려고 하지를 않으니, 참으로 걱정이구려!"

나는 그들의 대화에 참여한 적이 있기에, 이 말들을 기록해 놓는다.

원문과 주석

錄趙貧子語

趙貧子謂人曰:「子神不全。」❶ 其人不服, 曰:「吾僚友萬乘, 螻蟻三軍, 糠粃富貴而晝夜生死, 何謂神不全乎?」❷ 貧子笑曰:「是血氣所扶, 名義所激, 非神之功也。」明日問其人曰:「子父母在乎?」曰:「亡久矣。」「嘗夢見乎?」曰:「多矣。」「夢中知其亡乎? 抑以為存也?」❸ 曰:「皆有之。」貧子曰:「父母之存亡, 不待計議而知者也。」❹ 晝日問子, 則不思而對; 夜夢見之, 則以亡為存。死生之於夢覺有間矣, 物之眩子而難知者, ❺ 甚於父母之存亡。子自以神全而不學, 可憂也哉!」予嘗與其語,❻ 故錄之。

❶ • 子: 그대. 2인칭.
  • 神不全: 정신세계가 경지에 이르지 못하다.
❷ • 僚友萬乘: 萬乘의 천자와 동료가 되어 벗을 삼다.
  • 螻蟻三軍: 땅강아지와 개미를 三軍의 군사로 삼다.
  • 糠粃富貴: 쌀겨와 쭉정이를 먹는 생활을 富貴榮華의 생활로 여기다.
  • 晝夜生死: 낮과 밤의 변화를 삶과 죽음의 변화로 여기다.
❸ • 抑: 또는.
❹ • 不待計議: 따지지도 않고. 생각할 필요도 없이.
❺ • 物之眩子而難知者: 사물이 당신을 현혹해도 알지 못하다.
❻ • 予嘗與其語: 張本、『學津』本에는 "予嘗與聞其語"로 나와 있음. "내가 그들의 대화에 참견한 적이 있었다"는 뜻.

해설 우리 주변에는 의외로 가식적인 사람들이 많다. 성욕과 재물욕, 권력욕에 가득 차 있으면서도 자신은 그 모든 것에서 초탈한 도인道人처럼 오만하게 행동한다. 동파는 이 글에서 가난뱅이 조씨의 입을 빌려 그런 가식적인 인간들에게 신랄한 야유를 던진다. 장자莊子의 「양생주養生主」를 읽는 느낌이다. 결국 양생의 키포인트는 마음가짐이요, 정신세계라는 이야기.

양생의 난제難題는 성욕

해제 본문 내용으로 미루어 보건대 황주 유배시기에 쓴 글이다. 동파는 성욕을 완전히 버리는 것이 양생의 핵심 중의 하나라고 믿고, 그를 실천하려고 했던 모양이다. 그러나 태수 일행과 야외로 놀러 간 자리에서 이 이야기가 화제로 떠오르자, 좌중에 있던 한 사람이 옛날 소무蘇武의 사례를 들어 그것이 얼마나 어려운 일인지 설명한다. 당시 40세 후반이었을 동파도 그의 말에 고개를 끄덕인다. 그래서였을까, 동파가 안전한 금욕 생활로 들어간 것은 광동廣東 혜주惠州로 귀양 갔던 60세 무렵이었던 것으로 추정된다. 1095년 연초부터 첩인 조운朝雲과 각방을 썼더니 건강이 좋아졌다는 기록이 남아 있기 때문이다.

번역 어제 태수 양군채楊君采, 통판 장공규張公規가 나를 불러 안국사安國寺에 놀러 갔다. 좌중에 호흡 조절과 양생에 관한 이야기가 나왔다. 내가 말했다.

"모두 얘기할 만한 게 못 되오. 진정으로 어려운 건 성욕을 없애는 일이오."

그러자 장공규가 말했다.

"옛날 소무蘇武는 눈을 녹여 마시고 양탄자를 뜯어 먹으며 허기를 달랬지요. 자결을 기도하여, 그의 등을 밟고 응혈凝血을 뽑아내어 간신히 살아나기도 하였구요. 그러면서도 기개를 꺾는 단 한 마디의 말도 하지 않았으니, 가히 생사生死의 갈림길에 있었던 것이지요. 그런데 그도 어쩔 수 없이 오랑캐 여인에게 자식을 얻었소이다. 북해北海에서 궁핍하기 그지없이 살면서도 꽃무늬 비단으로 장식한 신방에는 들어가지 않았소이까? 그러니 이 일이 얼마나 참기 어려운 것인지 알만하지 않겠소이까!"

모든 사람이 폭소를 터뜨렸다. 내 생각에도 그 말이 매우 일리가 있다 싶어서 그 말을 기록해둔다.

養生難在去慾

昨日太守楊君采、通判張公規邀余出遊安國寺, 坐中論調氣養生之事。❶ 余云:「皆不足道, 難在去慾。」張云:「蘇子卿齧雪啖氈, 蹈背出血, 無一語少屈, 可謂了生死之際矣, 然不免為胡婦生子。❷ 窮居海上, 而況洞房綺疏之下乎? 乃知此事不易消除。」❸ 眾客皆大笑。余愛其語有理, 故為記之。

❶ · 安國寺: 黃州 城南에 있는 절 이름.

❷ · 蘇子卿: 前漢 시대의 蘇武. 子卿은 그의 字. 중국 역사상 가장 충의와 절개를 잘 지킨 인물로 후세에 길이 칭송됨. 漢武帝 天漢 元年에 中郎將으로 임명되어 흉노에 使者로 파견됨. 당시 적대관계에 있었던 漢나라와 흉노는 이따금 파견하던 상대방의 사절단을 자주 억류하고 보내지 않았음. 그 중 衛律과 같은 漢人은 변절하여 單于(흉노 왕의 호칭)에게 중용되었음. 한편 衛律의 부하인 常惠

는 이에 불만을 품고, 마침 절친한 친구인 張勝이 소무의 副使로 오자, 함께 耶律을 죽이고 單于의 모친을 인질로 삼아 탈출하기로 모의하였음. 그러나 사전에 발각이 되자, 소무 역시 사건에 연루 체포되어 변절할 것을 요구받았음. 하지만 蘇武는 갖은 협박에도 불구하고 끝내 변절을 거부하여 北海(오늘날의 바이칼호)로 유배 되어 羊을 치며 살았음. 훗날 흉노와의 긴장관계가 완화되자 19년 만에 귀국하여 80여세까지 살았다고 함. 그의 행적은 후세의 많은 문학작품의 소재가 되었음.

- 齧雪啖氈: 목이 마르면 눈(雪)을 녹여 마시고, 배가 고프면 양탄자 를 뜯어 허기를 달래다. 흉노의 單于는 蘇武의 항복을 받기 위하여 땅굴에 가두고 먹을 것을 주지 않았지만, 蘇武는 눈을 녹여 마시고 양탄자를 뜯어 먹으며 허기를 달래면서도 끝내 변절을 거부하였다 는 유명한 故事. 齧[설; nièl: 물다, 먹다. 啖[담; dànl: 삼키다, 먹다. 氈[전; zhānl: 양탄자.

- 蹈背出血: 등을 밟아 피를 내게 하다. 흉노의 單于가 투항을 권유 하자, 蘇武는 칼로 자신의 이마를 찔러 자결을 시도하였음. 중상을 입고 쓰러진 蘇武를 살려내라는 명을 받은 의사는 땅에 작은 구덩 이를 파고 약한 불을 지펴서 蘇武의 얼굴에 쬐게 한 후, 그 등을 밟 아 凝血을 뽑아내어 살렸다는 유명한 故事를 말한 것임.

❸ - 洞房: 결혼 초야를 보내는 신방.

- 綺疏: 꽃무늬를 조각하여 장식한 것. 綺[기; qǐl: 꽃무늬 圖案의 비 단 紡織. 疏: 조각하다.

- 而況洞房綺疏之下乎: 꽃무늬 비단으로 장식한 洞房 아래에 들어 가지 않았는가. 온갖 부귀영화를 모두 마다한 蘇武도 결국 성욕은 참지 못하였던 것이 아니냐는 뜻. 여기서 '況'은 구태여 해석할 필 요가 없음.

- 此事: 性慾

중국 역사상에서 가장 마음이 굳기로 유명한 사람은 누구일 까? 아마도 흉노匈奴의 갖은 협박과 회유에도 불구하고 끝내 변절을 거부하다가, 19년 동안 바이칼 호반湖畔에서 유목생활을 해야 했던 전한前漢 시대의 소무蘇武를 꼽을 수 있을 것이다. 그가 얼마나 마음이 굳은지 증명해주는 두 가지 유명한 일화가 인구人口에 회자膾炙된다. 하나는 눈을 녹여 마시고 양탄자를 뜯어 먹으며 허기를 달래면서도 지조를 지켰다는, 이른바 '설설담전齧雪啖氈'의 고사故事이고, 또 하나는 변절을 강요하자 그 자리에서 자결을 기도하여, 의사가 그의 등을 밟고 응혈凝血을 뽑아내는 긴급 치료를 하여 간신히 살아났다는, 소위 '도배출혈蹈背出血'의 이야기다.

양생의 비법을 수련하는 데 있어서 가장 중요한 것은 금욕 생활이다. 그 중에서도 가장 중요한 관건은 성욕의 해소 문제였다. 그것이 이 글의 주제다. 자칫 도덕적인 딱딱한 글이 되기 쉬운 주제인 것이다. 그러나 독자들은 이 글을 읽으며 빙그레 웃음짓지 않을 수 없다. 첫째는 동파의 진솔한 고백 때문이요, 둘째는 그렇게 절개가 굳었던 소무마저도 성욕만은 끝내 버리시 못하지 않았느냐는 장공규張公規의 위트 덕분이며, 셋째는 다시 그 말에 크게 공감하여 글로 기록해 놓는 동파의 순수함 때문일 것이다.

《蘇武牧羊圖》淸 黃愼 (1687-1768)

양단陽丹의 제조 비결

해제 언제 쓴 글인지 알 수 없다. 아마도 동파 나이 58세에 혜주惠州에서 두 번째 유배생활을 하기 시작한 이후에 쓴 것으로 추정된다. 이유는 두 가지다. 첫째, 이 글이 실린 제3부 「수양修養」 챕터의 편제가 정확하지는 않지만, 대체로 시기 순으로 작품을 수록해 놓았다는 점이다. 둘째, 양생에 관한 그의 기술이 정신적인 측면에서 점차 양생의 기술적技術的인 구체적 방법론 측면까지 언급하고 있다는 점이다. 그것이 혜주와 담주儋州에서의 노년기 작품에서 나타나는 특색이기 때문이다.

번역 동지冬至 날이 지나면 재실齋室에 거하면서 늘 비액鼻液을 흡입하도록 한다. 이때 비액을 입안에서 우글거리며 단 맛을 느낀 후에, 단전丹田까지 삼키도록 한다. 뚜껑이 있는 사기그릇 서른 개를 준비하여 그 안에 소변을 본다. 소변을 본 후 뚜껑을 덮을 때 그 위에 하나부터 서른까지 표시를 해두도록 한다. 정갈한 방에 놓아두고 근면 성실한 자에게 관리를 맡긴다.

삼십일이 지나 열어보면, 그 위에 개미처럼 생긴 가는 모래沙 결정체結晶體가 떠 있을 것이다. 누런 색 또는 붉은 색이다.

촘촘한 구멍이 뚫린 수건으로 건져내도록 한다. 새로 물을 떠와서 정갈하게 헹군다. 어느 정도까지 불순물을 제거해야 하는가에 대한 기준은 없다. 더러운 기운을 말끔히 제거하기만 하면 된다. 깨끗한 사기병에 모아서 보관하도록 한다.

하지夏至 날이 지나면 결정체를 꺼내어 오동자梧桐子 크기로 대추 육질肉質 속에 넣어 환약으로 만든다. 공복空腹에 술과 함께 마신다. 환약을 한 번에 몇 알이나 복용해야 하는가에 대한 제한은 없다. 삼일에서 오일 사이에 다 먹도록 한다.

하지가 지난 후에도 같은 방법으로 결정체를 채취하여 동지 날이 되기를 기다려 복용하도록 한다. 이 방법을 양단음련陽丹陰煉이라고 한다. 반드시 청정淸淨하게 금욕 생활을 해야 한다. 만약 금욕 생활을 하지 않는다면 그 모래 결정체는 생기지 않는다.

원문과 주석

陽丹訣

冬至後齋居, 常吸鼻液, 漱鍊令甘, 乃嚥下丹田。❶ 以三十瓷器, 皆有蓋, 溺其中, 已, 隨手蓋之, 書識其上, 自一至三十。❷ 置淨室, 選謹朴者守之。❸ 滿三十日開視, 其上當結細砂如浮蟻狀, 或黃或赤, 密絹帕濾取。❹ 新汲水淨淘, 澄無度, 以穢氣盡為度, 淨瓷瓶合貯之。❺ 夏至後取細研, 棗肉丸如梧桐子大, 空心酒吞下, 不限丸數, 三五日後服盡。❻ 夏至後仍依前法采取, 卻候冬至後服。此名陽丹陰煉, 須淸淨絕欲, 若不絕慾, 其砂不結。

❶ · 漱鍊令甘: 양치질하듯 입안에서 우글거리며 단 맛을 느끼게 하다.

❷ ・溺: 소변을 보다.

・書識: 표시를 하다.

❸ ・謹朴者: 신중하고 성실한 사람.

❹ ・密絹帕: 구멍이 촘촘하게 나 있는 수건.

・濾取: 걸러내다.

❺ ・淘: 헹구다.

・澄: 불순물을 걸러내다.

・度: 표준, 기준, 척도.

❻ ・細硏: 가늘게 갈다, 빻다.

・棗肉丸: 대추 肉質에 넣어 환약을 만들다.

・梧桐子: 오동나무 열매. 해독에 효능이 있어, 약재로 쓰인다. 직경은 약 7mm 정도로 살구 열매 크기이다.

・空心酒: 공복에 마시는 술.

・不限丸數: 한 번에 몇 알이나 복용해야 하는지에 대한 제한을 두지 않는다.

해설 이 글은 매우 구체적으로 단약을 제조하는 방법을 기술하고 있는 단조로운 기록이다. 동파다운 유머나 삶에 대한 초월적 시각이 전혀 보이지 않는 비문학적 글이다. 그러나 그렇다고 해서 동파를 폄하할 수는 없다. 그의 모든 글이 반드시 문학적이어야 한다는 법도 없거니와, 그가 스스로 단약을 제조하는 방법을 익

《采藥圖》
宋, 작자
미상

히지 않으면 안 될 정도로 건강이 악화되었기 때문이다. 당시 그를 귀양 보낸 장돈章惇은 동파에게 호의를 베푸는 모든 사람들에게 가혹한 불이익을 주었던 터라, 그의 삶은 점점 더 궁핍해질 수밖에 없었던 상황임을 이해한다면, 동파의 이러한 노력의 흔적은 우리를 더욱 감동하게 만든다.

현대인의 관점에서 본다면, 소변에서 단약을 채취한다는 점이 매우 불결하게 느껴질지도 모른다. 하지만 그것이 과학적으로 타당한가의 여부와는 별도로, 동양 의학이론에서는 정설로 받아들여졌다. 이 글이 제시하고 있는 비방은 북송北宋 말년에 일명佚名의 인사가 지은 민간 의학서인 『소심양방蘇沈良方』에 수록된 이래, 명대明代의 이시진李時珍이 지은 『본초강목本草綱目』과 같은 정통 의학서에서도 언급하였으며, 현대에 이르러서도 주목받고 있다는 사실을 알아야 하겠다(http://baike.baidu.com/view/463683.htm 참조).

음단陰丹의 제조 비결

해제
전편인 「양단의 제조 비결陽丹訣」의 자매편이다.

번역
남아男兒를 첫째 아이로 낳은 여인의 젖을 취하여 만든다. 부모父母는 모두 질병이 없는 건강한 자여야 한다. 또한 산모産母는 아이를 양육할 때 음식을 잘 섭취한 자여야 한다. 매일 산모의 젖을 한 되씩 취하도록 한다. 적으면 반 되만 취해도 상관없다. 제조할 때 사용할 솥과 수저는 주사은硃砂銀으로 만들어진 것이어야 한다. 만약 주사은이 없으면 산택은山澤銀을 사용한 것이어도 상관없다. 약한 불로 오랫동안 달인다. 담황색이 될 때까지 끊임없이 손으로 저어준다. 만들 수만 있으면 환약으로 만든다. 오동자梧桐子 크기로 만들어 공복에 술로 삼킨다. 역시 한 번에 몇 알이나 먹는지에 대한 제한은 없다. 이것을 음단양련陰丹陽煉이라고 한다.

세인世人들은 추석秋石을 복용하는 방법만 알고 있지만, 그것은 모두 깨끗한 결정체가 아니다. 추석 제조에 사용되는 양물陽物은 반드시 몇 번씩 불로 제련해야 하는데, 그렇게 하여 남는 것은 모두 찌꺼기에 불과한 것이니, 소금을 태우는 것과 다를 바가 없는 것이다. 세인들은 또 젖을 복용하기도 한다. 젖이란 음기陰氣로 만들어진 것이니, 불로 제련하지 않으면 차갑고 매끄러워 오히려 정기精氣가 새어나간다.

위에서 말한 양단음련陽丹陰煉과 이 음단양련의 비법은 도사들이 신통한 지혜로 신묘하게 사용하는 속성 제조의 비법이니, 아무에게나 전하지 않도록 조심하고 또 조심해야 할 것이다.

陰丹訣

取首生男子之乳, 父母皆無疾恙者, 並養其子, 善飮食之, 日取其乳一升, 少只半升已來亦可。❶ 以硃砂銀作鼎與匙, 如無硃砂銀, 山澤銀亦得。❷ 慢火熬煉, 不住手攪如淡金色, 可丸即丸, 如桐子大, 空心酒呑下, 亦不限丸數。此名陰丹陽煉。世人亦知服秋石, 然皆非淸淨所結; 又此陽物也, 須復經火, 經火之餘皆其糟粕, 與燒鹽無異也。❸ 世人亦知服乳; 乳, 陰物, 不經火煉則冷滑而漏精氣也。此陽丹陰煉、陰丹陽煉, 蓋道士靈智妙用, 沈機捷法, 非其人不可輕泄, 愼之! 愼之!❹

❶ · 首生男子之乳: 첫째 아이를 남자아이로 낳은 여인의 젖.
  · 善飮食之: 여기서 '之'는 産母를 지칭함. 즉 産母에게 음식을 잘 먹이다.

❷ · 硃砂銀: 硃砂로 정련한 水銀. 硃砂는 신경안정제로 사용된 광물질. 辰砂라고도 함. 水銀은 古代에 煉丹의 원료로 사용되었음.

❸ · 秋石: 童子의 소변에 석고를 넣어서 만든 약. 多尿症과 冷疾, 허약 증세에 효능이 있다고 함. 가장 잘 정제된 것을 '秋冰'이라고 함. 葉

夢得의 『水雲錄』과 『本草蒙筌』, 『本經逢原』 등의 醫書에 제조법이 기재되어 있음.

- 陽物: 秋石의 재료인 童子의 소변을 지칭함.
- 糟粕: 찌꺼기.
- 燒鹽: 『本草綱目』에 의하면 童子의 소변 대신 소금을 사용하여 가짜 秋石을 제조하는 경우도 있었다고 함.

❹・沈機: 깊이 숨겨 놓은 기밀.
- 捷法: 속성 제조법.
- 非其人不可輕泄: 非人不傳. 고대에는 아무에게나 秘法을 전하지 않고, 꼭 전해주어야 할 사람에게 만 알려주었음.

해설 동파는 이 글에서 음양단陰陽丹의 제조 비방이 자신의 독창적인 것이 아니라 오래 전부터 도사道士들 사이에 전해 내려오는 것임을 밝히고 있다. 과거 제남齊南에서 알게 되었던 도사 오복고吳復古가 동파의 혜주 유배생활 기간에 다시 나타나, 그 시기에 절친하게 지냈던 사실로 미루어볼 때, 혹시 그가 전해준 비방은 아닐까?

백낙천白樂天의 연단 제조

해제
동파가 58세에 광동廣東 혜주惠州로 폄적되어 지은 글이다.

번역
백낙천은 여산廬山에 초당을 지었으니 그 역시 연단煉丹을 한 것이다. 그는 연단에 성공하려는 순간, 화로와 솥이 깨져버리고 말았다. 그리고 그 다음날 충주자사忠州刺史로 제수除授한다는 직서를 받았다. 세간世間과 출세간出世間의 일은 양립兩立할 수 없다는 사실을 알 수 있겠다.

　내가 오랫동안 연단에 뜻이 있었으나 종내 성과가 없었던 것은 세간사에 있어서 덜 실패했기 때문일 것이다. 그러나 이제는 확실히 실패했다. 『서경書經』에 이르기를 "백성이 원하는 바는 하늘이 꼭 이루게 해준다"는 말이 있으니, 내 경우가 그 믿음의 증거이로다.

원문과 주석
樂天燒丹

樂天作廬山草堂, 蓋亦燒丹也, 欲成而爐鼎敗。❶ 來日, 忠州刺史除書到。❷ 迺知世間、出世間事, 不兩立也。❸ 僕有此志

久矣, 而終無成者, 亦以世間事未敗故也, 今日眞敗矣。❹
《書》曰: 「民之所欲, 天必從也。」❺ 信而有徵。❻

❶ · 樂天: 唐代의 유명한 시인 白居易(772~846)을 말함. 號는 香山居
士, 樂天은 그의 字임. 29세에 進士科에 급제하고 32세에 翰林學
士, 33세에 左拾遺가 되어 일련의 諷刺詩를 발표하다가 정적의 미
움을 사서 42세에 江州(오늘날의 江西省 九江) 司馬로 폄적됨. 당
시 廬山 香爐峰 아래에 초당을 짓고 거했던 적이 있음.
❷ · 忠州刺史除書: 江州司馬로 지내던 백거이는 818년, 46세에 忠州
刺史로 除授되었음.
❸ · 迺: 乃와 같은 글자임.
 · 世間、出世間: 속세적인 생각의 틀에 얽매여 살아가는 삶을 世間
이라 하고, 그에서 벗어난 삶을 사는 것을 出世間이라 함. 그러나
여기서는 벼슬을 하는 삶과 유배생활의 삶을 의미함.
❹ · 此志: 養生과 煉丹에 대한 의지.
 · 今日眞敗矣: 벼슬하는 삶은 오늘에 이르러 철저히 실패했다는 뜻.
❺ · 民之所欲, 天必從也: 백성이 하려고 하는 일은 하늘이 반드시 그
뜻을 따른다(이루게 해준다). 『書經·周書·泰誓上』에 나오는 말
임. 즉 東坡 자신이 오랫동안 품었던 養生 수련의 삶을 구현 할 수
있도록 하늘이 일부러 자신을 귀양 보낸 것이라는 의미. 세상일
을 긍정적으로 보려는 東坡의 초월의 시각과 함께, 약간의 쓸쓸한
분위기가 섞인 말.
❻ · 信而有徵: 『蘇東坡全集』에는 이 말 아래에 '紹聖元年十月二十二
日'의 10글자가 있음. 哲宗 紹聖 元年은 1094년으로, 당시 58세의
동파는 廣東 惠州로 폄적되었다.

 동파는 황주 유배생활 이후로 나이 어린 철종이 등극하며 태
황태후가 섭정을 하게 되자, 그녀의 총애로 일약 중앙정부에
서 한림학사, 이부상서, 예부상서, 병부상서 등 요직을 맡으

중국 古代
醫書에 실린
《煉丹圖》

며 정권의 핵심이 된다. 그러나 그것도 몇 년뿐, 그의 재주를
시기한 무리들의 끊임없는 견제로 항주杭州와 양주揚州 등 지
방목민관으로 밀려난다. 그리고 다시 태황태후가 승하하자
정권을 장악한 장석 상본章惇의 배적으로, 일품 벼슬에서 졸
지에 구품으로 강등되어 혜주로 폄적되기에 이른다. 동파는
정치적으로 철저하게 패배하고 만 것이다.

하지만 그는 실패한 삶이 지니는 또 다른 가치를 찾아내며
희망을 찾아낸다. 오랫동안 꿈꿔왔던 연단煉丹의 수련으로 영
혼과 육체의 불멸에 대한 숙제를 풀 수 있는 소중한 기회의
시간으로 생각한 것이다. 역경과 환난은 우리의 내면을 충만
하게 채워줄 수 있는 신이 내린 은총의 시간임을, 동파는 이
짧은 글을 통해 우리를 일깨워주고 있다.

장악張鰐 군에게

해제 이 글의 창작 시기는 확실하지 않다. 다만 글의 주제가 곤궁한 삶에 대처하는 방법인 것으로 보아, 생활이 매우 곤궁해져서 늘 끼니를 걱정하지 않을 수 없었던 해남海南 담주儋州에서의 유배시기에 쓴 것으로 추측될 따름이다. 이 글 뒤에 수록된 「세 가지 양생의 다짐記三養」이 해남도 유배생활을 마치고 귀로에 오르면서 쓴 글이라는 사실도 그러한 추측을 가능하게 해준다.

번역 장군張君이 여기 종이를 가져와서 내게 글씨를 써달라고 하면서, 장생長生의 선약仙藥으로 삼고자 하는구료. 그대는 어떠한 맛의 선약을 원하는지? 듣건대 『전국책戰國策』에 비방秘方이 있다 하여 복용해 본즉 효과가 있는지라, 삼가 그대에게 전하오.

그 약은 네 가지 맛이 있다 하오. 첫째는 아무 일도 없이 지내는 생활을 귀하게 여기고, 둘째는 일찍 잠자리에 드는 것을 돈 버는 일로 생각하며, 셋째는 편히 걸어 다니는 것을 수레를 타는 것으로 여기고, 넷째는 늦게 식사하는 것을 맛난 고기 먹는 것으로 생각하는 것이라오. 배고픈 후에 식사를 하면 채식도 여덟 가지 진미보다 더 맛있다오. 포만감에 가득 차 있으면 눈앞에 맛난 고기반찬이 있어도 오히려 제발 누군가 가져가주기를 바랄 게요.

이 정도면 가히 곤궁한 삶에 잘 대처한다고 할 만하나, 아직 도道의 경지에 이른 것은 아니지요. 편히 걸어다는 것을 즐기고, 늦게 밥 먹는 것을 맛난 반찬으로 삼는 것을 어찌 수레와 고기, 그 자체라 할 수 있겠소? 수레와 고기는 가슴 속에 존재하는 것이라서 이런 말을 해보는 것이라오.

원문과 주석

贈張鶚

張君持此紙求僕書, 且欲發藥。❶ 不知藥, 君當以何品?❷ 吾聞《戰國策》中有一方, 吾服之有效, 故以奉傳。❸ 其藥四味而已· 一曰無事以當貴, 二曰早寢以當富, 三曰安步以當車, 四曰晚食以當肉。夫已饑而食, 蔬食有過於八珍, 而既飽之餘, 雖芻豢滿前, 惟恐其不持去也。❹ 若此可謂善處窮者矣, 然而於道則未也。❺ 安步自佚, 晚食為美, 安以當車與肉為哉? 車與肉猶存於胸中, 是以有此言也。❻

❶ · 持此紙求僕書: 종이를 가져와서 나에게 글씨를 써달라고 하다. 당시 東坡의 글과 글씨는 모든 사람들이 얻고 싶어 하는 수집의 대상이었다.
  · 發藥: 약으로 삼다. 장생(長生)의 비방으로 삼다.
❷ · 不知藥: 이 세 글자는 『동파지림』에는 없으나 『蘇東坡全集』에는 있으므로 추가함.
  · 君當以何品: 그대는 어떠한 맛의 약을 생각하는가? 何品: 어떠한

맛.

❸ • 戰國策: '策'이란 글자는 『동파지림』에는 없으나 『蘇東坡全集』에
는 있으므로 추가함. 이하의 네 구절은 『戰國策·齊策』에 기재되
어 있는 내용임.

• 方: 秘方, 방법.

• 奉傳: 받들어 그대에게 전하다. 여기서 '奉'은 그 비방의 내용에 대
한 공경의 뜻을 표한 謙語.

❹ • 八珍: 흔히 龍肝, 鳳髓, 豹胎, 鯉尾, 鴞炙, 猩脣, 熊掌, 酥酪蟬 등의
여덟 가지 음식을 말하나 여기서는 진귀한 음식의 총칭임.

• 芻豢[추환; chúhuàn]: 가축. 朱熹注, 『孟子·告子上』에 "草食曰芻,
牛羊是也; 穀食曰豢, 犬豕是也。"라고 하였음. 여기서는 맛난 고기
반찬을 뜻함.

• 惟恐其不持去也: 단지 맛난 음식을 치워주지 않을까 걱정한다. 즉,
배가 부른 나머지 눈앞의 맛난 음식도 빨리 누가 치워주기를 바란
다는 뜻.

❺ • 於道則未: 아직 도의 경지에 이르지 못했다는 뜻. 즉, 아래 문장에
서 말하는 마음속으로는 아직 수레를 타고 다니며 고기를 먹고 싶
은 욕망을 버리지 못했다는 뜻.

❻ • 佚: 여기서는 '逸'과 같은 뜻. 安逸함, 安樂함.

해설

해남에 유배된 이래 동파의 생활은 참으로 비참하기 이를 데
없었다. 당시 해남도는 중국 영토에 속해 있었으나, 한족漢族
은 거의 없고 대부분 이민족인 여족黎族들이 사는 오지 중의
오지였다. 습하고 무더운 열대 기후에 먹을 것은커녕 정갈한
물도 구하기 힘든 곳으로, 중원의 지식인들 중에서는 동파가
최초로 귀양을 온 사람이었을 정도였다.

그러나 동파의 긍정적인 인생관은 이런 환경 속에서 더욱
빛을 발한다. 당시 천하에 문명文名을 떨치고 있었던 동파의
글은 모든 사람들의 수집 대상이었다. 이 글을 쓰게 만들어준

《夢蝶圖》 宋, 劉貫道

장악張鸚이라는 사람도 그 중의 하나였던 모양이다. 그는 종이까지 준비해서 멀리 귀양 나온 동파를 찾아와 장생長生의 비방을 써달라고 청한다. 이에 동파는 네 가지의 소박한 생활원칙을 일러준다. 최악의 환경 속에서 욕심을 버린 소박하고 평범한 삶을 즐기는 동파의 모습이야말로 참된 선인仙人이 아닐까

세 가지 양생養生의 다짐

해제 64세의 동파가 해남도에서의 유배생활을 마치고 귀로에 오르며 쓴 글이다.

번역 동파거사는 오늘부터 술 한 잔에 고기 한 점 이상 먹지 않겠다. 귀한 손님이 와서 성찬盛饌을 해야 할 경우에는 술 세 잔에 고기 세 점으로 늘리겠다. 그보다 적게 먹으면 먹었지, 더 많이 먹지는 않을 것이다. 초대를 받은 경우에는 미리 이 원칙을 사전에 상대방에게 알리겠다. 상대방이 따르지 않고 이보다 더 많이 먹자고 하면 초대에 응하지 않겠다.

하나, 안분자족함으로써 복福을 기르겠다. 둘, 위장胃腸을 넉넉하게 비워둠으로써 기氣를 기르겠다. 셋, 돈을 아껴서 재물을 키우겠다. 원부元符 3년 8월.

원문과 주석

記三養

東坡居士自今日以往, 不過一爵一肉。❶ 有尊客盛饌則三之, 可損不可增。❷ 有召我者, 預以此先之, 主人不從而過是者,

乃止。❸ 一曰安分以養福, 二曰寬胃以養氣, 三曰省費以養財。元符三年八月。❹

❶ · 以往: 以後.
　· 一爵一肉: 한 잔 마실 때 고기 한 점을 먹다. 爵[작, jué]: 술잔.
❷ · 尊客: 귀한 손님.
　· 三之: (한 잔 마실 때 고기 한 점 먹는 것을) 세 倍로 늘인다.
❸ · 止: 초대에 가지 않는다.
❹ · 元符三年八月: 『蘇東坡全集』에는 그 밑에 '二十七日' 四字가 더 있음. 哲宗 元符 三年 八月은 1100년으로, 당시 64세의 동파는 7월에 해남도 유배생활을 마치고 이제 막 歸路에 있었음.

해설 다시는 돌아올 수 없을 것 같았던 중원 땅으로 귀환하는 동파의 심정은 어떠했을까? 아마도 새로운 삶을 살게 된 기분이지 않았을까? 그때 동파는 섭생을 위한 다짐을 한다. 유배생활이 얼마나 힘들었으면 이런 다짐을 다 할까! 그런데 그 말투가 엄숙하기보다는 다분히 유머러스하다. 그러면서도 심원한 뜻이 내포되어 있으니, 음미할수록 감탄하지 않을 수 없게 된다.

노원한魯元翰 공이 난두병腝肚餠을 선물함에 감사하며

해제 수수께끼와 같은 글이다. 난두병이란 물건이 대체 무엇인지, 이 글은 언제, 왜 쓴 것인지, 역대의 주석자註釋者들도 전혀 감을 잡지 못하고 있다. 단지 보답의 선물을 해놓고서는 받지 않겠다면 돌려달라는 유머러스한 표현으로 보아, 장난끼 많은 동파가 노원한魯元翰과 사적私的으로 주고받은 해학이 아닐까 추측된다.

번역 예전에 공公이 제게 난두병暖肚餠을 주신 적이 있었지요. 그 가치가 만 냥이었습니다. 이제 저도 공에게 난두병을 갚아드립니다. 그 값이 말로 다 표현할 수가 없답니다. 가운데는 텅 비어 있되 눈眼이 없으니 물이 새어나가지가 않지요. 위는 꼿꼿한데 귀가 없으니 걸어 놓을 수가 없답니다. 안은 출렁출렁 소리가 나는데 탕湯도 아니고 물도 아니며, 밖은 분명 붉은 색인데 구리도 아니고 납도 아니지요. 목項 부분은 묶은 듯 풀린 듯 잊지 못할 모습이요, 배腹 부분은 사각형도 아니요 원형도 아니지만 확실히 기억할 수 있을 것 같습니다. 물건이 도착하면 받아주시기를 희망하오나, 받지 않으시겠다면 돌려주시기

바랍니다.

謝·魯元翰寄暖肚餅❶

公昔遺余以暖肚餅, 其直萬錢。我今報公亦以暖肚餅, 其價
不可言。中空而無眼, 故不漏; 上直而無耳, 故不懸; ❷ 以活
潑潑爲內, 非湯非水; 以赤歷歷爲外, 非銅非鉛; ❸ 以念念不
忘爲項, 不解不縛; 以了了常知爲腹, 不方不圓。❹ 到希領取,
如不肯承當, 卻以見還。❺

❶ · 魯元翰: 魯有開. 元翰은 그의 字임. 參知政事를 역임한 魯宗道의
조카로 中大夫 벼슬을 하였음. 『宋史』 426권에 그의 傳이 수록되
어 있음.
 · 暖: 暖과 同字. 暖肚餅: 未詳. 藥膳의 일종으로 판단됨.

❷ · 直: 値
 · 懸: 걸다. 懸掛.

❸ · 以活潑潑爲內: 內部가 출렁대는 수분이라는 뜻.
 · 以赤歷歷爲外: 外部의 색조가 분명한 赤色이라는 뜻.

❹ · 以念念不忘爲項, 不解不縛: 목 부분이 줄 따위로 묶인 것도 아니고
풀려져 있는 것도 아닌 이상한 모습이라서, 마음에 두고두고 한 시
도 잊히지 않는다는 뜻.
 · 以了了常知爲腹, 不方不圓: 배 부분은 네모나지도 않고 둥근 모습
도 아니지만 확실하게 기억할 수 있는 모습이라는 뜻.

❺ · 見: 그 뒤의 동사가 피동형임을 알려줌. 被와 상당하는 뜻으로 사
용됨.

벽곡辟穀 이야기

해
제

해남도에서의 유배생활 시기에 쓴 글이다.

번
역

낙양洛陽 남쪽 어느 곳에 깊이를 헤아릴 수 없는 동굴이 있었다. 어떤 이가 그 동굴에 빠져 밖으로 나올 수가 없었다. 매우 배가 고팠다. 그런데 무수한 거북이와 뱀들이 매일 아침마다 고개를 쭉 뽑고서는 동쪽을 바라보며 아침 햇빛을 들이키는 광경을 보게 되었다. 그 사람도 그들이 바라본 쪽을 향하여 계속하여 흉내내어 보았더니, 더 이상 배가 고프지 않고 오히려 몸이 가벼워지며 힘이 생기는 것이었다. 훗날 마침내 그는 그곳을 탈출하여 집에 돌아왔다. 그 후로 그는 식사를 하지 않았다. 그리고 그가 언제 죽었는지 아무도 알지 못했다. 진晉나라 무제武帝 때의 일이었다.

벽곡辟穀을 실천하는 방법은 수백 가지이나 위에서 말한 것이 최선의 방법이며, 이보다 더 이상 신묘神妙한 비법은 없다. 그리고 옥천玉泉; 혀 밑에서 솟는 진액을 먹고, 연홍鉛汞; 납과 구리로 만든 연단의 도구을 체계적으로 구비하게 되면 신선이 되는 것도 멀지 않다고 하겠다. 이 방법은 아주 쉽고 행동에 옮기기도 쉽다. 배우려고만 하면 천하의 모든 사람들이 다 알 수 있지만, 아는 사람들도 실천하지 못한다. 그 이유가 무엇일까? 마음을 하나로 텅 비워내어 청정무욕의 경지에 들어간 사람이 아무도 없기 때문이다.

원부元符 2년에 내가 거주하고 있는 담이儋耳 지역에 쌀이 품귀하여졌다. 먹을 것이 없어 걱정이다. 아들 녀석 과過와 함께 그 벽곡의 비법이나 실천해볼까 싶어, 이 글을 써서 아들 녀석에게 준다. 4월 19일에 쓰다.

원문과 주석

辟穀說❶

洛下有洞穴, 深不可測。❷ 有人墮其中不能出, 飢甚。見龜蛇無數, 每旦輒引首東望, 吸初日光嚥之。❸ 其人亦隨其所向, 效之不已, 遂不復饑, 身輕力强。❹ 後卒還家, 不食, 不知其所終。❺ 此晉武帝時事。

辟穀之法以百數, 此爲上, 妙法止於此。能服玉泉, 使鈆汞具體, 去儒不遠矣。❻ 此法甚易知易行, 天下莫能知, 知者莫能行, 何則? 虛一而靜者, 世無有也。❼ 元符二年, 儋耳米貴, 吾方有絕糧之憂, 欲與過子共行此法, 故書以授之。❽ 四月十九日記。

❶ · 辟穀: 벽곡. 곡식을 먹지 않고 바람과 이슬만 먹으며 長生不死를 시도하던 고대 導引術의 한 방법. 斷穀, 絕穀, 休糧 등의 명칭으로도 불렸음.

❷ · 洛: 洛陽.

❸ · 蛇: 蛇, 뱀.

- 引首: 고개를 들다. 고개를 쭉 내밀다.
- 吸初日光: 아침 햇빛을 빨아들이다.

❹ • 隨其所向, 效之不已: 거북이와 뱀이 향한 쪽을 바라보고 그들이 하는 대로 계속 흉내내다. '其'와 '之'는 모두 '거북이와 뱀'을 지칭하는 代詞.

❺ • 不知其所終: 그가 언제 죽었는지 알 수 없었다. 不老長生하여 신선이 되었을 것이라는 뜻.

❻ • 晉武帝: 司馬炎. 司馬昭의 長子로 曹氏의 魏 나라를 찬탈한 후, 吳 나라를 멸망시켜 삼국시대에 종지부를 찍었다.

- 玉泉: 침. 혀 밑에서 나오는 津液. 도인술에서는 이 진액을 常服하면 무병장수한다고 생각하였다.

- 鉛汞[연홍, qiāngǒng]: 납과 수은. 도인술에서는 납과 수은으로 만든 솥으로 단약을 만들어야 불로장생의 선약이 만들어진다고 여겼음.

- 去僊: 신선으로 떠나가다. 신선이 되다. '僊'은 '仙'과 같은 글자임.

❼ • 虛一而靜: 『老子』16章에 나오는 "빈곳의 끝에 도달하면 淸淨無慾의 경지를 지키게 된다(致虛極, 守靜篤)"의 또 다른 표현. 마음의 상태를 비우고 비워서 극에 이르게 되면 淸淨無慾만이 남는다는 뜻.

❽ • 元符二年: 1099년. 당시 동파는 63세로 해남도에서 유배생활 중이었다.

- 儋耳: 海南島 儋州의 옛 명칭.

- 吾方: 동파와 아들 過를 지칭함.

- 授之: 그에게 주다. 여기서 '之'는 문맥상 아들인 蘇過를 지칭한다고 보는 것이 타당하겠다.

해설 벽곡辟穀은 곡식을 먹지 않고도 살 수 있는, 도인道人들 사이에 전해져 내려온 불로장생의 비법을 말한다. 오늘날에도 해외 토픽을 통하여 이따금 벽곡을 실천하고 있다는 중국의 기인奇人들이 소개되기도 한다. 그 효능성에 대한 과학적 판단은 그

방면의 전문가에게 맡겨두자. 아무튼 동파는 이 글에서 그 비법의 기원과 실천 방법에 대해 설명하고 있다. 누구에게? 아버지를 모시기 위해 해남도까지 따라온, 그 무렵 동파의 유일한 동반자인 아들 과(過)에게. 무엇 때문에? 아들에게 불로장생의 비법을 가르쳐주기 위해서가 아니다. 먹을거리가 없어도 배고픔을 참는 긍정적이고 적극적인 방법을 찾기 위해서 이 글을 썼다는 사실을 독자들이 눈치챌 무렵, 이 위대한 천재 문인이 처한 기막힌 환경에 가슴이 시려지는 느낌을 받게 될 것이다.

견직絹織 복용에 대하여

해제 이 글 역시 해남도에서의 유배 기간에 쓴 글로 추정된다.

번역 의사인 장군張君이 신선들이 복용하는 최고의 선약仙藥이라고 하면서 견직물絹織物을 복용하는 비방을 전해주었다. 하지만 견직물이라는 게 원래 추위를 막아주는 용도로 쓰는 건데, 이제 선약이나 먹거리로 삼아야 한다니! 그럼 추울 때는 지푸라기로 만든 방석을 덮어야 한단 말인가? "옷 입고 밥 먹는다"는 말을, 이젠 "옷 먹고 밥을 입는다"로 바꿔야겠구먼?

원문과 주석

記服絹

醫官張君傳服絹方, 真神仙上藥也。❶ 然絹本以禦寒, 今乃以充服食,❷ 至寒時當蓋稻草席耳。世言著衣喫飯, 今乃喫衣著飯耶?

❶ · 服絹: 견직으로 만든 옷을 약을 삼아서 먹다.

❷ · 充服食: 약을 복용하고, 음식을 먹는 것으로 삼다. 充: 當.

옛날 사람들의 삶은 참으로 곤궁했나보다. 얼마나 병이 많고, 얼마나 먹을거리가 부족했으면 옷을 만드는 견직물을 약이나 식량으로 삼는 '비법'이 탄생했을까! 그 어이없는 '비법'을 전해 들으면 자신의 처지에 화도 나고 우울해지기도 하련만, 동파는 웃음과 유머로 껄껄 웃어넘기고 있다. 이 짧은 기록 속에서도 동파의 낙천적인 천성이 여실히 드러나 보인다.

황중黃中의 내공을 닦다

해제 동파가 64세 되는 해의 정월 초하룻날에 쓴 글이다.

번역 원부元符 3년은 세차歲次가 경진년庚辰年이다. 그해 정월 초하루는 무진일戊辰日이요, 그날 진시辰時는 병진시丙辰時이다. 이렇게 진辰이 세 개요, 무戊가 하나이니, 네 개의 토土가 모인 깃에, 병丙과 경庚이 더해진 것이 이 시각이다. 그런데 병丙은 토土의 어미이고, 경庚은 토土의 아들이니, 토土의 기운이 이만큼 왕성한 시각이 없는 것이다. 그러므로 이 시각부터는 꼭 황중黃中의 기운을 키워야 하리라. 이 시간이 지나면 앞으로 또 늘 풀죽을 쒀먹어야 하므로.

하루 종일 좌선한 채 묵언黙言을 하고 황중을 키우는 수양을 하였다. 바다 바깥으로 귀양 나와 지내지 않았다면 어찌 이 같은 경사를 맛볼 수 있었으랴! 동파거사 쓰다.

記養黃中❶

元符三年, 歲次庚辰; 正月朔, 戊辰; 是日辰時, 則丙辰也。❷
三辰一戊, 四土會焉, 而加丙與庚;❸ 丙, 土母, 而庚其子也。❹
土之富, 未有過於斯時也。❺ 吾當以斯時肇養黃中之氣, 過此
又欲以時取薤薑蜜作粥以啖。❻ 吾終日默坐, 以守黃中, 非謫
居海外, 安得此慶耶?❼ 東坡居士記。

❶ • 黃中: 心臟. 고대의 陰陽五行에서는 五色을 五行, 五方과 상호 연
계하여 인식함. 그 중 흙(土)은 가운데(中)에 위치하므로 黃色이
中央을 대표하는 색깔이 되었음. 인체 내에서는 심장이 한 가운데
있으므로 黃中이라고 칭한 것임. 그러나 여기서는 내면의 德性을
의미함.

❷ • 歲次: 12干支를 따라서 정한 해의 차례.
  • 庚辰: 60甲子의 17번째.
  • 朔: 朔日. 매달 음력 초하룻날.
  • 辰時: 오전 7시에서 9시.

❸ • 三辰一戊, 四土會焉: '辰'은 十二干支에서 5번째로, 五行에서는 흙
(土)에 해당함. '戊'는 天干에서 5번째로 역시 五行의 흙에 해당함.
그러므로 '흙(土)'이 네 개 모였다고 표현한 것임.

❹ • 丙, 土母: '丙'은 五行에서 불(火)에 속함. 그런데 흙(土)은 불에서
생기므로 '丙'이 '土'의 어머니라고 표현한 것임.
  • 庚其子: '庚'은 五行에서 金에 속함. 그런데 金은 흙에서 생기므로
'庚'이 '土'의 아들이라고 표현 한 것임. '其'는 土를 지칭함.

❺ • 土之富: 土의 기운이 강성한 것.

❻ • 肇[조; zhào]: 시작하다.
  • 取薤薑蜜作粥: 염교나 생강 따위를 꿀로 삼아 죽을 만들어 먹다.
薤[해, xiè]: 염교. 백합과에 딸린 여러해살이 풀.

❼ • 慶: 기쁨, 행복.

또 한 편의 가슴 아픈 글이다. 문명 세계를 벗어난 절해의 고도인 해남도에 귀양 온 지 4년째로 접어드는 원부元符 3년1100의 설날 아침, 동파는 낡은 초막집에서 좌선하며 자신이 처한 '시간'의 의미를 곰곰 생각해본다. 그의 결론은 황중黃中, 즉 내적內的 수양을 더욱 쌓아야겠다는 것이었다. 다가올 새해에는 더욱 모진 굶주림의 삶이 기다리고 있음이 예측되었으므로. 기막히게 슬퍼져야 할 그 순간, 동파는 그러나 오히려 황중의 수양을 연마할 수 있는 절호의 기회로 생각하고, 즐거운 경사慶事로 받아들이고 있다. 그 모진 상황을 절실하게 음미해볼수록 그의 정신세계에 탄복을 금할 수 없는 글이다.

제4부

질병疾病

東坡志林

자첨子瞻, 안질이 생기다

해제
유배시기에 쓴 글이지만 정확하게 언제 쓴 것인지는 알 수 없다.

번역
안질에 걸렸도다. 어떤 이가 회를 먹어서는 안 된다고 하는구나. 나는 그 말을 듣고자 하였으나, '입□'이란 녀석이 자꾸만 안 된다고 하네? "나는 그대의 입이오. 저 녀석은 그대의 눈眼이구요. 그런데 저 녀석만 잘 대해주면서, 내게는 어찌 이리 박대하신단 말이오? 저 녀석이 아프다고 나를 굶기게 하다니, 나는 싫소이다!" 자첨은 결정을 내릴 수가 없도다. 입이 눈에게 말하는 소리가 들리누나. "앞으로 내가 오랫동안 아프게 되어도 네가 사물을 보는 걸 막지 않을게!"

관중管仲이 이런 말을 한 적이 있었지. "병에 걸리는 걸 두려워하듯 법의 지엄함을 두려워하면 최고의 백성이요, 제멋대로 흐르는 물처럼 방종하는 마음을 품으면 못된 백성이다." 또 이런 말도 했었지. "안일함을 탐하는 것은 독주에 탐닉함과 마찬가지이니, 그런 생각을 가지지 말지어다." 그래, 『예기禮記』에는 이런 말이 있어. "군자는 장중하고 타인을 공경하는 태도를 지니면 모든 일에 나날이 힘을 받게 되고, 내키는 대로 행동하면 나날이 순간의 안일함이나 탐하게 된다.” 이 말들을 허리띠에 써놓아야 하리라. 그리하여 나는 “병에 걸리는 걸 두려워하듯 법의 지엄함을 두려워하라”는 말을 사사로이 기록해 놓는다.

원문과 주석

子瞻患赤眼❶

余患赤目, 或言不可食膾。❷ 余欲聽之, 而口不可, 曰:「我與子爲口, 彼與子爲眼, 彼何厚, 我何薄? 以彼患而廢我食, 不可。」❸ 子瞻不能決。口謂眼曰:「他日我痦, 汝視物吾不禁也。」❹ 管仲有言:「畏威如疾, 民之上也; 從懷如流, 民之下也。」❺ 又曰:「燕安酖毒, 不可懷也。」❻《禮》曰:「君子莊敬日強, 安肆日偷。」❼ 此語乃當書諸紳, 故余以「畏威如疾」爲私記云。❽

---

❶ • 子瞻: 동파의 字.
　• 赤眼: 급성결막염. 눈이 빨개지기 때문에 赤眼, 또는 赤目이라고 하였음.
❷ • 膾: 생고기, 또는 물고기를 얇게 썬 것.
❸ • 彼何厚, 我何薄?: 눈(眼)은 후대하면서, 나는 왜 박대하시오? ‘彼’는 여기서 ‘눈(眼)’을 지칭함.
　• 以彼患而廢我食: 눈이 아프다고 해서 나를 못 먹게 하다. ‘以’는 여기서 ‘因爲’의 뜻.
❹ • 痦[고; gū]: 고질병. 오래 아프다.
❺ • 管仲: 춘추시대 제나라의 유명한 정치가. 이름은 夷吾. 仲은 그의 字이다.
　• 畏威如疾: 병에 걸리는 것을 두려워하듯 법의 위엄을 두려워하다.

- 從懷如流: 흐르는 물처럼 방종하는 마음을 가슴에 품다. '從'은 '縱'. 방종하다.
❻ • 燕安酖毒: 안일함에 빠져있는 것은 독주를 탐닉하는 것과 같다. '燕安': 안일함. 酖[짐; dān]: 술을 마시다. 술에 빠져 지내다.
❼ • 君子莊敬日强, 安肆日偸: 君子가 장중하고 타인을 공경하는 태도를 보이면 모든 일에 있어서 나날이 힘을 받게 되고, 방자하게 행동하면 나날이 눈앞의 안일이나 탐하게 된다. 『禮記・表記』에 나오는 말.
❽ • 當書諸紳: 마땅히 허리띠에 써놓아야 하다. 諸: 之於. 紳: 선비의 허리띠.

해설 너무나 재미있는 글. 유배 온 동파는 병에 걸려도 너무나 유쾌했다. 안질에 걸려 눈이 빨개지자 누군가 회를 먹지 말라고 한 모양이다. 하지 말라는 것은 더 하고 싶은 것이 인지상정인지라, 동파는 갑자기 회가 더 먹고 싶어졌다. 장난기 많은 동파는 자신의 '입ㅁ'이 투정하는 목소리에 스스로의 마음을 대변하게 하고서는, 다시 점잖게 선현들의 말을 인용하여 '입'을 타이른다. 생각해보면 유배 온 처지에 병까지 걸린 사람이 진짜로 유쾌할 리는 없다. 고난 속에서도 긍정적인 면을 찾으려 하고, 매사에 즐거움을 잃지 않으려는 적극적 인생관이 투영된 것이리라. 유머와 웃음은 천성의 소치가 아니라 노력과 습관이 아닐까.

눈과 이의 치료법

해제 당대 최고의 문인 동파에게는 수없이 많은 숭배자들이 있었다. 그 중에서도 동파는 특히 황정견黃庭堅, 진관秦觀, 조보지晁補之와 장뢰張耒를 매우 아꼈다. 이른바 소문사학사蘇門四學士가 바로 그들이다. 그들은 황주에서 유배생활을 하고 있던 동파를 자주 찾아갔다. 그 중 어느 해의 정월 초하룻날, 동파는 자신을 찾아온 구양수의 아들인 구양비歐陽棐와 조보지, 장뢰와 함께 인근의 사찰로 산책을 나간 모양이다. 이 글은 그때 장뢰가 일러준 안질 치료법을 기록한 것이다.

번역 정월 초하룻날, 구양숙필歐陽叔弼과 조무구晁無咎, 장문잠張文潛과 함께 사찰의 계단戒壇에 놀러갔다. 내가 눈이 침침해지는 병에 걸려 더운 물로 씻으려 한다고 하니, 문잠이 말했다.

"눈병은 물로 씻으면 안 됩니다. 눈병이 생기면 눈을 많이 사용하지 말아야 하며, 치통이 생기면 이를 많이 사용해야 하는 법입니다. 치료법이 서로 다르지요. 안질의 치료법은 백성을 다스리듯 해야 하고, 치통의 치료법은 군대를 다스리듯 해야 하는 법입니다. 백성은 조삼曹參이 제齊나라를 다스린 것처

럼 무위無爲의 방법으로 다스려야 하고, 군대는 상앙商鞅이 진
秦나라를 법으로 다스린 것처럼 엄격하게 다스려야 합니다."

　매우 일리 있는 말이라서 덧붙여 기록하여 둔다.

治眼齒

歲日, 與歐陽叔弼、晁無咎、張文潛同在戒壇。❶ 余病目昏,
將以熱水洗之。❷ 文潛曰:「目忌點洗。目有病, 當存之, 齒有
病, 當勞之, 不可同也。❸ 治目當如治民, 治齒當如治軍, 治
民當如曹參之治齊, 治軍當如商鞅之治秦。」❹ 頗有理, 故追
錄之。

❶ • 歲日: 정월 초하룻날. 商務印書館本에는 '前日'로 되어 있다.
　• 歐陽叔弼: 歐陽棐. 叔弼은 그의 字이다. 歐陽脩의 아들.
　• 晁無咎: 晁補之. 無咎는 그의 字이다. 수많은 동파의 추종자 중에
　　서 黃庭堅, 秦觀, 張耒와 함께 특히 동파의 총애를 받았던 이른바
　　蘇門四學士 중의 하나.
　• 張文潛: 張耒. 文潛은 그의 字이다. 역시 蘇門四學士 중의 하나.
　• 戒壇: Mandala. 불교에서 승려에게 受戒를 주는 식장. 높게 쌓아
　　올렸으므로 중국어로 번역할 때 壇이라고 한 것임.
❷ • 昏[혼; hūn]: 昏. 어두침침하다.
❸ • 目有病, 當存之: 눈병이 생기면 눈을 많이 사용하지 않는다. 存: 保
　　養하다.
　• 齒有病, 當勞之: 치통이 생기면 이를 많이 사용하게 한다. 勞: 많이
　　사용하다.
❹ • 曹參: 字는 敬伯. 西漢의 개국공신. 蕭何의 뒤를 이어 한나라의 두
　　번째 승상을 역임함. 孝惠帝元年(B.C.194)에 齊國 승상을 맡은
　　후, 蓋公이 제안한 淸靜의 정치를 시행하면 백성들은 저절로 안정
　　된다는 이른바 黃老의 無爲之治를 시행하여 큰 효과를 거두었다.

• 商鞅: 戰國시대의 정치가. 본명은 衛鞅. 本姓은 姬氏였으나 衛나라의 公族 출신이었으므로 衛氏가 되었고, 公族 출신이라 하여 公孫鞅이라고도 함. 훗날 商나라의 제후로 봉해졌으므로 후세인들이 商鞅이라고 함. 엄격한 法家로 나라를 다스려야 한다는 주장이 秦나라에 채택되어 秦이 富國强兵 하여 훗날 秦始皇의 천하통일에 결정적인 기반을 닦았음. 그러나 본인 역시 자신이 만든 法網에 걸려 죽음을 당했음.

해설

이 글은 언뜻 읽어보면 질병 치료법을 언급한 것처럼 보인다. 그러나 유념해서 읽어보자. 동파의 관심은 '눈과 이의 치료법'보다는 '백성과 군대를 다스리는 방법'에 있는 것 같지 아니한가! '질병'은 단지 그에게 제공된 생각의 실마리에 불과할 뿐, 동파는 언제나 자신이 경험하는 작은 일 하나하나를 통해, 삶과 우주의 궁극적 원리를 생각해 보고자 하였던 것이다.

귀머거리 방안상龐安常

해제 『동파지림』 제1권 「여행記游」 챕터의 「사호 유람遊沙湖」에 거의 같은 내용이 중복 수록되어 있다. 그 글을 참조하여 다시 한 번 읽어보는 것이 좋겠다.

번역 기주蘄州 땅의 명의名醫 방안상龐安常은 귀머거리다. 사람들과 대화를 나눌 때는 반드시 글로 써주어야만 상대방의 뜻을 알아차렸다. 내가 웃으며 말했다. "나와 그대는 모두 천하의 기인奇人일세. 나는 손이 입인데, 당신은 눈이 귀이니, 어찌 기인이 아니겠소!"

원문과 주석

龐安常耳聵❶

蘄州龐君安常善醫而聵, 與人語, 須書始能曉。❷ 東坡笑曰: 「吾與君皆異人也, 吾以手為口, 君以眼為耳, 非異人乎!」

❶・龐安常: 北宋 시대의 명의. 본명은 安時. 安常은 그의 字이다. 湖北 蘄水 사람. 어렸을 때부터 책을 한 번 읽으면 잊어버리지 않아

古今의 일을 모르는 것이 없었다. 나이가 들며 귀가 먹었으나, 독학으로 의학을 익혀 침술로 수많은 사람들을 치료하였다. 치료를 받은 이들이 마을 입구에 공덕비를 세울 정도였다. 『東坡集』에 「與龐安常」이 전해진다.

· 聵[외; kuì]: 귀머거리.

❷ · 蘄[기; qí]州: 오늘날의 湖北省 黃岡市 浠水縣.

《村醫圖》宋, 李唐

제5부

몽매 夢寐

東坡志林

삼료선사의 다시茶詩에 관한 꿈 이야기

해제 동파가 꿈에 절친한 스님인 삼료參寥 선사를 만나고 나서 쓴 글. 혜주惠州 또는 해남 유배시기의 글로 추정된다.

번역 엊저녁 꿈에 삼료參寥 선사가 시 한 두루마리를 가지고 찾아왔다. 잠에서 깨어나 그 중 「음다시飮茶詩」 두 구절을 기록해 둔다.

한식(寒食)과 청명(淸明)이 모두 지난 봄날이 되었으니
돌우물도, 겨우내 쓰던 홰나무 장작도 문득 새롭게 변했구나!

내가 꿈에서 물었다. "봄이 되었으니 나무 장작이야 새 걸로 쓴다지만, 우물은 왜 새롭게 변했단 말입니까?" 선사가 대답했다. "이곳 풍속은 청명절 날에 우물 청소를 한다오." 그 시를 계속 완성하기 위하여 이 일을 기록해둔다.

원문과 주석

記夢參寥茶詩

昨夜夢參寥師攜一軸詩見過, 覺而記其《飲茶詩》兩句云: ❶
「寒食清明都過了, 石泉槐火一時新。」❷ 夢中問: 「火固新矣,
泉何故新?」 答曰: 「俗以清明淘井。」❸ 當續成詩, 以記其事。

❶・參寥: 參寥子. 송나라 때의 승려 道潛의 별호. 道潛은 浙江省 於潛
  (오늘날의 臨安縣) 사람으로 詩歌에 뛰어나 동파나 秦觀 등과 자
  주 어울렸음. 조정에서 紫衣를 하사하고 '妙總'이라는 법호를 내린
  적이 있어서 동파는 그를 '妙總師' 또는 '妙總大師'로 부르기도 하
  였음.
 ・軸: 감긴 실이나 두루마리를 세는 단위. 量詞.
 ・過: 방문하다. 찾아오다.
❷・石泉: 바위에서 나오는 샘물. 石井.
 ・槐[괴; huái]火: 홰나무로 붙인 불.
❸・淘井: 우물을 깨끗이 청소하다.
 ・火固新矣: "(봄이 되었으니) 불쏘시개는 당연히 새것으로 바뀌었
  겠지만." 고대에는 疫病을 막기 위해 계절에 따라 서로 다른 종류
  의 목재를 사용했음. 겨울에는 주로 홰나무나 박달나무를 사용했
  음. 그런데 寒食과 淸明이 다 지나버린 봄이 되었으니, 불쏘시개로
  사용할 나무는 당연히 새로운 종류로 바뀌었으리라는 뜻.

해설

동파는 꿈을 잘 꾸었다. 보통 사람은 대개 깨고 나면 꿈을 꾼
내용을 잊어버리는데, 동파는 이상하게도 생생하게 꿈을 기
억했다. 꿈에서 남이 읊은 詩도 기억하고, 자기가 지은 시도
기억했다. 꿈은 간절한 현실의 반영이라던가. 얼마나 간절하
면 꿈에서도 시를 지을 수 있는 걸까.

꿈에서 시부 詩賦를 읊다

해제 동파가 황주에서 유배생활을 하던 시기에 24년 전에 꾸었던 꿈을 회상하며 쓴 기록이다. 당시 46세.

번역 내가 청년 시절, 고향인 사천四川에서 과거 시험을 보기 위해 경사京師로 가던 길에 화청궁華淸宮을 찾은 적이 있었다. 그때 꿈에 당庚 명황明皇이 내게 앙거미의 치마와 요대腰帶를 소재로 시詩를 지으라는 명을 내렸다. 잠에서 깨어나 그 시를 기록해 둔 적이 있다. 이제 가산柯山 반대림潘大臨에게 그 시를 적어 보낸다.

> 잔잔한 물결처럼 일렁이는 주름 잡힌 치마에,
> 몰려드는 새털구름 속엔 얇디얇은 선녀의 하늘 옷.
> 산들바람 맞으며 광한궁 앞에서 걸어오는 항아인가.
> 살며시 들려오는 허리띠 노리개의 보요성(步搖聲).

원풍元豐 5년 10월 7일에.

원문과 주석

記夢賦詩

軾初自蜀應擧京師, 道過華淸宮, 夢明皇令賦《太眞妃裙帶詞》, 覺而記之。❶ 今書贈柯山潘大臨邠老,❷ 云:「百疊漪漪水皺, 六銖縰縰雲輕。植立含風廣殿, 微聞環佩搖聲。」❸ 元豐五年十月七日。❹

❶ ·軾初自蜀應擧京師: 동파가 청년 시절에 고향인 蜀(四川)의 眉山에서 과거 시험을 보기 위해 京師인 汴京(開封)으로 갔을 때. 당시 동파는 22세였고, 이 글은 46세(1082년)에 쓴 것이다.
· 華淸宮: 唐 玄宗이 양귀비를 위해 長安(西安) 동쪽 驪山 아래 지은 별궁.
· 明皇: 唐 玄宗.
· 太眞妃: 楊貴妃를 지칭함.

❷ ·柯山: 浙江 吳興縣에 있는 산 이름. 潘大臨의 고향. 原作에는 '何山'으로 기재되어 있으나 『蘇東坡全集』에는 '柯山'으로 되어 있음. 또 潘大臨의 문집 이름도 『柯山集』이므로, '柯山'으로 수정함.
· 潘大臨: 字는 邠老. 北宋 江西詩派의 시인. 동파와 자주 어울렸음. 생졸 연도는 未詳.

❸ ·百疊: 치마 주름이 여러 번 겹쳐진 모양.
· 漪漪[의; yī]: 물결이 잔잔하게 일어나는 모습.
· 皺[추; zhòu]: 주름.
· 六銖[수; zhū]: 佛經에 나오는 신비의 天衣인 六銖衣. '銖'는 一兩(여기서 兩은 무게의 단위)의1/24. 그만큼 超輕量의 옷이라는 뜻. 속세를 초탈한 수행자가 深山의 高峰絶頂에서 수련할 때 입었던 옷이라고 함. 여기서는 양귀비가 입은 옷을 지칭함.
· 縰縰[쇄; xǐ]: 수없이 많은 모습.
· 植立含風: 산들바람을 맞으며 서 있다.
· 廣殿: 달나라에 사는 嫦娥의 廣寒宮.
· 環佩: 허리띠에 매달아놓은 옥으로 만든 노리개.
· 搖聲: 걸을 때마다 흔들리는 소리. 일반적으로 步搖聲이라고 함.

해설

꿈에서 지은 시가 어쩌면 이리도 천의무봉天衣無縫한가! 마음
이 지극하면 꿈에서도 나타난다 하였으니, 동파가 낮에 화청
궁을 찾았을 때 필경 골똘히 시상詩想에 잠겼을 터! 그 결과가
현몽한 것 아닐까?

양귀비의 《華淸出浴圖》
淸, 康壽

자유子由의 꿈 이야기

해제 동파가 50세에 경사京師에서 중서사인中書舍人직을 맡고 있을 때 쓴 글.

번역 원풍元豐 8년 정월 초하룻날, 아우 자유子由가 이사녕李士寧이 시를 휘갈겨 쓰는 꿈을 꾸었다고 한다. 그가 꿈에서 절구絶句 한 수를 써주었다는데, 그 내용은 이렇다.

선생께서 따스하게 나그네를 만나주시니,
닭과 돼지 잡아서 금방 굽고 삶아 주시네.
속세에선 의심할 필요 없이 술과 안주 즐기누나.
봉래산에 돌아가면 먹을 것도 없다오.

그 다음해 윤이월 육일에 내게 그 이야기를 해주길래, 그 시를 아들 녀석 과過에게 써준다.

원문과 주석

記子由夢

元豊八年正月旦日, 子由夢李士寧, 草草爲具,❶ 夢中贈一絕
句云:「先生惠然肯見客, 旋買雞豚旋烹炙。❷ 人間飮酒未須嫌,
歸去蓬萊卻無喫。」❸ 明年閏二月六日爲予道之, 書以遺過子。❹

❶ · 元豊八年: 1085년. 동파 나이 49세. 황주 유배에서 사면되어 江蘇
  省 常州에 있을 때이다.
 · 旦日: 음력 초하루. 그 다음 날.
 · 李士寧: 北宋 시대의 奇人. 四川 蓬州 사람. 글자를 모르면서도 詩
  를 자유롭게 지었다고 함. 司馬光,『涑水記聞』권 16 참조.
 · 草草: 대충 휘갈겨 쓰다.
 · 爲具: 완성하다.
❷ · 惠然: 인자하고 너그러운 모습.
 · 旋: 오래지 않아, 금방.
❸ · 未須嫌: 의심할 필요 없이.
 · 蓬萊: 봉래산. 전설 속의 三神山 중의 하나. 여기서는 仙境을 지칭함.
 · 卻無喫: 먹을 것이 없다. 신선들은 불을 피워 밥을 해먹지 않는다
  는 뜻임.
❹ · 明年閏二月六日: 1086년. 동파 나이 50세. 태황태후의 총애로 京
  師에서 中書舍人 직을 담당하고 있을 때임.
 · 遺[wèi]: 전하다. 선물하다.
 · 過子: 동파의 아들 蘇過.

해설

동파만 꿈에서도 시를 쓰는 재주를 지닌 것이 아니었다. 그의
아우 소철蘇轍도 종종 꿈속에서 시를 쓰곤 하였다. 이 글 속의
시가 어떻게 이사녕李士寧이라는 기인奇人이 지은 것이겠는가!
꿈속에서 읊었으니 꿈을 꾼 사람이 지었다고 하는 것이 당연
하지 않을까?

자유子由의 탑塔 꿈 이야기

해제 꿈 이야기라서 그런지, 원문에 사용된 애매한 호칭 때문에 누가 지은 글인지 다소 애매모호하다. 동파가 쓴 것인지, 아우인 자유子由가 쓴 글을 동파가 옮겨놓은 것인지 학자들의 의견도 분분하다. 그에 따라 우리말 번역도 달라진다. 여기서는 동생 자유가 쓴 내용을 형인 동파가 옮겨 적은 것으로 판단하고 번역하였다.

번역 내일은 형님 생일이군요. 어젯밤에 제가 형님과 함께 미산眉山에서 경사京師로 가는 꿈을 꾸었답니다. 이주利州 땅의 협곡을 지나가다가 스님 두 분을 만나 동행을 하게 되었지요. 그중 한 스님은 수염이 아주 푸르뎅뎅하였답니다. 그 스님이 제게 전에 어떤 화복禍福을 겪으며 살아왔는지 물어보더군요. "예전엔 아무런 재앙도 겪지 않고 아주 잘 지냈지요." 그렇게 대답했더니만 이번에 경사에 가면 뭐가 필요한지 물어보더군요. "좋은 주사硃砂 대여섯 전錢이 있었으면 합니다." 그러자 스님이 손에 자그마한 묘탑卯塔을 들고서 말하더군요. "바로 이 안에 사리舍利가 있다오."

형님이 그 탑을 넘겨받자, 그게 저절로 열리지 뭡니까! 찬란하게 빛나는 사리가 있었지요. 형님이 저더러 그걸 삼키라고 하더군요. 스님이 사리를 세 동강으로 나누었지요. 스님이 먼저 먹고, 저희 형제가 이어서 먹었답니다. 각기 한 량兩 무게였는데, 굵기와 크기는 달랐지만 전부 다 밝고 하얗더군요. 허공에 솟구쳐 날아오르기도 했답니다.

각기 한 마디씩 했지요. 스님은 "이걸로 탑을 만들려고 했더니 먹어버리고 말았군!" 그래서 제가 그랬지요. "우리 세 사람 어깨에 각기 작은 탑을 세우면 되겠군요." 그랬더니 형님이 그러시더군요. "우리 세 명이 바로 곧 탑 세 개가 된 것이 아니겠는가!" 스님이 껄껄 웃는 소리에 잠에서 깨어났답니다. 깨고 난 다음에도 가슴에 뭐가 걸려 있는 느낌인 것이, 어쩐지 안에 뭔가 들어 있는 기분이었답니다. 꿈이 하도 생생한지라, 우스갯거리 삼으시라고 알려드립니다.

원문과 주석

記子由夢塔

明日兄之生日。昨夜夢與弟同自眉入京, 行利州峽, 路見二僧, 其一僧鬚髮皆深青, 與同行。❶ 問其向去災福, 答云:「向去甚好, 無災。」❷ 問其京師所需,「要好硃砂五六錢。」又手擎一小卵塔, 云:「中有舍利。」❸ 兄接得, 卵塔自開, 其中舍利燦然如花, 兄與弟請吞之。僧遂分為三分, 僧先吞, 兄弟繼吞之, 各一兩, 細大不等, 皆明瑩而白, 亦有飛迸空中者。❹ 僧言:「本欲起塔, 卻喫了!」弟云:「吾三人肩上各置一小塔便了。」兄言:「吾等三人, 便是三所無縫塔。」僧笑, 遂覺。覺後胸中噎噎然, 微似含物。夢中甚明, 故閑報為笑耳。❺

❶ • 眉: 동파의 고향인 사천 眉山.
　• 利州: 四川 廣元.
❷ • 向去: 이전, 종전, 과거.
　• 問其向去災福: 이전에 어떤 재앙과 복을 겪으며 살아왔는지 물어
　　보다.
❸ • 硃砂: 朱砂. 鑛物名. 고대의 方士들이 단약을 만들던 주요 원료.
　　丹砂, 辰砂라고도 함.
　• 擎[경; qíng]: 손으로 들다.
　• 卯[묘; mǎo]塔: 못을 쓰지 않고 연결고리마다 구멍에 사개로 끼워
　　맞추어 나무로만 만든 탑.
❹ • 迸[병; bèng]: 솟아나다.
❺ • 無縫塔: 틈새가 없이 만들어진 탑. 卯塔을 지칭함.
　• 噎噎然: 목에 음식에 걸린 것 같은 상태.

해설

이 글은 누가 지은 것일까? 본문 속의 '형兄'이라는 표현이 동파가 스스로를 지칭한 것이라면 동파가 쓴 것이겠지만, 자유子由가 스스로를 '제弟'라고 표현한 것이라면 동생이 쓴 것을 동파가 옮겨 적었다는 이야기가 된다. 주석註釋을 단 학자들의 견해도 다르다. 조학지趙學智본에서는 전자前者의 입장을, 유문충劉文忠본에서는 후자後者로 해석하고 있다. 그러나 문맥을 잘 살펴보면 자유가 쓴 것을 동파가 옮겨 적었다고 보는 것이 타당할 것 같다. 그 이유는 이렇다.

첫째, 맨 뒷부분에서 세 사람이 각기 한 마디씩 말하는 대목을 주의 깊게 살펴보자. 동파는 맨 마지막에 등장하여 '사리를 먹었으니 우리가 바로 곧 탑'이라고 말한다. 최고의 경지에 오른 고수高手의 언어다. 동파 스스로 이렇게 자기 어깨에 힘을 주었을까? 형을 존경하고 숭배하는 동생의 마음이 담긴 것 아니겠는가.

둘째, 문장 첫 머리에 '내일'이 동파의 생일이라는 사실을 밝혀놓은 이유를 생각해볼 필요가 있다. 석가모니의 불골佛骨인 사리舍利를 먹었다는 것은 길몽 중의 길몽일 것이다. 유배 생활을 하는 형의 생일을 맞아 길몽을 꾼 이야기를 해 줌으로써 위로의 선물로 주고자 하는 동생의 마음이 담겨 있다고 보는 것이 타당하다. 동파가 쓴 글이라면 '내일'이 자신의 생일임을 구태여 강조할 필요가 없지 않겠는가. 문맥상 꿈 이야기와 어울리지 않는다.

셋째, 이 글의 원제原題를 보자. 이 꿈을 꾼 사람은 자유가 틀림없다. 따라서 이 글을 쓴 사람도 동파가 아니라, 동생인 소철이다. 그렇다면 이 글은 아마도 아우의 마음 씀씀이에 가슴이 뭉클해진 동파가, 동생이 보내온 글을 따로 옮겨 적으며 그 해의 생일을 오래도록 기억하고자 한 것은 아니었을까.

꿈에서 「제춘우문祭春牛文」을 짓다

해제

오대시안烏臺詩案의 필화筆禍로 황주黃州에 귀양 온 지 4년째 되던 해에 지은 글이다. 꿈을 꾸고 쓴 글이라지만 꼭 현실에서 일어난 이야기 같다.

번역

원풍元豊 6년 12월 27일 날이 밝을 무렵, 관리 몇 사람이 종이 한 쪽을 들고 나를 찾아온 꿈을 꾸었다. 종이 위에는 "「제춘우문祭春牛文」을 청함"이라고 쓰여 있었다. 나는 붓을 들어 종이 위에 휘갈겨 써내려갔다.

때는 삼양(三養)이니 봄이 되었도다.
뭇 풀들이 여기저기 돋아나려 하니
진흙으로 토우(土牛)를 만들어서 농사일을 독려코자 하노라.
화려한 옷과 이불들도 본디 진흙에서 나온 것.
성공과 실패는 순식간의 일이니, 기뻐하고 화낼 일이 아니로다!

관리 한 명이 웃으며 말했다. "맨 마지막 두 구절은 누가 보면 또 화를 내겠구먼요?" 그러자 옆에 있던 관리가 말했다.

"뭐 어떻소? 그 사람들 깨우쳐 주고자 하는 말인데."

원문과 주석

夢中作祭春牛文

元豐六年十二月二十七日, 天欲明, 夢數吏人持紙一幅, 其
上題云: 請《祭春牛文》。❶ 予取筆疾書其上, 云:「三陽既至,
庶草將興, 爰出土牛, 以戒農事。❷ 衣被丹靑之好, 本出泥塗;
成毁須臾之間, 誰爲喜慍?」❸ 吏微笑曰:「此兩句復當有怒
者。」❹ 旁一吏云:「不妨, 此是喚醒他。」

❶ · 元豐六年: 1083년. 동파 나이 47세. 黃州로 폄적된 지 4년째 되는
해이다.
· 春牛: 진흙으로 만든 소. 고대에는 음력 12월에 진흙으로 土牛를
만들어 陰氣를 제어하고자 했다. 후대에는 立春이 되면 土牛를 만
들어 農耕을 독려했는데, 이를 春牛라고 한다.
· 祭春牛文: 봄이 되어 농사꾼들에게 農耕을 독려하는 내용의 祭文.
❷ · 三陽: 봄이 시작되는 것을 지칭한다. 고대에는 음력 11월 冬至 날
부터 낮이 점차 길어지는 현상을 陰氣가 쇠하고 陽氣가 성하는 것
으로 인식하여, 冬至를 一陽生, 12월을 二陽生, 正月을 三養開泰
라고 칭하였다.
· 庶草將興: 뭇 풀이 돋아나려고 하다. 庶: 여러, 衆.
· 爰: 乃, 就.
· 戒: 勸戒. 권장하고 타이르다.
❸ · 衣被: 의복과 이불(寢具).
· 丹靑: 화려한 색깔.
· 衣被丹靑之好, 本出泥塗: 富裕層이 사용하는 화려한 색깔의 의복
과 이불들도 원래 진흙탕에서 고생하는 서민들의 손으로 만들어진
것이라는 뜻.
· 須臾: 아주 짧은 시간. 佛家의 용어.

- 成毀須臾之間, 誰爲喜慍?: 성공과 실패는 왕왕 삽시간에 결정되니, 누가 기뻐하고 슬퍼할 필요가 있는가?
❹ • 此兩句復當有怒者: 이 두 마디 말 때문에 또 누군가 화내는 사람이 있을 것이라는 뜻.

해설

정적政敵들에게 보내는 동파의 신랄한 풍자와 분노가 숨겨진 글이다. 그러나 단순히 풍자를 위한 풍자가 아니다. 농사를 짓는 백성들을 위한 마음이 가득 담긴 풍자이자, 농사일이 얼마나 중요한지 정적들의 인식을 바로 잡아주기 위한 충정이 담긴 풍자이다.

자신에게 닥친 역경을 언제나 초월의 안목으로 긍정적으로 바라보던 동파였지만 백성들을 생각하면 늘 가슴이 아팠다. 왕안석王安石의 '신법新法'의 폐해로 수많은 백성들이 농사일마저 팽개치고 도망을 다녔기 때문이다. 이 글에서 볼 수 있는 것처럼 심지어 꿈에서도 농경을 독려하는 글을 지을 정도였

儋耳(中和)의 동파 유배지에 세운 春牛 像

으니, 백성의 삶과 농사일에 대한 동파의 관심과 걱정이 얼마나 지대했는지 알 수 있겠다.

생각할수록 화가 난 동파는 마지막 부분에서 못내 참았던 울분을 터뜨리고 만다. 비록 꿈 이야기라는 구실은 있었지만, 정적들에게 인생만사 새옹지마塞翁之馬요, 성공과 실패는 순식간에 뒤바뀔 수 있으니 너무 좋아하지 말라는 '경고'를 보낸 것이다. 이 글을 읽은 정적들이 동파에게 어떤 심정을 지니게 되었을지 불문가지不問可知의 일이겠다.

꿈에서 『좌전左傳』에 대해 토론하다

해제 동파가 55세에 쓴 글이다. 당시 동파는 나이 어린 철종哲宗 대신 수렴청정을 하던 고태후高太后의 총애로 잠시 경사京師; 개봉에서 한림학사翰林學士를 지내다가, 그를 질시하는 무리들의 공격을 받고 중앙 정단에서 물러나 영주潁州 태수를 역임하고 있었다.

번역 원우元祐 6년 11월 19일 새벽 오경五更의 일이었다. 사람들 몇 명이 『좌전左傳』에 대해 토론하는 꿈을 꾸었다. 그 중 한 명이 말했다. "『기초祈招』의 시詩가 비록 좋은 내용이었지만, 주목왕周穆王이 천하를 돌아다녀보고 싶어하는 마음을 단념시키게 하지는 못하였소이다그려." 또 한 사람이 답하여 말했다. "왕이 하고자 하는 일을 백성이 힘써 따라오게 하려면, 적당히 배고프고 적당히 배부르게 술을 마시듯 해야 하는 것이라오. 지나치게 취하거나 지나치게 배부르면 백성은 목숨을 부지하기 어렵게 되고, 임금은 선종善終을 맞이하기가 어려운 법이지요." 잠에서 깨어나 그 말을 생각해본즉 일리 있는 말인지라 그 말을 기록해둔다.

夢中論左傳

元祐六年十一月十九日五更, 夢數人論《左傳》, 云: 「《祈招》之詩固善語, 然未見所以感切穆王之心, 已其車轍馬跡之意者。」❶ 有答者曰:「以民力從王事, 當如飮酒, 適於飢飽之度而已。若過於醉飽, 則民不堪命, 王不獲沒矣。」❷ 覺而念其言似有理, 故錄之。

❶ • 元祐六年: 1091년. 元祐는 哲宗의 年號. 당시 동파는 京師에서 翰林學士를 지내다가 그를 질시하는 무리들의 공격을 받고 중앙 政壇에서 물러나 潁州(安徽 阜陽) 太守를 역임하고 있었음. 동파 나이 55세.
   • 五更: 새벽 3시~ 5시.
   • 『祈招』之詩: 『左傳・昭公 12년』에 기재된 시를 지칭한 것임. 周穆王이 천하를 周遊하며 자신의 수레와 말이 돌아다닌 흔적을 남기고 싶어 욕심을 부리자, 祭公謀父가 周穆王을 말리기 위해 이 시를 지었다고 함.
   • 未見所以感切穆王之心: 周穆王의 마음을 움직이지 못했다는 뜻.
   • 已其車轍馬跡之意: 周穆王이 자신의 수레바퀴 자국과 말발자국을 온 천하에 남기며 돌아다니고 싶어하는 마음을 단념시키게 하다. 已: 그만두게 하다. 단념시키다. 其: 周穆王을 지칭함.
❷ • 民不堪命: 백성들은 목숨을 부지하기 어렵다는 뜻.
   • 王不獲沒: 왕은 죽음을 얻기 어렵다. 즉 좋은 죽음을 맞이하기 어렵다. 沒: 歿. 죽음.

해설

통치자에게 보내는 엄중한 경고가 담긴 글이다. 지극히 옳은 말이지만, 그리고 아무리 꿈속에서 타인이 한 말을 옮겨 적은 것이라지만, 그 경고의 수위가 너무도 아슬아슬해 보인다. 태평성대의 성군聖君을 만난 시기라면 무슨 걱정이겠는가. 동파가 이 글을 쓸 무렵은 태황태후가 몇 년 동안 섭정을 하며 자신을 적극 비호해주던 시기였다. 그래서 잠시 긴장이 풀렸던 것일까? 2년 후 태후가 죽고, 나이 어린 철종哲宗이 친정親政을 하게 되자 동파는 과연 또다시 머나먼 땅 끝의 오지로 유배를 가게 된다. 소인배들이 이런 글들을 트집거리로 삼았던 까닭이 아니겠는가.

아니, 어쩌면 동파는 이런 글이 자신에게 위험을 초래할 가능성을 충분히 짐작했을지도 모른다. 오대시안烏臺詩案으로 이미 모진 필화筆禍를 겪어본 동파가 아닌가. 그러면서도 여전히 이런 꿈을 꾸고 이런 글을 써야만 했을 정도로, 현실의 모순을 타개하고자 하는 마음이 그만큼 간절했던 것이리라. 동파의 유가儒家 정신이 유난히 빛나 보이는 글이다.

꿈에 신발을 위한 명문銘文을 짓다

해제 | 매우 특이한 글이다. 동파가 노년의 유배 시절에 수십 년 전에 꾸었던 꿈을 회상하며 쓴 글이기 때문이다. 대체 무슨 꿈이길래 그토록 오랫동안 각인되어 있었던 것일까?

번역 | 내가 무림武林; 杭州에서 부관副官 노릇을 할 때의 일이다. 꿈에 신종神宗 황제께서 나를 궁중으로 부르셨다. 궁녀들이 에워싸 시중을 들고 있었다. 홍의紅衣를 입은 동녀童女 한 명이 붉은 신발을 황상께 바쳤다. 그러자 황제께서 내게 명문銘文 한 편을 지어보라고 하셨다. 잠에서 깨어나 보니, 그 중 일련一聯이 기억나서 적었던 적이 있다.

추위에 떨며 여인이 뽑아 낸 실
한 올 한 올, 수많은 실로 만든 신발.
하늘 걸음으로 가까이 다가오니,
문득 비구름이 모이고 천둥 치기 시작한다.

글을 다 쓴 후에 바치니, 황상께서는 나의 민첩함에 크게

탄복하신 후, 궁녀를 시켜 나를 궁궐 밖까지 전송하게 해주셨
다. 헌데, 곁눈질로 보니 궁녀가 입은 치마의 요대腰帶에 6언言
시 한 수가 적혀 있는 것이 아닌가. 그 내용은 이랬다.

잔잔한 물결처럼 일렁이는 주름 잡힌 치마에,
몰려드는 새털구름 속엔 얇디얇은 선녀의 하늘 옷.
산들바람 맞으며 광한궁 앞에서 걸어오는 항아인가.
살며시 들려오는 허리띠 노리개의 보요성(步搖聲).

夢中作靴銘❶

軾倅武林日, 夢神宗召入禁中, 宮女圍侍, 一紅衣女童捧紅
靴一隻, 命軾銘之。❷ 覺而記其一聯云:「寒女之絲, 銖積寸
累; 天步所臨, 雲蒸雷起。」❸ 既畢進御, 上極歎其敏, 使宮女
送出。睇眄裙帶間有八言詩一首,❹ 云.「百疊漪漪風皺, 六珠
縱縱雲輕。植立含風廣殿, 微聞環佩搖聲。」❺

❶・銘: 鐘鼎, 碑石 등의 器物 위에 某人의 공덕을 칭송하거나 警戒로
　삼아 후세에 전하기 위하여 새겨놓은 글. 후세에 文體의 일종으로
　변하였다. 주로 4言 韻文體의 짧은 글 형식을 보인다.

❷・倅[졸; cuì]: 보조하는. 보좌관, 부관.
　・武林: 杭州의 옛날 명칭. 오늘날에도 항주의 주요 지명에 흔히 사
　용되고 있다. 境域 내의 武林山 때문에 붙은 이름으로 추정된다.
　무림산은 오늘날 靈隱寺와 天竺寺 일대 뭇 산들의 총칭이다. 동 파
　는 36세부터 약 3년간 杭州通判을 지낸 적이 있다.

❸・寒女之絲, 銖積寸累: 화려하고 붉은 그 신발은, 가난한 여인이 추
　위에 떨며 한 올 한 올 뽑아낸 고생의 집적체(集積體)라는 뜻. 寒
　女: 추위에 떠는 여인. 銖[수, zhū]: 무게를 재는 단위. 가장 가벼운

중량 단위. 寸: 길이를 재는 단위. 아주 짧음을 의미함.
- 天步所臨, 雲蒸雷起: 그 신발을 신고 신선이나 선녀가 걸어오듯 가까이 다가오니, 수증기를 머금은 비구름이 일어나 벼락이 치는 느낌이라는 뜻. 백성들이 고생하며 만든 고급 신발을 신고 지내는 사치스러운 생활에 대한 警戒와 풍자가 담겨 있다.
❹ • 睇視[제시; dìshì]: 곁눈질로 보다.
❺ • 百疊漪漪…: 이 네 구절은 앞서 나온 「꿈에서 詩賦를 읊다(記夢賦詩)」에 등장하는 시와 완전히 일치하므로 그 부분의 註釋을 참조하기 바람.

해설

이 글의 외형적 스토리는 아주 단순해 보인다. 꿈에 신종神宗 황제가 자신을 불러 신발을 보여주며 글을 지어보라고 해서, 일필휘지一筆揮之로 그 즉시 써서 바쳤더니 크게 칭찬했다는 내용이다. 그러나 그 정도의 꿈 내용이 수십 년 동안 동파의 마음에 남아 있을 리가 없다. 조금 더 그 이면을 생각해볼 필요가 있다.

이 글 속에서 나타난 신종의 이미지는 매우 한심하다. 첫째, 사치스러운 생활을 좋아하며 힘들고 어려운 백성들의 실정實情은 전혀 알지 못한다. 명품 신발을 자랑하면서 그것을 소재로 글을 써보라고 하는 행위에서 충분히 짐작할 수 있다. 둘째, 어리석기 짝이 없다. 동파가 바친 시는 사실 자신을 신랄하게 풍자하며 권면한 것인데도, 그 뜻을 전혀 눈치채지 못하고 단지 동파의 '민첩한' 글 솜씨에 탄복하고 있다. 과연 왕안석의 신법新法을 무리하게 추진하여 백성들의 삶을 극도로 피폐하게 만든 어리석은 임금답다.

동파가 이 꿈을 꾸었던 것은 항주통판杭州通判으로 폄적된 시기(35세~38세)였다. 판관判官을 맡고 있던 동파가 누차 신종에게 상소를 올려(「上神宗皇帝書」) 신법 시행을 정면으로 반대한 결과였다. 그리고 동파는 몇 년 동안 밀주密州·서주徐州·호주湖州 태수를 역임하며 계속하여 정적들을 비판하는 글을 쓰다가, 기어이 괘씸죄에 걸려 체포된 후 넉 달 동안 옥에 갇혀 국문을 받는다. 황제와 왕안석 일파를 비판한 글들이 '불경죄不敬罪'에 걸린 것이다. 유명한 '오대시안烏臺詩案' 사건이다. 그렇다면 혹시 이 꿈에 현몽했던 시가 그 필화筆禍의 단초端初인지도 모르겠다.

동파가 그 꿈을 다시금 기억하고 이 글을 쓴 시점이 언제쯤인지는 명확하지 않다. 다만 앞에 등장한 「꿈에 좌전에 대해 토론하다(夢中論左傳)」와 유사한 논조인 것으로 보아, 그와 비슷한 시기(55세 무렵)에 쓴 것은 아닐까? 만약 그렇다면, 동파가 처한 상황도 20년 전과 매우 유사하다. 20년 전과 마찬가지로 중앙 정단에서 밀려나 이제 곧 모진 풍파 속에서 험난한 유배생활을 시작하기 직전의 시점인 것이다. 동파가 20년 전의 그 꿈 내용을 떠올린 것은 무슨 이유였을까? 자신에게 닥쳐오는 거센 풍랑을 직감적으로 눈치챈 것은 아닐까?

꿈 이야기 (1)

원제原題는 「꿈의 기록記夢」. 서로 다른 시기에 서로 다른 네 편의 꿈 이야기를 옴니버스 형식으로 한 편의 글 안에 묶어 놓았다. 유가儒家의 정신이 뚜렷한 꿈도 있는가 하면, 불가佛家 사상에 심취해 있는 모습도 보이고, 조금 황당해 보이기도 하는 유체遺體 이탈 현상에 대한 기록도 엿보인다.

어떤 나그네가 시詩를 써 가지고 나를 찾아온 꿈을 꾼 적이 있었다. 꿈에서 깨어 그 중 한 편을 기억하여 적었다.

도덕이 부족하면 자신의 몸을 망치게 되니,
충성을 다하려면 먼저 부모부터 사랑하라.
환난을 두려워할 줄을 누가 알았겠는가?
그래도 역시 그대는 충성된 신하로다!

명銘 또는 찬贊처럼 보이는 글 몇 구절도 있었다.

왕도(王道)가 이루어진 까닭은

농사일을 방해하지 않았기 때문이요,

은덕(恩德)이 베풀어진 까닭은

농사짓는 소(牛)를 빼앗지 않았기 때문이네.

원문과 주석

記夢

予嘗夢客有攜詩相過者, 覺而記其一詩云:「道惡賊其身, 忠先愛厥親.❶ 誰知畏九折, 亦自是忠臣.」❷ 文有數句若銘贊者, 云:「道之所以成, 不害其耕.❸ 德之所以修, 不賊其牛.」❹

❶ ・相過: 찾아가다, 방문하다. 相: 한쪽이 다른 한쪽에 행하는 동작을 나타냄. 過: 방문하다, 찾아가다.
   ・道惡賊其身: 도덕과 품행이 안 좋으면 스스로의 몸을 망치게 된다. 賊: 해치다, 망치다.
   ・忠先愛厥親: 임금에게 충성을 다하려면 먼저 자신의 부모에게 孝를 다해야 한다. 전체의 문맥을 살펴보면 여기서 '親'은 '백성'을 뜻하고 있음. 厥: 代名詞. 그, 그의.
❷ ・九折: 아홉 번의 곡절. 우여곡절. 수많은 환난과 곤경.
   ・誰知畏九折, 亦自是忠臣: 우여곡절의 어려움이 닥칠 것을 두려워하게 될 줄 누가 알았겠느냐만, 그런 마음가짐을 가진 것 역시 충신이라고 할 수 있다는 뜻.
❸ ・銘: 文體의 일종. 「꿈에 신발을 위한 銘文을 짓다(夢中作靴銘)」의 注(1) 참조.
   ・贊: 인물 칭송을 위주로 하는 文體. 주로 韻文으로 쓴다.
   ・道之所以成, 不害其耕: 도덕과 품행을 완성시키려고 하는 까닭은 농사일에 방해가 되지 않게 하려 함에 있다. 즉 통치자가 마음의 수양을 잘 닦아야 하는 근본적인 목표는 백성들이 농사를 잘 짓고 잘 살 수 있도록 방해하지 않도록 함에 있다는 뜻.
❹ ・德之所以修, 不賊其牛: 德을 수양하는 이유는 백성들이 농사지을 때 이용하는 소(牛)를 해치지 않게 하기 위함이다. "道之所以成,

不害其耕"과 같은 맥락의 뜻임.

- ▪ 『蘇東坡文集』에는 맨 마지막에 "元豐七年三月十一日"의 이홉 글
  자가 더 있다. 元豐 7년은 동파 나이 48세로 黃州에서 유배생활 중
  이었다. 동파는 같은 해 4월에 黃州 유배에서 풀려나 常州로 떠나
  게 된다.

꿈 이야기 (2)

황주黃州에 있을 때, 서호西湖에 간 꿈을 꾼 적이 있었다. 꿈에서도 그것이 꿈이라는 사실을 알고 있었다. 호수에는 삼중三重으로 된 대전大殿이 있었다. 그 중 동쪽에 있는 전각殿閣의 편액匾額에 "미륵보살이 이생에 내려오다"라고 쓰여 있었다. 꿈 속에서 내가 중얼거렸다. "내가 예전에 쓴 글씨이군."

여러 승려들이 길을 오가고 있었다. 대부분이 아는 얼굴들이었다. 변재辨才 스님과 해월海月 스님도 있었다. 서로 만나게 된 것을 놀라워했다. 나는 편복 차림으로 지팡이를 짚고서 여러 사람들에게 사죄를 했다. "꿈에서 놀러오느라고 제대로 옷을 갖춰 입지 못했소이다." 잠에서 깨어난 후 꿈 꾼 것을 잊어버리고 지내다가, 그 다음 날 지상인芝上人의 편지를 받고서야 전날 꾸었던 꿈을 다시 떠올리고는 답장을 써서 보낸다.

予在黃州, 夢至西湖上, 夢中亦知其爲夢也。湖上有大殿三重, 其東一殿題其額云「彌勒下生」。❶ 夢中云:「是僕昔年所書。」衆僧往來行道, 太半相識, 辨才、海月皆在, 相見驚異。❷ 僕散衫策杖, 謝諸人曰:「夢中來游, 不及冠帶。」既覺, 亡之。明日得芝上人信, 乃復理前夢, 因書以寄之。❸

❶ · 彌勒: 미륵보살. 兜率天 內院에 살면서 일생을 菩薩(求道者)로만
지내다가, 미래에 인류가 고난에 처했을 때 이 세상에 내려와 인류
를 구원해준 후 부처가 된다고 함.

❷ · 辨才: 宋代 항주의 스님 이름. 『咸淳臨安志』 78권의 기록에 의하
면 元豊 2年(1079)에 天竺에서 건너와 龍井 壽聖院에서 지냈다고
함. 동파는 그를 위해 祭文을 지은 적도 있다.(『東坡七集·後集』
卷十六「祭龍井辨才文」)

· 海月: 海月禪師 慧辨. 辨才와 師兄弟間으로 杭州 靈山寺의 스님
이었음.

❸ · 散衫: 편복 차림.

· 策杖: 지팡이를 짚다.

· 芝上人: 승려 曇秀. 동파와의 교분이 깊어 그의 글속에 자주 등장
한다. 동파가 惠州에 폄적되었을 때, 그를 찾아가 위로하기도 한
다.

꿈 이야기 (3)

선덕랑宣德郎 광릉군왕廣陵郡王 댁내宅內에 있는 대소학大小學 교수敎授인 미산眉山 임백우任伯雨 덕공德公이, 모친인 여부인呂夫人의 상喪을 당했다. 돌아가신 지 64일 되는 날, 잠시 호곡號哭을 멈추고 쉬는 틈을 타서 부처님께 치성을 드려보고자 했다. 어떤 이가 『금광명경金光明經』을 낭송해 보기를 권했다. 그러자 모두들 세상에 전해지는 그 판본들은 오류가 많아서 못 쓰고, 함녕咸牛 6년에 간행한 깃만이 징기도張居道가 횐'생힌 일도 상세히 기록되어 있는 좋은 판본이라고 하였다. 하지만 덕공은 그 판본을 찾으려 하였으나 구할 수가 없었다.

그가 영구靈柩 앞에서 짚방석 위에 누워 있을 때, 생질甥姪인 진사進士 사속師續이 옆에서 졸고 있다가 갑자기 깜짝 놀라며 잠에서 깨어 말했다. "제가 상국사相國寺 동문東門에 간 꿈을 꾸었는데, 거기서 어느 생강 파는 장사꾼이 자기가 그 경전을 가지고 있다고 하네요? 꿈에서 제가 물어보았죠. '함평 6년 본이 맞소이까?' '장거도의 전기가 실려 있는 것이오이까?' 전부 다 그렇다고 대답하더군요. 이게 단순한 꿈이 아닌 것 같습니다." 덕공이 크게 놀라 꿈에서 본 대로 그 사람을 찾아보게 하였다. 과연 생강 장수를 만날 수 있었는데, 그 모습이 꿈에서 본 것과 똑같았다.

덕공이 배편에 운구를 모시고 고향인 촉蜀 땅으로 돌아가는 길에, 나는 영남嶺南으로 폄적 길에 올랐다가 초주楚州와 사주泗州 근처에서 덕공을 만나 조문을 하고, 이 사실을 기록해둔다.

宣德郎、廣陵郡王院大小學教授眉山任伯雨德公, 喪其母呂夫人, 六十四日號踊稍間, 欲從事於佛。❶ 或勸誦《金光明經》, 具言世所傳本多誤, 惟咸平六年刊行者最為善本, 又備載張居道再生事。❷ 德公欲訪此本而不可得, 方苦臥柩前, 而外甥進士師續假寐於側,❸ 忽驚覺曰:「吾夢至相國寺東門, 有鬻董者云:『有此經。』❹ 夢中問:『非咸平六年本乎?』曰:『然。』『有《居道傳》乎?』曰:『然。』此大非夢也!」德公大驚, 即使續以夢求之, 而獲覩鬻董者之狀, 則夢中所見也。德公舟行扶柩歸葬於蜀, 余方貶嶺外, 遇弔德公楚、泗間, 乃為之記。❺

❶ • 宣德郎: 文散 官名.
　• 廣陵郡王: 宋나라 宗室 광릉군왕 趙德雍의 후손.
　• 大小學: 大學과 小學. 고대의 귀족 자녀들을 교육하는 기관.
　• 任伯雨: 字는 德翁, 四川 眉山 사람으로 동파와 同鄕임. (동파보다 11년 연하.) 경전에 능했고 문장에 힘이 넘쳤음. 진사에 급제하여 河南省 雍丘縣 태수를 역임할 때 큰 치적을 쌓았음. 훗날 徽宗 초기에 諫官으로 활약하여 동파의 정적인 章惇을 귀양 보냈음. 『宋史』 345권에 그의 전기가 실려 있음.
　• 六十四日: 고대의 喪禮. 부모의 상을 당하면 백일 동안 朝夕으로 哭을 해야 함.
　• 號踊: 哭을 하다.

❷ ・ 金光明經: 佛經의 하나. 참회와 부활에 대해 언급한 내용이 많다.

・ 咸平: 宋 眞宗의 年號. 咸平 6年은 1003년으로 동파가 태어나기 33년 전이다.

・ 張居道: 『金光明經』 제4권 「囑累品 · 懺悔滅罪傳」에 등장하는 인물. 滄州 景城縣 사람. 牛 · 羊 · 豬 · 雞 · 鵝 · 鴨 등의 가축을 많이 도살하여 重病을 얻어 죽었다가 부활한 후, 다시는 살생을 하지 않고 『金光明經』을 베껴 쓰면서 참회하는 동시에 세상 사람들에게 살생을 참회하라고 권유하며 지냈다고 함.

❸ ・ 訪: 조사하다, 찾다.

・ 苫[점; shān]臥: 짚방석 위에 눕다. 고대에는 부모님 喪을 당하면 짚방석 위에 누워서 흙더미로 베개를 삼아 잠을 자는 것을 孝로 생각하였음. 苫: 지푸라기.

・ 假寐: 졸다.

❹ ・ 鬻[육; yù]薑: 생강을 팔다. 鬻: 팔다.

❺ ・ 遇弔: 만나서 조문을 하다.

・ 楚、泗: 楚州(江蘇省 淮安)와 泗州(淮北平原 일대를 지칭하는 고대의 지명. 江蘇省과 安徽省의 접경 지역)

・ 乃爲之記: 『蘇東坡文集』에는 그 뒤에 "紹聖元年同郡蘇某記"의 아홉 글자가 더 있다. 紹聖은 哲宗의 年號. 紹聖 元年은 1094년으로 당시 동파는 58세로, 유배지인 惠州로 향하고 있었다(同年 10월에 惠州 도착).

꿈 이야기 (4)

번역
어제 밤 꿈에 누군가 나에게 말했다. "부처님께 재를 올려 장수長壽를 기원한다면, 미망迷妄의 세계에서 천계天界의 음식을 먹는 것으로 착각하는 것과 같지요." 나는 그 말에 크게 공감하였다. 누군가 말했다. "부처님께 재를 올려 장수를 기원하는 마음이 바로 곧 진여眞如이며, 천계의 음식을 먹는 것이 미망을 벗어던진 것이오." 내가 말했다. "진여의 세계가 바로 곧 부처의 경지이며, 미망에서 빗어난 것이 바로 곧 하늘이거늘, 어찌하여 재를 올리고 먹으려고만 한단 말이오?" 그 사람은 내 말에 크게 공감하였다.

원문과 주석
昨日夢有人告我云:「如真饗佛壽, 識妄喫天廚。」❶ 予甚領其意。或曰:「真即饗佛壽, 不妄喫天廚。」❷ 予曰:「真即是佛, 不妄即是天, 何但饗而喫之乎?」其人甚可予言。❸

❶ · 饗佛壽: 부처님에게 齋를 올리며 長壽를 기원하다.
  · 識妄: 認識妄. 佛敎 法相宗의 용어. 법상종에서는 인간이 현상적 표면적으로 세상을 바라보는 잘못된 인식을 '迷妄', 또는 '認識妄'

이라고 한다.

- 天廚: 천상세계의 주방에서 만든 것 같은 맛있는 음식.

❷ ▪ 眞: 본성. 부처의 本體. 識妄 또는 迷妄의 안목으로 바라본 '인식의 세계'가 아닌 객관적으로 존재하고 있는 眞如의 세계.

- 不妄: 迷妄의 잘못된 인식을 벗어 던진 부처의 경지.

❸ ▪ 眞卽是佛: 眞如의 세계가 바로 곧 부처라는 뜻.

남헌南軒 꿈을 꾸다

해제 이 글은 동파가 57세 되던 해의 가을 아침에 꾸었던 꿈 이야기다. 당시 동파는 섭정을 하고 있던 고태후高太后의 총애를 받아 생애 최고의 관운官運을 누리고 있었다. 고태후의 부름을 받아 경사京師로 올라온 뒤, 2개월간 병부상서를 제수받았다가, 이 글을 쓴 원우元祐 8년 8월까지의 10개월간은 예부상서를 맡았다. 그러나 이 꿈을 꾼 지 불과 20여일 후 고태후가 사망하자, 동파는 다시 비상실에 올라 숙을 때까지 보진 고난을 겪게 된다.

번역 원우元祐 8년 8월 11일 아침이 될 무렵이었다. 너무 이른 아침인지라 졸다가 고향 집에 돌아가서 채소밭을 돌아다닌 꿈을 꾸었다. 이윽고 남헌南軒에 앉아 있노라니, 손님 몇 사람이 흙을 날라서 작은 연못을 메우고 있었다. 흙속에서 두 뿌리의 무를 발견하고는 손님들이 기뻐하며 먹는 모습이 보였다. 나는 붓을 들어 글 한 편을 써내려갔다. 그 중 몇 구절은 다음과 같았다.

남헌에 앉아 바라보니

날렵한 대나무가 수백 그루, 들새(野鳥)가 수천 마리

잠에서 깨어난 후, 허망한 심정으로 곰곰 생각에 잠겼다. 남헌은 선친先親께서 '내풍來風'이라고 이름을 붙인 재실齋室을 말한다.

원문과 주석

夢南軒❶

元祐八年八月十一日將朝, 尚早, 假寐, 夢歸穀行宅, 遍歷蔬圃中。❷ 已而坐於南軒, 見莊客數人方運土塞小池, 土中得兩蘆菔根, 客喜食之。❸ 予取筆作一篇文, 有數句云:「坐於南軒, 對修竹數百, 野鳥數千。」既覺, 惘然思之。南軒, 先君名之曰「來風」者也。

❶ · 軒: 창문이 있는 긴 복도, 또는 작은 집.
❷ · 元祐八年: 1093년. 동파 나이 57세 때이다.
　· 假寐: 졸음.
　· 穀行宅: 眉山에 있는 소동파의 고향 집.
　· 蔬圃: 채소밭.
❸ · 已而: 이윽고. 얼마간 시간이 경과했음을 알려주는 시간 부사.
　· 蘆菔[복; fú]: 무.

동파는 이 꿈을 꾸고 나서 기분이 어땠을까? 뜬금없이 고향집에 돌아간 것도 그렇거니와, 흙을 날라서 집에 있는 연못을 메운다든가, 손님이 남의 집에 와서 뿌리를 캐어 먹는다는 이야기가 불길하기 짝이 없다. 잠에서 깨어나니, 뭔가 잃어버린 느낌에 망연자실해진다. 돌아가신 아버지 소순蘇洵이 생각나기도 한다. 이 이야기를 어찌 해몽해야 할 것인가.

그 해는 동파의 삶에 있어서 또 하나의 전환점이 되는 시점이었다. 태황태후의 총애로 약 일 년 동안 생애 최고의 관운官運을 누리던 그는, 그해 음력 8월 1일, 사랑하는 아내 왕윤지王閏之가 죽으면서 큰 슬픔에 잠긴다. 그 꿈은 아내가 죽은 뒤 열흘 후에 꾼 것이니, 허망한 심정이 느껴진 것은 충분히 이해가 간다. 그러나 그래도 꿈속의 불길한 징조는 잘 이해되지 않는다. 무엇 때문일까?

그 꿈을 꾼 지 한 달이 안 되어 동파에게 더욱 큰 불행이 닥친다. 그의 수호신이나 다름없었던 태황태후가 서거한 것이다. 그 후, 동파의 운명도 백팔십도로 바뀌어 그의 삶은 다시금 모진 격랑에 휘말리고 말았으니, 이 꿈은 혹시 그 징조를 알려준 것이 아닐까?

가난한 샌님의 밥 먹는 이야기

해제 위트와 유머가 깃든 풍자 소품이다. 49세 무렵에 지은 글로 추정된다.

번역 가난한 샌님 두 명이 서로 원하는 바를 이야기했다. 한 사람이 말했다. "내 평생에 부족한 거는 오로지 밥이랑 잠자는 일이라네. 언젠가 뜻을 펴게 되면 실컷 먹고 실컷 자 봐야지. 밥 먹고 나면 자고, 자고 일어나면 또 밥 먹고, 그렇게 지내보고 싶네." 그러자 또 한 사람이 말했다. "나는 자네랑 생각이 다르네. 먹고 나면 또 먹어야지, 잠잘 틈이 어디 있단 말인가!"

　내가 여산盧山에 와서 듣자하니, 잠자는 게 취미라는 마馬 도사라는 이가 잠을 자는 가운데 오묘한 이치를 많이 깨우친다고 한다. 하지만 내 생각에는 밥 먹는 일의 오묘한 이치를 깨우친 가난한 그 두 샌님보다는 못한 것 같도다!

措大喫飯❶

有二措大相與言志, 一云:「我平生不足惟飯與睡耳, 他日得志, 當飽喫飯, 飯了便睡, 睡了又喫飯。」一云:「我則異於是, 當喫了又喫, 何暇復睡耶!」吾來廬山, 聞馬道士嗜睡, 於睡中得妙。然吾觀之, 終不如彼措大得喫飯三昧也。❷

❶・措大: 가난하고 실의에 빠진 옛날 지식인을 두고 이르는 말.
❷・三昧: 불교 용어. 삼매경. 여기서는 사물의 핵심을 이르는 말.

백성들의 가난함이 얼마나 극에 달했는지, 유머 속에 숨은 풍자가 신랄하다. 그러나 동파의 논조는 어딘지 모르게 밝아 보인다. 여산廬山에 와서 쓴 글이라고 했으니, 그 시기의 동파는 어떻게 지냈는지 알아보면 그 이유를 짐작할 수 있을 듯도 싶다. 동파가 여산에 왔던 시점은 그가 49세 되던 해. 오대시안烏臺詩案으로 인한 황주黃州 유배생활이 드디어 끝이 나고, 새로운 임지로 가는 도중에 여산을 들른 것이니, 그 마음이 어찌 가볍지 않으랴.

이암로李巖老를 기념하며

해제 동파의 해학과 위트가 잘 드러난 재미있는 생활 소품이다. 그러나 전고典故에 대한 충분한 이해를 바탕으로 글을 잘 음미해야만 그 해학과 위트에 비로소 빙그레 웃음지을 수 있을 것이다.

번역 남악南嶽에 사는 이암로는 잠꾸러기였다. 여러 명이 모여 배불리 밥을 먹은 후 바둑을 두었는데, 그는 그대로 베개를 베고 잠을 자버렸다. 사람들이 바둑을 몇 판씩이나 두고 난 후에야 그가 몸을 뒤척이며 일어나 말했다. "몇 판이나 두었수?"

동파가 말했다.

이암로는 언제나 네 발 달린 바둑판 위에,
오로지 흑黑알로만 바둑을 두는구나.
옛날에는 변소邊韶가 적수敵手였는데,
이제는 진단陳摶마저 선先으로 두는구나.
바둑 두면 원래는 승부 있기 마련이나,

이 바둑은 끝나봤자 아무 결과 없도다.

구양공歐陽公도 이런 시를 읊었다.

싸늘한 밤기운에 피리 소리는 첩첩산중 달빛 아래 흐르는데,
길은 어두워 나그네는 만개한 꽃밭에서 홀리고야 말았구나!
바둑이 끝나도록 세상이 바뀐 줄도 몰랐으니
술도 다 마셨으니 나그네는 하릴없이 집 생각만 하는도다!

이암로는 거의 이 시에서 말한 수준이었다.

원문과 주석

題李巖老❶

南岳李巖老好睡, 衆人食飽下碁, 巖老輒就枕, 閱數局乃一
展轉,❷ 云: 「君幾局矣?」東坡曰: 「巖老常用四脚碁盤, 只著
一色黑子.❸ 昔與邊韶敵手, 今被陳搏饒先.❹ 著時自有輪
贏, 著了並無一物.」❺ 歐陽公詩云: 「夜涼吹笛千山月, 路暗
迷人百種花. 碁罷不知人換世, 酒闌無奈客思家.」 殆是類
也.❻

❶ · 題: 격려 또는 기념하기 위해서 쓴 글.
❷ · 南岳: 湖南省에 있는 衡山.
  · 閱數局: 바둑 몇 판이 지나서. 閱: 경과하다.
  · 展轉: 잠에서 깨어 몸을 뒤척이다.
❸ · 四脚碁盤: 다리 네 개 달린 바둑판. 四肢를 펴고 잠자는 李巖老를
    빗대어 놀린 말.
  · 只著一色黑子: 검은 바둑알에 빗대어 李巖老를 놀린 말. 언제나

잠을 자니 눈에 보이는 게 검은 바둑알밖에 없을 것이라는 뜻.

❹ ・ 邊韶: 東漢 시대에 잠을 많이 자기로 소문난 사람. 字는 孝先. 문장
　　력이 뛰어나 학생들을 많이 가르쳤는데, 늘 졸았다고 함.

　・ 陳搏: 五代末 宋初의 도사. 字는 圖南. 스스로 扶搖子라고 칭함.
　　進士 시험에 떨어진 후, 무당산에 은거하며 20년 동안 辟穀의 수련
　　을 쌓았음. 그가 한 번 잠이 들면 백일 정도 잠에서 깨지 않았다고
　　함. 그의 주장은 훗날 周敦頤, 邵雍을 거치며 宋代 理學을 형성하
　　였음.

❺ ・ 著時自有輸贏: 두 가지 뜻이 겹쳐 있다. 하나, 바둑을 두면 승부가
　　있게 마련이라는 뜻. 둘, 李巖老가 잠을 자면 옛날 잠꾸러기로 소
　　문난 사람들과 승부를 가릴 것이라는 뜻. '著'는 원래 '바둑알을 놓
　　다'의 뜻이지만, 여기서는 '잠을 자다'는 뜻의 '覺'과 발음이 유사한
　　것을 이용하여 李巖老가 잠이 많은 것을 놀린 것임.

　・ 著了並無一物: 깨어나 보니 아무 것도 없구나. 여기서 '著'는 '잠에
　　서 깨다'는 뜻의 '覺'와 발음이 유사한 것을 이용하여 李巖老를 놀
　　린 것임.

❻ ・ 歐陽公: 歐陽脩.

　・ 歐陽公詩: 여기에 나온 歐陽脩의 詩 이름은 「몽중작(夢中作)」이
　　다.

　・ 碁罷不知人換世: 바둑 대국이 끝나도록 인간 세상이 얼마나 바뀌
　　었는지도 알지 못했다는 뜻. 梁代 任昉의 『述異記』에 나오는 故
　　事. 晉 나라의 나무꾼인 王質이 나무를 하러 갔다가 동자 두 명이
　　바둑 두는 것을 옆에서 구경하다가 도끼 썩는 것도 몰랐다는 이야
　　기를 말함.

　・ 酒闌: 술을 다 마시다.

　・ 殆: 거의, 가깝다.

동파는 몇몇 친구들과 바둑 모임을 가진 모양이다. 그런데 그
중 이암로李巖老라는 친구는 바둑을 두기는커녕 구경도 하지
않고 잠만 자는 게 아닌가. 무심코 지나쳐버릴 그 작은 일상

사를 놓치지 않고, 동파는 너무나도 재미있는 글을 쓴다. '잠자는 것'과 '바둑'! 성격이 완전히 달라 보이는 이 두 개의 소재를 어떻게 하나로 엮어낼까?

《竹亭對棋圖》(부분)
明, 錢穀

　첫째, 사지四肢를 쭉 뻗고 잠든 이암로를 '네 발 달린 바둑판'에 비유하고, 남들의 바둑은 흑백黑白의 바둑알로 승부를 내는 것에 반해, 잠만 자는 그 친구의 '바둑시합'은 눈에 보이는 게 없이 깜깜할 테니 "오로지 흑黑알로만 둔다"고 말하는 동파의 위트가 절묘하다. 둘째, '잠자는 것'을 '바둑'에 빗대어, 역사상 잠꾸러기로 소문난 변소邊韶나 진단陳搏과 같은 사람들과 대국對局을 시킨다는 그 발상이 참으로 기발하다. 언제나 근엄한 주제만을 다루던 중국산문은, 동파에 이르러 이처럼 그 영역을 가일층 확대하게 된다.

제6부

학문 學問

東坡志林

육일거사六一居士의 말

해제 구양수歐陽脩가 '글쓰기 비법'에 대해 언급한 것을 제자인 동파가 음미해보며 옮겨 적은 글이다.

번역 근자에 손신로孫莘老가 구양歐陽 문충공文忠公을 알게 되어, 한가해진 틈을 타서 문장 쓰는 방법에 대해 가르침을 구했다. 공公께서는 이렇게 말했다.

"별다른 방법이란 건 없소이다. 그저 부지런히 독서를 하고 글을 많이 쓰다보면 저절로 잘 쓰게 되는 거지요. 세상 사람들은 자신이 글을 잘 안 쓰는 것만 걱정하면서 책 읽기는 게을리하는구려. 또 글 한 편을 쓰면서도 꼭 남들보다 뛰어난 수준의 글만을 추구하니, 경지에 오른 글이 적을 수밖에요. 다른 사람이 자기 글의 문제점이 무엇인지 지적해주기를 기다릴 필요가 없지요. 많이 쓰다 보면 스스로 문제점이 보인답니다."

이는 공께서 직접 체험해보고 하신 말씀이라서 특별히 음미할 만하다.

記六一語❶

頃歲孫莘老識歐陽文忠公, 嘗乘間以文字問之,❷ 云:「無它術, 唯勤讀書而多為之, 自工。❸ 世人患作文字少, 又嬾讀書, 每一篇出, 即求過人, 如此少有至者。❹ 疵病不必待人指摘, 多作自能見之。」❺ 此公以其嘗試者告人, 故尤有味。❻

❶·六一: 歐陽脩를 지칭함. 구양수는 '六一居士'로 자칭하였음.

❷·頃歲: 近年.

　·孫莘老: 孫覺. 莘老는 그의 字임. 江蘇省 高郵 사람. 처음에는 왕안석과 친하게 지냈으나, 青苗法 시행에 반대하면서 廣德軍 태수로 내쳐졌음. 哲宗이 즉위한 후 御史中丞이 됨. 『宋史』344권에 그의 전기가 전해짐.

　·乘間: 시간이 있는 틈을 타서.

　·以文字問之: 구양수에게 문장 쓰는 법을 묻다.

❸·自工: 저절로 좋아지게 된다. 工: 경지에 이른 상태.

❹·過人: 타인의 수준을 뛰어넘다.

❺·疵病: 문장상의 瑕疵.

　·指摘[지적; zhǐtī]: 문장의 잘못을 지적하고 고치다. 摘: 摘.

❻·公: 구양수를 지칭함.

　·嘗試者: 직접 시험해보고 체험하다.

구양수 상

해설 모든 학문의 기본은 글쓰기다. 어떻게 하면 글쓰기를 잘 할 수 있을 것인가? 모든 사람의 숙제요, 염원이라고 하겠다. 세칭 일류 대학에서는 수험생의 글쓰기 능력으로 입학 여부를 결정하기도 한다. 이에 대해 서양식 문학이론은 다분히 기계적인 방법론을 제시한다. 학원에서는 그 방법론을 요약하여 속성으로 가르친다. 그러나 동양적 글쓰기 교육 방법은 완전히 다르다. 장기간에 걸친 다독多讀과 다작多作을 통해 스스로 익히는 방법밖에 없다. 글쓰기는 자기 자신의 내면세계를 완성시키는 일종의 수양이기 때문이다.

당대唐代에 성공하지 못했던 고문운동을 송대宋代에 이르러 성공리에 이끌었던 글쓰기의 대가, 구양수는 이 글 속에서 우리에게 그 평범한 진리를 따스한 목소리로 알려주고 있다. 글쓰기의 천재, 동파도 겸허한 마음으로 스승의 가르침을 다시 한 번 가슴 깊이 새기고 있다. 동양에서는 그러한 마음가짐 자체가 학문이었던 것이다.

제7부

운명命分

東坡志林

평생 비방과 칭송을 받았던 한퇴지韓退之

동파는 결코 숙명론자가 아니다. 끊임없이 자신에게 닥쳐오는 고난과 역경 속에서도 언제나 그것이 지니는 긍정적인 면을 찾아 세상을 폭넓은 시각으로 바라보았다. 그런데 이 챕터에 등장하는 세 편의 짧은 글은 자못 의외意外다. 평소 다른 글을 통해 삶과 우주의 철리를 가르쳐주던 그의 모습과는 완전히 다르다. 동파 역시 자신의 신세를 한탄하며 넋두리할 때도 있었던 것이다. 그의 너무나도 인간적인 모습이 약여히 드러난다. 만년의 동파는 그 정도로 외롭고 굶주린 고통의 나날을 보내야 했다. 그의 한탄이 너무나 눈물겹다.

한퇴지韓退之의 시에 "내가 태어난 날, 달은 남두南斗에 머물렀네."라고 하였으니, 그의 생일 간지干支가 전갈자리임을 알 수 있겠다. 나 역시 전갈자리의 운명을 지니고 태어났으니, 평생토록 비방도 많이 받고 칭송도 많이 받은 것이 거의 비슷한 병폐로다!

한유 상

退之平生多得謗譽❶

退之詩云: 「我生之辰, 月宿南斗。」❷ 乃知退之磨蝎爲身宮, 而僕乃以磨蝎爲命, 平生多得謗譽, 殆是同病也。❸

❶・退之: 韓愈. 唐代 고문운동의 영도자.

❷・南斗: 南斗六星. 28개 별자리 중의 하나. 모두 여섯 개의 별로, 국자 모양을 닮은 데서 유래한 이름임.

・我生之辰, 月宿南斗: "내가 태어난 날, 달의 위치가 南斗星에 있었다"는 뜻. 한유의 「三星行」 詩의 일부임. 『東坡志林』의 모든 판본이 "月宿直斗"로 되어 있으나 잘못된 것임. 朱熹校, 『昌黎先生集』에 근거하여 "月宿南斗"로 고침.

❸・磨蝎: 전갈자리(Scorpius). 황도를 지나는 남쪽 하늘의 별자리로, 황도 12궁 중 하나. 磨羯이라고도 함.

・身宮: 生日 干支를 말함.

・磨蝎爲命: 전갈자리의 운명으로 태어났다는 뜻.

동갑내기 마몽득馬夢得

마몽득馬夢得은 나와 같은 해 같은 달, 8일 늦게 태어났다. 그 해에 태어난 사람치고 부귀영화를 누린 사람이 없지만, 나와 몽득이 가장 가난한 것 같다. 우리 두 사람 중에서는 당연히 몽득이 으뜸이라 하겠다.

馬夢得同歲❶

馬夢得與僕同歲月生, 少僕八日。是歲生者, 無富貴人, 而僕與夢得為窮之冠。❷ 即吾二人而觀之, 當推夢得為首。

❶·馬夢得: 馬正卿. 夢得은 그의 字임. 河南省 杞縣 사람. 동파가 黃州에서 유배생활을 할 때 황주로 그를 찾아와서 함께 농사를 지었음.

❷·僕同歲月生, 少僕八日: 나와 같은 해 같은 달, 8일 늦게 태어났다. 동파의 생년월일은 음력 1036년 12월 19일(양력으로는 1037년 1월 8일)임.

·窮之冠: 가장 가난하다.

정해진 삶의 운명

번역 나는 세상에 별달리 바라는 바가 없다. 그저 두 떼기의 밭을
구해 죽粥이라도 넉넉하게 먹을 수 있기만을 바랄 뿐. 그런데
가는 곳마다 끝내 그것마저 얻을 수가 없구나. 내가 가는 길
은 어찌 이리 험난하여 적당한 밭 조금마저 허락되지 않는단
말인가! 정말로 인생이란 정해진 운명이란 말인가? 한 끼를
배불리 먹는 일마저도 부귀영화를 얻는 것처럼 쉽게 얻을 수
없는 것이란 말인가?

원문과 주석 **人生有定分❶**

吾無求於世矣, 所須二頃田以足饘粥耳, 而所至訪問, 終不
可得。豈吾道方艱難, 無適而可耶?❷ 抑人生自有定分, 雖一
飽亦如功名富貴不可輕得也?❸

❶・定分: 정해진 운명.

❷・饘[전; zhān]粥: 죽. 걸죽한 죽을 饘이라 하고, 멀건 죽을 粥이라고
   한다.

　・所至訪問, 終不可得: 가는 곳마다 밭 두 떼기만 얻고자 하였으나
   끝내 얻지 못하다.

- 無適而可: 적당한 곳이 허락되지 않다.
- 豈 ~ 耶?: 그 사이의 부분은 추측, 감탄, 또는 의문 중 하나의 의미로 번역한다.

❸ • 抑: 또는, 그게 아니라면. 여기서는 '정말로' 정도로 번역하는 것이 좋을 듯하다.

제8부

송별 送別

東坡
志林

자개子開와의 이별

해제 자개子開는 구양수의 득의得意 제자인 증공曾鞏의 동생이다. 동파는 자신보다 열 살 어린 그와 무척 허물없는 사이였나 보다. 자개가 건널 황하의 날씨를 살펴보는 따스한 관심을 보이면서도, 어명으로 새로운 임지를 향해 떠나는 그에게 맛난 술과 안주를 더 내놓으라고 짐짓 주정을 부린다. 그만큼 그와의 이별이 서운하고 공허하다는 뜻이리라.

번역 자개子開가 하북河北으로 떠나려하매, 황하黃河를 살펴보니 무사히 건널 수 있을 것 같다. 동지冬至 바로 전날에 성지聖旨를 받은 후, 설을 쇠고 나서 떠나는 것이다. 나는 설날에 축하를 하러 와서 이별에 즈음하여 술을 몇 잔 마셨더니 공허한 마음에 그만 취하고 말았다. 책상 위에 좋은 종이가 몇 장 있기에, 초서체로 몇 장 휘갈겨 본다. 그의 북쪽 귀환이 늦어지고 봄도 되었으니만큼, 마땅히 나에게 술과 게蟹, 산약山藥, 복숭아, 은행銀杏 따위를 차려내 놓아야 하리라. 그래야 공公과 함께 술을 더 마실 것이니!

別子開❶

子開將往河北, 相度河寧。❷ 以冬至前一日被旨, 過節遂行。❸
僕以節日來賀, 且別之, 留飮數盞, 頹然竟醉。❹ 案上有此佳
紙, 故爲作草露書數紙。❺ 遲其北還, 則又春矣, 當爲我置酒、
蟹、山藥、桃、杏, 是時當復從公飮也。

❶ · 子開: 曾肇(1047~1107). 子開는 그의 字임. 江西省 南豊 사람. 唐
宋八大家의 한 명인 曾鞏의 동생. 40여 년 동안 관직에 있으면서
禮部, 吏部, 戶部, 刑部侍郎을 역임한 후, 벼슬이 中書舍人에 이르
렀다. 『宋史』 319권에 그의 전기가 전해진다.

❷ · 相度: 잘 관찰하여 헤아려보다. 원본에는 '相渡'로 나와 있으나 商
務印書館本과 王松齡本에 근거하여 '相度'로 고친다.

· 河寧: 황하의 안녕. 황하가 홍수가 지거나 파도가 치지 않으므로
무사히 건널 수 있을 것이라는 뜻.

❸ · 被旨: 聖旨를 받다.

❹ · 且: 곧 ─ 하려고 하다.

· 頹然: 마음이 가라앉고 슬픈 모습.

❺ · 作草: 草書體로 휘갈겨 쓰다.

· 露書: 봉함을 하지 않은 편지.

담수曇秀와의 이별

해제 동파 나이 60세 무렵에 광동廣東 혜주에 귀양 가 있을 때 지은 글. 사랑하던 아내도 죽고 오로지 둘째아들과 함께 외롭고 힘든 귀양생활을 하던 동파에게 유일한 낙은 이따금 찾아오는 옛 친구들과의 만남이었다. 동파가 항주에 있던 시절에 교분을 쌓은 지상인芝上人 담수曇秀 스님은 그 중에서도 가장 반가운 손님이었다. 이 글은 동파를 찾아온 담수 스님이 다시 돌아가게 되었을 때 이별에 앞서서 지은 것이다.

번역 혜주惠州에 있는 나를 찾아온 담수曇秀 스님이 떠나게 되었다. 내가 말했다.

"산중山中에 살지만 공公을 돌려보내는 마당이니, 꼭 한 가지라도 구해서 선물로 드리고 싶구려. 무엇을 드릴까요?"

담수 스님이 말했다.

"거위鵝가 사는 성城의 맑은 바람에, 학鶴이 노니는 고개에 떠있는 밝은 달을 주시오그려. 그런데 사람들마다 이걸 주는지라, 어디 놓아둘 곳이나 있을지 모르겠소이다."

내가 말했다.

"종이 몇 장에 몇 자 적어 드리는 게 더 낫겠소이다. 사람들한테 한 장씩 나누어 주면서 말씀하시구려. 이게 『법화경法華經』에 나오는 재앙과 행복을 함께 적어 놓은 것이라고 말이오."

曇秀相別❶

曇秀來惠州見予, 將去, 予曰:「山中見公還, 必求一物, 何以與之?」❷ 秀曰:「鵝城清風, 鶴嶺明月, 人人送與, 只恐它無著處。」❸ 予曰:「不如將幾紙字去, 每人與一紙, 但向道: 此是言《法華》書裏頭有災福。」❹

❶ • 曇秀: 芝上人. 동파와의 교분이 깊어 그의 글 속에 자주 등장한다.

❷ • 惠州: 廣東에 있는 지명. 동파가 58세에 이곳에 귀양 가서 약 2년 6개월 동안 생활함.

　• 見公還: 公을 돌려보내게 되다. 見은 여기서 被. 동사를 피동형으로 만들어줌.

　• 必求一物: 꼭 한 가지를 구해서 선물로 주고 싶다는 뜻.

❸ • 鵝城: 실제로 존재하는 地名이 아니라 농담으로 지어낸 가상의 지명으로 추측됨. 거위털(鵝毛)처럼 아주 가벼운 선물을 의미하는 것으로 판단됨.

　• 鶴嶺: 마찬가지로 가상의 지명으로 추정됨. 鶴은 속세의 욕심을 버린 고고함의 상징이므로, 결국 아무 선물도 받지 않겠다는 의미임.

　• 無著處: 놓을 장소가 없다.

❹ • 但向道: 단지 사람들에게 말하다.

　• 法華: 『法華經』. 全名은 『妙法蓮華經』. 대승불교의 가장 중요한 경전 중의 하나. 세 가지 중국어 번역본 중에서 鳩摩羅什의 번역본이 가장 우수함. 이 경전에 등장하는 觀世音菩薩만 외쳐도 구원을 얻을 수 있으며, 열 번 옮겨 쓰면 모든 소원이 이루어진다고 함.

멋진 이별에, 멋진 선물, 멋진 글이다. 속세를 떠난 스님의 위트와 유머도 보통이 아니지만, 동파의 선불은 재기才氣가 넘친다. 동파가 쓴 글과 글씨는 그 당시부터 수집의 대상이 아니던가. 아마도 그가 줄 수 있는 최고의 선물이었을 것이다. 아무리 물욕物慾이 없는 스님이지만 이런 선물을 싫어할 까닭이 없다.

그 선물을 주면서 동파가 하는 말이 걸작이다. 재앙과 행복을 그 선물에 함께 적어 놓았다니, 이건 또 무슨 말인가? 두 가지로 해석이 가능할 것 같다. 첫째, 받는 이의 마음가짐에 따라 재앙이 될 수도 있고 행복이 될 수도 있다는 뜻. 둘째, 자신이 쓴 글이 늘 정적에게 꼬투리를 잡혀 필화筆禍를 일으킨 점을 염두에 둔, 약간의 시니컬한 의미. 아무려나, 음미해 볼수록 참으로 멋진 이별에, 참으로 멋진 선물, 참으로 멋진 글이다. 동파가 아니라면 누가 이렇게 멋진 이별을 할 수 있겠는가!

왕자직王子直과의 이별

해제 동파의 이름을 흠모하여 혜주 유배지에 찾아온 왕자직王子直이라는 선비와 헤어지면서 써준 칠언율시(「贈王子直秀才」)의 서문에 해당하는 글이다. 뒤이어 이별의 뜻을 담은 시가 이어지므로, 이 글에서는 주로 자신이 혜주에 정착하게 된 과정과 소회를 간단하게 서술하고 있다. 그러나 이 짧은 글속에서도 곰곰 음미해 볼 만한 점이 몇 가지 있다.

번역 소성紹聖 원년 10월 3일, 비로소 혜주에 도착하였다. 가우사嘉祐寺 송풍정松風亭에 거처를 두었다. 지팡이 짚고 여기저기를 다녀보았다. 인근의 닭과 개들도 나를 알아보았다.

다음 해에 합강合江에 있는 행관行館으로 이주移住를 하였다. 강변의 누각 위에서 탁 트인 전망을 보게 되니, 심산유곡에서의 그윽한 정취를 잊어버리게 되었다. 그곳에서의 즐거움과 슬픔도 보이지 않는다. 영남嶺南과 강북江北의 풍광이 어찌 이다지도 다를까!

건주虔州 학전산鶴田山에 사는 처사 왕원王原 자직子直이 불원천리不遠千里하고 여기에 있는 나를 찾아와 70일을 머물다가 떠났다. 동파거사 쓰다.

원문과 주석

別王子直❶

紹聖元年十月三日, 始至惠州, 寓於嘉祐寺松風亭, 杖履所
及, 雞犬相識。❷ 明年, 遷於合江之行館, 得江樓豁徹之觀,
忘幽谷窈窕之趣, 未見其所休戚, 嶠南、江北何以異也!❸ 虔
州鶴田處士王原子直不遠千里訪予於此, 留七十日而去。❹
東坡居士書。

❶ • 王子直: 王原. 子直은 그의 字이다.

❷ • 紹聖元年: 1094년. 그해 동파는 英州(廣東 英德)로 폄적되었다가,
   한 달 사이에 관직이 삼 단계나 연속 강등되어 마침내 建昌司馬의
   신분으로 惠州에서 유배생활을 하게 된다.

   • 松風亭: 혜주 유배생활 초기에 동파가 임시로 살았던 정자. 산 위
   에 위치하고 있어서 늙고 병든 동파가 오르내리기에 무척 힘들어
   했다. (제1부,「記游松風亭」참조)

❸ • 合江: 惠州에 있는 東江과 西江이 만나는 곳. 合江樓가 서 있다.

   • 豁徹: 탁 트인 모습.

   • 窈窕: 그윽하고 아늑한 모습.

   • 幽谷窈窕之趣: 심산유곡에서의 그윽한 정취. 산 속 송풍정에서의
   생활을 묘사한 것임.

   • 休戚: 즐거움과 슬픔.

   • 嶠南: 嶺南. 嶠: 뾰족하고 높은 산.

❹ • 虔州: 고대의 지명. 오늘날의 江西省 贛縣 이남을 흐르는 贛江 유
   역.

   • 鶴田: 山 이름. 王原이 살고 있던 곳.

이 짧은 글속에서 우리는 어떤 점을 음미해 볼 수 있을까? 하나, 담담한 서술 속에 담긴 유배 길의 파란만장함. 동파는 글의 모두에서 유배지로 향한 여로旅路가 끝나는 순간을 이렇게 서술하고 있다. "소성紹聖 원년 10월 3일, 비로소 혜주에 도착하였다." 그러나 독자는 그 몇 글자 속에 담긴 파란만장한 사연을 반드시 알아야 한다.

태황태후의 총애로 몇 년 동안 잠시 조정에서 뜻을 펼 수 있었던 동파는, 그녀가 서거하자마자 곧바로 급전직하의 내리막길을 걷게 된다. 그는 정적 장돈章惇의 미움을 단단히 받고 귀양길에 오른다. 귀양길에서 동파는 관직도 연이어 강등되고 유배지도 자꾸만 더욱 먼 곳으로 바뀌어 이리저리 전전하지 않을 수 없었다. 그 기막힌 심정을 동파는 거두절미하고

2009년에 신축한 혜주 합강루. 원래는 이 사진을 찍고 있는 곳에 위치했으나
민국 초기에 파괴되어 현재의 자리에 신축되었다.

이렇게 담담하게 서술한 것이다.

그러나 동파는 도착한 시점을 구체적으로 기술함으로써 유배지에 도착하게 된 기간이 무려 '7개월'이나 걸렸음을 우리에게 분명히 알려주고 있다. 그 뒤에 나오는 '비로소(始)'라는 한 글자 속에 담긴 귀양길의 천신만고, 파란만장함을 독자들은 충분히 음미해야 한다.

둘, 임시 거처에서의 고생. 유배지에 도착한 동파는 합강루合江樓 행관에서 살다가 산꼭대기에 있는 정자로 거처를 옮기게 된다. 아무리 남방이라지만 늙고 병든 몸으로 그런 곳에서 겨울을 나다니 얼마나 고생스러웠겠는가. 동파는 정자를 오르내리기가 무척 힘들었지만(제1부,「記游松風亭」참조), 인근 민가의 닭과 개도 알아보게 될 정도로 자주 산책을 나갔단다. 무료한 탓도 있었겠지만 그만큼 정자에서 시간을 보내기가 힘들었던 것이리라.

셋, 동파의 인격과 수양의 깊이. 그러다가 혜주태수의 신세로 다음 해에 다시 합강루 행관으로 이사를 하게 된 동파는 한결 지내기가 편해졌다. 그런데 산꼭대기 정자에서 지내던 생활을 돌이켜보며 '심산유곡에서의 그윽한 정취'였다고 표현한 것이 참으로 인상 깊다. 그 고생을 하고서도 어떻게 이렇게 표현할 수 있을까? 동파의 인격과 수양의 완성도를 짐작케 하는 글이다.

석탑石塔과의 이별

해제 동파 나이 49세에 황주 유배에서 사면되어 강소성江蘇省 상주常州에 있을 때 쓴 우언 형식의 단편 소품이다.

번역 석탑사石塔寺가 동파를 떠나보내게 되매, 내가 말했다. "바삐 지나치느라 석탑을 제대로 못 보고 떠나게 되어 안타깝구나!" 그러자 탑 하나가 일어나며 말했다. "여기 벽돌로 만든 선탑塼塔도 있지 않소이까?" 내가 말했다. "너는 사이에 틈이 보이는구나!" 그러자 탑이 말했다. "틈이 없으면 세상의 버러지들을 어찌 그 안에 품을 수 있단 말이오?" 그 말에 고개를 끄덕이지 않을 수 없었다.

원문과 주석

別石塔❶

石塔別東坡, 予云: 「經過草草, 恨不一見石塔。」❷ 塔起立云: 「遮著是塼浮圖耶?」❸ 予云: 「有縫。」❹ 塔云: 「若無縫, 何以容世間螻蟻?」❺ 予首肯之。❻

❶ • 石塔: 石塔寺. 揚州에 있음. 『蘇軾詩集』 권30에 「石塔寺幷引」 한 수가 전해짐. 그 引文에서 동파는 그 시를 '장난삼아 지었다(戱作 此詩)'고 말하였다.

❷ • 草草: 총망함.

❸ • 遮著: 이것. '這個'. 宋代의 方言이나 土語로 추측됨.

  • 塼浮圖: 塼塔, 벽돌탑.

❹ • 有縫: 원문에는 이 뒤에 '塔' 字가 더 있으나, 첫째 蘇集에는 없고, 둘째 문맥상 없는 것이 더 매끄러우므로 여기서는 삭제하도록 한 다.

❺ • 螻蟻: 땅강아지와 개미. 소인배를 비유.

❻ • 首肯: 고개를 끄덕이다.

  • 予首肯之: 이 아래에 蘇集에는 '元豊八年八月二十七日' 十字가 더 있다.

해설 '이별'과는 아무 상관도 없는 글이다. 이와 관련된 동파의 다른 기록을 읽어보면, 장난삼아 이 글을 썼다고 한다. 당시로는 '장난'일지 모르나 지금으로 보면 뛰어난 우언寓言이다. 이 글 속의 의인화擬人化 수법은 인위적으로 짜낸 기교技巧가 아니다. 삼라만상의 모든 것을 생명체로 인식하고 늘 대화를 나누고자 하는 사람이 아니라면 어찌 이런 발상이 나올 수 있겠는가.

강군姜君과의 이별

해제 동파가 63세에 해남 유배지에서 자신을 흠모하여 추종하던 어느 선비와 이별하며 쓴 글이다.

번역 원부元符 기묘己卯 윤9월에 경주瓊州 선비인 강군姜君이 담이儋耳에 있는 나를 찾아왔다. 매일 나를 따라다니며 함께 지내다가, 경신년庚辰年 3월에서야 돌아가게 되었다. 마땅히 선물할 만한 것이 없어서 유자후柳子厚의 「음주飮酒」와 「독서讀書」 두 편의 시를 써줌으로써 이별의 뜻을 보이고자 한다. 그대가 가고나면 소일거리가 없어질 테니, 오로지 이 두 녀석과 서로 내왕하며 지내게 될 테지. 21일에 쓰다.

원문과 주석

別姜君❶

元符己卯閏九月, 瓊士姜君來儋耳, 日與予相從, 庚辰三月乃歸。❷ 無以贈行, 書柳子厚 《飮酒》、《讀書》 二詩, 以見別意。❸ 子歸, 吾無以遣日, 獨此二事日相與往還耳。❹ 二十一日書。

❶ ・姜君: 姜唐佐. 字는 君弼. 동파를 흠모하여 海南에 찾아와 함께 거하며 배운 적이 있다.
❷ ・元符己卯: 宋 哲宗 元符 2年. 1099년. 당시 동파는 63세였다.
・瓊士: 瓊州 출신 선비. 원본에는 '瓊守'로 되어 있으나 誤字이다. 『輿地記勝』卷百二十四에는 "姜唐佐, 字君弼, 郡人也, 曾從東坡學。…黃門亦云: 余兄子瞻謫居儋耳, 瓊士姜唐佐遂從之游。"로 나와 있다. 孔凡禮 역시 『蘇東坡文集』에 근거하여 '瓊士'로 교정하였으므로 이를 따른다.
・儋耳: 海南島 儋州. 東坡가 만년에 귀양 간 곳.
・庚辰: 元符 3年. 1100년.
❸ ・柳子厚: 柳宗元. 「飮酒」, 「讀書」는 永州 유배 시기의 작품이다.
❹ ・無以遣日: 소일거리가 없다.
・此二事: '飮酒'와 '讀書'를 지칭함.

해설

문명의 밖, 오지 중의 오지였던 해남도 유배 시절, 동파의 유일한 낙은 이따금 자신의 명성을 흠모하여 배움을 청하러 찾아오는 후학들과 함께 지내는 것이었다. 그들마저 떠난 후, 음주와 독서만으로 소일할 수밖에 없는 천재 문인의 외로움이 뼈저리게 느껴진다. 그 속에서도 '음주'와 '독서'를 의인화한 묘사가 흥미롭다.

1984년 동파의 해남도 儋耳 유배지에 세워진 東坡書院 안의 載酒堂. 동파는 바로 이 장소에서 이따금 찾아오는 客을 맞이하고 현지 학생들을 가르쳤다. 塑像의 중앙이 동파, 오른쪽은 아들 蘇過, 왼쪽은 제일 자주 찾아왔던 後學 黎子云이다. 동파가 여기서 학생들을 가르친 이후, 오지 중의 오지였던 담이는 明淸 시대까지 모두 70명이 科擧 初試에 합격하여 擧人이 되었고(宋代에 4명), 그 중 6명이 進士에 합격하여(宋代에 3명) 관직에 올랐다.

문보文甫 자변子辯과의 이별

해제 이 글은 동파가 56세에 영주潁州 태수로 있다가 양주揚州 태수로 가라는 명을 받은 후, 옛날 황주黃州 시절 교분을 나누었던 문보文甫 형제를 회상하며 적은 기록이다.

번역 내가 황주黃州에 도착한 것은 원풍元豐 3년 2월 1일이었다. 그때 우리 집은 남도南都에 있었다. 아들 매邁만이 나를 따라왔으므로, 황주 일대에 아무도 아는 사람이 없었다. 나는 시시때때로 지팡이를 짚고 강가를 거닐며, 아득한 곳에 일어나는 구름 같은 파도를 바라보곤 하였다. 그러면서도 강 건너 남쪽에 문보文甫 형제가 살고 있는 줄을 알지 못했다.

십여 일이 지났을 무렵, 자상하게 생긴 수염 긴 사람이 나를 찾아왔다. 바로 문보의 아우인 자변子辯이었다. 반나절 동안 머물며, 나와 이야기를 주고받다가 말했다. "한식날이 가까워져서 동호東湖로 돌아가 봐야 할 것 같습니다." 나는 강가까지 전송을 나갔다. 산들바람에 가는 비가 흩뿌리는 가운데, 그가 일엽편주를 타고 강을 가로질러 멀리 사라져갔다. 나는 하오미夏隩尾의 높은 언덕에 올라가 바라보았다. 배가 무창武

昌에 도착한 것처럼 보였을 때에야 걸음을 옮겨 집으로 돌아왔다.

그 후로 우리는 수시로 내왕하여 지금까지 만 4년 동안 거의 백 번에 가깝게 서로를 찾아갔다. 그리하여 밭을 사서 노년을 보내고자 하였으나 결국 뜻을 이루지 못하게 되었다. 갑자기 내가 임여臨汝로 양이量移된 것이다. 이제 다시 떠나가니 후일을 기약할 수가 없구나. 세상만사가 구슬프니 감회가 이루 말할 수가 없다. 부처는 뽕나무 아래에서 사흘 이상 머무르지 않는다더니, 그 말이 다 이유가 있었구나! 7년 3월 9일에 쓰다.

別文甫子辯❶

僕以元豐三年二月一日至黃州, 時家在南都, 獨與兒子邁來, 郡中無一人舊識者。❷ 時時策杖在江上, 望雲濤渺然, 亦不知有文甫兄弟在江南也。❸ 居十餘日, 有長髯者惠然見過, 乃文甫之弟子辯。❹ 留語半日, 云:「迫寒食, 且歸東湖。」❺ 僕送之江上, 微風細雨, 葉舟橫江而去。僕登夏隩尾高邱以望之, 髣髴見舟及武昌, 步乃還。❻ 爾後遂相往來, 及今四周歲, 相過殆百數。遂欲買田而老焉, 然竟不遂。❼ 近忽量移臨汝, 念將復去, 而後期未可必。❽ 感物悽然, 有不勝懷。❾ 浮屠不三宿桑下者, 有以也哉。七年三月九日。❿

❶ • 文甫: 王齊愈. 文甫는 그의 字이다.
　 • 子辯: 王齊萬. 王齊愈의 아우. 子辯은 그의 字이다.
❷ • 元豐三年: 1080년. 동파 나이 44세. 烏臺詩案의 筆禍로 동파가 黃州에 폄적된 해이다.

- 南都: 오늘날의 河南省 南陽市. 東漢시대 光武帝의 고향이자 당시 도유지인 洛陽의 남쪽에 위치했으므로 南都라고 칭했다. 張衡이 이곳을 소재로 한 「南都賦」를 지은 바 있다.
- 邁: 蘇邁. 동파의 長子. 字는 伯達.
❸ • 江南: 武昌을 지칭한다. 동파가 유배된 黃州는 長江의 북쪽에 있고, 그 맞은 편 강남에 武昌이 있다.
❹ • 惠然: 인자하고 너그러운 모습.
❺ • 迫: 임박하여. (시간 등이) 가까워지다.
- 東湖: 武昌에 있는 호수 이름.
❻ • 夏隩[오; ào]尾: 황주 부근에 위치한 작은 산 이름으로 추정됨. 隩: 강가의 굽이진 곳.
❼ • 老: 노년을 보내다.
❽ • 量移: 唐宋 시대에 폄적된 죄인이 일정 기간이 지나 정상을 참작하여 京師에서 보다 가까운 곳으로 유배지를 옮기는 것.
- 臨汝: 河南省 汝州.
❾ • 感物: 모종의 일에 직면하여 느끼는 바가 있음을 뜻함.
❿ • 浮屠不三宿桑下者: 부처는 뽕나무 아래에서 사흘 이상 머무르지 않는다. 佛者들은 세상에 대한 미련을 버리기 위해 거처를 자주 옮겨 다닌다는 뜻. 『四十二章經』에서 出典.
- 有以: 이유(원인)가 있다.
- 七年: 元祐 7年. 1092年. 동파 나이 56세.

해설 이 글의 내용은 황주 유배시기에 친하게 어울리던 문보 형제와의 추억을 회상한 것이지만, 주제는 은거생활 또는 정착생활에 대한 동경憧憬이다. 동파의 평생 소망은 직접 농사지을 수 있는 몇 평의 땅을 구해 안주하며 지내는 것이었다. 그러나 그는 그 소박한 꿈마저도 끝내 이루지 못했다. 임지 또는 유배지에 도착할 때마다 온갖 어려움을 극복하고 간신히 안정된 생활을 시작할 때면, 어김없이 새로운 곳으로 떠나라는 어명을 받았기 때문이다.

동파는 황주 유배시기에 문보 형제와 함께 만년에 지낼 땅 몇 평을 매입하려는 계획을 세웠으나 수포로 돌아간다. 타지로 떠나라는 명을 받았기 때문이다. 그 후 동파는 십여 년 동안 사방을 전전한다. 상주常州에서 등주登州로, 다시 경사京師인 변경汴京; 開封에서 3년 남짓 지내다가 항주태수杭州太守로 부임하여 2년 간 재직하였고, 또다시 경사로 올라갔다가 넉 달 만에 영주로, 그리고 또다시 다섯 달 만에 양주로 떠나게 된 것이다. 어찌 감회가 없으랴!

이 글을 쓴 이후로도 동파는 끝내 정착하지 못하고 온 천하를 헤매고 다닌다. 다시 경사에서 1년 남짓 지낸 다음, 정주定州 태수에 제수되어 임지로 가는 길에 혜주惠州로 유배되고, 2년 반이 지난 후에는 더욱 머나먼 해남도의 담주儋州로 유배되어 3년의 세월을 보낸다. 그리고 사면이 되어 상주常州로 가는 길에 병으로 사망히는 피란만장한 삶을 살게 된다. ㄱ ㅇ 고가는 길에서 보낸 시간은 또 얼마나 많았겠는가! 자신의 의사와는 전혀 상관없는 천애天涯의 방랑자가 되어야 했던 동파의 기구한 운명이었다.

東坡志林

卷二

淸末 王震의 《蘇東坡像》(좌), 明 文徵明의 《雲山煙樹圖》(우)

동파가 가장 그리워했던 것은 은거생활이었다. 편안함을 추구하는 부르주아적인 은거가
아니라 논밭에서 땀 흘려 일하는 농경생활이었다. 하지만 그 소박한 꿈을 동파는 끝내 이루
지 못했다.

제1부

제사 祭祀

東坡志林

팔사八蜡는 상고上古 시대의 축제

해제 고대 중국인들은 연말이 되면 황제와 백성이 함께 어울려 농사와 관련된 여덟 신神에게 제사를 올리고 떠들썩하게 즐겼다. 이른바 '팔사八蜡'의 제례다. 이 글은 그 기원과 의의를 밝힌 것으로, 오늘날에도 그대로 적용될 수 있는 동파의 탁월한 견해가 담겨 있다.

八蜡廟

팔사八蜡는 삼대三代 시절부터 내려온 축제이다. 한 해가 끝나면 다 함께 모여서 놀고자 하는 것이 인지상정人之常情이므로 제례祭禮의 하나로 첨부하여 놓은 것이다. 그러나 단지 놀고자 하는 것만은 아니다.

제사를 지낼 때는 반드시 망자를 대신하여 제사를 받는 '시주尸主'가 있어야 한다. 시주가 없는 제사는 따로 '존尊'이라고 부른다. 이제 막 죽은 망자에게 드리는 '존'과, 성현들에게 드리는 '석존釋尊'이 바로 그것이다. 오늘날 '사제蜡祭'라는 말에 '제祭' 자字를 붙이는 이유는, 제사를 지낼 때 시주가 있기 때문이다.

그런데 팔사의 축제를 지낼 때 등장하는 고양이신神과 호랑이신神의 대역代役은 누가 맡고 있는가? 사슴과 여인네 역할은 또 누가 맡고 있는가? 어릿광대들이 아니고 또 누구이겠는가? 그들이 칡으로 만든 허리띠를 하고 개암나무 지팡이를 짚는 것은, 그것으로써 기력이 쇠신하여 사라시는 삼라만싱의 모든 것에 대해 조의弔意를 표하기 위함이다. 또한 누런 베옷과 풀 모자를 쓰는 것은 농부들의 복장을 존중하고자 하는 뜻이 있는 것이니, 이 모두가 놀며 즐기고자 하는 축제의 원리인 것이다.

자공子貢이 팔사의 축제를 보며 불쾌해하자 공자가 비유를 들어 설명했다고 한다. "한 번은 긴장하여 열심히 일하게 하고, 또 한 번은 긴장을 풀어주어 즐거이 놀게 하는 것이 문왕文王과 무왕武王의 가르침이니라." 그 말이 옳을 것이다.

八蜡三代之戲禮❶

八蜡, 三代之戲禮也。歲終聚戲, 此人情之所不免也, 因附以禮義。亦曰:不徒戲而已矣。祭必有尸, 無尸曰『奠』, 始死之奠與釋奠是也。❷ 今蜡謂之「祭」, 蓋有尸也。猫虎之尸, 誰當為之?❸ 置鹿與女, 誰當為之?❹ 非倡優而誰! 葛帶榛杖, 以喪老物; 黃冠草笠, 以尊野服, 皆戲之道也。❺ 子貢觀蜡而不悅, 孔子譬之曰:「一張一弛, 文、武之道。」❻ 蓋為是也。

❶ · 蜡[사; zhà]: 古代의 祭祀. 농사가 끝난 연말에 그간의 가호에 보답하는 의미로 여덟 종류의 諸神에게 제사를 드렸음.

· 八蜡: 고대 중국인들이 연말에, 농사와 관련된 여덟 종류의 諸神에게 제사지낼 때 사용하던 神紙. 또는 그 제사 자체의 명칭. 八神은 다음과 같다. ① 先嗇(神農), ② 司嗇(后稷), ③ 農(農夫), ④ 郵表畷 (茅棚、地頭、井), ⑤ 猫虎, ⑥ 坊(堤), ⑦ 水庸(城隍), ⑧ 昆虫. 古代에는 황제와 백성이 함께 참가하는 융숭한 행사였으나, 明淸시대에 이르러 간헐적으로 시행하였다. 오늘날에도 중국민간에서는 여전히 八蜡廟에서 제사를 지내는 풍습이 남아 있다.

· 三代: 中國의 上古 시대. 흔히 夏·殷·周를 말함.

· 戲禮: 즐거움의 요소가 섞인 祭禮. 祝祭.

❷ · 尸: 尸主. 亡子를 대신하여 제사를 받던 사람. 일반적으로 臣下, 또는 나이 어린 사람이 맡았음. 후세로 가면서 神主나 畵像으로 대체되었음.

· 奠[diàn]: 亡子에게 祭物을 바쳐 지내는 祭祀.

· 始死之奠: 이제 막 죽은 亡子에게는 靈前에 술과 음식을 바쳐 제사를 지낸다는 뜻.

· 釋奠: 古代에 學校에서 술과 음식을 차려놓고 聖賢과 先師에게 바치던 祭禮. 이때는 尸主를 두지 않았음.

❸ · 猫虎: 八蜡 중에서 다섯 번째로 모시는 神. 고양이와 호랑이는 농작물을 훔쳐 먹는 쥐새끼와 들짐승을 잡아먹으므로 농사를 도와주는 神으로 모신 것임.

❹ ‧ 鹿與女: 周代에는 연말에 蠟祭를 지낼 때, 임금이 제후들에게 사냥을 해서 잡은 사슴과 전쟁을 일으켜 잡아온 여인네를 선물로 보냈음. 이는 사냥과 전쟁, 또는 好色을 警戒하라는 의미였다고 함. 『禮記‧郊特牲』 참조.

❺ ‧ 葛帶榛[진; zhēn]杖, 以喪老物: 尸主들이 葛麻(칡)로 만든 허리띠를 하고, 榛(개암나무)으로 만든 지팡이를 짚는 것은, 그것으로 기력이 쇠진하여 사라진 이들의 喪을 치르는 물건으로 삼는 것이다. 老物: 죽은 사람, 또는 기력이 쇠진하여 없어지는 삼라만상의 모든 사물.

‧ 黃冠草笠, 以尊野服: 黃衣와 黃冠을 착용하여 농부 복장을 존중하여 주다. 『禮記‧郊特牲』에, "黃衣黃冠而祭, 息田夫也. 野夫黃冠, 黃冠, 草服也."라고 표현한 것을 동파가 '黃冠草笠'으로 살짝 고친 것임. 蠟祭를 지낼 때 황색 옷과 황색 모자를 착용하는 것은 일 년 동안 농사짓느라 고생한 농부들을 쉬게 해준다는 의미임. 이는 추수를 하고 난 뒤 들판의 草色이 黃色이기 때문임. 草笠: 풀로 만든 삿갓.

❻ ‧ 子貢觀蠟而不悅, 孔子譬之曰:「一張一弛, 文、武之道」: 孔子의 제자 子貢(이름은 賜임)이 蠟祭를 구경하면서 온 나라의 백성이 미친 듯이 즐기는 모습에 크게 불만을 표시하자, 공자가 백성들을 긴장 하여 열심히 일할 때도 있게 하고, 그 마음을 풀어주어 즐기게 해야 할 때도 있도록 하는 것이 周 文王과 武王의 정치였다고 설명해 주었다는 뜻. 『禮記‧雜記下』에 나오는 一段落을 압축 개괄한 것임.

해설

이른바 팔사八蠟의 제례에 대한 기원과 의의를 밝힌 이 글에는, 고정관념과 편견을 깨버리는 동파의 충격적인 선언이 실려 있다. 제사祭祀라고 해서 모두 엄숙하게 지내야만 하는 것이 아니다. 특히 한 해가 끝날 때 지내는 사제蠟祭는 일종의 축제이다. 일 년 농사를 끝내고 그동안 농사일을 도와준 여덟 신神에게 감사하며 드리는 제사인만큼 마음껏 즐기며 놀아야

《踏歌圖》(부분) 宋, 馬遠
농민들이 밭에서 신나게 踏歌를 부르고 있다. 文人畵 중에서는 찾아보기 어려운 농경생활
의 즐거움을 찬미한 수작이다.

한다는 것이다.

파격적인 선언이었지만, 공자가 했던 말을 증거로 제시했
으니 그의 정적이라 해도 반박하기 어려웠을 것이다. 그렇다
고 공감한 수도 없었을 것이다. 궤배시에서 씨섭 농사늘 지으
며 살았던 동파와 같은 사람만이 진정한 추수의 기쁨과 휴식
의 필요성을 절감할 수 있지 않았겠는가! 오늘날 현대 사회에
서 옛날 백성들의 이러한 활동을 축제로 인식하고 중요한 문
화콘텐츠의 하나로 적극 개발하고 있는 것을 볼 때, 동파의
안목이 얼마나 지혜로웠는지 다시 한 번 깨달을 수 있겠다.

북두진군北斗真君에게 참배하다

해제 해남도 유배생활 시기에 북두칠성에게 제사를 지낸 후, 그 과정을 기록한 글이다.

번역 소성紹聖 2년 5월 보름날이었다. 경건한 마음으로 진일법주真 一法酒를 담가서 나부산羅浮山에 사는 도사 등수안鄧守安을 모셔 와 북두진군北斗真君에게 제사를 드렸다. 제사가 시작될 무렵에는 비가 내리기 시작했다. 그러나 잠시 후 맑은 바람이 엄숙하게 불어오더니 운무雲霧가 걷히고 달과 별이 보이기 시작했다. 북두칠성의 별 7개가 모두 또렷하게 보였다. 제사를 마치고 제기祭器를 거두니, 제사를 드리기 시작할 때처럼 음산한 비가 내리기 시작했다. 경건한 마음으로 배수拜首 계수稽首의 절을 드리고 나서, 이 일을 기록해둔다.

원문과 주석

記朝斗❶

紹聖二年五月望日, 敬造真一法酒成, 請羅浮道士鄧守安拜奠北斗真君。❷ 將奠, 雨作, 已而清風蕭然, 雲氣解駁, 月星皆見, 魁標皆爽。❸ 徹奠, 陰雨如初。謹拜首稽首而記其事。❹

❶ ・ 朝斗: 北斗七星의 神인 北斗眞君에게 참배를 드리다. 道敎의 祭祀 활동.

❷ ・ 紹聖二年: 1095년. 동파 나이 59세. 惠州에서 유배생활을 하던 시기임.

・ 望日: 음력 보름날.

・ 眞一法酒: 법회에서 사용하기 위해 東坡가 직접 빚은 술. 法酒: 일반적으로 官府에서 제정한 규격에 의거하여 빚은 술을 의미함.

・ 羅浮: 羅浮山. 廣東 增城과 博羅의 접경지역에 위치함.

・ 拜奠: 참배하다.

❸ ・ 雨作: 비가 내리기 시작하다.

・ 已而: 잠시 후, 이윽고. (시간이 경과함을 의미함)

・ 解駁: 解駁. 어지럽던 것이 사라지다. 여기서는 雲霧가 걷혔음을 뜻함.

・ 魁[괴; kuí]: 북두칠성 중에서 앞부분의 국자 모양을 이루고 있는 네 개의 별.

・ 標: 북두칠성 중에서 뒷부분의 국자 자루 모양을 이루고 있는 세 개의 별.

・ 爽: 뚜렷하게 보이다.

❹ ・ 徹奠: 제사를 끝내고 祭器를 치우다. 徹: 撤. 치우다.

・ 拜首: 두 무릎을 꿇고 반만 절하다. 두 손을 가슴 위치에 두고, 머리를 손 위로 조아리는 형태의 절.

・ 稽首[계수; qǐshǒu]: 두 무릎을 꿇고 두 손도 땅에 위치시킨 후, 머리를 땅에 조아리는 형태의 큰 절.

해설 혹자는 동파가 북두칠성에게 제사를 드린 행위를 미신으로 취급하고 못마땅해 할지도 모른다. 그러나 동파가 어찌 단순한 미신 숭배자이랴! 구르는 돌멩이, 나뭇잎 하나에도 머리를 조아릴 수 있는 작은 마음과 간절함이 없는 사람은 삶과 우주의 철리를 절대로 깨칠 수 없다. 당시 동파의 삶은 상상을 불허할 정도로 비참하기 그지없었다. 그러나 동파는 늘 간절한 마음으로 그러한 고난과 역경이 지니고 있는 긍정적인 가치와 의미를 생각하고 또 생각한다. 이 글에서 우리는 바로 그 간절함을 읽을 수 있어야 하겠다.

제2부

병략 兵略

东坡
志林

흉노의 '전병全兵'

해제 동파가 『한서漢書‧고조본기高祖本紀』를 읽다가 문제점을 발견하고 쓴 독서 메모다.

번역 옛날 흉노들이 한漢 나라 평성平城을 포위했을 때의 일이다. 여러 신하들이 주상에게 아뢰었다. "오랑캐들은 '전병全兵'이 오니 활을 잘 쏘는 궁노수弓弩手들에게 명을 내려 활 틀 하나에 화살 두 대씩 달아 밖으로 쏘면서 천천히 포위망을 뚫고 나가심이 가한 줄로 아뢰오." 이 구절의 '전병全兵'이라는 단어에 이기李奇가 이렇게 주석註釋을 달았다. "활과 창으로만 무장하고, 그 외에 다른 무기로 무장한 병력이 없음을 말한다."

　이것은 잘못된 해석이다. 만약 그 당시 흉노들에게 다른 무기를 갖춘 병력이 있었다면, 동시에 화살 두 대씩 쏘면서 탈출하자는 계책이 성공할 수 없었을 것이라는 말인가? 그리고 이기李奇는 흉노에게 다른 무기로 무장한 병력이 없었음을 대체 어찌 알았다는 말인가? 흉노에게는 단지 활 틀이 없었을 뿐이었다. '전병全兵'이라는 말은, 흉노들이 그 땅에서 목숨을 걸고 싸우지는 않았으니, 우리 군사들과 (목숨을 걸 정도로) 위험한 전투를 벌이려 하지는 않았음을 의미하는 것이다.

匈奴全兵

匈奴圍漢平城。❶ 羣臣上言:「胡者全兵, 請令强弩傅兩矢外鄉, 徐行出圍。」❷ 李奇注「全兵」云:「惟弓矛, 無雜仗也。」❸ 此說非是。 使胡有雜仗, 則傅矢外鄉之策不得行歟?❹ 且奇何以知匈奴無雜仗也? 匈奴特無弩耳。❺ 全兵者, 言匈奴自戰其地, 不致死, 不得與我行此危事也。❻

❶・匈奴圍漢平城: 漢 高祖 7년(B.C. 200)에 劉邦이 平城(山西 大同)에서 흉노족에게 포위되었다가, 陳平의 계략으로 7일 만에 포위를 뚫고 나온 사건을 지칭함.

❷・이 구절은 『漢書・高祖本紀』에서 인용한 말이다.
・胡: 오랑캐, 여기서는 흉노족.
・全兵: 사전에는 李奇와 顔師古의 註釋에 근거하여, 儀仗隊와 運輸 병력 등 비전투 요원이 없이, 오로지 弓弩 등의 무기로 무장되어 있는 전투 병력을 지칭한다고 나와 있다. 그러나 이에 대해 東坡는 다른 의견을 제시하고 있다. '목숨을 보존할 정도로만 싸우는 병력', 즉 '결사대가 아닌 부대'라는 동파의 견해가 보다 합리적이다.
・强弩: 전투력이 강한 弓弩手.
・傅兩矢: 활 틀 하나에 화살을 두 대씩 달아서 쏘다. 傅: 附. 달다, 붙이다.
・外鄉: 外向, 밖으로.

❸・李奇: 東漢 시대 南陽 사람. 『漢書』에 註釋을 달았으나 오늘날에는 전해지지 않는다. 「全兵」편 역시 전해지지 않는다.
・雜仗: 弓矛 외의 다른 무기.

❹・使胡有雜仗, 則傅矢外鄉之策不得行歟: 使는 여기서 '만약'이라는 뜻. 歟는 의문조사. 만약 흉노들에게 다른 무기를 갖춘 병력이 있었다면, 동시에 화살 두 대씩 쏘면서 탈출하자는 계책이 성공할 수

《胡人出獵圖》(부분)
明, 張龍章

없었을 것이라는 말인가?

❺ • 匈奴特無弩耳: 흉노에게는 단지 활 틀이 없었을 따름이다.

❻ • 自戰其地: 자신의 땅에서 싸우다.

• 不致死, 不得與我行此危事: 우리 군사와 목숨을 건 위험한 싸움은 하지 않으려고 한다는 뜻.

 고서古書에 등장하는 '전병全兵'이라는 전쟁 용어에 대한 인식의 오류를 지적한 독서 메모다. 이상한 것은 동파의 논리가 매우 타당함에도 불구하고 사전에는 여전히 잘못된 해석만 실려 있다는 점이다(중국 포털사이트 百度 '全兵' 條 참조). 『동파지림』을 안 읽어본 것일까?

팔진도 八陣圖

해제

서기 222년, 유비劉備는 관우關羽의 복수를 하기 위해 오吳나라로 출정하였으나 이릉夷陵의 싸움에서 육손陸遜에게 대패하고 패주하였다. 성도成都에 남아 있던 제갈량諸葛亮은 뒤늦게 소식을 접하고 급히 전선으로 나아가 추격하는 오나라 군사를 막기 위한 대책을 세운다.

그런데 제갈량의 대책은 너무나도 의외였다. 강가에 돌무더기를 어지럽게 늘어놓은 것에 불과했기 때문이다. 그러나 수십만의 대군이 주둔한 듯 멀리서 보면 살기가 등등했다. 오나라의 젊은 장수 육손은 호승지심好勝之心이 발동하여 그 돌무더기 속에 뛰어든다. 하지만 출구를 찾지 못하고 쩔쩔매다가 제갈량의 장인인 황승언黃承彦의 도움으로 간신히 돌무더기에서 벗어난다. 그 돌무더기는 사실 제갈량이 오랫동안 연구했던 '팔진도八陣圖'의 진법에 의해 쌓아놓은 것이었다.

이로부터 팔진도는 후세 지식인들의 큰 호기심을 불러 일으켰다. 특히 당나라의 시성詩聖 두보杜甫가 이를 소재로 시를 지은 이후로, 팔진도는 후세 지식인들에게 신비의 연구대상이 되었다. 이 글은 동파가 바로 그 현장인 어복포魚腹浦를 찾아간 후에 쓴 메모다.

《武侯高臥圖》明, 朱瞻基

제갈량은 어복포魚腹浦에 있는 모래사장에서 팔진도를 만들었다. 돌멩이는 여덟 줄로 쌓아 놓았다. 줄 간격은 두 장丈 거리였다. 환온桓溫이 초종譙縱을 정벌하러 갈 때 이것을 보고 "음, 이건 상산常山의 사진蛇陣이로구먼!"이라고 말했다. 그러나 그의 문관 무관들은 아무도 그것이 무엇인지 알아보지 못했다고 한다.

나도 그곳을 찾아간 적이 있다. 멀리 산 위에서 내려다보니 백여 장 정도의 공간에 가로 세로 8줄씩 쌓인 것이 64개의 표지를 이루고 있었다. 표지는 모두 원형이었다. 오목하거나 튀어나온 곳도 없는 모습이, 중천中天에 뜬 햇빛 아래의 우산 그림자 같이 보였다. 그러나 가까이 다가가서 살펴보니 모두 자갈뿐이었다. 오랫동안 생각에 잠겨보았으나 설명할 수가 없었다. 참으로 해괴한 일이로다!

八陣圖❶

諸葛亮造八陣圖於魚腹平沙之上, 壘石為八行, 相去二丈。❷
桓溫征譙縱, 見之, 曰:「此常山蛇勢也。」❸ 文武皆莫識。吾
嘗過之, 自山上俯視, 百餘丈, 凡八行, 為六十四蕝, 蕝正圓,
不見凹凸處, 如日中蓋影。❹ 予就視, 皆卵石, 漫漫不可辨,
甚可怪也。❺

❶ · 八陣圖: 중국 고대에 전투 대형 및 병력을 배치하는 陣法. 제갈량
이 이를 능숙하게 구사한 것으로 알려져 있음. 그가 팔진도를 그려
병사들을 연마한 구체적인 장소에 대해서는 역대로 세 가지 설이
있음. ① 陝西城 沔縣(『水經注』卷27,「沔水注」참조). ② 四川省
奉節(『水經注』卷33,「江水注」및『晉書 · 桓溫傳』참조). ③ 四川
省 新繁(『太平寰宇記』卷72,「益州新都縣」참조).

❷ · 魚腹: 地名. 四川 奉節에 있는 모래사장 이름. 魚腹浦. 동파는 八
陣圖 옛 터가 四川 奉節의 魚腹浦로 믿고 있었음을 알 수 있다.

제갈량이 마지막 전투를 벌이다 죽은 곳, 五丈原

❸ ・ 桓溫(312~373年): 東晉 시대의 大司馬. 字는 元子.
  ・ 譙縱: 十六國 시기 後蜀의 君主. 在位 기간은 405~413年.
  ・ 桓溫征譙縱: 桓溫이 정벌한 것은 譙縱이 아니라 李勢이다. 譙縱이
    成都王이 된 것은 桓溫이 이미 죽고 난 다음의 일로써, 그를 정벌
    한 것은 桓溫이 아니라 劉裕였다. 동파가 착각한 것이다. 桓溫 은
    晉 穆帝 永和2年(346)에 李勢가 稱帝하자 촉나라 정벌에 나선다.
    이때 桓溫은 제갈량의 팔진도를 지나가게 된다. 여기서 서술한 것
    은 그때의 장면이다.
  ・ 常山蛇勢: 常山蛇陣. 중국 고대 陣法 중의 하나.
❹ ・ 蕝[절; jué]: 고대의 朝會에서 풀을 묶어 품계 순서를 표시하다. 표
    시하다, 표지.
  ・ 圜: 圓, 둥글다.
❺ ・ 就視: 가까이 가서 살펴보다.
  ・ 漫漫: 시간이 오래 걸리거나 공간이 끝없이 넓은 모습.

해설 『삼국지』와 제갈량을 사랑하는 사람에게 '팔진도八陣圖'는 신
비의 연구 대상이다. 그 위치와 구조에 대해 역대로 설이 분
분하다. 동파 역시 '팔진도'의 수수께끼를 풀고 싶었던 모양이
다. 동파는 팔진도가 위치했던 곳으로 알려진 봉절奉節의 어
복포魚腹浦를 직접 찾아가 오랜 시간 동안 사색에 잠겨 본다.
동파의 호기심과 학구열을 엿볼 수 있는 메모다.

제3부

시사 時事

東坡
志林

당촌唐村 노인의 말

해제 이 글은 동파가 죽기 1년 전에 해남의 유배지에서 쓴 것으로, 촌로村老의 입을 통해 청묘법의 문제점을 신랄하게 고발하고 있다.

번역 담이儋耳 땅의 진사인 여자운黎子雲이 아래와 같은 이야기를 들려주었다. 성북城北 쪽으로 시오리 정도 가면 당촌唐村이라고 하는 마을이 나오는데, 그곳에 일흔 정도 되는 윤종允從이라는 할아버지가 살고 있단다. 그가 자운에게 물어보았다고 한다.

"아니, 재상宰相께서는 어째서 청묘전靑苗錢을 시행해 가지고 나를 이렇게 힘들게 만든다요? 즈그들 관아한테 뭔 도움이 된다고 그런다요?"

자운이 대답해 주었다.

"관에서는 백성들의 빈부격차가 고르지 못한 것을 염려한 것이라오. 부자들은 고리를 주어 열의 하나로 이자를 받으니 더욱 부자가 되고, 가난한 자는 두 배로 돌려줘야 하지 않소? 필경 땅을 팔고 노동력을 착취당해도 갚을 길이 없으니, 이런 법을 만들어 재산을 고르게 해주려는 것이라오."

그러자 윤종이 허탈하게 웃으며 말했다.

"빈부의 격차가 있는 건 자고이래自古以來의 일이었소. 하느 님도 어쩌지 못한 것을 자기가 고쳐준다굽쇼? 가난한 사람도 있고 부자도 있는 것은, 두꺼운 물건도 있고 얇은 물건도 있 는 거나 마찬가지요. 부자들 재산을 줄여서 없는 놈들을 부자 로 만들어주겠다, 그 얘기 아니유? 아이고, 부자들은 꿈쩍두 안 할 테고, 그저 없는 놈들만 먼저 무덤을 파겠구려!"

원부元符 3년, 자운이 나를 찾아와 그 이야기를 전해주었다. 나뭇꾼도 왕도王道를 말할 수 있다더니, 바로 윤종과 같은 이 들을 두고 한 말이 아니겠는가!

원문과 주석 **唐村老人言**

僧耳進上黎了雲言: 城北十五里許有唐村, 莊民之老曰允從 者, 年七十餘, 問子雲言: 「宰相何苦以靑苗錢困我? 於官有 益乎?」❶ 子雲言: 「官患民貧富不均, 富者逐什一益富, 貧者 取倍稱, 至鬻田質口不能償, 故爲是法以均之。」❷ 允從笑 曰: 「貧富之不齊, 自古已然, 雖天公不能齊也, 子欲齊之乎? 民之有貧富, 由器用之有厚薄也。子欲磨其厚, 等其薄, 厚者 未動, 而薄者先穴矣!」❸ 元符三年, 子雲過予言此。負薪能談 王道, 正謂允從輩耶?❹

❶ • 宰相: 王安石을 지칭함.
   • 靑苗錢: 靑苗法을 말함. 왕안석이 추진한 新法 중의 하나. 농민들 이 돈이 필요한 시기에 국가에서 돈을 빌려주는 법.
❷ • 逐什一: 십분의 일의 이익을 취하다.

- 倍稱: 두 배로 갚다. 가난한 자들이 高利로 돈을 빌리는 것을 말함.
- 鬻[육; yù]田: 땅을 팔다.
- 質口: 인질로 삼다. 갚을 능력이 없는 사람은 노동력으로 빚을 갚게 하는 수단을 말함.
❸ • 由器用之有厚薄: 사용하는 물건에 두껍고 얇은 것이 있는 것과 마찬가지이다. 由: 猶
- 磨其厚: 부자들이 잘 사는 것을 깎아내다.
- 等其薄: 가난한 자들이 못사는 것을 부자들과 같은 수준으로 만들어주다.
❹ • 元符三年: 1100년. 당시 64세의 동파는 해남 儋耳에 유배 중이었음. 『蘇東坡文集』에는 이 아래에 ‘二月二十日’ 五字가 더 있음. 商務印書館本에는 ‘二月二十一日’ 六字가 더 있음.
- 負薪: 땔감을 등에 진 자. 즉 고생하는 백성을 지칭한 것임.

해설

동파는 40대 이후 대부분의 삶을 고난의 유배생활로 보내었다. 무슨 까닭 때문이었을까? 여러 가지 이유가 있겠지만, 가장 결정적인 것은 ‘청묘법青苗法’ 때문이었다. 왕안석 신법의 내용은 크게 세 가지이다. 첫째는 균수법均輸法・시역법市易法과 청묘법 등의 국영사업을 추진한 것이고, 둘째는 면역법免役法・면행법免行法 등의 새로운 과세 제도를 시행한 것이며, 셋째는 보갑법保甲法・방전균세법方田均稅法 등의 등기 제도를 시행한 것이다. 그러나 그 중에서도 가장 핵심은 역시 ‘청묘

《流民圖》(부분) 明, 周臣

법'이라고 할 수 있다.

청묘법의 내용은 풍작이 예상되는 풍년에는 농구와 맥종麥
種을 더 많이 구입할 수 있도록 관에서 원하는 농부들에게 자
금을 빌려주고, 수확기 때 원금과 이자를 보리로 받아서 군량
미로 사용한다는 것으로, 그 자체는 매우 훌륭한 계획이었다.
문제는 이 계획이 성공리에 추진되고 있다는 것을 보여주기
위해, 해마다 모든 백성들이 강제적으로 돈을 빌려야만 했다
는 점에 있었다. 물론 겉으로는 풍년에만, 그리고 원하는 사
람에게만 빌려준다고 했지만, 실제로는 실적을 거두어야만
했던 관리들의 압력으로 거의 모든 가정들이 관에서 돈을 빌
려야만 했다. 그리고 석 달마다 한 번씩 10%의 수수료를 포
함하여 30%에 육박하는 이자를 내야만 했다. 정부가 거의 날
강도 집단이나 다를 바 없었던 것이다.

동파는 청묘법 시행의 초기 단계부터 이상과 현실의 괴리
를 지적하면서, 이를 비판하고 반대하는 글을 계속 써내려갔
다. 당시 문단의 최고봉에 있던 동파의 영향력은 엄청났다.
더구나 동파의 글이 지니고 있는 특유의 유머가 상대방에게
는 모욕적인 야유로 들렸으므로, 그가 필화를 일으키고 고난
의 유배생활을 하게 된 것은 바로 청묘법 때문이라고 보아도
무방하다. 훗날 유배시기에 직접 농사를 지으며 살았던 동파
였기에, 농민을 괴롭히는 청묘법의 폐단을 더욱 절감할 수 있
었을 것이다.

익명 투서 사건에 관한 기록

해제 익명으로 고발하는 행위의 위험성에 대해 언급한 서사체敍事 體의 글이다. 이 글은 대부분의 편폭을 할애하여, 경사京師 부 근의 작은 마을에서 벌어진 살인사건의 목격자가 익명 투서 를 하게 된 경과와 결과를 소개하고 있다. 그러나 동파가 이 글을 통해 말하고자 했던 것은 그 사건 이야기가 아니었다. 그가 하고 싶은 말은 무엇일까?

번역 원풍元豐 초에 백마현白馬縣에서 살인사건이 발생했다. 누군가 범인이 두려워 감히 고발하지 못하고 있다가 익명으로 관아 에 투서를 하였다. 궁수弓手 갑甲이 그 편지를 주웠으나 글을 모르는지라 방자房子 노릇을 하는 을乙에게 보여주었다. 을이 편지를 읽어주자, 갑은 그 내용에 근거하여 범인을 체포하게 되었다. 그러자 을이 자신의 공도 있다면서 그와 다투게 되었 다. 관리들은 법으로 익명의 투서를 금지하고 있기 때문에, 투서로 밝혀진 범인을 감히 사형에 처하기는 어렵다고 여겼 다. 또한 익명으로 투서한 자도 마땅히 유배를 보내야 할 것 인바, 그 사안이 가볍다 할지라도 법이 지엄한지라 모두 황제께 아뢰어 조치하는 것이 타당하다고 생각했다.

　개봉윤開封尹 소자용蘇子容은 마침 활주滑州가 없어지고 백마현의 행정 관제가 도성都城으로 편입되자 주상께 상소를 올렸다. "범인은 죽음은 면하게 하여 줌이 가할 줄로 아뢰옵니다. 아울러 익명으로 투서한 자도 그 죄를 면하게 해 주심이 가할 줄로 아뢰옵니다." 주상께서는 이렇게 답하셨다. "이 사건은 비록 경미한 안건이지만 그렇다고 익명으로 고발하는 풍토를 조장해서는 아니 될 것이다." 그리하여 익명으로 투서한 자에게 태형笞刑을 가한 후에, 잘 달래어 내보냈다.

　자용은 범인이 제삼자의 익명 고발에 의해 체포되었고, 또 익명으로 고발한 행위가 심각한 잘못이라고 할 수는 없지 않겠는가 생각하여 말한 것이지만, 선제先帝께서는 그래도 익명 고발의 풍조를 조장하게 되지 않을까 염려하신 것이니, 이것이 이른바 충성과 후덕함이 모두 극에 이르렀다고 말하는 경지일 것이다.

　그런데 희녕熙寧 원풍元豊 연간에는 수실手實, 금염禁鹽, 우피牛皮와 같은 법령들이 제정되어 중상重賞을 주어 익명으로 투서하기를 권장하였으니, 이는 그 당시 소인배들이 저지른 짓거리이지 결코 선제의 본의本意가 아닌 것이다. 그때 자리에 앉아 있던 범조우范祖禹가 말했다. "실록實錄에 기록해야 마땅하겠구려."

원문과 주석

記告訐事❶

元豊初, 白馬縣民有被殺者, 畏賊不敢告, 投匿名書於縣。❷
弓手甲得之而不識字, 以示門子乙。❸ 乙為讀之, 甲以其言捕獲賊, 而乙爭其功。吏以為法禁匿名書, 而賊以此發, 不敢處之死, 而投匿名者當流, 為情輕法重, 皆當奏。❹ 蘇子容為開封尹, 方廢滑州, 白馬為畿邑,❺ 上殿論奏：「賊可減死, 而投匿名者可免罪。」❻ 上曰：「此情雖極輕, 而告訐之風不可長。」乃杖而撫之。子容以謂賊不干己者告捕, 而變主匿名, 本不足深過, 然先帝猶恐長告訐之風, 此所謂忠厚之至。❼ 然熙寧、元豐之間每立一法, 如手實、禁鹽、牛皮之類, 皆立重賞以勸告訐者, 皆當時小人所為, 非先帝本意。❽ 時范祖禹在坐, 曰：「當書之《實錄》。」❾

❶ · 告訐[알;jié]: 익명으로 투서하여 타인의 죄를 밝히는 행위.

❷ · 元豐初: 元豐은 神宗의 年號. 동파 나이 40대 초의 시기임.
　· 白馬縣: 河南省 滑縣. 당시 京師이던 開封의 인접 지역.

❸ · 門子: 고대에 관아에서 관헌들의 시중을 들어주는 심부름꾼.

❹ · 法禁匿名書: 익명으로 투서하는 것을 법으로 금하고 있다는 뜻.
　· 當流: 마땅히 유배를 보내야 한다는 뜻.

❺ · 蘇子容: 蘇頌. 子容은 그의 字이다. 福建 泉州 南安 사람. 宋代의 天文學者. 元豐 初期에 開封 知尹을 맡았고, 나중에는 입각하여 벼슬이 中書門下侍郎에 이르렀다. 『宋史』 340권에 傳記가 전해진다.
　· 方廢滑州, 白馬爲畿邑: 마침 滑州라는 행정구역이 없어져서, 白馬縣이 京師의 직할 행정구역 안으로 들어오게 되다.

❻ · 減死: 사형을 면하게 하다.

❼ · 上: 당시 황제는 神宗이었음.
　· 賊不干己者: 범인을 익명으로 고발한 자는 살인을 저지른 범죄자와 아무 상관도 없는 제3자라는 뜻.
　· 告捕: 고발하여 체포하게 하다.
　· 深過: 심각한 잘못, 커다란 잘못.
　· 先帝: 돌아가신 황제. 神宗을 지칭함. 따라서 이 글은 신종이 사망

하고 난 뒤, 동파가 최소한 50세 이후에 과거의 일을 회고하면서 쓴 것임을 알 수 있음.

❽·手實: 당(唐)나라의 제도. 당나라 때는 3년마다 戶籍을 재편하여, 이를 근거로 戶部에서 세금을 매겼음. 그 호적의 기본 자료로 삼기 위해 지방에서 매년 인구의 변동 사항을 조사하여 만든 책자를 '手實'이라고 하였다. 송나라는 神宗 때에 呂惠卿 등의 주장으로 이 법을 시행하였다.

· 禁鹽: 사사롭게 소금을 판매하는 것을 금하고 나라가 전매하게 만든 법. 『宋史·食貨志下三』참조.

· 牛皮: 농사짓는 소를 보호하기 위해, 소를 도살할 때 牛皮稅를 무겁게 과세한 법으로 추정됨.

❾·范祖禹: 范鎭의 從孫. 字는 淳夫, 또는 夢得. 진사에 급제한 후 司馬光과 함께 『自治通鑑』을 編修하였다. 책이 완성된 후, 사마광의 추천으로 秘書省 正字가 되어 直言을 올리는 임무를 맡았다. 철종이 즉위한 후에는 右正言으로 발탁이 되었다. 장인인 呂公著가 집정하게 되자, 『神宗實錄』을 검수하는 일 외에 모든 관직을 사양하고자 했다. 태후가 죽고, 章惇이 재상에 오르게 되자, 이를 극력 반대하다가 뜻을 이루지 못하자 外職을 자청하여 변방을 돌아다니다가 마침내 폄적되어 昭州에서 죽었다. 『宋史』337권에 그의 傳記가 전한다.

· 時: 뒤의 문맥으로 보아 范祖禹가 『神宗實錄』을 검수하던 시기로 추정된다.

해설 동파가 하고 싶은 말을 요약하면 이렇다. "익명 고발의 풍조를 조장하는 것은 분명 잘못이다. 이 사건 처리에서 보다시피, 선제先帝인 신종神宗도 원래는 이를 매우 경계했다. 그런데 같은 기간에 시행된 '신법'은 오히려 익명 고발의 풍조를 조장하고 있으니 대체 어찌된 일인가!"

그런데 그 서술이 상당히 아슬아슬하다. 비록 "신종황제의 본의와는 상관없이 소인배 무리들이 꾸민 짓일 것"이라고 서술하긴 했지만, 구체적인 사례를 들어 신종황제의 일관성 없는 통치행위를 여지없이 지적하고 있기 때문이다.

마지막 문장을 보면, 이 글은 범조우范祖禹 등의 대신들과 함께 국사國事를 논한 내용을 기록한 것임을 알 수 있다. 당시는 나이 어린 철종 대신 태후가 섭정하던 시기로 동파의 생애에 있어서 거의 유일무이하게 잠시 뜻을 펼 수 있었던 때였다.

아니나 다를까, 불과 몇 년 후 태후가 죽고 철종이 친정親政을 하게 되자 이 글의 여파는 가혹한 결과로 나타나게 된다. 어린 소년 철종은 이유야 어떻든 자신의 아버지를 깎아내린 동파가 무조건 괘씸했을 것이다. 그가 간신 장돈章惇을 재상에 앉히고 동파를 멀리 해남도로 귀양 보내게 된 것은, 바로 이런 글 속에 숨어 있는 신종에 대한 동파의 부정적 평가 때문이었다. 허나, 동파의 주장은 엄연한 사실인 것을 어찌하랴!

제4부

관직 官職

東坡
志林

어느 강연講筵에 대한 기록

해제 동파가 55세에 황후의 총애로 황제의 고문이자 비서실장에 해당하는 한림학사를 맡고 있던 시절에 쓴 글이다.

번역 비서감秘書監의 시강侍講인 부요유傅堯俞가 처음 자선당資善堂에 불려와 이영각邇英閣에서 대문對問에 참여하게 되었을 때의 일이다. 부요유가 감사의 뜻을 표시하니, 주상께서 사람을 파견하여 그를 선소宣召하신 후에 답하여 말씀하셨다.

"박학다식한 경이 경연經筵에 참여하니, 마땅히 그대가 듣고 배운 바를 존중하여 짐의 부족한 바를 보완하리라."

부요유가 강의를 마친 후 다시 완곡하게 감사의 뜻을 표시하자, 주상께서는 또 한 번 사람을 파견하여 그가 해설한 내용을 널리 전하라고 하명하며 말씀하셨다.

"경卿의 강의는 그 내용이 깊고도 넓도다! 여러 가지 측면에서 응용할 수 있을 것 같구나! 짐이 기꺼운 마음에 얼마나 탄복을 했는지 모른다!"

그 날 주상께서 읽으신 책은 『삼조보훈三朝寶訓』이었다. 그

중에 이런 내용이 나왔다. 천희天禧 연간에 두 사람이 죄를 저질렀다. 법에 의하면 사형에 해당했다. 그러나 진종眞宗 황제께서는 그들을 측은히 여겨 말씀하셨다.

"이들이 어찌 법을 알았겠는가! 죽이자니 차마 못할 짓이고, 그냥 풀어주자니 백성들을 장려할 수가 없겠구나."

그리하여 데리고 가서 태형笞刑을 가한 후 쫓아 보내셨다.

또 이런 내용도 있었다. 후토后土 제사를 드리는 날, 양 한 마리가 길 왼쪽에서 펄쩍펄쩍 날뛰는 모습을 보고, 주상께서 괴이하게 생각하여 그 연유를 물었다. 한 신하가 대답했다. "오늘 상선尙膳이 잡을 양이라고 합니다." 이에 진종께서는 가슴 아프게 생각하여 그 양을 잡지 않았다.

여기에 대해 자정전학사資政殿學士 한유韓維가 시독侍讀이 끝난 후에 상소를 올려 아뢰었다.

"이것은 단지 진종황제의 작은 선행일 뿐이옵니다. 그러나 그 마음을 온 천하에 미치게 하면 이루 헤아릴 수 없을 정도로 그 어진 마음을 활용할 수 있나이다. 진종황제께서 전연澶淵의 전투에서 오랑캐를 퇴각시킨 이후로 19년 동안 군사를 일으키지 않고도 천하를 부강하게 만드셨으니, 그 근본은 대체로 이러한 마음에서 비롯된 것일 터입니다. 옛날 맹자도 두려움에 떠는 소를 차마 죽이지 못한 제齊나라 왕에 대해 논하면서, 바로 측은지심惻隱之心 때문에 족히 왕이 될 만하다고 여겼습니다. 이제 성은聖恩이 금수禽獸에게는 충분히 미치면서 백성에게는 그 공이 미치지 못한다면, 이 어찌 가당한 일이겠습니까! 그런 일이 있어서는 안 될 것입니다!

조정 밖의 모든 사람들이 황제폐하의 어지심과 효성이 천성天性에서 비롯된 것이라고들 말합니다. 폐하께서는 길을 걸을 때 곤충과 개미들이 지나가는 것이 보이면 멀리 피하여 지나가곤 하십니다. 뿐만 아니라 좌우의 신하들에게도 밟지 못하도록 칙령을 내리셨으니, 이 역시 어지신 마음 아니겠나이까! 바라옵건대 폐하께서 이러한 마음을 백성에게까지 미치도록 하여 주신다면 온 천하가 너무나 행복해 할 것입니다!"

그 당시 우사右史를 맡고 있던 소식蘇軾도 상소를 올려 아뢰었다.

"소신이 이번 달 십오일 날에 이영각邇英閣에서 폐하를 모실 때에, 자정전학사 한유의 『삼조보훈』에 대한 시독을 감명 깊게 지켜보았나이다. 진종황제께서 살생을 싫어하시고 생명을 소중히 여기시며, 황제폐하께서 궁중의 개미조차 밟지 않으려고 하신다는 말씀에 이르러서는 너무나도 감명적이었습니다. 이로 말미암아 폐하의 밝은 성덕聖德을 짐작할 수 있으니, 날로 수복壽福이 더하실 것으로 믿어마지 않습니다. 소신은 부끄럽게도 우사右史의 직책을 맡았기에 경건하게 그 일을 역사에 기록하고 난 뒤에, 또 한 부를 더 기록하여 폐하에게 바칩니다. 바라옵건대 폐하께서 채람採覽하여 주시옵소서. 그 마음을 잊지 마시고 호생好生의 덕德을 넓혀주시옵소서. 소신의 가장 큰 소망이옵나이다!"

원문과 주석

記講筵❶

祕書監侍講傅堯俞始召赴資善堂, 對邇英閣。❷ 堯俞致謝, 上遣人宣召答曰:「卿以博學參預經筵, 宜尊所聞, 以輔不逮。」❸ 堯俞講畢曲謝, 上復遣人宣諭:「卿講義淵博, 多所發揮, 良

嘉深歎!❹

　是日, 上讀《三朝寶訓》, 至天禧中, 有二人犯罪, 法當死,
真宗皇帝惻然憐之, 曰:「此等安知法, 殺之則不忍, 捨之無
以勵衆。」❺ 乃使人持去, 笞而遣之, 以斬訖奏。又祀汾陰日,
見一羊自擲道左, 怪問之, 曰:「今日尚食殺其羔。」❻ 真宗慘
然不樂, 自是不殺羊羔。

　資政殿學士韓維讀畢,❼ 因奏言:「此特真宗皇帝小善耳,
然推其心以及天下, 則仁不可勝用也。真宗自澶淵之役卻狄
之後, 十九年不言兵而天下富, 其源蓋出於此。❽ 昔孟子論齊
王不忍殺觳觫之牛, 以為是心足以王。❾ 今恩足以及禽獸而
功不及於百姓, 豈不能哉? 蓋不為耳! 外人皆云皇帝陛下仁
孝發於天性, 每行見昆蟲螻蟻, 違而過之, 且勅左右勿踐履,
此亦仁術也。❿ 臣願陛下推此心以及百姓, 則天下幸甚!」

　軾時為右史, 奏曰:「臣今月十五日侍邇英閣, 切見資政殿
學士韓維因讀《三朝寶訓》至真宗皇帝好生惡殺, 因論皇帝
陛下在宮中不忍踐履蟲蟻, 其言深切, 可以推明聖德, 益增
福壽。⓫ 臣忝備位右史, 謹書其事於冊, 又錄一本上進, 意望
陛下采覽, 無忘此心, 以廣好生之德, 臣不勝大願!」⓬

❶・講筵: 講席. 본문의 내용을 보면 황제에게 經史를 강해하기 위해
　　어전에 마련하는 經筵을 지칭한다.
❷・祕書監: 官名, 또는 官廳名. 宋初에는 昭文館, 史館, 集賢院을 합
　　하여 '三館'이라고 부르던 것을, 宋 太宗 太平興國 시기에 '崇文院'
　　으로 불렀다. 그 후, 元豐 연간에 祕書省으로 편입되어 正副 長官
　　의 이름을 祕書監과 少監으로 부르게 되었다. 담당한 일은 古今 도
　　서를 정리하여 國史와 實錄, 天文, 曆數 등을 장악하는 것이었다.
　　明代부터는 사라졌다.

- 侍講: 官名. 翰林侍講學士라고도 한다. 황제에게 역사와 경전의 뜻을 강해해주고, 황제의 의문점을 답해주는 고문 역할을 맡았다.
- 傅堯兪: 字은 欽之. 본래 鄆州 須城(오늘날의 山東 東平) 사람이었으나 河南 孟州 濟源으로 이주하여 살았다. 明州知府로 있다가 哲宗이 황제가 되자 秘書少監 겸 侍講으로 발탁되었다. 훗날 給事中、吏部侍郞、御史中丞 벼슬을 역임했다.『宋史』341권에 傳記가 전해진다.
- 資善堂: 宋代에 황태자가 책을 읽던 곳. 眞宗 大中祥符 8年(1015)에 황태자였던 仁宗을 위해 설치하였다고 함.
- 對: 對問하다. 황상이 제시한 문제에 답변하다.
- 邇英閣: 北宋의 宮殿名. 邇英殿이라고도 했다. 황제가 연회를 베풀며 한가로운 시간을 보내는 곳.
❸ • 經筵: 황제에게 經史를 강해하기 위해 어전에 마련하는 講席. 宋代에는 매년 2월부터 端午節까지의 봄 기간과, 8월부터 동짓날까지의 가을 기간 동안, 홀수 날에 講官들이 돌아가며 侍講이 되어 황제에게 經史를 강해했다고 한다.
- 以輔不逮: 모자라는 곳을 돕다.
❹ • 曲謝: 완곡하게 감사의 뜻을 표하다
- 宣諭: (侍講의 강의 내용 또는 해설을) 널리 전파하다.
❺ • 三朝寶訓:『宋史』권203『藝文志』2에 수록된『三朝太平寶訓』20권을 동파가 略稱한 것으로 추정됨. 宋 仁宗 때에 前代의 事迹을 편찬한 내용임.
- 天禧: 宋 眞宗의 年號. 이로써『三朝寶訓』의 '三朝'란 宋代의 太祖、太宗、眞宗을 지칭하는 것임을 짐작할 수 있겠다.
- 捨: 赦, 釋과 통용됨. 놓아주다, 풀어주다.
- 捨之無以勵衆: 그들을 석방하면 백성들을 권면하고 훈계할 방법이 없다.
❻ • 祀汾陰: 道敎에서 大地의 어머니 神인 后土에게 드리는 제사. 漢武帝로부터 기원되었음. 武帝가 汾陰(오늘날의 山西省 萬榮)에서 寶鼎을 얻은 후, 年號를 元鼎으로 고치고 이곳에 后土祠를 건축하고 제사를 드린 故事에서 기원함. 이 제사를 후세에 祀后土 또는 祀汾陰이라고 하였음.

- 自擲道左: 혼자서 왼쪽 길가에서 펄쩍펄쩍 뛰다가 쓰러짐.

- 尙食: 尙膳. 황제의 藥膳을 담당하는 官職名.

❼ - 韓維: 字는 持國. 爾英閣 侍講과 龍圖閣 直學士를 역임함. 熙寧 2
년에 翰林學士, 開封尹이 되었음. 왕안석의 배척을 받고 襄州、許
州 등지로 폄적되었다가, 왕안석이 물러나자 京師로 돌아와 資政
殿學士를 역임함.『宋史』315권에 그의 전기가 전해짐.

❽ - 澶[전; chán]淵之役: 澶淵은 오늘날의 河南省 濮陽. 宋나라 眞宗
景德 元年(1004년)에 遼나라 군사가 대거 침략해오자 眞宗이 親征
을 나가 澶淵에서 전투를 벌인 일. 당시 조정 대신들은 遼軍의 위
세에 눌려 遷都할 것을 주장하였으나(王欽若은 南京으로, 陳堯叟
는 成都로 몽진할 것을 주장함), 同平章事(宰相)인 寇准이 극력 주
장하여 眞宗이 親征하기로 결의함. 그러나 澶淵에서의 전투는 매
우 지지부진하여 결국 매년 銀 10만 량과 비단 20만 필을 요나라에
바치기로 하는 내용의 맹약을 맺음. 역사에서는 '澶淵之盟'으로 표
현하고 있음.

- 卻狄: 오랑캐를 퇴각시키다. 狄: 遼.

❾ - 縠觫[곡속; húsù]: 두려움에 떠는 모양.

- 昔孟子⋯心足以王:『孟子・梁惠王上』에 나오는 구절을 요약한 말
이다. 齊宣王이 도살장에 끌려가는 소를 보고 불쌍히 여겨 살려주
라고 한 사실을 근거로, 맹자가 그의 어진 마음이 왕이 되기에 충
분하다고 여겼다는 故事를 지칭한 것임.

❿ - 蓋不爲耳: (그런 일을) 하지 말아야 할 뿐이다. 즉 (그런 일이) 있
어서는 안 된다는 뜻.

- 皇帝陛下: 宋 哲宗을 지칭한 것임. 劉文忠은 神宗으로 註釋을 달
았으나 이는 잘못된 것임. 韓維가 資政殿學士를 역임한 것은 哲宗
때의 일임.

- 違: 피하다, 멀리하다.

- 勅[칙; chì]左右勿踐履: 좌우의 신하들에게 밟지 못하도록 황제가
칙령을 내림.

⓫ - 右史: 古代의 史官名. 左史는 사건을 기록하고, 右史는 언행을 기
록하였음. 그러나 宋代에는 右史의 제도가 없었으므로, 翰林學士
를 역임하고 있던 동파가 스스로 右史라고 자칭한 것으로 판단됨.

- 切見: 확실히 보다. 감동적으로 지켜보다.
⓬ • 忝[첨; tiǎn]: 부끄럽게도. 스스로를 낮추어 말한 謙語.
- 采覽: 선택하여 살펴보다.
- 好生之德: 살생을 피하고, 생명을 소중하게 여기는 어진 마음과 덕망.
- 不勝大願: 더할 나위 없는 커다란 소망. 가장 큰 소망.

해설

어린 황제를 좋은 길로 인도하고자 하는 마음이 담긴 권면勸勉의 글이다. 북송의 7대 황제인 철종哲宗은 열 살의 어린 나이에 등극하여 할머니인 고태후高太后가 수렴청정을 한다. 철부지 황제는 자신의 행동을 일일이 참견하는 할머니가 싫었다. 할머니를 돕는 새로운 집권세력인 사마광司馬光, 소식蘇軾 등도 영 마음에 들지 않았다. 아무리 어렸다지만 철종은 판단력에 문제가 많았던 것이다.

그러던 철종이 어느 날 자신의 교육을 담당한 부요유傅堯俞의 강의를 듣고 큰 감동을 받은 모양이다. 교재는 『삼조보훈

《蘇軾回翰林院圖》(부분) 明, 張路.
50세에 한림학사가 된 동파는 정쟁에 질려 외지 근무를 자청하여 潁州, 杭州太守로 나가 있다가 55세에 다시 한림원으로 복귀한다.

三朝實訓』, 선황先皇들의 사적事迹을 기록한 책이었다. 4대 황제인 인종仁宗이 측은지심惻隱之心으로 죽을 처지에 놓인 백성과 동물을 살려주었다는 부분에서 감동을 받은 것이다.

그 사실을 전해들은 동파는 크게 기뻤다. 지금은 비록 철부지이지만 장차 선정善政을 베풀 수 있을 것이라는 희망이 생긴 것이다. 이에 동파는 철종이 그 순간의 그 감동을 두고두고 기억하여 좋은 임금이 되어달라는 당부의 의미로, 당시 상황을 상세하게 기록한 이 글을 써서 황제에게 바친다. 그러나 바로 얼마 후 고태후가 사망하자 직접 정치를 맡게 된 철부지 황제는 동파의 바람과는 정반대의 길을 걸어갔으니, 이로써 북송 멸망의 시간이 목전에 다가오게 되었던 것이다.

동성同省 안에서의 내왕來往 금지에 대해

해제 동파가 58세 이후에 중앙 정단에서 밀려나 유배지에서 쓴 글. 자신이 집권했을 때 애써 개선했던 제도가 다시 없어진 사실을 탄식하며 쓴 글이다.

번역 원우元祐 원년에 나는 중서사인中書舍人이 되었다. 당시 집정執政을 맡아보던 이들은 중서성中書省의 기밀이 자주 누설되는 것을 우려하여 사인들이 기거하는 청사 뒤에 울타리를 치고 동성同省 안에서의 내왕을 금지하려 하였다. 이에 내가 건의하였다. "여러분! 서로 화통하게 지내는 게 좋지 않겠소!" 모두들 웃으면서 없던 일로 하였다. 그런데 그 다음 해가 되자 다시 울타리를 만들었다.

한가한 날, 백거이白居易 문집을 읽다 보니 이런 구절이 있었다. "중서성 북쪽 정원에 작은 정자를 새로 지었다. 대나무도 심고 창문도 만들었다. 동쪽으로는 문하성門下省과 연결되니, 창문 밑에서 이상시李常侍와 술을 마시고 시를 지었다." 이 구절을 통해, 당나라 때에는 서액西掖: 中書省에 창을 만들어 동성東省: 門下省과 서로 교통하였음을 알 수 있었다. 그런데 지금은 본성本省에서 근무하는 관리들은 서로 내왕할 수 없게 되었다니, 탄식만 나올 뿐이로구나!

원문과 주석

禁同省往來❶

元祐元年, 余爲中書舍人。 時執政患本省事多漏洩, 欲於舍人廳後作露籬, 禁同省往來。❷ 余曰: 「諸公應須簡要淸通, 何必栽籬揷棘!」❸ 諸公笑而止。 明年竟作之。 暇日讀樂天集, 有云: 「西省北院, 新構小亭, 種竹開窗, 東通騎省, 與李常侍窗下飮酒作詩。」❹ 乃知唐時得西掖作窗以通東省, 而今日本省不得往來, 可歎也。❺

❶ • 同省: 省은 古代 중앙 행정단위의 명칭임. 宋代의 편제에 의하면, 中書省、門下省、尙書省이 같은 행정단위 안에 있었음. 이를 同省이라고 함.

❷ • 元祐元年: 1086년. 철종이 막 즉위한 해임

• 中書舍人: 中書省에 속하는 관직. 宋代의 中書舍人은 中書省의 六房(吏、戶、禮、兵、刑、工)을 주관하고, 각종 문서를 받아 처리하였으며, 관련 詔令을 起草하는 임무를 맡았다.

《紈扇畵冊》에 실린 《春游晩歸圖》 宋, 작가 미상. 宋代 관료의 생활상을 잘 보여준다.

- 執政: 中書省의 執政者인 中書令을 지칭함.
- 露籬: 노천 울타리.
❸ • 應須簡要淸通: 마땅히 간명하게 서로 통하며 지내야 할 필요가 있다. 화통하게 내왕하며 지내자는 뜻.
- 栽籬揷棘: 나무를 재배하여 울타리를 치고 그 위에 가시를 끼워 넣다. 울타리를 만든다는 뜻.
❹ • 樂天集: 唐 나라 白居易의 文集.
- 西省: 中書省. 西臺, 또는 西掖이라고도 하였음.
- 騎省: 門下省. 南朝 시대의 梁나라 때에는 散騎省이라고 하였기 때문에 붙여진 이름. 左省 또는 東省이라고도 하였음.
- 常侍: 門下省 소속의 官職名. 門下省에는 侍中과 散騎常侍 등의 관직이 있었음.
❺ • 西掖: 中書省의 별칭. 西省 또는 西臺라고도 하였음.
- 東省: 門下省. 騎省.

해설

동성同省이란 북송 시대에 동일한 행정단위와 행정 공간 안에 중서싱中書省, 문하성門下省, 상서성尙書省을 함께 소속시킨 것을 말한다. 당시 집정자들은 같은 공간 내에 위치한 삼성三省 사이에 울타리를 만들어 기밀 누설을 방지하고자 했다. 자유분방한 성격의 동파는 중서사인이 되자 울타리를 없애고 관리들끼리 서로 자유롭게 내왕하게 만들었다. 그러나 그가 폄적되자 다시 내왕을 금지하였다는 내용을 기재한 글이다. 무릇 동서고금을 막론하고 모든 독재자들은 사람들끼리 서로 의심하고 감시하게 만든다. 신법을 시행하던 무리들이 바로 그러했다. 동파가 어찌 탄식하지 않겠는가!

성도盛度가 지은 고사誥詞에 대한 기록

해제 동파 나이 52세에 한림학사 겸 지제고知制誥로 활약할 때 쓴 글이다.

번역 성도盛度는 전유연錢惟演의 사위이지만 자기 장인을 좋아하지 않았으니, 사악함과 정의로움이 서로 상충된 까닭일 것이다. 진유연은 두 분의 황후를 종묘에 함께 원비元妃로 모시자고 건의하였지만, 어사중승御史中丞 범풍范諷에 의해 그 간사함이 드러나 평장사平章事 벼슬이 깎여 절도사로 수주隨州 지현知縣으로 폄적되었다. 그 당시 일흔이 다 된 성도는 지제고知制誥로써 고사誥詞를 지어 그를 이렇게 꾸짖었다.

삼성三星의 혼구婚媾 관계는 대부분 황실의 외척과 맺었으며, 수레 백 대의 사치로 맞이한 신부는 모두 권문세가의 자제였다.

이는 전유연이 유황후劉皇后의 동생에게 고모를 시집보내고, 아들은 정위丁謂의 딸에게 장가보낸 일을 말한 것이리라. 세인들은 성도가 늙어서도 필력이 쇠퇴하지 않았음을 신기하게 생각한 나머지, 혹자는 "성도가 이 문장을 오래 전에 지어 놓은 것"이라고 말하기까지 하였다.

　원우元祐 3년 12월 21일, 강연講筵은 주상께서 나오지 않으시고 연화전延龢殿 안에서 거행했다. 그때 나는 마침 주동周種이 함부로 종묘의 일을 의제議題로 삼은 일에 대해 논하는 상소를 올리고 있었기에, 소자용蘇子容이 그곳에서 시강侍講을 하였다.

記盛度誥詞❶

盛度, 錢氏壻, 而不喜惟演, 蓋邪正不相入也。❷ 惟演建言二后並配, 御史中丞范諷發其姦, 落平章事, 以節度使知隨州。❸ 時度幾七十, 為知制誥, 責詞云:「三星之媾, 多戚里之家; 百兩所迎, 皆權要之子。」❹ 蓋惟演之姑嫁劉氏, 而其子娶於丁謂也。❺ 人怪度老而筆力不衰, 或曰:「度作此詞久矣。」元祐三年十二月二十一日講筵, 上未出, 立延龢殿中, 時軾方論周種擅議宗廟, 蘇子容因道此。❻

❶・盛度: 字는 公量. 조상 대대로 應天府(南京)에 살다가 훗날 杭州 餘杭縣으로 이주하였음. 秘書省 秘書郎과 建昌軍 知縣과 起居舍人, 知制誥를 역임하였음. 景祐 2년(1035)에 參知政事가 되었음. 『宋史』 292卷에 전기가 수록되어 있음. 강직한 성격의 소유자임.

　・誥詞: 황제를 대신하여 起草한 詔書.

❷・惟演: 北宋 시대의 詩人, 錢惟演을 지칭함. 字는 希聖. 吳越王 錢俶의 아들. 臨安(浙江) 출신임. 景德 연간에 楊億, 劉筠 등 17인과 주고받은 唱和詩를 모아 『西崑酬唱集』을 편찬하여 西崑體 詩人으로 알려짐. 훗날 工部尙書, 樞密使의 지위에 오름. 그러나 명예욕이 매우 강하여 권력층과의 政略 婚姻을 여러 번 추진하여 세인들

의 비난을 샀음. 당시 參知政事이던 丁謂에게 아부하기 위해 사돈을 맺었고, 누이동생을 章獻明肅 劉皇后의 동생에게 시집보냈으며, 莊懿太后의 집안과 族婚을 시도하여 비난을 받았음.

- 不相入: 서로 맞지 않음. 서로 不睦함.

❸ • 二后: 원본에는 '一后'로 誤記되었으므로, 『소동파문집』과 『宋史 · 錢惟演傳』에 근거하여 바로잡는다.

- 二后並配: 두 황후를 함께 正室 배필로 모시다. 宋 眞宗의 첫 번째 황후는 章穆 郭皇后였으나 요절하였다. 뒤를 이어 章獻明肅 劉皇后가 새 황후가 되었으나 太子를 갖지 못하여 후궁인 李宸妃에게서 얻은 세자를 자신의 아들을 삼았다. 그 후 李宸妃는 비명에 죽게 되고, 그 아들이 황제에 즉위하니 그가 바로 仁宗이었다. 나이 어린 인종 대신 유황후가 수렴청정을 하자, 아무도 인종의 生母가 李宸妃임을 감히 밝히지 못하였다. 유황후가 사망한 후, 자신의 생모가 李宸妃임을 비로소 알게 된 인종은 극도의 슬픔에 잠겨, 생모인 李宸妃를 章懿太后로 추존한다. 이때 전유연이 인종에게 아부하기 위해 진종의 사당에 章獻明肅 劉皇后와 章懿太后를 함께 모시자고 건의한 일을 지칭한 것이다. 그러나 예법에 의하면 李宸妃는 眞宗 당시에는 皇后가 아니었기 때문에 진종의 종묘에 모신다는 것은 어불성설이었으므로, 전유연은 이 일로 탄핵을 받게 된다.

- 范諷: 字는 補之. 仁宗 때 右諫議大夫 및 御史中丞 직을 역임하였다. 전유연이 인종에게 아부하기 위해 章獻明肅 劉皇后와 章懿太后를 眞宗의 종묘에 함께 모시자고 하자, 그 간사함을 폭로하는 상소를 올렸다. 그러나 인종이 전유연을 두둔하자 그렇다면 자신이 御史中丞직을 사퇴하겠다고 하여, 결국 전유연을 폄적보내고야 만다.

- 落平章事, 以節度使知隨州: 平章事이던 전유연의 벼슬을 깎아서 절도사 겸 隨州(오늘날의 湖北省 隨縣)知縣으로 폄적시키다.

❹ • 知制誥: 官職名. 황제의 詔令을 대신 작성하는 임무를 지녔음.

仁宗皇帝 像
宋代의 황제 중 가장 명군이었다.

- 責詞: 조서 속에서 전유연의 잘못을 꾸짖는 부분.
- 三星之媾[구; gòu]: 혼인관계를 뜻함. 『詩經·唐風·綢繆[주무; chóumóu]』에서 出典된 말. 신혼 초야를 축복한 노래인 「綢繆」는 '남녀 간의 감정이 끈끈하게 얽힌 상태'를 뜻함. 이 노래 가사 속에 '三星之天'이라는 구절이 등장하기 때문에 혼인관계를 '三星之媾'라고도 표현하게 된 것임.
- 戚里: 제왕의 외척이 모여 사는 동네. 여기서는 權勢家를 지칭함.
- 百兩所迎: 백 대의 수레를 동원하여 신부를 영접하다. 매우 사치스럽고 융성하게 신부를 맞이하다. 兩: 輛. 百兩: 백 대의 수레.
- 權要: 權門勢家.
❺ - 蓋惟演之姑嫁劉氏: 전유연의 고모를 章獻明肅 劉皇后의 동생에게 시집보내다. 그러나 사실은 고모가 아니라 누이동생을 시집보낸 것을 착각한 것이므로 '姑'는 '妹'로 고쳐야 옳다.
- 其子娶於丁謂: 전유연은 자신의 아들인 錢郭曖를 丁謂의 딸에게 장가보냈다는 뜻.
❻ - 元祐三年: 1088년. 동파 나이 52세로, 당시 동파는 翰林學士 겸 知制誥였다.
- 延龢[화; huā]殿: 북송 시대의 宮殿名
- 周穜擅議宗廟: 郢州의 敎授 周穜이 왕안석이 죽자, 그의 神主를 신종황제의 종묘에 모시자고 상소를 올린 일을 지칭한 것임. 이에 동파도 상소를 올려 周穜이 함부로 종묘의 일을 議題로 삼은 부당성을 통렬히 공박하였음. 『東坡七集·奏議集』참고. 원본에는 '檀議'로 잘못 표기되어 있음. 『東坡七集·奏議集』에 근거하여 '擅議'로 바로 잡음.
- 蘇子容: 蘇頌. 子容은 그의 字이다. 福建 泉州 南安 사람. 宋代의 天文學者. 元豐 初期에 開封 知尹을 맡았고, 나중에는 입각하여 벼슬이 中書門下侍郎에 이르렀다. 『宋史』340권에 傳記가 전해진다.
- 道此: 이곳에서 말하다. 이곳 延龢殿에서 황제에게 侍講을 하다.

사악함과 정의로움의 결과를 구체적인 사례를 들어 설명한 글이다. 중국문학사에서 서곤파西崑派 문인으로 제법 알려진 전유연錢惟演이라는 인물은 출세를 위해 수단 방법을 가리지 않지만 끝내 그 사악함이 만천하에 폭로되고 만다. 반면에 전유연의 사위인 성도盛度라는 인물은 공교롭게도 황제 대신 조서詔書를 작성하는 직책을 맡고 있었지만, 장인의 불의함을 여지없이 고발하며 꾸짖는 공정함과 강직함을 보인다.

장평숙張平叔에 대한 제사制詞를 읽고

해제

당나라 때의 백거이白居易가 황제의 명으로 작성한 조서詔書의 일부 내용에 느낀 바가 있어 작성한 메모 형식의 독후감이다.

번역

당唐나라 때의 백락천白樂天은 그 당시 호부시랑판도지戶部侍郎 判度支 벼슬을 맡아보던 장평숙張平叔이라는 자로 인하여 조서 詔書를 쓰면서, 그의 말을 이렇게 인용하고 있다. "나張平叔는 앉아서 일을 처결한다오. 이렇게 앉아서 공무를 처리하는 사람은 승상 이하로 너댓 명밖에 안 되지요. 재무를 맡아보는 주계主計직이 그 중 하나랍니다."

이로 말미암아 당나라 때의 제도하에서는 '주계'라는 관직은 앉아서 업무를 본다는 사실을 알 수 있겠다. 그런데 다른 너댓 명이란 어떤 직책을 말하는 것일까? 장평숙은 염법鹽法에 대해 매우 잔혹한 의견을 제시하였던 자임이 한퇴지韓退之의 문집文集에도 기록되어 있다. 이제 백락천의 조서에도 "한치의 융통성도 없이 재무와 회계를 따졌으므로, 관리들이 그를 한여름 날의 뜨거운 태양처럼 두려워했다"고 말하고 있으니, 그 자는 틀림없이 소인배일 것이다.

張平叔制詞❶

樂天行張平叔戶部侍郎判度支制誥云:❷ 「吾坐而決事, 丞相以下不過四五, 而主計之臣在焉。」❸ 以此知唐制, 主計蓋坐而論事也, 不知四五者悉何人? 平叔議鹽法至爲割剝, 事見退之集;❹ 今樂天制誥亦云「計能析秋毫, 吏畏如夏日」, 其人必小人也。❺

❶ ·張平叔: 新·舊唐書에 모두 그의 傳이 존재하지 않는다. 단지 白居易의 「張平叔可戶部侍郎判度支制」에 그의 官銜이 '朝議大夫守鴻臚卿' 겸 '御史大夫判度支上柱國賜紫金魚袋'라는 것만 기록되어 있을 뿐이다. 『全唐文』 662卷 참조.
· 制詞: 詔書. 또는 詔書상의 文詞. 또는 일정한 형식을 갖춘 공문.

❷ ·樂天: 白居易.
· 行: 문장을 쓰다. 起草하다.
· 度支: 官職名. 전국의 재산을 파악하고 세금을 부과하는 통계자료 능을 작성, 관리하는 임무를 지님.
· 制誥: 황제의 詔令(詔書). 황제의 명으로 詔書를 작성하는 일.

❸ ·主計: 漢 나라 초기의 임시 官職名. 재산세의 출납을 관장하는 관리.
· 吾坐而~ 主計之臣在焉: 나(張平叔)는 앉아서 일을 처결한다. (이렇게 앉아서 사무를 보는 사람은) 丞相 이하 너댓 명밖에 안 되는데, 세금 업무를 맡아보는 主計도 그 중의 하나라는 뜻. 白居易의 「張平叔可戶部侍郎判度支制」原文에 의하면, "公卿以降, 群有司盈庭, 然問曰: 與吾坐而決事, 丞相 以下不過四五, 而主計之臣在焉。非智能則事不可成, 非諒直則吾難近。"이라고 나와 있다.

❹ ·割剝: 약탈하다. 잔혹하다.
· 退之集: 韓愈의 文集. 退之는 韓愈의 字이다.

❺ ·計能析秋毫, 吏畏如夏日: 한 치의 융통성도 없이 재산과 세금을 분석하고 따지는 능력이 탁월하여, 관리들이 그(張平叔)를 한여름 날

의 뜨거운 태양처럼 두려워했다는 뜻.

동파가 읽은 글은 백거이白居易가 황제의 명으로 작성한 공문으로, 장평숙張平叔이라는 자가 담당한 재무회계직에 대한 내용이었다. 그런 공문이 무슨 재미가 있길래 메모 형식의 독후감을 썼을까? 동파가 이런 공문에도 흥미를 보이는 것은 그만큼 민생에 깊은 관심과 우려가 있었기 때문일 것이다.

　문맥으로 짐작해보면 백거이는 장평숙에게 특별히 나쁜 평가를 내리지는 않은 듯싶다. 그런데도 동파는 그 장평숙을 '소인배'로 규정하고 분노를 표출하고 있는 점이 매우 특이하다. 왜 그랬을까? 첫째, 백성들이 어떠한 삶을 사는지, 현장은 가보지도 않고 그저 책상머리에 앉아서 일을 처리했기 때문에. 둘째, 그러면서도 한 치의 융통성도 없이 업무를 처리했기 때문에. 당나라 때의 장평숙의 사례를 보면서, 동파는 필경 그 당시 한 치의 융통성도 없이 현실과 괴리된 신법을 무리하게 추진하고 있는 집권당이 머리에 떠오르지 않았겠는가?

　동파의 세심한 독서법이 부각되는 글이다.

제5부

은퇴 隱退 [*]

東坡志林

광릉廣陵에서의 은퇴 요청

해제 이 글은 원우元祐 7년1092, 동파가 양주揚州 태수로 부임한 지 한 달이 지난 후, 오랫동안 꿈꾸었던 은퇴 생활을 실천하기 위해 잠시 고향인 사천四川 미산眉山을 방문하는 길에 쓴 것이다.

번역 나는 올해 반드시 광릉廣陵; 揚州에서 은퇴를 청하려 한다. 아우 자유子由야 잠시 헤어졌다. 광릉에 온 지 한 달이 지났을 무렵, 마침내 남군南郡; 江陵으로 길을 떠났다. 남군에서 다시 재주梓州; 四川 三台로 갔다. 장강長江의 물결을 거슬러 올라 귀향길에 오른 것이다.

집에 있는 책을 모두 가지고 길을 떠났다. 파란만장한 벼슬길에서 물러나면, 미산眉山의 고향에 집도 짓고 나무도 심어야 하리라. 자유도 은퇴하여 함께 노년을 보내야 할 테니. 그런데, 이 소망이 이루어질 수 있는 걸까? 그 생각을 입에 올리니 슬퍼지는구나.

請廣陵❶

今年吾當請廣陵, 暫與子由相別. 至廣陵逾月, 遂往南郡.❷
自南郡詣梓州, 泝流歸鄉, 盡載家書而行, 迤邐致仕, 築室種
果於眉, 以須子由之歸而老焉.❸ 不知此願遂否? 言之悵然
也.

❶ ・廣陵: 옛날 지명. 秦 나라 때 설치한 후 隋 나라 때에 邗江으로 개
　　명하였다가, 五代 南唐 시대에 廣陵으로 이름을 바꾸었다. 오늘날
　　江蘇省 揚州에 속한다.
　・請廣陵: 廣陵에서 벼슬에서 물러나 은거할 수 있기를 요청하다.

❷ ・子由: 동파의 아우 蘇轍의 字.
　・南郡: 戰國時代에 秦나라가 설치한 古代의 地名. 오늘날의 湖北省
　　江陵.

❸ ・詣[예; yì]: 도착하다. 방문하다, 찾아가다.
　・梓[재; zǐ]州: 오늘날 四川省 三台 일대의 지역.
　・迤邐[이리; yǐlǐ]: 구불구불하게 이어진 모습. 여기서는 파란만장한
　　벼슬길을 의미함.
　・致仕: 벼슬에서 물러나다.
　・眉: 四川 眉山. 동파의 고향.
　・歸而老: 고향으로 돌아가 노년을 보내다.

해설

동파는 황주黃州에 유배되었을 때부터 늘 은거 생활을 꿈꾸었
다. 그러나 그의 소망은 쉽게 이루어지지 않았다. 유배생활에
서 평온을 얻을 무렵 사면령을 받고 정계에 복귀하게 된 것이
다. 그는 경사京師에서 고위 관직을 역임하는 동안 더욱 간절
히 은퇴를 소망하여 몇 번이나 태후에게 청을 올린다. 하지만
정적들은 그럴수록 오히려 그를 더욱 의심하고 매섭게 비난

《南別墅圖卷》明, 杜瓊

의 화살을 퍼부었다. 동파의 표현을 빌리자면 중앙 정계는 그야말로 '악마의 소굴'이었다.

원우 4년(1089)에 간신히 그 '소굴'을 벗어나 항주태수로 부임한 것도 잠시뿐. 그를 총애하는 태후의 명령으로 2년 만에 경사로 돌아가야만 했던 동파는, '악마'들의 시달림을 견디지 못하고 불과 넉 달 만에 다시 영주^{穎州}를 거쳐 양주태수로 '탈출'해 온다. 정계가 지긋지긋했던 동파는 이번에야말로 반드시 이곳 양주에서 은퇴하리라 굳게 다짐하고, 나름 치밀한 계획을 세운다. 동파의 소박한 그 계획은 과연 이루어졌을까? 그는 자신의 기막힌 운명을 예측이라도 한 듯, 묘한 슬픔에 잠긴다.

귀농을 꿈꾸며

해제 동파는 양주揚州태수로 부임했을 때, 오래 전부터 꿈꿔오던 은퇴를 실천에 옮기기 위해 자그마한 밭을 구입하였다. 이 글은 그 무렵 20여 년 전, 불인佛印선사와 함께 양주 근처에 있는 진 강鎭江에서 은거생활을 계획했던 추억을 떠올리며 쓴 것이다.

번역 부속노사浮玉老師 원공元公은 오래 전부터 경구京口; 鎭江에 있는 자신의 밭 근처에 나를 위해 밭을 사두고 싶어 했다. 나는 노 사老師의 그 뜻을 거의 늘 생각하고 있었다. 그래서 내가 예전 에 썼던 시에서도 이렇게 말했었다.

강산은 이처럼 아름다운데 산에서 은거하지 못하누나.
강의 신神 하백河伯마저 나의 완고함에 놀랄진저!
하백에게 맹세한다, 과거에는 어쩔 수가 없었다고.
장차 밭을 사고서도 은거하지 않는다면 저 강물처럼 되리라.

이제 밭을 샀는데도 은퇴하지 못하고 있으니, 어쩔 수 없이 하백河伯에게 식언을 해야만 하는 것인가?

買田求歸

浮玉老師元公欲為吾買田京口, 要與浮玉之田相近者, 此意殆不可忘。❶ 吾昔有詩云:「江山如此不歸山, 江神見怪驚我頑。❷ 我謝江神豈得已, 有田不歸如江水!」❸ 今有田矣不歸, 無乃食言於神也耶?

❶ · 浮玉老師: 佛印禪師를 지칭함.

· 京口: 오늘날의 江蘇省 鎭江. 東晉 및 南朝 시대부터 생긴 古代의 地名. 背山臨水의 군사 및 수상 교통의 요충지로, 장강 하류의 門戶 역할을 담당하고 있다. 장강을 사이에 두고 양주의 맞은편에 위치하고 있다.

❷ · 昔有詩: 熙寧 4年(1071), 동파 나이 35세에 지은 「遊金山詩」를 지칭한다. 여기에 수록된 것은 이 시의 후반부이다.

· 江神: 원문에는 '山神'으로 잘못 기재되어 있다. 『東坡七集 · 前集』 卷三의 「遊金山寺」에 의거하여 수정한다.

· 江山如此不歸山, 江神見怪驚我頑: 강산은 이처럼 아름다운데 산으로 들어가 은거하지 못하누나. 강의 신(神) 하백(河伯)마저 나의 완고함에 놀랄진저!

❸ · 謝: 알리다. 사죄하다. 여기서는 '알리다, 맹세하다'의 뜻이 더 적절함.

동파와 불인선사
淸, 木刻

- 我謝江神豈得已, 有田不歸如江水: 하백에게 맹세한다, 과거에는 어쩔 수가 없었다고. 장차 은거하여 농사지으며 지닐 밭이 생겨도 은퇴하지 않는다면 그때는 저 강물처럼 정처 없이 흐르는 신세가 될 것이라는 뜻.

해설

동파는 젊은 시절부터 가는 곳마다 은퇴할 꿈을 꾸며 적당한 장소를 물색하였다. 그를 좋아하는 수많은 벗들은 만년에 동파와 함께 살고 싶은 마음에, 각기 자신이 마음에 드는 곳을 추천하기도 했다. 장강長江 하류의 진강鎭江에 살고 있던 불인佛印선사 역시 자신이 살고 있는 땅을 은거지로 적극 추천했다. 30대 중반에 진강에 놀러왔던 동파는 그곳이 썩 마음에 들었던 모양이다. 강의 신神에게 이곳에 땅을 사서 은거하겠노라 맹세하는 시까지 지어 바친다. 불인선사라는 좋은 벗 때문이기도 하려니와, 진강이란 곳이 워낙 풍광이 명미한 명승지인 탓이었다.

그로부터 20여 년의 세월이 흘렀다. 동파는 어느덧 50대 중반이 되어 양주揚州태수로 부임한다. 양주는 장강을 사이에 두고 진강과 마주한 곳. 언제나 은퇴를 꿈꾸던 그였지만 그

《京口(오늘날의 鎭江)三山圖》(부분) 淸, 張崟
鎭江의 北固山、金山、焦山의 풍광. 동파는 이 부근에서 은거하고 싶어했다.

무렵에는 그 마음이 더욱 간절했던지라 드디어 인근에 밭을 구입하게 된다. 이 글은 바로 그 시기에 지은 것이다. 그러나 글의 마지막 부분에서 "어쩔 수 없이 하백에게 식언을 해야만 하는 것인가?" 탄식한 것을 보니, 상황이 또 다시 여의치 않게 된 모양이다.

그 후, 동파는 양주태수로 부임한 지 5개월 만에 그를 더없이 총애하는 태황태후의 부름을 받고 경사京師에 올라가 병부상서兵部尙書에 제수되었다가 다시 예부상서禮部尙書로 임명된다. 그래봤자 불과 1년 후에는 태후의 사망으로 기약 없는 유배의 길을 떠나게 되지만. 참으로 파란만장한 삶이 아닌가!

좌천을 축하하고

해제 창작시기를 알 수 없는 글이다. 그러나 관직을 버린 은거생활을 그리워하는 본문의 내용으로 보아, 고태후高太后의 총애로 정신없이 바쁘게 관직생활을 해야만 했던 50대 후반의 작품인 것으로 추측된다.

번역 "좌천을 축하하고 영전은 축하하지 않는다." 이는 온 천하에 유행하는 말이다. 선비는 임기가 한 번 끝나서 외지에 나가게 되면, 관료 세계의 비방을 안 듣게 되니, 마음에 부끄러움만 없다면 어깨를 가볍게 하여 떠나갈 수 있는 법이다. 이는 무더운 날 원행遠行을 나간 것과 같은 이치라. 미처 귀향은 못하였다 할지라도, 시원한 관사에서 옷을 벗어젖히고 양치질에 몸을 씻은 것과 같으니, 이미 충분히 즐거운 일이로다!

하물며 관직에서 물러나 귀향하게 된다면, 관복을 벗어버리고 풍광명미風光明媚한 곳을 찾아다닐 수도 있으니, 평생을 돌아보아 가슴에 맺힌 일만 없다면 그 즐거움을 어찌 다 말로 형용할 수 있을까보냐!

나는 문충공文忠公 문하에서 가장 오랫동안 배웠던 터라, 공께서 자리를 버리고 귀향하시려는 마음이 얼마나 간절했는지 지켜볼 수 있었다. 다른 이들은 혹여 귀향하겠다는 말이 구차한 핑계일지 모르겠으나, 공은 그 마음이 진정에서 우러나온 것이었다. 굶주린 자가 밥을 먹고 싶어하듯이. 단지 공께서는 상황이 허락하지 않았던 것뿐이었다. 공께서 중의仲儀에게 보낸 편지를 살펴보면 은퇴할 수 있는 방법을 세 가지 거론하셨더라. 심지어 일부러 죄를 얻거나, 병을 얻어 떠나는 방법까지. 군자君子가 은퇴하고자 하는 것의 어려움이 이와 같으니, 벼슬길에 나서려는 자들이 이로써 경계警戒를 삼을 만할 것이로다.

賀下不賀上

賀下不賀上, 此天下通語。❶ 士人歷官一任, 得外無官謗, 中無所愧於心。釋肩而去, 如大熱遠行, 雖未到家, 得清涼館舍, 一解衣漱濯, 已足樂矣。❷ 況於致仕而歸, 脫冠佩, 訪林泉, 顧平生一無可恨者, 其樂豈可勝言哉!❸ 余出入文忠門最久, 故見其欲釋位歸田, 可謂切矣。❹ 他人或苟以藉口, 公發於至情, 如飢者之念食也, 顧勢有未可者耳。❺ 觀與仲儀書, 論可退之節三, 至欲以得罪、病而去。❻ 君子之欲退, 其難如此, 可以為進者之戒。

❶ · 賀下不賀上: 좌천되는 것을 축하하고 榮轉하는 것은 축하하지 않는다.
· 通語: 통용되는 말. 유행어.

❷ · 歷官一任: 관료로서의 임기를 마치다. 고대의 관료들은 임기가 3년이었다. 임기가 끝나면 그간의 업적을 살펴서 승진하거나 휴식

기간을 주었다.
- 官謗: 관료 생활을 하면서 얻게 되는 비방의 말들.
- 釋肩: 어깨를 가볍게 내려놓고. 부담 없이.
- 漱濯: 양치질하고 몸을 씻다.
❸ · 冠佩: 모자와 의복에 달린 노리개.
- 顧: 돌아보다. 회고하다.
❹ · 文忠: 歐陽脩. 字는 永叔, 號는 醉翁. 후에 文忠公으로 추존되었음. 唐宋八大家의 한 명으로 蘇東坡의 스승.
- 釋位歸田: 자리를 내려놓고 귀향하다. 사표를 내고 귀농하다.
❺ · 他人或苟以藉口, 公發於至情: 다른 사람들이 은거생활을 희망한다고 말하는 것은 구차한 평계거리이지만, 구양수는 진정으로 은거를 희망했다는 뜻.
- 顧: 단지. 다만. 그러나.
- 勢有未可: 상황이 허락하지 않았다. 구양수는 계속 은퇴하기를 바랐지만 상황이 허락하지 않아 그 소망을 쉽게 이룰 수 없었다는 뜻. 구양수는 治平 2年(1065)에 연속으로 상소를 올려 은퇴를 청했으나 허락을 얻지 못했다. 熙寧 元年(1068)에 억울한 모함을 받아 參知政事 자리를 박탈당하고 亳州太守로 폄적되었을 때에도 십여 차례나 상소를 올려 은퇴를 청했지만 끝내 받아들여지지 않았다.

《人物山水圖》
淸, 錢杜

구양수의 은퇴 요청은 熙寧 4年 6월에야 허락을 받았지만, 그동안 더욱 노쇠하여 은퇴한 다음 해에 사망하고 말았다.

❻ • 仲儀: 王素. 仲儀는 그의 字임. 工部尚書를 역임하였음. 諡號는 懿敏.

• 與仲儀書: 구양수가 王素에게 쓴 편지. 原題는 「與王懿敏公仲儀」. 본문 내용과 관련된 부분은 다음과 같다. "某疲病不支, 憂責無際, 自匪獲罪遣, 困廢不能薄展微效, 舍是三者, 未有偸安之計. 自 齒牙浮動, 飮食艱難, 切於身者, 惟此一事. 旣已如此, 其他復何所得? 然則勉强於玆, 顧何戀也!"

해설

"좌천을 축하하고 영전은 축하하지 않는다." 참으로 기발하고 멋진 발상이다. 동파는 이것이 온 천하에 유행하는 말이라 하였으나, 정말로 그랬을까? 삶과 우주를 거시적으로 바라보는 혜안을 갖춘 자가 아니라면 이렇게 기발한 '생각의 틀'을 지닐 수가 없다. 설령 그 말을 입에 달고 사는 자라 할지라도, 공연한 가식이요 말장난에 불과할 것이다.

좌천을 축하하는 이유, 휴식과 여백 속에 대자연과 함께 느리게 사는 즐거움! 바로 그 때문이다. 바로 그것이 웰빙의 삶이 아닌가! 돈과 명예와 출세욕에 눈이 멀어, 고독한 삶을 바쁘게 달려가는 현대인에게 꼭 읽혀주고 싶은 글이다. 그러나 좌천을 자축하려면, 은퇴를 자축하려면, 전원에서 웰빙 생활을 시작하게 된 것을 자축하려면, 전제가 있단다. 동파는 말한다. "마음에 부끄러움만 없다면," 그리고 "평생을 돌아보아 가슴에 맺힌 일만 없다면!" 그렇지 않은 자는 축하를 받을 자격이 없다. 그들의 전원생활이란 지극히 이기적인 자연 파괴의 행위일 뿐이다.

제6부

은일 隱逸

東坡志林

양박楊朴 사건

해제
동파의 일생을 가름하는 가장 큰 분기점은 아마도 정적들의
모함으로 필화筆禍를 입은 이른바 '오대시안烏臺詩案' 사건일 것
이다. 그 사건을 정점으로 그의 후반부 인생은 고난의 유배
생활로 점철되기 때문이다. 동파는 43세에 호주湖州 태수로
지낼 무렵 칙명을 받은 관병들에게 체포되고 경사京師로 압
송된다. 이 글은 노년에 이르러 그 긴박했던 순간을 회상하
며 쓴 것이다.

번역
예전에 낙양洛陽에 가서 이공간李公簡을 만나 이런 말을 한 적
이 있다.

"진종眞宗 황제께서 동악東岳 태산에서 봉선封禪 의식을 거행
하신 후에 천하에 이름을 떨친 은자隱者들을 찾으신 적이 있
소이다. 그리하여 기杞 지방 사람인 양박楊朴을 만나게 되었는
데, 그가 제법 시를 지을 줄 알았더랬지요. 그런데 그 자가 황
제께서 불러 하문下問하시니, 시를 지을 줄 모른다고 하더랍
니다. 그래서 주상께서 물어보셨지요.

'네가 집을 나설 때, 누군가 시를 써서 그대에게 주었던 적

은 있는가?'

'소신의 첩이 이런 시를 한 수 읊어준 적밖에 없사옵나이
다.'

제멋대로 술독 속에 빠져 지내질랑 마시구려.

오만방자 시 따위를 잘난 체 읊지도 마시구요.

이제는 붙잡혀서 관가에 끌려가게 되었으니,

여차하면 당신의 대가리와 영영 이별하실 게요!

그러자 주상께서 크게 웃으시고는 산으로 돌려보냈다고 하
더이다."

내가 호주湖州에 있을 때의 일이었다. 시를 지은 일로 추포
되어 황명皇命으로 옥에 갇히게 되었다. 아내와 아이들이 모
두 울면서 나를 문밖까지 따라 나왔다. 별로 해 줄 말이 없었
나. 아내에게 그저 한 마디만 했다.

"예전 양박楊朴 처사의 아내는 그런 시로 남편을 전송했답
디다. 당신도 그렇게 해주지 않으려오?"

아내가 자기도 모르게 실소를 머금었다. 그리고 나는 밖으
로 끌려 나갔다.

원문과 주석

書楊朴事❶

昔年過洛, 見李公簡言:「眞宗旣東封, 訪天下隱者, 得杞人
楊朴, 能詩。❷ 及召對, 自言不能。❸ 上問:『臨行有人作詩送
卿否?』朴曰:『惟臣妾有一首云: 更休落魄耽盃酒, 且莫猖狂
愛詠詩。❹ 今日捉將官裏去, 這回斷送老頭皮。』❺ 上大笑, 放

還山。」余在湖州, 坐作詩追赴詔獄, 妻子送余出門, 皆哭。❻
無以語之, 顧語妻曰:「獨不能如楊處士妻作詩送我乎?」❼ 妻
子不覺失笑, 余乃出。

❶・楊朴: 字는 契元. 號는 東野. 鄭州 사람. 어렸을 때 畢士安과 함께
　공부하였던바, 훗날 필사안이 宋 太祖에게 추천하였다고 함. 성격
　이 괴팍하여 늘 나귀를 타고 다니다가 詩를 짓고 싶을 때면 풀밭
　속에 엎드려 고민하다가, 좋은 詩句가 생각나면 소리를 지르며 뛰
　쳐나와 사람들을 놀라게 했다고 함.『東野集』이 전해짐. 그러나 여
　기서 동파가 말하는 사건은 태조 때로부터 수십 년이 지난 진종 때
　의 일이므로, 동파가 말한 양박은 필사안이 추천한 양박이 아니거
　나, 동파가 시대를 착각한 것으로 판단된다.
❷・洛: 洛陽
　・東封: 황제가 東岳 泰山에서 封禪 의식을 거행하다. 宋 眞宗이 大
　中祥符 元年(1008년) 겨울에 태산에 올라 제단을 쌓고 하늘에 제
　사를 지낸 일을 지칭하는 것임.
　・杞: 오늘날의 河南省 杞縣.
❸・不能: 할 줄 모르다. 여기서는 시를 지을 줄 모른다는 뜻.
❹・落魄: 예절 따위에 구애받지 않고 제멋대로.
　・耽: 빠지다. 탐닉하다.
❺・老頭皮: 머리(頭)를 지칭하는 장난말.
❻・湖州: 오늘날에는 浙江省에 속함.
　・坐: ~ 때문에, ~을 위하여.
　・詔獄: 황제의 詔令에 의해 옥에 구금하다.
　・坐作詩追赴詔獄: 잘못 시를 지은 죄로 추포되어 감옥에 갇히다. 烏
　臺詩案 사건을 지칭하는 것임.
❼・楊處士: 楊朴을 지칭함. 原本에는 '楊' 뒤에 '子雲'이라는 두 글자가
　있으나,『蘇東坡文集』과 商務印書館本에 의거하여 삭제함.

진정한 유머란 어떤 것인지 가르쳐주는 글이다. 1079년, 동파 나이 43세의 일이었다. 경사京師에서 신종황제에게 수 차례 상소를 올리며 왕안석의 신법을 반대하던 동파는, 결국 외지外地로 좌천되어 항주杭州·밀주密州·서주徐州를 거쳐 호주湖州 태수를 역임하던 7, 8년의 기간 동안, 마음껏 필봉을 휘둘러 신법을 비판하고 야유를 보내다가, 기어이 호주에서 체포되어 경사로 압송된다.

그 절체절명의 순간, 통곡을 하며 따라 나오는 아내에게 던진 말이 너무나 재미있다. 눈물을 흘리며 따라 나오던 아내가 순간적으로 웃음을 머금을 정도로! 어떻게 그 긴박한 순간에 양박이 지었다는 그 시가 생각날 수 있었을까? 혹시, 양박의 그 이야기는 동파가 사전에 지어놓은 것은 아닌지 의심스러울 정도로, 상황이 너무나 절묘하게 맞아 떨어진다.

진정한 유머는 삶과 우주를 거시적으로 바라볼 줄 아는 여유와 지혜에서 탄생한다. 따스한 시각으로 인간의 어리석은 마음을 어루만져 밝고 긍정적으로 깨우쳐주는 것, 그것이 동파가 지닌 유머의 힘이었다. 결국 그는 그 유머의 힘으로 이른바 '오대시안烏臺詩案'으로 불렸던 공포의 옥사獄事를 이기고 무사히 살아나게 된다.

백운거사白雲居士

해제 동파가 54세에 항주태수로 있을 때 쓴 글이다.

번역 장유張愈는 서촉西蜀의 숨은 군자君子이다. 그는 어린 시절, 나의 선친과 함께 동무하였고, 민산岷山 아래 백운계곡에서 은거하며 지냈으며, 스스로 호號를 백운거사白雲居士라 하였다. 그는 원래 경세經世에 뜻이 있었다. 단지 지나치게 자신의 덕행을 중시한 탓에 세상과 잘 어울리지 못하고 초야에 묻혀 죽음을 맞이한 것이지, 결코 초췌한 몰골의 도인道人 행색으로 이름을 도둑질한 사람이 아니었다.

　나는 우연히 서호西湖에 있는 어느 고즈넉한 헌실軒室에 들렀다가, 그가 남긴 문구文句를 발견하게 되었다. 이에 그 위인됨을 추앙하는 마음으로, 사찰의 승려들을 시켜 그 구절을 돌에 새기도록 하는 것이다.

白雲居士

張愈, 西蜀隱君子也, 與予先君游, 居岷山下白雲溪, 自號白雲居士。❶ 本有經世志, 特以自重難合, 故老死草野, 非槁項黃馘盜名者也。❷ 偶至西湖靜軒, 見其遺句, 懷仰其人, 命寺僧刻之石。❸

❶ · 張愈: 字는 少愚. 四川 郫縣 사람. 여러 번 과거에 응시하였으나 모두 낙방하였다. 寶元 初에 상소를 올려 변방의 상황을 고한 공으로 校書郎에 제수되었으나 받지 아니하고, 靑城山 白雲溪에 있는 杜光庭의 옛집에서 은거하였다. 杜光庭은 唐末 五代 시기의 道士로써, 傳奇小說 『蚪髯客傳』과 道敎의 서적 다수를 남겼다.

· 先君: 동파의 부친인 蘇洵을 지칭함.

· 岷山: 四川에 있는 高山. 靑城山을 지칭하기도 함.

❷ · 經世: 세상을 다스리는 이치. 張愈가 변방의 상황을 상소했다는 사실만 보아도 현실 정치에도 관심이 있었음을 알 수 있겠다.

· 特: 단지. 오로지.

· 自重難合: 자신의 덕행을 지나치게 중시하다보니 세상과 어울리기가 힘들었다는 뜻.

· 草野: 시골.

《南屛雅集圖》
明, 戴進

- 皵[수; xù]: 얼굴. 안색이 안 좋은 모습.
- 槁項黃皵: 목덜미는 고목나무처럼 빼빼 마르고, 얼굴은 누리끼리한 모습이었다. 여기서는 일부러 道人 행색을 하느라 초췌한 몰골로 지낸다는 뜻.
❸ · 命寺僧刻之石: 절의 스님들에게 장유가 남긴 文句를 돌에 새겨달라고 부탁했다는 뜻. 『소동파문집』에는 이 뒤에 '元祐五年九月五日' 8字가 더 있다. 元祐 五年은 1090년으로 동파 나이 54세였다.

해설

동파가 항주태수로 있을 때 우연히 서호 근처에서 선친의 옛 동무이자, 뜻을 얻지 못하고 은거하며 지냈던 백운거사 장유 張愈의 글을 발견한다. 그리고 그 구절을 돌에 새겨 그의 이름을 영원히 기념하는 동시에 이 글을 쓴 것이다. 반가움과 그리움, 그리고 앙모의 정이 잔잔하게 흐르는 글이다.

제7부

불교 佛教

東坡志林

『단경壇經』을 읽고

해제 육조六祖 혜능慧能이 지은 『단경壇經』을 읽고 쓴 독후감이다. 일반적으로 '독후감'이란 대상 서적의 전반적인 내용에 대해 언급하거나 소회를 서술하게 마련이다. 그러나 동파의 이 글은 경전의 내용 중 오로지 법신法身 보신報身 화신化身의 이론에 대해서만 초점을 맞추고, 그에 대한 자신의 깨달음을 집중 서술하고 있는 점이 특이하다.

번역 최근 육조六祖 혜능선사慧能禪師의 『단경壇經』을 읽었다. 그가 법신法身, 보신報身, 화신化身에 대해 가르치고 설명한 내용이, 답답하던 마음의 창이 열리고 어둡던 눈을 밝게 해주었다. 하지만 비유 하나가 빠져 있는 느낌이었다. 눈眼을 비유로 이야기한다면, '견見'이 바로 곧 '법신'이요, '능견能見'은 '보신'이며, '소견所見'이 '화신'이라고 할 수 있다.

　'견見'이 바로 곧 '법신'이라는 것은 무슨 말인가? '눈眼'이 원래부터 지니고 있는 자성自性'으로서의 '견성見性'이란 존재하는 것일 수도 있고 아닐 수도 있다. 눈이 없는 사람은 까만 세계만 보일 수밖에 없다. 그러나 눈이 없어졌다고 해도 '견성'

은 사라지지 않으므로 '견見이 바로 곧 법신'이라고 말하는 것이다.

'능견能見'이 바로 곧 '보신'이라는 것은 무슨 말인가? '견성'이 존재한다고 할지라도 안근眼根이 구비되어 있지 않으면 볼 수가 없는 것이다. 만약 그 안근을 잘 보양保養하여 외적外的 사물에 방해를 받지 않고 언제나 광명통철光明洞徹하게 해 준다면, 견성이 완전하게 나타나므로 '능견能見'이 바로 곧 '보신'이라고 말하는 것이다.

'소견所見'이 바로 곧 '화신'이라는 것은 무슨 말인가? 이렇게 근성根性이 온전하게 갖추어졌다고 할지라도, 눈에 보이는 것은 손가락 하나 튕기는 순간에도 천변만화로 변할 수 있으니, 신묘한 활용 능력을 지닌 것이기에 '소견所見'이 바로 곧 '화신'이라고 말하는 것이다. 이러한 비유가 성립된다면 법신, 보신, 화신의 삼신三身에 관한 설명이 더욱 명쾌해 질 것이다. 나의 이러한 생각이 맞는 것일까?

원문과 주석

讀壇經❶

近讀六祖《壇經》, 指說法、報、化三身, 使人心開目明。❷ 然尚少一喩。❸ 試以眼喩: 見是法身, 能見是報身, 所見是化身。何謂見是法身? 眼之見性, 非有非無, 無眼之人, 不免見黑, 眼枯睛亡, 見性不滅, 故云見是法身。❹ 何謂能見是報身? 見性雖存, 眼根不具, 則不能見, 若能安養其根, 不為物障, 常使光明洞徹, 見性乃全, 故云能見是報身。❺ 何謂所見是化身? 根性既全, 一彈指頃, 所見千萬, 縱橫變化, 俱是妙用, 故云所見是化身。❻ 此喩既立, 三身愈明。如此是否?

❶ ・壇經: 原名은 『六祖大師法寶壇經』. 중국 禪宗의 六祖인 慧能禪師
가 廣東 韶州(오늘날의 韶關) 大梵寺에서 구술한 것을 제자 法海
大師가 받아 적고, 後人 陸續이 增訂한 경전이다. 禪宗의 매우 중
요한 典籍이다.

❷ ・六祖: 중국 禪宗은 達磨大師를 初祖로 하여, 禪宗의 要訣을 깨달
은 이에게 그 衣鉢을 전수하였다. 그러나 六祖 慧能은 깨달음이란
마음에서 마음으로 전수하는 것이니, 더 이상 外的 사물인 衣鉢에
구애받을 필요가 없다고 생각하여 더 이상 의발을 전수하지 않았
으므로, 그가 의발을 전수받은 마지막 祖師가 된 것이다.

・法、報、化三身: 法身, 報身, 化身의 三身을 말한다.

❸ ・喩: 깨달음. 비유.

❹ ・見性: 사물이 본래부터 스스로 지니고 있는 바탕을 있는 그대로 바
라보다. 여기서 동파는 '눈(眼)'을 비유로 들어 설명하고 있으므로
'눈(眼)이 지니고 있는 自性'을 의미한다.

・故云見是法身: 그러므로 '見', 그 자체가 바로 '法身'이라고 하는 것
이다. '法身'이란 '진리(다르마)다. 즉 '있는 그대로의 실체'를 의미
한다. 여기서 동파는 '눈(眼)'을 비유로 들어 설명하고 있으므로,
'눈(眼)이 지니고 있는 自性'인 '見', 그 자체가 있는 그대로의 실체
인 '法身'이라고 설명한 것이다.

❺ ・眼根: 視覺, 視力. 佛家에서는 眼・耳・鼻・舌・身・意 등의 여섯
가지를 죄악을 낳는 뿌리인 '六根'이라고 하였음. 六根은 인간으로
하여금 현상세계에 집착하게 하여, 있는 그대로의 실체를 정확하
게 바라보지 못하고, 주관이 개재된 虛像의 迷妄에 사로잡혀 결국
죄악을 저지르게 된다는 의미다.

・不爲物障: 外的인 사물에 의해 장애를 받지 않고, 있는 그대로의
실체를 정확하게 바라보다.

・能見是報身: '能見', 즉 '있는 그대로의 실체'를 '올바로 볼 수 있게
만드는 것'을 '報身'이라고 한다는 뜻. '報身'은 '오랜 수행의 과정으
로 法身을 완벽하게 구현시킬 수 있는 인간의 몸'을 말한다. 佛敎
에서는 '오랜 수행 끝에 三十二相八十種好의 모습을 갖춘 석가모
니'를 '報身'의 대표적인 實例로 설명하고 있다. 그러나 여기서 동
파는 '눈(眼)'을 비유로 들어 설명하고 있으므로, '사물을 올바로 바

《六祖斫竹圖》宋, 梁楷
六祖 慧能은 원래 나무꾼 출신이었
다. 풍부한 생활체험은 그가 깨달음
을 얻어 중국 禪宗의 창시자가 될
수 있도록 큰 도움을 주었다.

라볼 수 있는 완벽한 상태의 눈(眼)'이 바로 곧 '報身'이라고 설명한
것이다.

❻ • 所見是化身: '所見', 즉 '있는 그대로의 실체인 法身'이 '완벽한 구현
체인 報身'을 통해 '정확하게 보이고 있는 것'을 '化身'이라고 한다
는 뜻. 佛教에서는 '化身'의 개념을 '부처가 중생을 구제하기 위해
서 여러 가지 모습으로 이 세상에 나타난 형상'으로 정의한다(應身
이라고도 한다).

해설

법신法身, 보신報身, 화신化身의 이론은 원래 삶과 우주의 원리
에 대한 지극히 과학적인 해석이다. 그러나 불교에서는 흔히
종교적인 개념을 앞세워 설명하려고 하기 때문에 오히려 그
해석이 더욱 난해해지는 감이 있다.

알다시피 동파는 유불선儒佛仙에 정통했다. 바꿔 말하면 기
존의 모든 생각의 틀에 구애받지 않고, 취사선택의 지혜를 발
휘하여 삶과 우주의 원리를 정확하게 통찰하고 있었다는 얘
기다. 동파는 이 글에서 불교에 개입된 종교적인 색채에서 벗

어나 오로지 합리적인 생각의 틀에 입각하여, '시각視覺'을 예로 들어 '삼신三身'의 이론을 정확하게 설명하고 있다.

그러나 그 이론을 처음 대하는 독자라면, 동파의 설명만으로는 이 글 역시 여전히 난해하게 느껴질 수 있겠다. 사실 그 이치는 그다지 어려운 이야기도 아니다. 동파는 여기서 '시각'을 예로 들었지만, 그 당시에 요새처럼 과학이 발달했다면 아마도 '카메라'를 예로 들었을 것이다.

카메라에 찍히는 피사체의 세계, 그것은 있는 그대로 존재하는 진실의 세계다(불교 용어로는 '진여(眞如)의 세계'라고도 한다). 그것을 '법신'이라고 하자. 그 법신을 제대로 사진 찍으려면 카메라의 상태가 완벽해야 하며, 성능도 뛰어나야 한다. 만약 그 '법신의 세계'를 완벽하게 구현할 수 있는 지존의 성능을 지닌 카메라가 존재한다면, 그것이 바로 '보신'이다. 그리고 그 '보신의 카메라'를 활용하여 목적과 용도에 따라 완벽하게 찍은 '사진'이 바로 곧 '화신' 또는 '응신應身'인 것이다.

물론 그 사진은 한 장만 찍을 수 있는 것이 아니다. 천변만화하는 인간과 대자연과 우주의 세계를, 다른 시간과 다른 조건에서 다각도多角度로 찍을 수 있으므로, '화신의 사진'은 수없이 만들어질 수 있다는 이야기다. 피사체의 세계와 카메라와 사진의 예를 대입하여 이 글을 몇 번이고 곰곰 음미하며 읽어보자. 읽을수록 인생과 세계를 바라보는 동파의 혜안에 감탄을 금치 못하게 될 것이다.

관세음경觀世音經의 주문呪文을 고쳐보다

『관세음경觀世音經』은 『금강경金剛經』과 함께 대승불교의 가장 중요한 소의所依 경전인 『묘법연화경妙法蓮華經』의 일부를 독립시킨 것으로, 대승불교의 핵심사상을 담고 있는 지고무상至高無上의 위치를 확보하고 있는 경전이다. 그러나 동파는 이 글에서 그를 수용하는 입장이면서도 일부 표현의 논리적 문제점에 대해서는 과감하게 자신의 의견을 개진하고 있다.

『관세음경觀世音經』에 이런 구절이 있다. "저주의 주문呪文은 독약과 같으니, 타인을 해하고자 하지 말라. 상대방이 관음력觀音力을 소리 내어 외우면, 그 해악이 본인에게 돌아오나니."

동파거사가 말한다. "관세음보살은 자비로운 존재다. 어떤 사람이 저주를 당해 곤경에 처했을 때 관음력을 소리 내어 외우면, 저주를 내린 장본인에게 그 해악이 돌아간다고 말하는데, 이것이 어찌 관세음보살의 마음일 수 있겠는가?"

이제 경전의 그 구절을 이렇게 고쳐본다. "저주의 주문은 독약과 같으니, 타인을 해하고자 하지 말라. 상대방이 관음력을 소리 내어 외우면, 쌍방 간에 모두가 원만하게 해결된다."

改觀音呪❶

《觀音經》云:「呪咀諸毒藥, 所欲害身者, 念彼觀音力, 還著
於本人。」❷ 東坡居士曰:「觀音, 慈悲者也。今人遭呪咀, 念
觀音之力而使還著於本人, 則豈觀音之心哉?」今改之曰:「呪
咀諸毒藥, 所欲害身者, 念彼觀音力, 兩家總沒事。」

❶ ‧ 觀音: 관세음보살. 여기서는 『觀世音經』. 『觀世音經』은 『妙法蓮華
　　 經』에서 제28品인 『觀世音菩薩普門品』을 단행본으로 독립시킨 경
　　 전임.

　‧ 呪: 주문. 그 내용을 소리 내어 읽으면서 재앙을 피해보고자 하는
　　 행위.

❷ ‧ 呪咀: 저주하다. 주문을 외워 타인을 해하려고 하다.

　‧ 呪咀諸毒藥: 주문을 외워 타인을 저주하는 것은 독약을 마시는 것
　　 과 같다는 뜻.

　‧ 所欲害身者: 타인을 해하려고 하다.

해설

동파는 생각이 정말 자유로운 사람이다. 공자님 말씀을 읽을
때도, 부처님 말씀을 읽을 때에도 상대방의 권위에 눌려 무조
건 따르는 법이 없다. 자신만의 독창적인 견해를 과감하게 제
시한다. 그런데 그 독창성은 대부분 유머를 띠고 있다. 그 유
머 한 마디에 심각하고 진지하고 무겁던 분위기가 순간적으
로 따스하고 밝은 분위기로 면모를 일신한다. 그러면서도 결
코 가볍지 않은 것은 그 생각의 깊이가 이미 경계境界에 이르
렀기 때문이리라. 동파의 따스한 가치관이 돋보이는 유쾌한
소품이다.

독경 讀經을 하려는데

유머 속에 심원한 주제를 담은 걸작 소품이다.

동파가 고기를 먹고 독경을 했다. 어떤 이가 말했다. "당신은 독경할 자격이 없소이다." 그 말에 동파가 양치질을 하여 입을 씻어냈다. 그 사람이 말했다. "물 한 잔으로 어찌 씻어낼 수 있단 말이오!" 동파가 말했다. "부끄럽소. 큰스님은 알아주실게요."

誦經帖❶

東坡食肉誦經, 或云:「不可誦。」❷ 坡取水漱口, 或云:「一盌水如何漱得!」❸ 坡云:「慚愧, 闍黎會得!」❹

❶・經帖: 經卷.
　・誦經帖: 소리 내어 독경하다.
❷・不可誦: 독경할 자격이 없다는 뜻.

❸ ・一盌[완; wǎn]水: 물 한 사발.
❹ ・闍[도; dū]黎: 큰스님. 계율을 담당한 스님. 산스크리트어의 音譯임. 闍梨라고도 함.
　・會得: 이해하다.
　・闍黎會得: 이 구절은 아마도 『梁書·侯景傳』에 나오는 아래와 같은 이야기에서 힌트를 얻은 듯하다. "도를 통한 승려가 있었다. 그는 천성이 狂人과 같았다. 술 마시고 음식을 먹는 것에 보통 사람들과 조금도 다름이 없었다. 천하를 수십 년 동안 돌아다니는 가운데, 그 이름과 출신을 모르는 사람이 없게 되었다. 처음에는 그의 주장이 잘 알려지지 않았으나, 시간이 흐르자 효험을 보게 되었다. 사람들은 모두 환호하며 그를 闍梨(큰스님)라고 불렀다. 侯景은 그를 매우 믿고 존경하였다(有僧通道人者, 意性若狂。飮酒啖食, 不異凡等。世間遊行已數十載, 姓名鄕里, 人莫能知。初言隱伏, 久乃方驗。人幷呼爲闍梨, (侯)景甚信敬之。)".

해설 많은 『동파지림』의 연구자들은 이 작품을 단지 '장난 글'로만 인식하고 있는 듯하다(劉文忠이 대표적이다). 이 글의 주제는 명백하다. 형식에 얽매인 율법주의자, 교조주의자들에 대한 풍자와 야유다. 그들이 세상에 끼치고 있는 해악이 얼마나 큰가! 부처가 되려면 불상佛像을 부숴야 하는 법이 아니던가!
　이 글을 읽기 전에 기본 상식 하나쯤은 알아두자. 육식을

《雜畵冊》淸, 高其佩

금하는 계율은 석가모니의 초기 불교와는 무관한 일이다. 철저한 금욕주의를 주장한 자이나교의 영향을 받아 후세에 육식을 금하기 시작한 것이다.

석가모니는 육식을 반대하지 않았다. 융통성 없는 수행자 데바닷타堤婆達多가 육식을 금지하자는 내용이 포함된 5개 항목의 교단 개혁 요구를 거부한 것으로 보아도, 그가 형식적 행위의 규제 대신 자각적인 몸가짐을 중시했음을 알 수 있다.

심지어 석가모니가 입적한 원인이 상한 돼지고기를 잘못 먹었기 때문이라는 학설도 있다. 팔리어 원시경전에 의하면, 석가모니는 파바라는 마을에서 세공인 춘다가 바친 미지未知의 '수카라 마츠다바'라는 음식을 먹고 '붉은 피가 뛰는 병'에 걸려 세상을 떴다.

중국어본 『대반열반경大般涅槃経』은 이 음식을 '버섯'으로 기록하고 있지만, 많은 학자들은 사실 이 음식이 돼지고기일 것이라고 주장한다. 『대반열반경』의 기록은 육식을 금지한 후대에 원시경전을 중국어로 옮기는 과정에서 자의적으로 번역한 것으로 추정된다는 것이다(나라 야스아키, 『인도 불교』 p.90 참조).

금강경金剛經을 독송했더니

해제 이 글에서 전하는 외형적 스토리는 황당무계해 보인다. 그러나 정신精神을 고도로 집중하면 기적과 같은 놀라운 효과를 얻을 수 있다는 내면적 주제는 음미할 만하다.

번역 장중보蔣仲甫가 들은 손경수孫景修의 말은 이러했다.

근년近年에 어떤 이가 산을 파서 은광銀鑛을 만들었다. 땅속 깊은 곳까지 파 들어갔는데 어디선가 독경讀經 소리가 들려왔다. 그곳을 파봤더니 웬 사람이 있었다. 그가 말했다.

"나 역시 광맥을 캐던 사람이라오. 굴이 무너지는 바람에 밖으로 나갈 수가 없었소. 여기서 몇 년이나 살았는지 모르겠구려. 평생 『금강경金剛經』을 수시로 독송했는데, 배고프거나 목마른 생각이 들 때마다 누군가 겨드랑이에서 떡을 꺼내어 주는 기분이 들더이다."

이는 아마도 『금강경金剛經』이 변화하여 현현한 까닭인 듯싶다. 도가道家에서 말하는 '수일守一'의 이론에 의하면, 배가 고프면 '하나一'가 양식을 주고, 목이 마르면 '하나'가 음료수를 준다고 한다. 그렇다면 이 사람이 경전 속에서 얻은 것이 바로 그 '하나'가 아니겠는가?

원문과 주석

記誦金剛經帖❶

蔣仲甫聞之孫景修言: 近歲有人鑿山取銀礦。至深處, 聞有
人誦經聲。發之, 得一人,❷ 云:「吾亦取礦者, 以竄壞不能出,
居此不知幾年。平生誦《金剛經》自隨, 每有飢渴之念, 即若
有人自腋下以餅餌遺之。」❸ 殆此經變現也。❹ 道家言「守一」,
若飢,「一」與之糧; 若渴,「一」與之漿。❺ 此人於經中, 豈所謂
得「一」者乎?❻

❶・金剛經: 佛經의 이름. 『金剛般若經』 또는 『金剛般若波羅密經』의
　약칭임.
❷・發之: 찾아내다, 열다.
❸・餅餌: 떡.
❹・殆此經變現也: 아마 이 금강경이 변화하여 현현한 것인가 보다는 뜻.
❺・守一: 생각을 하나로 집중하여 지키다. 道教의 용어. 存思라고도
　함. 『淮南子』에 보면, "하나는 만물의 근본이다. 무적의 도이다(一
　也者, 萬物之本也, 無敵之道也。)"고 하였다.
❻・漿: 미음, 음료.

해설 이 글의 감상 포인트는 세 가지다. 하나, 불교 이야기를 하는
가 싶더니 도교道教 이야기로 마무리를 짓는다. 佛과 선仙의
경계를 구분하지 않고 자유자재로 넘나드는 동파의 사상의
일단을 엿볼 수 있다. 둘, 상당히 황당해 보이는 이야기가 출
현한다. 얼핏 위진 시대의 지괴志怪 소설을 연상시킨다. 셋,
그러나 이 글에는 위에서 말한 두 가지 요소를 관통하는 뚜렷
한 주제가 있다. 바로 '수일守一'이다. 그것이 키워드다.

도교에서는 '하나'를 만물의 근본으로 인식한다. 그 '하나'를 굳게 붙잡으면 상상을 초월하는 놀라운 효과를 얻을 수 있다는 주장이다. 이 글에 출현하는 그런 신비한 일이 과연 과학적으로 가능한 일인가의 여부에 대한 토론은 잠시 미루어두자. 정신일도精神一到 하사불성何事不成이라는 말도 있지 않는가? "정신을 하나로 집중하면 무슨 일이든 이룰 수 있다"는 그 말을 '수일'에 대한 해설쯤으로 이해해보자. 우리는 아무도 이 말을 과학적으로 따지지 않는다. 그런 각도로 이 글을 음미하면 또 다른 차원의 깨달음을 얻을 수도 있다.

사실 '수일'은 도교만의 영역에 속하는 이야기가 아니다. 종교를 초월하여, 모든 명상과 참선에 있어서 '수일'은 필수적인 공부방법이기 때문이다. 명상과 참선외 최고 상승上乘 경지는 '무념무상無念無想'이겠지만, 입문 수련자는 반드시 '수일'부터 시작해야 한다. 명상이나 참선을 시작할 때 떠오르는 온갖 잡념을 없애려면, 온 마음을 오로지 '하나'로 집중하여야만 하기 때문이다. 그 '수일'이 어찌 명상과 참선에만 필요하겠는가! 정신을 집중하는 훈련은 모든 일의 성취에 있어서 반드시 필요한 요소가 아니겠는가?

《三敎圖》明, 丁雲鵬
석가모니와 공자, 노자가 함께 정겹게 대화를 나누고 있다. 三敎合一 사상은 唐代에 시작되어 宋代에 완성된다. 그러나 동파만큼 삼교합일에 대한 이해와 실천에 완벽했던 사람은 없을 것이다.

승가僧伽는 하국何國 사람

해제 동파가 만년에 절해고도인 해남海南 담이僧耳에서 유배생활을 하던 시기에, 자신의 기구한 삶이 전생부터 정해진 운명일 것이라고 탄식하며 지은 글이다.

번역 사주泗州 땅의 대성大聖『승가전僧伽傳』을 보면, "승가화상僧伽和尙은 하국何國 사람이다. 세상에서는 그가 어디에서 왔는지 알지 못하고, '어느 나라何國' 사람인지 알지 못한다고들 말한다"는 구절이 있다. 나는 근자에『수사隋史 · 서역전西域傳』을 읽어보고 나서야 '하국何國'이 실제로 존재하는 나라이름이라는 것을 비로소 알게 되었다.

내가 혜주惠州에 거하고 있을 때, 어느 날 문득 명을 받아 다시 담이僧耳 땅으로 유배를 떠나게 되었다. 당시 혜주태수 방자용方子容이 직접 명령서命令書를 가져와 나를 위로하며 말했다.

"전생부터 정해진 운명일 테니 너무 한恨을 가지지 마시지요. 제 처 심씨沈氏가 평소에 스님들을 아주 공경히 모셨는데, 어느 날 꿈에 승가 스님이 나타나 이별을 고했다 하더이다.

제 처가 어디로 떠나시느냐고 물어보니 그랬다더군요. '소자첨蘇子瞻과 함께 갈 것이오. 72일이 지나면 조정의 명령이 내려올 것이오.' 그런데 오늘이 그 꿈을 꾼 지 딱 72일이 되는 날이니, 이게 바로 전생의 운명 아니겠소이까?"

생각건대 나의 운명이 전생부터 정해졌다는 것은 그 꿈이 아니더라도 이미 알고 있었던 터였다. 그런데 나는 대체 전생에 어떤 사람이었을까? 승가 스님이 동행해준다니, 전생에 나는 그 스님과 작은 인연이라도 맺었던 것일까?

僧伽何國人❶

泗州大聖《僧伽傳》云：「和尚何國人也。❷ 又世云莫知其所從來, 云：『不知何國人也。』」近讀《隋史·西域傳》, 乃有何國。余在惠州, 忽被命責儋耳。❸ 太守方子容自攜告身來, 且弔余曰：「此固前定, 可無恨。❹ 吾妻沈素事僧伽謹甚, 一夕夢和尚告別, 沈問所往, 答云：『當與蘇子瞻同行。❺ 後七十二日, 當有命。』今適七十二日矣, 豈非前定乎! 余以謂事之前定者, 不待夢而知。然余何人也, 而和尚辱與同行, 得非夙世有少緣契乎?❻

❶ • 僧伽: ① 승려를 지칭하는 일반명사. ② 唐代의 西域 고승 이름. 여기서는 後者의 뜻이다. 僧伽의 姓은 何氏로써, 서역에 있는 何國 사람이다. 唐 高宗 때 長安과 洛陽에 온 후 다시 長江의 吳楚 지역까지 떠돌아다니며 명성을 얻었다.
  • 何國: ① '어느 나라'라는 뜻의 일반대명사. ② 唐代의 서역 국가 이름. 오늘날에는 우즈베키스탄 지역에 속해 있다.
❷ • 泗州: 고대의 지명. 오늘날의 江蘇省 宿遷 동남부 일대. '州'는 原

作에는 '洲'로 되어 있으나 『소동파문집』에 의거하여 수정함.

- 大聖: 僧伽大師는 훗날 泗州에 있는 伽藍에서 거하였는데, 中宗이 그 절에 '寶光玉寺'라는 현판을 하사했다. 乾符 연간에 '證聖大師'의 시호를 추증받았기 때문에 '大聖'이라고 한 것이다.

❸ · 被命: 命을 받다.
- 責: 처벌을 받다. 폄적되다.

❹ · 告身: 관직을 위임하는 문서.
- 弔: 위로하다.
- 且弔余曰: 원작에는 '且弔曰余'로 나와 있으나, 商務印書館本에 의거하여 수정함.

❺ · 沈: 太守 方子容의 아내 沈氏를 略稱한 말.
- 素事: 평소에 받들다. 평소에 모시다.
- 僧伽: 여기서는 승려를 지칭하는 일반명사.
- 和尙: 여기서는 僧伽大師를 지칭한다.
- 子瞻: 동파의 字.

❻ · 辱與同行: 나와 함께 동행하다. 辱은 자기 자신을 지칭하는 謙語.
- 夙世: 前生.
- 少緣契: 작은 인연을 맺다.

《羅漢圖》(부분) 明, 吳彬. 서역 승려들의 모습이 보인다.

이 글을 얼핏 읽어보면 동파가 마치 신비주의자요, 숙명론자처럼 보이기도 한다. 그가 만년에 『주역』에 대한 해설 서적인 『동파역전東坡易傳』을 쓴 것을 보면 더욱 그러하다. 그러나 그는 결코 숙명론자라고 할 수 없다. 숙명론자는 모든 것을 운명 탓으로 돌리고 자신에게 닥친 역경逆境을 스스로의 힘으로 극복하려는 노력을 보이지 않는다. 하지만 동파는 그 반대였다. 언제나 자신에게 닥쳐오는 고난의 환경이 지니는 긍정적 의미를 찾아내어 그 상황을 즐기려 노력했다. 그가 때로 신비주의자처럼 보이는 것은, 아마도 삶과 우주의 근본 원리에 대한 끝없는 탐구정신 때문일 것이다.

원굉袁宏의 불교관佛教觀

해제 동진東晋 시대의 원굉袁宏이 지니고 있던 불교에 대한 인식을 소개한 글이다. 불교가 처음 중국에 전래된 시기는 동한東漢 말엽이니, 동진 시대라면 아직도 불교가 중국에 들어온 후 얼마 되지 않는 초기初期라고 할 수 있다. 동파는 그럼에도 불구하고 불교에 대한 원굉의 인식이 대체로 올바른 것이었다고 칭찬한다. 그리고 사슴고기는 별달리 요리하지 않고 그대로 삶아 먹이야 맛있다는, 수수께끼의도 같은 화두를 던진다. 이게 대체 무슨 말일까?

번역 원굉袁宏은 『한기漢紀』에서 이렇게 말하고 있다.

"부도浮圖란 부처佛란 뜻이다. 서역 천축국에 부처의 가르침이 전해지고 있다. 부처란 한어漢語로 '깨달음'이라는 뜻이다. 그 깨달음으로 중생을 깨우치려는 것이다. 그들의 가르침은 자비심을 닦는 것을 위주로 한다. 살생을 하지 않고 청정세계만을 중시하며, 그 이치에 밝은 자를 사문沙門이라 한다."

"사문이란 중국말로 '식息'이다. '식'이란 말은 대체로 '욕망을 버리고 무위無爲의 청정세계로 돌아간다'는 뜻이다. 또한 사람이 죽어도 그 정신은 사라지지 않고, 다시 몸의 형태를 받아 태어난다고 믿는다. 살아 생전의 선행善行과 악행은 모두 보응報應을 얻는다고 여긴다. 그러므로 선행의 수련을 중시하고 정신을 단련한다. 그리하여 다시 태어나지 않는 경지에 이르면 부처가 되는 것이다.”

동파거사는 말한다. 이것은 아마도 중국 사람들이 이제 막 ‘부처佛’에 대해 알기 시작했을 때의 인식일 것이다. 비록 얕은 수준이지만 대체로 해야 할 말은 적어놓았다. 사냥꾼은 사슴을 잡으면 삶아 먹을 뿐이다. 그 다음에는 시장의 상인에게 팔려가 식당에서 여러 가지 요리법으로 반찬이 된다. 하지만 사슴은 조금도 가미加味하지 않은 상태로 삶아 먹을 때가 맛있는 법이다.

袁宏論佛說❶

袁宏《漢紀》曰:「浮屠, 佛也, 西域天竺國有佛道焉。❷ 佛者, 漢言覺也, 將以覺悟羣生也。其教也, 以修善慈心為主, 不殺生, 專務清淨, 其精者為沙門。❸ 沙門, 漢言息也, 蓋息意去欲, 歸於無為。❹ 又以為人死精神不滅, 隨復受形, 生時善惡皆有報應, 故貴行修善道以煉精神, 以至無生, 而得為佛也。」❺

東坡居士曰: 此殆中國始知有佛時語也, 雖淺近, 大略具足矣。❻ 野人得鹿, 正爾煮食之耳, 其後賣與市人, 遂入公庖中, 饌之百方。❼ 然鹿之所以美, 未有絲毫加於煮食時也。

❶ · 袁宏: 字는 彦伯. 陽夏(오늘날의 河南 太康) 사람. 東晉 시대의 문

학가이자 역사학자. 당시에 출간 된 몇 종류의 『後漢書』에 대해 부족함을 느끼고, 荀悦이 편찬한 『漢紀』의 뒤를 이어 『後漢紀』를 편찬하였음. 그 외에도 『竹林名士傳』 3卷 및 다수의 작품을 남겼음. 『晉書』 92卷에 그의 傳記가 전해짐.

❷ · 漢紀: 『後漢紀』를 지칭함.
· 天竺國: 印度의 고대 명칭.
❸ · 清淨: 佛家의 용어. 죄악과 번뇌에서 벗어난 경지.
· 沙門: 산속에서 생활하며 호흡법 등의 수행을 닦는 자. 승려. 산스크리트어 '슈라마나'의 음역임.
❹ · 息: 呼吸法, 또는 호흡법을 수련하는 과정. 吸息, 止息, 吐食의 과정으로 나누어 설명할 수 있음. 吸息은 숨을 들이쉬는 행위. 止息은 숨을 참으며 흡입한 우주의 精氣(prana)를 自己化하는 행위. 吐息은 다시 숨을 내쉬는 행위.
· 息意去欲: '息'이란 욕망을 버린다는 뜻이라는 의미.
· 無爲: 清淨의 세계. 道家의 '無爲'와는 다소 다른 의미임. '道家의 無爲'는 '대자연의 이치처럼 집착에 사로잡히지 않는 행위'를 의미하나, '禪家의 無爲'는 대체로 '호흡법을 통해 욕망과 번뇌의 세계에서 벗어나는 것'을 의미한다고 할 수 있음.
❺ · 隨復受形: 다시 몸의 형체를 받는다. 즉 사후에 윤회하는 과정을 통해 환생한다는 뜻.

❻ · 此殆中國始知有佛時語: 이것(원굉의 인식)이 아마도 중국 사람들이 '佛'에 대해 알기 시작했을 때의 인식일 것이라는 뜻.
· 大略具足: 대체로 구비되었다는 뜻.
❼ · 正爾: 단지. 여기서 '正'은 止, 僅의 뜻임.
· 市人: 시장 사람들. 商人.
· 公庖: 공공장소의 주방. 식당.
· 饌之百方: 반찬(요리)을 만드는 여러 가지 요리법.

《觀音像》
宋, 法常

해설 우리는 흔히 역사는 발전한다고 믿는다. 사람들의 인식도 점점 더 계몽된다고 믿는다. 그러나 그렇지 않은 면도 있다. 세월이 흐를수록 점점 더 두터운 이끼가 끼고, 점점 더 기득권을 장악한 사람들 위주로 오해와 착각의 골이 깊어지는 경우도 허다하다. 종교가 특히 그러하지 않을까?

동파는 말한다. 사슴고기를 맛있게 먹으려면 특별하게 요리하지 말고 그냥 삶아 먹어야 하듯이, 종교를 올바로 믿으려면 세월의 두터운 이끼를 걷어내고 티 하나 없이 순정했던 초기 정신으로 돌아가야 한다고.

예수와 석가모니를 팔아먹는 사이비 종교인들이 판을 치는 이 땅의 현실을 떠올리게 하는 글이다.

제8부

도사와 승려 道釋

东坡志林

소도사邵道士에게

해제 64세의 동파가 소환령을 받고 해남에서의 유배생활을 청산하며 귀로에 오른 시기에 쓴, 수수께끼와도 같은 글이다.

번역 귀는 파초芭蕉처럼 크고, 마음은 연꽃 같이 맑구나. 온 몸에는 기가 흘러넘치고, 지혜는 영롱하게 빛나누나. 하나뿐인 법신法身으로 태어나서, 팔만사천의 화신化身으로 떠나간다. 이 뜻은 『능엄경楞嚴經』에서 출전出典된 것이지만, 세상에서 이 말의 의미를 아는 사람은 거의 없다. 원부元符 3년 9월 21일에 도교산都嶠山의 소도사邵道士에게 써주다.

원문과 주석

贈邵道士
耳如芭蕉, 心如蓮花, 百節疏通, 萬竅玲瓏。❶ 來時一, 去時八萬四千。❷ 此義出《楞嚴》, 世未有知之者也。❸ 元符三年九月二十一日, 書贈都嶠邵道士。❹

❶・百節: 온 몸의 관절.

- 百節疏通: 온 몸의 관절 마디마디에 氣가 원활하게 소통된다는 뜻. 즉 매우 건강하다는 의미임.
- 萬竅: 人體의 이목구비 등 모든 구멍. 인체의 모든 감각기관.
- 萬竅玲瓏: 인체의 모든 감각이 영롱하게 빛난다는 뜻이니, 곧 매우 지혜롭다는 의미임.

❷ · 來時一: 태어날 때는 '단 하나뿐인 眞如의 세계' 즉 '있는 그대로의 모습(法身)'이었다는 뜻. 위에 나오는 「壇經을 읽고(讀壇經)」에서 '法身'에 대한 註釋을 참조할 것.
- 去時八萬四千: 세상을 떠날 때는 팔만사천의 化身을 남기고 간다는 뜻. 위에 나오는 「壇經을 읽고(讀壇經)」에서 '化身'에 대한 註釋을 참조할 것.

❸ · 楞嚴: 불경의 이름. 原名은 『大佛頂如來密因修證了義諸菩薩行首楞嚴經』. 흔히 『楞嚴經』이라고 한다. 大乘秘密部에 속하는 경전으로, 주로 心性의 本體에 대해 설명하고 있다.

❹ · 元符三年九月二十一日: 元符 3年은 1100年. 동파 나이 64세. 9월 21일이면 해남도의 유배생활을 막 끝내고 귀로에 오른 시점이다.
- 都嶠: 都嶠山. 廣西 容縣 남쪽 20리 지점에 있다. 道敎에서는 이 산의 최고봉이 八欒峰에 있는 두 개의 동굴을 二十洞天으로 부른다.

해설

이게 대체 무슨 말일까? 불경에 나오는 말이라니 석가모니를 묘사한 것이리라. 그런데 왜 불경에 나오는 말을 도교의 도사에게 써 준 것일까? 당신도 그런 존재가 되라는 것일까? 수수께끼다. 다행히 동파는 "세상에서 이 말 뜻을 아는 사람이 거의 없다"고 말해준다. 속 시원하게 정답을 알아야 다 좋은 것은 아니다. 사색, 그 자체가 더욱 중요하다. 그런 의미로 던져준 화두였을까?

이약지李若之에 대한 기록

해제

이 글은 기공氣功으로 타인의 병을 치료해준 기인奇人의 행적에 대한 기록이다. 그런데 문장 구성이 무척 독특하다. 글의 제목은 '이약지에 대한 기록書李若之事'인데, 정작 본문은 대부분 위진魏晉시대의 행령幸靈이라는 인물의 행적을 집중 서술하고 있다. 그 이유는 무엇일까? 생각하며 글을 읽는 것이 감상의 포인트일 듯.

번역

『진서晉書·방기전方技傳』에 행령幸靈이라는 사람의 전기傳記가 있다. 그 중에 이런 내용이 있다.

행령의 부모가 그에게 벼를 지키라고 하였다. 소가 와서 벼를 먹어 치웠으나, 행령은 그 광경을 보고도 소를 쫓아내지 않았다. 그리고는 소가 가버리자 흩어진 벼를 주위 모아 정리해 놓았다. 부모가 그 사실을 알고 화를 내자 행령이 말했다. "삼라만상의 모든 사물은 각기 다 먹고 싶어하는 게 있는 법입니다. 소가 막 먹기 시작했는데 어떻게 내쫓을 수가 있단 말입니까?" 부모가 더욱 화를 내며 말했다. "기왕에 그렇다면 흩어진 벼는 또 왜 정리를 해 놓았단 말이냐?" 행령이 대답했다. "그 벼들도 살고 싶어하지 않겠습니까?"

그의 말에 참으로 일리가 있구나! 행령이라는 사람은 원래부터 도道를 깨쳤던 것인가?

여의呂猗라는 사람의 모친이 다리가 마비된 지 10년이나 되었다. 행령이 그녀를 치료하게 되었다. 행령은 그녀와 몇 걸음 떨어진 곳에 앉아 조용히 눈을 감았다. 잠시 후, 행령이 말했다. "부인을 부축하여 일어나게 해보시오." 여의가 말했다. "어머니께서 병에 걸리신 게 십 년인데 어찌 창졸간에 일어날 수 있단 말입니까?" 행령이 말했다. "시험삼아 일으켜 보시오 그려." 두 사람이 좌우에서 그녀를 부축하고 일으켜 세웠다. 잠시 후, 부축한 손을 떼어놓자 그녀는 혼자서 걸어갈 수 있었다.

기공氣功을 배우는 사람이 최고의 상승上乘 경지에 이르면 타인에게 기氣를 전해줄 수 있다. 경성京城에 사는 도사 이약지李若之가 그 경지에 이르렀는데, 이를 '포기布氣'라고 한다. 나의 둘째 아들 녀석인 소태蘇迨는 어린 시절 몸이 야위고 병치레를 자주 했다. 이약지는 아들 녀석과 마주 앉아 기를 전해주었다. 아들 녀석에게 들으니, 뱃속이 아침 해가 비춰오는 것처럼 따스해졌다고 한다. 이약지는 일찍이 서악西岳 화산華山 밑에서 어느 득도한 이인異人을 만난 적이 있다고 하였다.

원문과 주석

書李若之事

《晉·方技傳》有幸靈者, 父母使守稻, 牛食之, 靈見而不驅。❶ 牛去, 乃理其殘亂者。父母怒之, 靈曰:「物各欲食, 牛方食, 奈何驅之?」父母愈怒, 曰:「即如此, 何用理亂者為?」

靈曰:「此稻又欲得生。」此言有理, 靈固有道者耶?

呂猗母足得痿痺病十餘年, 靈療之, 去母數步坐, 瞑目寂然。❷ 有頃, 曰:「扶起夫人坐。」❸ 猗曰:「夫人得疾十年, 豈可倉卒令起耶?」靈曰:「且試扶起。」兩人夾扶而立, 少頃, 去夾者, 遂能行。❹

學道養氣者, 至足之餘, 能以氣與人, 都下道士李若之能之, 謂之「布氣」。❺ 吾中子迨少羸多疾, 若之相對坐為布氣, 迨聞腹中如初日所照, 溫溫也。❻ 蓋若之曾遇得道異人於華岳下云。❼

❶ · 幸靈: 人名. 豫章 建昌(오늘날의 江西省 南昌) 사람. 『晉書』卷95에 傳記가 전해짐. 그러나 『方技傳』이 아니라 『藝術傳』 챕터에 속해 있음. 동파의 誤記로 판단됨.

❷ · 痿痺: 麻痺. 움직이지 못하는 증세.

· 去母數步坐: 어머니와 몇 걸음 떨어진 곳에 앉다. 去: 거리를 두고 떨어뜨려 놓다.

· 瞑目: 눈을 감다.

❸ · 有頃: 잠시 후.

❹ · 去夾者: 부축한 사람들을 떨어뜨려 놓다. 부축한 손을 놓게 하다.

《竇燕山敎子圖》淸, 任薰. 두연산은 중국 역사에서 자식 교육을 잘 시킨 것으로 유명한 인물로 《三字經》에 수록될 정도이다. 이 그림에도 자식 사랑의 마음이 잘 표현되어 있다. 동파의 父情 역시 그러했으리라.

❺ ・養氣: 도교의 수련 방법의 일종. 氣功.

 ・至足之餘: 최고의 경지에 오르고 난 뒤에.

 ・都下: 도읍지. 여기서는 北宋 당시의 수도인 汴京(오늘날의 開封)
   을 지칭함.

 ・布氣: 氣를 타인에게 나누어주다.

 ・謂之布氣: 원작에는 '謂'가 아니라 '調'로 誤記되어 있다. 商務印書
   館本에 의거하여 수정한다.

❻ ・中子迨: 동파의 둘째 아들 蘇迨.

 ・少羸[리; léi]: 어렸을 때 수척하고 병약했다.

 ・初日: 아침 해.

❼ ・華岳: 西岳 華山.

해설 중국에는 아직도 심심치 않게 본문 안에 등장하는 인물들과
같은 기인奇人들이 출현한다. 그 행적의 사실 여부는 차치하
자. 그보다는 '제목'과 관련된 이 글의 구성과 기법에 감상 포
인트를 맞춰 보기.

 이 글의 제목은 분명 '이약지에 대한 기록書李若之事'이다. 그
런데 이약지는 안 나오고 엉뚱하게 행령幸靈이라는 옛날의 기
인 이야기만 잔뜩 늘어놓고 있다. 그리고 글의 말미에 이르러
서야 비로소 이약지가 등장한다. 동파는 그럼에도 불구하고
왜 이런 제목을 달아 놓았을까? 정답은 없다. 어차피 작품 감
상을 위한 추측일 뿐이다.

 행령은 고대의 인물이다. 그 행적도 이약지보다 훨씬 더 신
비하다. 그러나 그의 신비한 행적은 역사책에 기록되어 정식
으로 인정된 것이다. 이약지는 동파와 동 시대의 인물이다.
신비성도 훨씬 떨어진다. 이 글에 기록된 그에 관한 행적이란
것도 단지 자신의 아들을 기공氣功으로 치료해 준, 지극히 사

적私的인 것밖에 없다.

결국 이 글의 창작 동기는 '병약한 아들'과 '기공 치료'에서 출발한 것이다. 두 가지 요소 중에서 무엇으로 문장의 뼈대를 삼을 것인가? 개인적인 이야기를 정면으로 노출하기에는 계면쩍은 면이 있다. 중국문학의 전통적 인식에 의하면, 글이란 개인을 위해 쓰는 것이 아니라 타인을 위해 쓰는 것이기 때문이다. 자연스럽게 '기공'이라는 소재를 채택하게 되었을 것이고, 그러다 보니 이 방면에서 보다 대표적인 인물로 공인된 행령에 대해 집중 서술하게 되었을 것이다. 그 뒤에는 자식에 대한 동파의 따스한 부정이 숨어 있다.

소불아蘇佛兒의 말

해제 동파 나이 64세에 해남도의 유배생활을 막 끝내고 귀로에 오른 시점에 쓴 글이다.

번역 원부元符 3년 8월의 일이다. 그때 나는 합포合浦에 있었다. 하루는 소불아蘇佛兒라고 하는 노인이 찾아왔다. 나이가 여든 둘이라는데, 술과 고기를 먹지 않는다고 했다. 두 눈이 빛나는 모습이 어린 아이 같았다. 열두 살 때부터 채식만 하면서 수행을 하였던 터라 아내도 없다고 한다. 형제가 세 명인데 모두 계율을 지키며 수련을 게을리하지 않았다고 한다. 큰 형은 나이가 아흔 두 살이고, 작은 형은 아흔 살이라고 한다.

삶과 죽음에 대한 이야기를 나눠보니 아는 것이 상당했다. 읍성의 동남쪽 육칠리六七里 되는 곳에 산다는데, 동성東城에 나가 야채를 팔 때마다 다른 노인들에게 말한다고 한다. "마음이 곧 부처라우! 고기를 안 먹는 게 중요한 게 아니라우!" 내가 말했다. "그런 말일랑 아예 하지 마시오. 사람들이 오해하고 제멋대로 행동하기 쉽다오!" 노인이 크게 기뻐하며 말했다. "아, 그렇군요, 그렇군요!"

記蘇佛兒語

元符三年八月, 余在合浦, 有老人蘇佛兒來訪, 年八十二, 不飲酒食肉, 兩目爛然, 蓋童子也。❶ 自言十二歲齋居修行, 無妻子。❷ 有兄弟三人, 皆持戒念道, 長者九十二, 次者九十。❸ 與論生死事, 頗有所知。居州城東南六七里。佛兒嘗賣菜之東城, 見老人言:「即心是佛, 不在斷肉。」❹ 余言:「勿作此念, 衆人難感易流。」❺ 老人大喜, 曰:「如是, 如是。」

❶ ・元符三年八月: 元符 3年은 1100年. 동파 나이 64세. 8월이면 해남도의 유배생활을 막 끝내고 귀로에 오른 시점이다.
・合浦: 오늘날의 廣西壯族自治區 北海市 合浦縣. 雷州와 北部灣을 격하여 있음.
❷ ・齋居修行: 채식만을 하면서 수행을 하다.
❸ ・持戒念道: 계율을 지키며 수련을 게을리하지 않다.
❹ ・卽心是佛, 不在斷肉: 부처는 마음에 있는 것이지, 고기를 먹고 안 먹고 하는 것에 있는 것이 아니라는 뜻. 斷肉: 고기를 끊고 먹지 않다.
❺ ・難感易流: 사람들을 감화시키기 어렵고, 물 흐르듯 마음대로 행동하게 만들기 쉽다는 뜻.

형식에 구애받지 않는 자유분방한 동파였지만, 그는 계율의 필요성에 대해서도 잘 알고 있었음을 알 수 있다. 동파는 어느 측면으로나 모나지 않은 사람이었다.

어느 도인道人의 농담

해제　동파가 59세에 광동성廣東省 혜주惠州에서 유배생활을 하던 시기에 쓴 일기 형식의 재미있는 글이다.

번역　소성紹聖 2년 5월 9일. 도성都城의 어느 도인道人이 상국사相國寺에 앉아서 여러 가지 비법을 팔았다. 비법이 담긴 봉투를 봉해 놓고 제목을 저어 놓았는데, 그 중의 하나는 이랬다. "도박에서 돈을 안 잃는 비방秘方 판매." 도박을 좋아하는 한 젊은이가 천금을 주고 그 봉투를 샀다. 집에 돌아와 그 비법 봉투를 뜯어보니 이렇게 쓰여 있었다. "돈을 딸 때 도박장 주인에게 뜯기는 돈만 내지 않으면 된다."

상술商術에도 아주 능한 도인이로세. 장난말로 천금을 벌다니. 그래도 그 젊은이에게 사기를 친 것은 아니로다!

원문과 주석

記道人戲語

紹聖二年五月九日。都下有道人坐相國寺賣諸禁方, 緘題其一曰: 賣「賭錢不輸方」。❶ 少年有博者, 以千金得之。❷ 歸, 發

視其方, 曰:「但止乞頭。」**❸** 道人亦善鬻術矣, 戲語得千金, 然

亦未嘗欺少年也。**❹**

❶ ・紹聖二年五月九日: 紹聖은 宋 哲宗의 年號. 紹聖2년은 1095년임.
　　동파 나이 59세로 惠州에 유배 되었을 때이다. 그러나 이 글의 기
　　록은 이 날 벌어진 일이 아니라, 동파가 누군가에게 들은 우스갯소
　　리를 적은 것으로 추정된다.

　　・都下: 都城. 宋代에는 開封임.

　　・相國寺: 하남 개봉에 있는 절. 北齊 시대에 건립되었다가, 宋 至道
　　2년에 重建됨. 매달 다섯 번씩 사찰을 개방하였음. 그때마다 상인
　　들이 몰려와 물건을 사고파는 큰 시장이 열렸다고 함.

　　・禁方: 秘方.

　　・緘題: 봉투를 봉하고 그 위에 제목을 쓰다.

❷ ・博者: 도박을 좋아하는 자.

❸ ・但止乞頭: '乞頭'는 도박장의 주인이 돈을 딴 사람에게 뜯어내는
　　돈. '但止乞頭'는 그 돈만
　　내지 않으면 된다는 뜻이
　　니, 결국 도박을 끊으라는
　　의미임.

❹ ・鬻[육; yù]術: 商術.

 위진남북조 시대의 지인志
人 소설을 떠올리게 하는
우스개 글이다. 요새로 치

《瞎子說唱圖》淸, 金廷標
장님이 창을 하니 사람들이 몰려들고 있다.
가만, 저 장님은 진짜 눈을 못 보는 걸까? 동
파라면 껄껄 웃으며 말할 것 같다. 아무려나,
사람들에게 즐거움만 주면 되는 것 아니겠소?

면 신문 구석에 조그맣게 실린 농담 코너라고나 할까? 다른 글과는 달리 글을 쓴 날짜를 맨 위에 적어놓은 것도 이채롭다. 이를 테면 일기를 쓴 것 아니겠는가. 유배지에서 일기를 쓰고 있는 그의 마음을 헤아려보자.

이 글은 그가 노년에 머나먼 혜주惠州 땅에 유배되어 힘들게 지내던 시기에 쓴 것이다. 단순히 재미있는 일화逸話를 전해 들고 심심풀이 삼아 적은 것일까? 그럴 수도 있다. 하지만 "도박장 주인에게 고리를 뜯기지만 않으면 돈을 딸 수 있다"는 '도인의 비결'이 "사기를 친 것은 아니"라는 동파의 말에서, 왠지 도박장 주인처럼 백성들의 고혈膏血을 빨아먹는 정적들을 비판하는 듯한 뉘앙스가 느껴진다면 지나친 해석일까?

시詩 잘 짓는 육陸 도사

해제 동파가 50대 후반 혜주惠州에 유배 갔을 때, 도사 육유충陸惟忠
이라는 사람의 시詩를 위해 써준 일종의 서문序文이다.

번역 도사 육유충陸惟忠은 자字가 자후子厚이다. 미산眉山 사람으로,
단약丹藥을 좋아하고 술수術數에 능통했다. 또한 시詩를 잘 썼
는데, 소탈하고 시인스러워 풍긴 속세를 벗어난 모습을 보았
다. 오랫동안 강남 지역을 떠돌아다녔으나 그 이름을 아는 이
가 별로 없었다. 옛날 내가 제안齊安; 黃州에 있을 때 서로 내왕
하며 지냈기에, 고안高安에 있던 자유子由를 찾아가게 한 적이
있었다. 자유도 그의 시를 크게 칭찬했다고 한다. 훗날 자유
를 오吳나라 땅에서 만나 멀리 떨어져 있던 그를 찾아가게 되
었다. 그리고 마침내 그와 함께 혜주惠州에 도착하여, 이 시詩
를 꺼내보는 것이다.

陸道士能詩

陸道士能詩

陸道士惟忠字子厚, 眉山人, 好丹藥, 通術數, 能詩, 蕭然有
出塵之姿, 久客江南, 無知之者。❶ 予昔在齊安, 蓋相從游,
因是謁子由高安, 子由大賞其詩。❷ 會吳遠游之過彼, 遂與俱
來惠州, 出此詩。❸

❶ · 眉山: 四川에 있는 地名. 동파의 고향이기도 하다.

· 術數: 자연계의 제반 현상을 陰陽五行의 방법으로 관찰하여 國家
의 기운이나 개인의 운명과 길흉화복을 짐작해 내는 술법.

· 蕭然: 소탈하고 시원스러운 모습.

❷ · 齊安: 南齊 시대에 설치한 郡縣 중의 한 地名. 동파가 유배를 갔던
黃州를 말함.

· 謁: 찾아가다, 방문하다.

· 子由: 동파의 아우, 蘇轍.

· 高安: 江西省 高安.

❸ · 會吳遠游: 吳나라 땅에서 만나 먼 길을 가다. 原本에는 '游' 字가
빠져 있으나 商務印書館本에 의거하여 보충 수정한다.

· 過彼: 그(陸道士)를 찾아가다.

· 會吳遠游之過彼: 동파가 惠州로 유배를 가던 길에, 宜興에 있던
아우 蘇轍을 만나 함께 陸惟忠을 찾아갔던 일을 말하는 것임.

해설

이 글은 도사 육유충陸惟忠과의 인연과 그의 특기特技에 대해
간결 명쾌하게 서술하고 있다. 우선 그와의 인연이 여러모로
무척 각별하다. 하나, 미산眉山 사람이라고 했으니, 동파와 동
향同鄉이다. 둘, 동파가 황주에 유배된 시절에 찾아와 함께 힘
든 시간을 보냈다. 셋, 동파가 아우 소철에게도 소개시켜 주
어 서로 각별한 사이가 되게 해주었다. 넷, 혜주로 유배를 떠

나는 길에, 동파는 아우 소철과 함께 멀리 있는 그를 작정하고 찾아간다. 다섯, 이에 육유충은 혜주까지 동파를 따라 간다.

　도사 육유충의 특기는 무엇인가? 단약丹藥을 좋아하고 술수術數에 능통했단다. 그러나 그건 모든 도사들이 다 하는 짓이다. 새삼스러울 게 없다. 그의 특기는 바로 도사 신분임에도 불구하고 시를 잘 썼다는 점이다. 게다가 그 시의 스타일이 '소탈하고 시원스러워 풍진 속세를 벗어난 모습'을 보였다는 점이 동파와 각별한 사이가 될 수 있었던 가장 큰 원인이다. 동파의 아우, 자유子由도 바로 그 점 때문에 그를 칭송하지 않았던가. 이 글의 주제는 바로 '시詩'인 것이다.

주씨朱氏 아들의 출가

해제

동파의 절친한 벗, 삼료자參寥子 스님의 사손師孫인 어느 동자 승의 재주를 어여삐 여기며 쓴 단편 소품이다.

번역

주씨朱氏의 아들이 출가하였다. 나이가 어린지라 조승照僧이라고 불렀다. 어려서 아비를 잃고 어미 윤씨尹氏와 함께 살다가, 모자母子가 모두 원하여 출가하게 된 것이다. 조승의 스승은 바로 삼료자參寥子의 제자인 수소守素 스님이었다. 조승은 아홉 살인데도 행동거지가 어른 같았다. 내가 지은 『적벽부赤壁賦』를 낭송하는 목소리가 '꺼어-' 우는 봉황새와 학의 청아한 소리 같았다. 앞으로 십년이 되기 전에 이 녀석 이름이 온 천지에 알려지리라. 조승은 삼료자의 법손法孫이로되, 기실은 동파東坡의 문하승門下僧이로세!

원문과 주석

朱氏子出家

朱氏子出家, 小名照僧, 少喪父, 與其母尹皆願出家。❶ 照僧師守素, 乃參寥子弟子也。❷ 照僧九歲, 擧止如成人, 誦《赤

壁賦》, 鏗然鷺鶴聲也。❸ 不出十年, 名聞四方。此參寥子之
法孫, 東坡之門僧也。

❶ · 照僧: 사미승.
❷ · 參寥子: 송나라 때의 승려 道潛의 별호. 道潛은 浙江省 於潛(오늘
　　날의 臨安縣) 사람으로 詩歌에 뛰어나 동파나 秦觀 등과 자주 어울
　　렸음. 조정에서 紫衣를 하사하고 '妙總'이라는 법호를 내린 적이 있
　　어서 동파는 그를 '妙總師' 또는 '妙總大師'로 부르기도 하였음(東
　　坡, 「次韻參寥師寄秦太虛 三絶」 참조). 參寥泉은 그를 기념하여
　　붙인 샘물의 이름임.
❸ · 鏗[갱; gēng]然: 擬聲語. 맑은 소리를 형용한 것임.
　 · 鷺[난; luán]: 전설 속의 봉황새.

해설 어느 나이 어린 동자승에 대한 이야기다. 그의 재주를 아끼는
동파의 마음이 독자들을 빙그레 웃음짓게 만든다. 자신이 쓴
글을 청아한 목소리로 낭송하는 어린 스님의 모습이 어찌 아
니 귀여우랴!

《小庭嬰戲圖》
宋, 작가 미상

수선사_{壽禪師}의 방생

해제

동파가 61세에 혜주_{惠州}에서 유배생활을 하던 시기에 다시 절해고도인 해남으로 유배지를 옮기라는 칙명을 받고 쓴 글이다.

번역

전당_{錢塘}의 수선사_{壽禪師}는 본래 성곽 북쪽에서 근무하던 세무_{稅務} 관리였다. 그는 물고기나 새우를 볼 때마다 구입하여 다시 방생을 하는 바람에 집이 풍비박산이 났다. 마침내 관가의 공금을 훔쳐서 방생에 사용하였는데, 그 일이 발각나서 사형이 확정되어 저자거리에 끌려가게 되었다.

오월국왕_{吳越國王}은 부하들에게 그를 살펴보라는 명령을 내렸다. 만약 보통 사람들처럼 슬퍼하거나 두려워하는 기색이면 그대로 사형에 처하고, 아니면 풀어주라는 명령이었다. 선사는 담담한 모습에 별달리 특별한 기색을 보이지 않았으므로 석방되었다.

선사는 출가한 후 청정법안_{淸淨法眼}의 경지에 올랐다. 선사는 저자거리에서 출가할 기회를 얻었으므로, 보살이 저자거리에 현현하여 그를 출가시킨 것이었다. 선사는 삶과 죽음을 넘나드는 법을 배우기 위해, 예전에 사지死地를 한 번 다녀온 경험을 살려 삼십 년 동안 수행을 쌓은 것이다. 나도 이제 바다로 쫓겨났으니 사지死地에 조금 더 가까워진 셈이다. 마땅히 이 땅에서 아라한阿羅漢 열매를 거두어야 하리라.

원문과 주석

壽禪師放生

錢塘壽禪師, 本北郭稅務專知官, 每見魚蝦, 輒買而放, 以是破家。❶ 後遂盜官錢為放生之用, 事發坐死, 領赴市矣。❷ 吳越錢王使人視之, 若悲懼如常人, 即殺之; 否, 則捨之。❸ 禪師淡然無異色, 乃捨之。遂出家, 得法眼淨。❹ 禪師應以市曹得度, 故菩薩乃現市曹以度之。❺ 學出生死法, 得向死地走之一遭, 抵三十年修行。吾竄逐海上, 去死地稍近, 當於此證阿羅漢果。❻

❶ · 北郭: 錢塘城郭의 북쪽을 지칭함.
　· 專知官: 宋代 지방 官員의 하나. 창고 등의 물품 출납 업무를 주관하였음.
❷ · 坐死: 사형이 확정되다.
❸ · 吳越錢王: 吳越國의 王, 錢鏐의 후손인 錢俶을 지칭함. 後周 廣順 연간에 尙書令, 中書令, 吳越國王의 직을 역임하다가, 宋 建隆 初에 宋나라에 귀순하여 天下兵馬大元帥의 직함이 더해졌음. 『舊五代史』133권에 그의 전기가 전해짐.
❹ · 法眼淨: 불교에서 말하는 淸淨法眼. 불교 교리에는 '五眼說'이 있는바, 佛眼 다음으로 높은 경지로 '있는 그대로의 세계'를 바라볼 줄 아는 능력을 지녔다고 함.
❺ · 市曹: 市井.
　· 度: 출가시키다.

《五百羅漢 · 布施貧飢》 (부분) 宋, 周季常.
가난을 구제해주는 나한의 모습.

- 現: 현현하다.
❻ • 竄逐海上: 바다 위로 쫓겨나가다.
  동파가 해남도에 귀양 간 사실을 뜻
  함.
- 證阿羅漢果: 불교에서 수련을 오래
  쌓으면 깨달음을 얻는 것을 '證果'라
  고 함. '證果'에는 아홉 단계의 등급
  이 있는데, 그 중 다섯 번째 등급이
  '證阿羅漢果'의 단계임. '阿羅漢'은
  산스크리트어의 음 역으로 일반적
  으로 '羅漢'이라고 함.

해설 탄복을 금할 수 없는 글이다. 어느 스님의 방생放生 이야기를
다룬 단순한 지괴志怪류의 소품인가 싶었더니, 글을 마무리하
는 순간 돌연 반전을 이룬다. 간결한 몇 글자로 자신의 처지
와 심경心境, 그리고 새로운 각오와 결연한 의지를 표명하는
글 솜씨가 참으로 놀랍다.

그러나 우리를 더욱 탄복하게 만드는 것은 강인하고 건강
한 동파의 가치관이다. 나이 예순 하나의 동파는 무척 외로웠
다. 평생의 동반자였던 아내도 4년 전에 죽고, 2년 전에는 유
배지 혜주惠州에서 사랑하던 첩 조운朝雲마저 세상을 떠났다.
함께 있는 가족이라곤 막내아들 소과蘇過뿐이었다.

그런데 이제 더욱 머나먼 해남도로 귀양을 가라는 조정의
명령이 떨어진 것이다. 당시 해남도는 유배지로 이용된 적조
차도 없었던 문명 바깥의 세계였다. 역사상 최초로 그 오지로

유배를 가는 동파의 심정이 어떠했을까? 이 글을 읽으며 다시 절해고도로 유배 길을 떠나야만 하는 그 처연한 심리상태와, 그러면서도 결코 긍정적인 자세를 포기하지 않는 그 적극적인 인생관을 엿볼 수 있다면, 아마도 누구나 동파가 중국문학의 최고봉임을 인정하며 탄복을 금치 못하리라.

승정僧正 겸 주학박사州學博士

해제

상당히 난해한 글이다. 역사적 배경을 정확하게 알고 있지 않으면 동파가 무슨 말을 하고자 하는 것인지 이해하기 어렵다. 주석註釋과 함께 그 의미를 잘 헤아려보아야만 이 글의 주제를 포착할 수 있다.

번역

두목杜牧의 문집에 보면, 그가 돈황군敦煌郡의 승정僧正 겸 주학박사州學博士 스님을 위해 쓴 「혜원제림단대덕제사慧苑除臨壇大德制詞」가 있으니, 대체로 당唐나라 선종宣宗 시기에 하주河州와 황주湟州를 수복했을 때의 일이다. 번승番僧들은 중국의 황제

《紅衣羅漢圖》元, 趙孟頫

가 하사하는 자의가사紫衣袈裟를 가장 귀하게 여긴다. 그런데
충세형种世衡이 청간성青澗城의 태수로 있을 때는 이를 사용하
지 않고, 관직을 주는 것으로 보완했다. 군자는 상대방에게
권력을 주고 난 후에는, 그가 전권을 행사해도 책망하지 않는
다.

僧正兼州博士❶
杜牧集有燉煌郡僧正兼州學博士僧《慧苑除臨壇大德制
詞》, 蓋宣宗復河、湟時事也。❷ 蕃僧最貴中國紫衣師號, 种
世衡知青澗城, 無以使此等, 輒出牒補授。❸ 君子予其權, 不
責其專也。❹

❶ · 僧正: 승려들을 총괄 관리하는 직책. 宋·明·淸代에 每州마다 한
　명씩 두었다.
❷ · 杜牧: 晩唐 시기의 시인.
　· 州學博士: 州經學博士의 줄임말. 원본에는 '州博士學'으로 되어 있
　　으나 商務印書館本과 杜牧의 『樊川集』에 의거하여 수정함.
　· 壇: 戒壇. 계율을 받는 곳.
　· 大德: 승려에 대한 존칭. 唐代 元和 시기 이후로 많이 사용된 호칭.
　· 宣宗: 唐 나라 宣宗 李忱.
　· 復河、湟時: 河州와 湟州(모두 오늘날 甘肅省 서남부 일대의 옛 지
　　명) 땅을 수복했을 때. 당나라가 盛唐 시기에 이 지역을 점령한 후
　　토번에게 빼앗겼다가, 宣宗 大中 5년(851)에 다시 이 지역을 점령
　　한 사실을 말함.
❸ · 蕃僧: 서역 및 토번 승려들을 지칭하는 말.
　· 紫衣師號: 황제가 紫色의 袈裟를 하사하며 國師 호칭을 내려주다.
　　唐나라 무측천이 『大雲經』을 重譯한 法朗 등 9인의 승려에게 袈裟
　　를 하사하면서부터, 姿衣袈裟는 승려들의 최고 명예를 상징하게

되었다.
- 种世衡, 青澗城: 种世衡은 宋代의 洛陽 사람. 字는 仲平. 충세형은
  폐허가 된 寬州(延安 북쪽200里 되는 지역)에 성을 쌓아 오랑캐를
  막자고 조정에 주장하여 윤허를 받아 이곳에 성을 쌓기 시작했음.
  그는 西夏와 전투를 벌이면서도 끝내 城을 築造하였음. 이 城 이름
  이 바로 青澗城임. 충세형은 그 공으로 청간성의 태수가 됨.
- 此等: 紫衣師號를 지칭함.
- 出牒: 관직을 주는 公文을 보내다. 즉 관직을 주다.
- 無以使此等, 輒出牒補授: (番僧에게) 紫衣師號를 하사하지 않고,
  관직을 주어 보충했다는 뜻. 충세형이 青澗城의 태수가 된 후, 그
  지역 지리를 잘 아는 番僧 王光信이라는 자가 전투가 벌어질 때마
  다 향도 노릇을 하여 큰 공을 세웠는데, 충세형의 주장으로 그에게
  紫衣師號를 하사하는 명예 대신, 관직을 주어 보충했다는 故事.
- ❹ 君子予其權, 不責其專也: 군자는 상대방에게 권력을 주고 난 후,
  그가 專權을 행사해도 탓하지 않는다는 뜻.

해설 동파는 이 글에서 토번 승려들에게 관직을 하사했던 두 가지
사례를 거론하고 있다. 하나는 이전 왕조인 당나라 때의 경
우. 또 하나는 자신이 살고 있던 송나라 당시의 인물인 충세
형种世衡의 경우. 이에 대해 동파는 어떻게 생각하고 있을까?
"번승들은 중국의 황제가 하사하는 자의紫衣 가사를 가장 귀
하게 여긴다"는 말과 전체 문맥으로 미루어보아, 승려에게는
명예를 주되 관직을 주어서는 안 된다는 입장인 것 같다. 불
교에 대해 무척 호의적이었던 그였지만 종교의 정치화를 경
계했던 것이리라.
　그런데 맨 마지막의 결어結語가 무척 알쏭달쏭하다. "군자
는 상대방에게 권력을 주고 난 후에는, 그가 전권을 행사해도
책망하지 않는다"니, 그게 대체 무슨 뜻일까? 그 말을 이해하

려면 당시 상황을 정확하게 파악해야 한다.

당시 청간싱靑澗城 태수인 충세형은 전공을 세운 토번 승려에게 관직을 하사한 일이 있었다. 그리고 그 당시의 재상은 범중엄范仲淹이었다. 혹시 누군가 그 문제를 거론하며 재상이었던 범중엄에게 책임을 물으며 비난한 것일까? 동파는 여기서, 청간성 일에 관한 한 범중엄은 이미 충세형에게 전권을 넘겨주었던 상태임을 지적하며, 그를 옹호하고 있는 것이다. 그렇다면 이 글의 주제는 '범중엄을 위한 변호'라고 할 수 있겠다.

탁계순卓契順과의 선문답

동파가 절해고도인 해남도에서 유배생활을 하던 시절, 옛날에 알고 지내던 사찰의 불목하니의 방문을 받고 지은 유쾌한 소품이다.

고소대姑蘇臺 정혜원定慧院의 불목하니인 탁계순卓契順이, 수천리 길을 멀다 않고 산을 넘고 바다 건너 동파의 안부를 물으러 왔다. 동파가 물었다. "어떤 토산물을 가지고 왔는고?" 탁계순이 두 손을 펼쳐보였다. 동파가 말했다. "아쉽구나. 수천리 길을 빈손으로 오다니!" 탁계순이 짐을 지고 오는 흉내를 내더니, 어디론가 사라져버렸다.

卓契順禪話❶
蘇臺定慧院淨人卓契順, 不遠數千里, 陟嶺渡海, 候無恙於東坡。❷ 東坡問: 「將甚麼土物來?」❸ 順展兩手。❹ 坡云: 「可惜許數千里空手來。」順作荷擔勢, 信步而去。❺

❶ • 契順: 江蘇省 宜興 사람. 定慧院에서 佛學을 배웠음.

❷ • 蘇臺: 姑蘇臺. 江蘇省 吳縣 동남쪽 姑蘇山 위에 있음. 전설에 의하면 吳王 闔閭 또는 夫差가 쌓았다고 함. 후세에서 蘇州를 지칭할 때, 이 명칭으로 대신 부르기도 함.

• 定慧院: 蘇州에 있는 사찰 이름.

• 淨人: 불목하니. 사원에서 잡일을 하는 사람.

• 陟嶺渡海: 높은 고개를 넘고 바다를 건너다.

• 無恙[양; yàng]: 질병이 없음. 건강함.

• 候無恙: 편안함과 건강을 묻다. 안부를 묻다.

❸ • 將: 가지다, 지니다. 拿 , 持.

• 土物: 토산물.

❹ • 順: 卓契順을 지칭함.

❺ • 作荷擔勢: 짐을 지고 있는 시늉을 하다.

• 信步: 발길 닿는 대로 걷다. 발걸음이 내키는 대로 가다. 한가롭게 거닐다.

해설

동파는 참 다정나감한 사람이었던 보양이나. 이 세상 땅 끝으로 유배를 갔건만 종종 찾아오는 사람이 심심치 않은 것 같다. 심지어 절간의 불목하니마저 찾아올 정도로 동파는 사람들과 허물없이 따스하게 지냈던 모양이다. 그런데 만나자마자 대뜸 농을 건다. 무슨 선물을 가지고 왔느냐는 질문에, 불목하니는 하릴 없이 빈손만 펼쳐 보인다. 왜 빈손으로 왔느냐는 타박에, 짐을 지고 온 흉내를 내면서 빈손으로 온 게 아니라는 흉내를 내보이더니만 미안했던지 아무 말도 없이 바깥으로 휑하니 나가버린다. 불목하니의 그런 동작을 선문답으로 받아들이는 동파의 유머가 참으로 즐겁다.

육식肉食을 다른 이름으로 부르는 승려들

해제 불교를 옹호하는 입장에 서서, 계율을 지키지 않는 사이비 승려들이 만연한 세태를 질책한 글이다.

번역 승려들은 술을 '반야탕般若湯'이라고 부른다. 물고기를 '수사화水梭花'라고 하고, 닭을 '찬리채鑽籬菜'라고 부른다. 쓸 데 없는 짓이나. 스스로를 속이는 짓일 뿐, 세상 사람들이 그래서 늘 비웃는 것이다. 의롭지 못한 일을 저지르고도 그럴 듯한 이름으로 꾸미는 자들과 다를 바가 무엇이 있는가!

원문과 주석

僧文葷食名❶

僧謂酒為「般若湯」, 謂魚為「水梭花」, 雞為「鑽籬菜」, 竟無所益, 但自欺而已, 世常笑之。❷ 人有為不義而文之以美名者, 與此何異哉!

❶ ・文: 꾸미다, 수식하다. 가리다. 위장하다.
  ・葷[훈; hūn]: 육류 음식.

《羅漢圖》(부분) 明, 吳彬. 삿된 자를 꾸짖는 나한.

❷ ▪ 般若: 산스크리트어 'prajā'의 음역. '지혜'라는 뜻.
 ▪ 梭[사; suō]: 북. 베를 짤 때 사용하는 도구. 물고기처럼 생겼음.
 ▪ 鑽籬: 울타리 밑을 파다. 울타리 밑으로 도망가는 닭을 형용한 것.
 ▪ 但自欺而已: 스스로를 속이는 것일 뿐이라는 뜻. 原本에는 '自'字
 가 누락되어 있는 것을 王松齡本에 의거하여 수정함.

해설 육식肉食을 금하는 것은 불교의 상징이다. 석가모니나 초기 불교에서는 육식을 금하지 않았지만, 후세의 교단에서 계율로 채택한 이상 승려들이라면 당연히 누구나 지켜야 한다. 그런데 현실은 그렇지 않다. 사이비 승려들이 너무나 많다. 율법주의자가 아닌 동파가 계율이 절대적이 아니라는 것을 모를 리가 없지만, 세인들의 이목을 속이고자 육식을 다른 이름으로 부르는 가식적인 행동만은 참을 수가 없는 모양이다.

불자佛者의 덕이 아니로세*

역시 불교를 옹호하는 입장에 서서, 일부 승려들의 잘못된 행태를 질책한 글이다.

직하直下에 잔뜩 모인 선비들은 여산驪山의 화禍의 근원이요, 태학생太學生 삼만 명이 여론을 좌우한 일도 당파黨派 활동을 금지시킨 비극의 전조前兆였다. 이제 듣자하니 본本스님과 수秀스님이 입과 귀의 힘만 믿고 자신만만하게 왕공王公들을 도우러 갔다가, 도성都城의 민심이 흉흉해졌다 하니 어찌 실패하지 않겠는가? 이것은 아마도 불자佛者가 할 일이 아닌 듯하구나.

원문과 주석

本秀非浮圖之福❶

稷下之盛, 胎驪山之禍; 太學三萬人, 噓枯吹生, 亦兆黨錮之冤。❷ 今吾聞本、秀二僧, 皆以口耳區區奔走王公, 洶洶都邑, 安得而不敗?❸ 殆非浮屠氏之福也。

---

* 原題는「本스님과 秀스님은 佛者의 德이 아니로세(本秀非浮圖之福)」임.

《羅漢圖》淸, 歸莊

❶ · 本秀: 本과 秀라는 두 스님의 이름.
 · 浮圖: '붓다'의 음역. 부처. 또는 부처를 믿는 佛者를 지칭함.
 · 非浮圖之福: 佛者들의 德이 아니다. 佛者가 할 일이 아니라는 뜻.
❷ · 稷下: 고대의 지명. 山東 臨淄 稷門 부근. 臨淄는 戰國時代 齊나라
   의 도읍지였음.
 · 稷下之盛: 전국시대 齊나라 宣王은 臨淄의 稷門에 관사를 짓고 널
   리 각 학파의 인물들을 초빙하였음. 이에 鄒衍, 田騈, 淳于髡 등 76
   인의 학자들이 몰려들었다고 함. 그 후 많을 때는 수백 명에 달하
   는 선비들이 몰려들어 '稷下學士'라는 말까지 생겨났음.
 · 胎: 사물의 근원.
 · 驪山: 섬서성 서안 동쪽의 華淸宮 뒷산.
 · 驪山之禍: 진시황의 焚書坑儒 사건을 지칭함.
 · 太學三萬人: 東漢 桓帝 시기에 太學 學士들의 숫자. 당시 태학생
   들은 李膺, 陳蕃 등의 영향으로 黨派를 형성하는 주요 기반이 되었
   음(原本에는 '太學士萬人'으로 되어있으나, 商務印書館本과 『後漢
   書』卷六十七에 의거하여 수정함).
 · 噓枯吹生: 말라버린 나뭇가지도 바람이 불면 생기가 돋아나고, 싱
   싱한 풀도 바람이 불면 메말라버린다. 言論은 시끄럽다가도 가라
   앉고, 조용하다가도 시끄러워진다는 뜻. 여기서는 東漢 桓帝 시기

태학생들의 여론이 분분하던 상황을 말한 것임. 『後漢書』卷七十
「鄭太傳」에 나오는 말.

- 兆: 前兆. 징조.
- 黨錮: 黨派 활동을 금지한 고대의 현상을 지칭함.
- 黨錮之冤: 東漢 桓帝 시기에 발생했던 대규모 獄事. 太學生들을 기반으로 한 李膺의 세력이 나라의 암적 존재인 환관 세력을 제거하려 하다가 그들에게 역공을 당해 수백 명이 五族까지 죽임을 당한 비극.

❸ - 區區: 득의만만한 모습.
- 奔走王公: 王公들에게 잘 보이기 위해 달려가다.
- 洶洶: 흉흉하다. 사람들의 목소리가 시끄러운 모습.

해설 전고典故를 모르면 상당히 난해한 글이다. 그러나 글의 주제를 어림짐작은 할 수 있다. 과거의 역사에서 예를 든 두 가지 사례와 두 스님이 벌이고 있는 일에는 뚜렷한 공통점이 발견되기 때문이다. 언변言辯으로 입신양명立身揚名을 노리고 있다는 점이다. 동파는 하물며 스님의 신분으로 언변을 자랑하려 하는 두 스님이 못내 걱정이 되는 모양이다.

혜성惠誠스님에게 열두 편의 글을 전하다*

해제 열두 편의 소품으로 이루어진 이 글은 매우 독특하다. 열한 편은 오월吳越 지역에서 명성을 얻고 있는 큰스님들을 소개하는 글이고, 맨 마지막 편은 이 글을 쓰게 된 동기와 목적을 설명하고 있다. 성격이 급한 독자들은 맨 뒤를 먼저 보면 이해가 빠를 것이다. 아무려나, 이렇게 많은 고승들과 두터운 친분을 유지하였던 것을 보더라도, 동파의 불교에 대한 조예가 얼마나 깊은지 충분히 짐작할 수 있겠다. 59세에 혜주惠州 유배지에서 지은 글.

번역 1 묘총사妙摠師 삼료자參寥子는 나의 이십여 년 벗이다. 세상에서는 그의 시문詩文이 뛰어나다는 것은 알지만, 그보다 더 뛰어난 점이 있다는 것은 모른다. 면전에서 타인의 잘못을 핀잔주는 것이다. 하지만 그가 별 뜻 없이 그런다는 것을 모르는 사람은 없다. 텅 빈 배가 사물에 여기저기 부딪쳐도 한 번도 화를 내 본 적이 없는 것처럼.

---

* 原題는 「吳中으로 떠나는 惠誠스님에게 편지를 대신하여 열두 편의 글을 전하다(付僧惠誠游吳中代書十二)」.

付僧惠誠游吳中代書十二❶

妙摠師參寥子, 予友二十餘年矣, 世所知其詩文, 所不知者,
蓋過於詩文也。好面折人過失, 然人知其無心, 如虛舟之觸
物, 蓋未嘗有怒者。❷

❶ • 惠誠: 永嘉(오늘날의 浙江 溫州) 羅漢院의 스님 이름.

　• 吳中: 蘇州의 별칭. 춘추시대에 吳나라의 도읍지였던 까닭에 붙은 이름.

　• 代書十二: 편지 대신 열두 통의 글을 쓰다.

　• 付僧惠誠游吳中代書十二: 吳中으로 떠나는 惠誠스님에게 편지를
　　대신하여 열두 편의 글을 전하다.

❷ • 面折人過失: 면전에서 타인의 잘못을 꾸짖다.

경산사徑山寺의 유림장로維琳長老는 행동이 고매하며 문장이 아
름답고 맑다. 처음에는 경산조사徑山祖師가 자신이 죽은 후 갑
甲과 을乙만을 대상으로 주지住持 자리를 넘겨주겠노라고 약속
을 했다. 그러나 내가 일의 적합성과 타당성을 고려하여 조사
祖師의 약속을 파기하였다. 산문山門은 마땅히 후덕한 사람을
선발하여 맡겨야만 하므로, 유림維琳으로 하여금 주지의 자리
를 계승하게 하였다. 모두들 처음에는 유림을 꺼려했지만, 결
국 그 공정함을 반기는 사람이 많아지게 되었다. 이제 대세는
굳어진 것이다.

徑山長老維琳, 行峻而通, 文麗而淸。❶ 始, 徑山祖師有約,
後世止以甲乙住持。❷ 予謂以適事之宜而廢祖師之約, 當於
山門選用有德, 乃以琳嗣事。❸ 衆初有不悅其人, 然終不能勝
悅者之多且公也, 今則大定矣。❹

❶ · 行峻而通: 행동이 고상하고 달관해 있다는 뜻.

❷ · 止: 단지.

　· 甲乙: 徑山祖師가 죽기 전에 住持로 점지해 놓은 두 사람.

❸ · 山門: 사찰의 별칭.

　· 乃以琳嗣事: 維琳長老로 하여금 住持의 자리를 계승하게 하다.

❹ · 大定: 維琳長老의 주지 자리가 공고하게 정해지다.

항주의 원조율사圓照律師는 '괴로움苦'의 이치를 깨우침에 뜻을 두고 철저히 실천하는 스님이다. 교법教法에 통달하였으며, 주야晝夜로 수련을 거듭한 세월이 이십여 년이 흘렀으나, 단 한 순간도 미망에 빠진 적이 없었다. 변재辨才 스님이 입적한 뒤로는 불자佛者와 속인俗人들이 모두 그를 따르고 있다.

杭州圓照律師, 志行苦卓, 教法通洽, 晝夜行道二十餘年矣, 無一念頃有作相。❶ 自辨才歸寂, 道俗皆宗之。❷

❶ · 律師: 계율에 대한 해설을 잘하는 스님에 대한 호칭.

　· 通洽: 통달하다, 박식하다.

　· 一念頃: 매우 짧은 시간을 형용하는 불교 용어. 原本에는 '一念須' 로 誤記되어 있어, 王松齡本에 따라 수정한다.

　· 無作相: 佛家에서 말하는 깨우침의 단계 중에서 가장 높은 경지.

❷ · 辨才: 항주의 스님 이름. 『咸淳臨安志』 78권의 기록에 의하면 元 豐 2年(1079)에 天竺에서 건너와 龍井 壽聖院에서 지냈다고 함. 동파는 그를 위해 祭文을 지은 적도 있다(『東坡七集 · 後集』 卷十 六 「祭龍井辨才文」).

　· 道俗: 佛道를 믿는 佛者들과 일반인들.

수주秀州 본각사本覺寺의 일장로一長老는 어렸을 때 이름을 떨친 진사進士였기에, 문자文字와 언어로 깨달음의 길에 들어섰다. 이제 붓과 벼루로 불사佛事를 일으키고 있으니, 함께 교유하는 자가 모두 당대에 이름을 떨치는 문인들이다.

秀州本覺寺一長老,❶ 少蓋有名進士, 自文字言語悟入。至今以筆研作佛事,❷ 所與游皆一時文人。

❶・秀州: 오늘날의 浙江 嘉興.
❷・筆研: 筆硯. 붓과 벼루.

정자사淨慈寺의 초명장로楚明長老는 월주越州에서 왔다. 초기에 황상께서 조서詔書를 내려 소본선사小本禪師를 법운사法雲寺로 옮기게 하는 일이 있었다. 항주 사람들이 걱정하며 말했다. "소본선사님이 가시면 정자사 신도들은 다 흩어져버릴 텐데." 그리하여 나는 초명장로로 하여금 주지 자리를 계승하게 하였다. 신도들은 흩어지지 않고 오히려 늘어나서 천여 명이나 더 많아지게 되었다.

淨慈楚明長老自越州來。❶ 始, 有旨召小本禪師住法雲寺。❷ 杭人憂之, 曰:「本去, 則淨慈眾散矣。」余乃以明嗣事,❸ 眾不散, 加多, 益千餘人。

❶・淨慈: 사찰 이름.

- 越州: 오늘날의 浙江 紹興.
❷ • 本: 小木禪師.
❸ • 明: 楚明長老.

번역 6

소주蘇州의 중수仲殊 사리화상師利和尚은 글을 잘 쓰고 시詩와 가사歌詞에 능했다. 그는 붓을 쥐기만 하면 글을 완성하였는데, 지우고 다시 쓴 곳이 한 글자도 없었다. 내가 말했다. "이 스님은 흉중胸中에 그 어떤 속세의 일도 없는가 보구나!" 그리하여 그와 교유交遊를 하게 된 것이다.

원문과 주석 6

蘇州仲殊師利和尚, 能文, 善詩及歌詞, 皆操筆立成, 不點竄一字。❶ 予曰:「此僧胸中無一毫髮事」, 故與之遊。❷

❶ • 仲殊: 師利和尙의 字. 承天寺의 和尙.
 • 操筆: 붓을 쥐다.
 • 點竄: 지우고 다시 쓰다.
❷ • 毫髮: 조금도. 一點.

번역 7

나는 아직 소주蘇州 정혜원定慧院의 수흠장로守欽長老를 만난 적이 없다. 내가 혜주惠州에 도착했을 때, 수흠장로는 시자侍子 탁계순卓契順을 보내 내게 안부를 물으며 시를 열 편 보낸 적이 있다. 나는 그 뒤에 이런 제문題文을 썼다.

"이 승려는 속세와 단절하여 맑고 빼어난 기운이 넘치누나. 언어가 삼조三祖이신 승찬僧璨과 오조五祖 홍인법사가 만난 듯, 그런데도 시풍詩風 속에 가도賈島와 무가無可의 쓸쓸함이 없어

제8부 도사와 승려(道釋) | 407

서 좋도다." 내가 오랫동안 오중吳中 땅을 드나들었건만, 아직껏 이 스님을 만나보지 못하다니, 무엇 때문일까?

蘇州定慧長老守欽, 予初不識。 比至惠州, 欽使侍者卓契順來問予安否, 且寄十詩。❶ 予題其後曰:「此僧清逸絕俗, 語有璨、忍之通, 而詩無島、可之寒。」❷ 予往來吳中久矣, 而不識此僧, 何也?❸

❶ ・比: 及, 等到. ~에 도착하다.
❷ ・璨: 三祖 僧璨을 지칭함. 後周의 武帝가 불교를 탄압하는 바람에 길 없는 길의 수도자가 되었다. 훗날 唐 玄宗이 鑒智禪師의 시호를 내렸다.
・忍: 五祖 弘忍禪師를 지칭함.
・島、可: 당나라의 시인 賈島와 無可 스님을 지칭함. 賈島는 원래 스님이었으나 韓愈의 권유로 다시 환속하였음, 無可는 賈島의 從弟임. 그들의 시풍(詩風)은 차갑고 쓸쓸한 기운이 감돌았다.
❸ ・吳中: 蘇州의 별칭.

하천축사下天竺寺의 정혜淨慧 사의선사思義禪師는 학문과 품행이 고매하여 세상일에 모르는 것이 없다. 어느 날 오후, 고려에서 스님이 파견되어 왔기에 나는 그 일을 조정에 알릴 것을 요청하고, 사의선사에게 부탁하여 고려 스님을 요사채에 묵게 했다. 사의선사는 매일 그에게 불법을 강해해 주었다. 그의 논변이 벌처럼 매섭고 예리하니, 동이東夷에서 온 승려는 정신을 못 차렸다. 그 후에 알려주는 그 상황을 다 듣고 나니, 그의 재주가 매우 비범하였더라.

下天竺淨慧禪師思義學行甚高, 綜練世事。❶ 高麗非時遣僧
來, 予方請其事於朝, 使義館之。❷ 義日與講佛法, 詞辨蜂起,
夷僧莫能測。又具得其情以告, 蓋其才有過人者。

❶ ・下天竺: 항주에 있는 사찰 이름.
　 ・學行: 학문과 품행.
　 ・綜練: 박학다식하여 매사에 정통하다.
❷ ・非時: 불교 용어로 '午後'라는 뜻. 해가 뜰 때부터 정오까지를 '時'
　　 라 하고, 정오부터 밤까지를 '非時'라고 한다.
　 ・義: 思義禪師.
　 ・館之: 고려에서 온 留學僧을 관사에 묵게 하다.

고산사孤山寺의 사총思聰 문부聞復스님은 그림처럼 깨끗하고 아
득한 느낌의 시를 잘 짓는데, 정교하면서도 단아하고 사랑스
러우며, 자유분방하면서도 방탕으로 흐르지 않는다. 그 위인
됨됨이와 그의 시가 서로 잘 어울린다.

孤山思聰聞復師, 作詩清遠如畫, 工而雅逸可愛, 放而不流,
其為人稱其詩。❶

❶ ・孤山: 항주에 있는 절 이름. 孤山寺.
　 ・思聰: 聞復스님의 字.
　 ・工: 정교하다, 섬세하다, 탁월하다, 뛰어나다.
　 ・放而不流: 자유분방하면서도 방탕으로 흐르지 않다.
　 ・其爲人稱其詩: 그 위인 됨이 그의 시와 어울리다.

번역 10

상부사祥符寺의 가구可久·수운垂雲·청순淸順 세 스님은 모두 내가 감군監郡에서 매일 같이 내왕하며 지내는 시우詩友들이다. 세 스님 모두 청렴하고 강직한 성격들이라서 매우 가난했다. 먹는 문제는 간신히 해결하고 있지만 의복은 거의 해결하지 못하고 있는 수준이다. 그러면서도 걱정하는 기색을 전혀 본 적이 없다. 많이 늙으셨겠구나! 아직도 건재하신지?

원문과주석 10

祥符寺可久、垂雲、淸順三闍黎, 皆予監郡日所與往還詩友也。❶ 淸介貧甚, 食僅足而衣幾於不足也, 然未嘗有憂色。❷ 老矣, 不知尙健否?

❶ · 闍[도; dū]黎: 큰스님. 계율을 담당한 스님. 산스크리트어의 音譯임. 闍梨라고도 함.
   · 監郡: 郡縣을 감찰하는 관청, 또는 郡縣을 감찰하는 관리.
❷ · 淸介: 청렴하고 강직하다.

번역 11

법영法穎 사미승은 삼료자參寥子의 법손法孫이다. 일고여덟 살 때부터 어른처럼 제 스승을 모시었다. 상원절上元節 날 밤에, 나는 흥에 겨운 나머지 총기를 잃어버리는 일을 저지르고 말았다. 법영이 어느 장정 어깨 위에 올라타고 사위四圍를 둘러보며 등燈 구경을 하고 있었다. 내가 말을 건넸다. "출가한 녀석이 등불이나 구경하는 게냐?" 법영의 안색이 순식간에 파랗게 변했다. 얼굴이 아예 없어진 것 같더니만, 엉엉 울며 사라졌다. 그 날부터 다시는 밖에 나와 노는 모습을 보지 못했다. 벌써 육칠 년이 지났구나! 앞으로 장차 삼료자의 뒤를 이으리라!

法穎沙彌, 參寥子之法孫也, 七八歲事師如成人。❶ 上元夜予作樂滅慧, 穎坐一夫肩上顧之。❷ 予謂曰:「出家兒亦看燈耶?」穎愀然變色, 若無所容, 啼呼求去。❸ 自爾不復出嬉游, 今六七年矣, 後當嗣參寥者。

❶・沙彌: 어린 스님, 童子僧.
　・法孫: 제자의 제자. 徒孫이라고도 함.
❷・上元夜: 음력 정월 대보름날. 上元節 또는 元宵節이라고 함. 이날 밤에는 사찰이나 도관(道觀)마다 형형색색의 등불을 걸어놓고 한 해의 안녕을 기원한다.
　・滅慧: 총기가 사라지다.
　・穎: 사미승 法穎을 지칭함.
❸・愀[초; qiǎo]然: 안색이 바뀌며 정색하는 모습.

내가 혜주惠州에 있을 때의 일이다. 영가永嘉; 浙江 溫州 나한원羅漢院의 혜성惠誠 스님이 찾아와서 말했다. "내일 절동浙東 땅으로 돌아가게 되었습니다." 시킬 일이 없느냐고 묻는데, 어찌 대답해야 할지 몰랐다. 오吳・월越 땅에 명승名僧이 많다는 생각이 떠올랐다. 그 중 열의 아홉은 나와 친하게 지내는 사이 아닌가. 문득 그 몇 사람에 대해 기록하여 혜성 스님에게 주자는 생각이 떠오른 것이다. 혜성 스님이 돌아가서 그 글을 보여주어 내 뜻을 전하며, 내가 이곳에서 기거하며 생활하는 모습을 이야기해주면 스님들의 궁금중이 풀리지 않겠는가. 이에 붓 가는 대로 종이에 적어 보았다. 말에 두서가 없고 누락된 것도 있을 것이다. 술이 취하여 자세히 적지 못한다. 소성紹聖 2년 동파거사가 쓰다.

《八高僧故事》宋, 梁楷. 달마, 홍인 등 여덟 고승에 관한 일화를 그렸다.

予在惠州, 有永嘉羅漢院僧惠誠來謂曰:「明日當還浙東。」❶ 問所欲幹者, 予無以答之。❷ 念吳、越多名僧, 與予善者常十九, 偶錄此數人以授惠誠, 使歸見之, 致予意, 且謂道予居此起居飲食狀, 以解其念也。❸ 信筆書紙, 語無倫次, 又當尚有漏落者, 方醉不能詳也。紹聖二年東坡居士書。❹

❶ ‧ 浙東: 浙江省 東部 지역. 여기서는 杭州를 지칭함.

❷ ‧ 問所欲幹者: 하고 싶은 일이 없느냐고 물었다. 즉 심부름 할 일이 없느냐고 물었다는 뜻.

❸ ‧ 偶: 뜻하지 않게. 우연히, 공교롭게.

 ‧ 以解其念: 그 생각(동파가 어찌 지내는지 궁금해 하는 생각)을 풀어주다.

❹ ‧ 紹聖二年: 1095년. 동파 나이 59세. 혜주에서 유배생활을 시작한 그 다음 해임. '紹聖二年' 뒤에 商務印書館本에는 '三月二十三日'의 여섯 글자가 더 있음.

제9부

괴이한 일 異事(上篇)

東坡志林

왕렬王烈과 석수石髓

해제 석수石髓는 예로부터 불로장생을 꿈꾸던 모든 이들이 인정하던 신비의 영약이었다. 이 글은 위진 시대 죽림칠현竹林七賢 중의 한 명인 혜강嵇康이 그 선약의 복용을 거부했다는 이야기를 기록하고 있다. 석수의 효능을 소재로 삼은 이 글에서 동파는 무슨 말을 하고 싶은 것일까?

번역 왕렬王烈이 산속에서 석수石髓를 발견하여, 품에 넣고 가서 숙야叔夜 혜강嵇康에게 대접했다. 그러나 숙야는 그것을 보고서도 끝내 보통 돌멩이일 뿐이라고 우겼다. 만약 당시에 절굿공이로 빻거나 갈아서 먹었다면, 그 효능이 운모雲母나 종유鐘乳 같은 것보다 어찌 아니 더 좋았겠는가? 하지만 신선이 되는 것도 다 정해진 운명일 테니, 억지로 될 일이 아니리라.

한퇴지韓退之가 말한 적이 있다. "차라리 이 세상에서 비굴하게 살지언정, 어찌 당신들의 신선神仙 소굴을 찾아 가랴!" 한퇴지의 이런 성격이라면, 속세를 떠난 신선들이라 할지라도 받아주기 어려울 것이다. 숙야의 강직함은 한퇴지보다 더 심한 것 같다.

王烈石髓❶

王烈入山得石髓, 懷之以餉嵆叔夜。❷ 叔夜視之, 則堅爲石矣。❸ 當時若杵碎或錯磨食之, 豈不賢於雲母、鐘乳輩哉?❹ 然神仙要有定分, 不可力求。退之有言:「我寧詰曲自世間, 安能從汝巢神仙。」❺ 如退之性氣, 雖出世間人亦不能容, 叔夜婞直, 又甚於退之也。❻

❶ · 王烈: 魏晋 시대 인물. 字는 長休. 邯鄲 사람. 전설에 의하면 黃精과 錫鉛 등의 광물질로 만든 단약을 常服하여 338세가 되도록 소년처럼 보였다고 함. 『晉書』권49 「嵆康傳」 참조.
  · 石髓: 石鐘乳. 方士들에 의해 최고의 丹藥을 만드는 재료로 인식되었음.

❷ · 餉: ① 軍糧, ② 월급, ③ 대접하다.
  · 嵆叔夜: 嵆康. 魏晋 시대의 문학가이자 음악가. 叔夜는 그의 字임. 竹林七賢의 하나.

❸ · 叔夜視之, 則堅爲石: 혜강은 石髓를 보고, 단순한 돌멩이일 뿐이라는 생각을 계속 견지하고 복용하지 않았다는 뜻.

❹ · 杵[저; chǔ]: 절굿공이. 방망이.
  · 錯磨: 갈다.
  · 賢: (약효가) 좋다.
  · 雲母、鐘乳: 모두 광물질로 丹藥을 만드는 재료로 인식되었음.
  · 輩: 무리, 종류.

❺ · 退之: 唐代 고문운동의 領袖인 韓愈의 字.
  · 詰曲: 몸을 굽히다. 비굴하게 지내다.
  · 我寧詰曲自世間, 安能從汝巢神仙: "나는 차라리 이 세상에서 비굴하게 살겠노라. 어찌 당신들의 神仙 소굴로 갈 수 있겠는가." 韓愈의 「記夢」에 나오는 일부분이다.

❻ · 婞[행; xìng]直: 강직하다.

옛날 도사들의 생각처럼, 정말로 석수石髓라는 물질을 먹으면 불로장생하게 되는 것일까? 동파는 그 효능을 어느 정도 인정했다. 그러나 이 글의 포인트는 그게 아니다. 그가 생각해보고 싶었던 것은 '강직한 성격'이다. 작가는 마지막에 말한다. "숙야叔夜의 강직함은 한퇴지韓退之보다 더 심한 것 같다." 그러나 사실 동파 자신은 숙야 혜강嵇康보다 더 강직했다. 유배생활로 점철된 그의 삶이 증명해주고 있다. 이 작품은 바로 그러한 자신의 성품을 반추해보고 있는 글인 것이다.

문진問真 도인

해제

동파 나이 55세에 영주潁州태수로 재직하던 시절에 문진問真이라는 도인이 신기한 방법으로 세인들을 치료해 주었다는 내용을 담은 글이다.

번역

도인 서문진徐問真은 스스로 유주濰州 출신 사람이라고 했다. 술을 미친 듯이 마셨으며, 파와 물고기를 생으로 먹었다. 손가락으로 침을 놓았으며 흙을 약으로 사용하였는데, 병 치료에 큰 효험이 있었다.

구양歐陽 문충공文忠公께서 청주태수靑州太守로 계실 때, 문진 도인이 찾아가서 오랫동안 문충공과 함께 교유하며 지내다가 떠나간 적이 있다. 그 후, 문충공이 은퇴를 하셨다는 소문을 듣고, 문진 도인은 다시 여남汝南으로 공公을 찾아갔다. 공께서는 그를 늘 먹여주고 재워주셨다. 그리고 자제 분들인 백화伯和 형제를 시켜 대접하는 일을 주관하게 하셨다.

문충공은 고질병으로 족질足疾이 있었다. 그 증상이 다소 괴이하여 의사들도 설명을 못하였다. 그런데 문진 도인이 발꿈치부터 정수리까지 기혈을 흡인하는 방법을 가르쳐주어 그 말대로 행하여 보니, 병이 깨끗이 완치되었다.

하루는 갑자기 문진 도인이 공에게 그만 가보겠노라 극력 요청하였다. 공이 말려도 안 된다고 하였다. "저는 죄를 저지른 몸이라 공경대부公卿大夫들과 교유를 하러 가야 합니다. 더 이상 머무를 수는 없습니다." 공이 사람을 시켜 그를 전송하게 한즉, 과연 머리에 철관鐵冠을 쓴 팔 척 장부가 길가에 서서 그를 기다리고 있었다.

성문을 나서자, 문진 도인은 마을에서 동자童子 한 명을 고용하여 약 상자를 들고 따라오게 하였다. 여남은 리를 갔을 때, 동자가 더 이상 못 가겠노라고 하였다. 문진 도인이 상투 속에서 대추 크기의 작은 표주박을 꺼내어 손바닥 안에서 두세 번 뒤집으니, 술이 가득 담겨 두 잔이나 퍼낼 수 있었다. 동자에게 마시게 하니, 기막히게 맛있는 술이었다. 그 후로 그는 살았는지 죽었는지 다시는 소식을 알 수 없었다. 동자는 길에서 밤광癋狂을 했다는데, 역시 그 뒤 소식은 알 수 없었다. 내가 여음汝陰을 찾아갔을 때, 공께서 이런 이야기를 상세히 말씀해주셨다.

훗날 내가 황주黃州에 폄적되었을 때의 일이다. 황강黃岡 현령인 주효손周孝孫이 갑자기 다리가 심하게 붓는 병에 걸렸다. 내가 시험삼아 문진의 구결口訣을 그에게 일러 주니, 이레 만에 완치가 되었다.

원우元祐 6년 11월 2일, 밤에 숙필보叔弼父·계묵보季默父와 함께 앉아 그 일을 이야기하게 되었다. 여기 적은 것 말고도 더 신기한 일들이 많았으나, 다 쓰지는 않겠다. 분명한 것은, 문진 도인은 정말 이인異人이라는 사실이다.

記道人問眞

元道人徐問眞, 自言濰州人, 嗜酒狂肆, 能啖生蔥鮮魚, 以指爲鍼, 以土爲藥, 治病良有驗。❶ 歐陽文忠公爲靑州, 問眞來從公游, 久之乃求去。❷ 聞公致仕, 復來汝南, 公常館之, 使伯和父兄弟爲之主。❸ 公常有足疾, 狀少異, 醫莫能喩。問眞敎公汲引氣血自踵至頂, 公用其言, 病輒已。❹ 忽一日求去甚力, 公留之, 不可, 曰:「我有罪, 我與公卿游, 我不復留。」❺ 公使人送之, 果有冠鐵冠丈夫長八尺許, 立道周俟之。❻ 問眞出城, 顧村童使持藥笥。❼ 行數里, 童告之求去。問眞於髻中出小瓢如棗大, 再三覆之掌中, 得酒滿掬者二, 以飮童子, 良酒也。❽ 自爾不復知其存亡, 而童子徑發狂, 亦莫知其所終。軾過汝陰, 公具言如此。❾

其後貶黃州, 而黃岡縣令周孝孫暴得重腦疾, 軾試以問眞口訣授之, 七日而愈。❿ 元祐六年十一月二日, 與叔弼父、季默父夜坐話其事, 事復有甚異者, 不欲盡書, 然問眞要爲異人也。⓫

❶ · 濰州: 오늘날의 山東 濰坊.
 · 鍼[침; zhēn]: 침, 침을 놓다.
❷ · 歐陽文忠公: 歐陽脩. 동파의 스승.
 · 靑州: 山東 益都. 구양수는 이곳 태수를 역임했다.
❸ · 汝南: 고대의 地名. 오늘날의 河南省 서북부 지역.
 · 館之: 숙소에 묵게 하다. 재워주고 먹여주다.
 · 伯和: 歐陽脩의 長子, 歐陽發. 伯和는 그의 字이다.
 · 父[보]: 나이 많은 남자에 대한 敬稱.
 · 主: 주관하다.
❹ · 踵[종; zhǒng]: 발꿈치.

- 已: 끝나다. 멈추다. 여기서는 '완치되다'의 뜻임.
❺ · 求去甚力: 극력 떠날 것을 요청하다.
❻ · 許: 남짓.
 - 道周: 길가.
 - 俟: 기다리다.
❼ · 笥[사; sì]: 물건을 보관하는 네모난 대나무 상자.
❽ · 瓢[표; piáo]: 표주박.
❾ · 汝陰: 고대의 縣 이름. 오늘날의 安徽 阜陽 일대.
❿ · 腄[추; zhuì]: 다리가 붓다.
⓫ · 元祐六年: 1091년. 동파 나이 55세. 당시 동파는 潁州太守로 재직
   중이었음.
 · 叔弼、季默: 叔弼의 이름은 棐. 구양수의 둘째 아들. 博覽強記하여
   문장에 능했음. 襄州, 蔡州太守 를 역임했음. 季默 역시 구양수의
   아들로 추정됨. 그러나 그에 대한 기록은 史書에 전해지지 않음.

해실 손가락으로 침을 놓고 흙을 약으로 쓰다니, 요새 우리나라 같
으면 사이비 진료 행위로 당장 고발될 일이겠다. 그러나 구양
수 같은 인물이 효험이 있었노라고 제자인 동파에게 말했다
니, 믿지 않기도 어려운 일이다. 그러나 현대과학에서 입증되
지 못했다고 무조건 배척하는 것도 옳지 못하다. 미국 국립보
건원도 2001년부터 대체의학 분야에 상상을 초월하는 엄청
난 예산을 투자하여 연구에 박차를 가하고 있다지 않는가.

유몽득劉夢得이 시詩를 쓴 나부산羅浮山에 대한 기록

해제

나부산羅浮山은 광동廣東 지역에서 손꼽히는 도교의 성지聖地
다. 동파는 60세에 광동 혜주로 유배를 갔으므로, 이 메모 형
식의 기행문은 그 무렵에 나부산의 도교 유적지를 찾아가서
쓴 기록일 것이다.

번역

산이 그다지 높지도 않은데 밤에 해를 볼 수 있다니 참으로
신기한 일이다. 나부산羅浮山에는 누각이 두 개 있었다. 연상
사延祥寺는 남루南樓 아래에 있다. 충허관沖虛觀 뒤에 있는 주명
동朱明洞은 봉래蓬萊의 제칠第七 동천洞天이라고 했다.

당나라 때 영락永樂땅의 도사 후도화侯道華는 등천사鄧天師의
대추를 먹고 신선이 되어 사라졌다고 한다. 영락 땅의 대추에
어떤 것이 씨가 있고 없는지 아무도 구별하지 못했으나, 후도
화만 씨 없는 대추를 알아채고 먹었구나! 내가 기산岐山 아래
살았을 때, 나도 한 알 먹어보았기에 하는 말이다.

당나라 계허契虛 스님은 이인을 만나 치천선부稚川仙府에 놀
러 갔었단다. 그때 치천진인稚川眞人이 물어보았다지? "너도
삼팽三彭의 보복을 단절하고 신선이 되고 싶은 게냐?" 그 말에

계허 스님은 아무 대답도 못했다고 한다.

충허관 뒤에는 미진인米真人이 축조했다는 조두단朝斗壇이 있었다. 제단에 가까이 가보니 그 위에 구리로 만든 용 여섯 마리와 물고기 한 마리가 보였다. 당나라 때 자양진인紫陽真人 산현경山玄卿은 꿈을 꾸고 명문銘文을 썼다고 한다. 그런데 채소하蔡少霞라는 자가 꿈에 썼다는 비문碑文이 남아 있었다. '오운각五雲閣 관리인 채소하 쓰다'라는 제목이었다.

원문과 주석

記劉夢得有詩記羅浮山❶

山不甚高, 而夜見日, 此可異也。山有二樓, 今延祥寺在南樓下, 朱明洞在沖虛觀後, 云是蓬萊第七洞天。❷ 唐永樂道士侯道華以食鄧天師棗仙去, 永樂有無核棗, 人不可得, 道華得之。❸ 余在岐下, 亦得食一枚云。❹

唐僧契虛遇人導游稚川仙府, 真人問曰:「汝絕三彭之仇乎?」虛不能答。❺ 沖虛觀後有米真人朝斗壇, 近於壇上獲銅龍六, 銅魚一。❻ 唐有夢銘, 云紫陽真人山玄卿撰。❼ 又有蔡少霞者, 夢遣書碑, 題云:「五雲閣吏蔡少霞書。」

❶ · 劉夢得: 劉禹錫. 夢得은 그의 字임. 洛陽 사람. 唐代의 유명한 詩人. 王叔文·柳宗元 등과 함께 永貞改革에 참여하였다가 실패하여 폄적되었음.
· 羅浮山: 廣東 增城과 博羅의 접경지역에 위치한 명산. 전설에 의하면 東晉 시대의 葛洪이 이 산에서 仙術을 익혔다고 함.
❷ · 朱明洞: 羅浮山에 있는 동굴. 도사 朱明이 수련하였다고 하여 朱明洞이라고 함. 이 동굴 안에서는 한밤중에도 해가 보인다고 하여, 道敎에서는 이 동굴을 神山에 있는 第7洞天이라고 한다.

❸ ‧ 永樂: 山西省 蒲州에 있는 地名.

‧ 侯道華以食鄧天師棗仙去: 唐나라 文宗 때 侯道華가 도인 鄧太玄이 만든 단약을 훔쳐 먹고 신선이 되어 하늘로 올라갔다는 故事. 『宣室志‧侯道華』에서 出典됨. 山西省 蒲州 永樂 道靜院의 掌門 鄧太玄 도인이, 煉丹에 성공하였으나 약효를 확신하지 못하고 보관하던 중에 죽었다고 함. 그의 제자 周悟仙이 장문의 자리를 계승하였으나 스승이 만든 단약에 대해서는 알지 못했음. 한편 道靜院에는 커다란 대추가 많았는데 씨 없는 것은 일 년에 한두 알밖에 없었다고 함. 周悟仙의 하인이었던 侯道華만이 씨 없는 대추를 찾아내어 혼자서 먹었다고 함. 3년이 지난 후 후도화가 홀연 종적을 감췄는데, 소나무 아래에 그의 탁자가 발견되었음. 그 위에 후도화의 신발이 놓여 있었고, 소나무 가지에는 그의 옷이 걸려 있었다고 함. 그 후로 사람들은 후도화가 鄧太玄 도인이 만든 연단을 대추 속에 숨겨놓고 그를 복용한 후, 신선이 되어 승천한 것으로 여겼다고 함.

‧ 有無核棗, 人不可得: 대추에 씨가 있는지 없는지, 사람들은 알 수 없었다.

❹ ‧ 余在岐下: '余'는 동파 자신을 지칭한 것임. '岐'는 岐山. 陝西城 鳳翔에 있음. 동파는 20대 후반에 봉상에서 判官으로 근무한 적이 있음.

❺ ‧ 唐僧契虛: 唐 玄宗 때의 승려. 안록산의 난 당시에 태백산에 들어

나부산 충허관

가 측백나무 잎만 먹고 살았다고 함. 훗날 도사 喬君을 만나 그의
인도로 벌떼에 쫓겨 전설 속의 仙都인 稚川仙府를 찾아갔다고 함.
『宣室志·僧契虛』참조.

- 稚川仙府: 道敎에서 말하는 전설 속의 仙都. 稚川은 葛洪의 字임.
- 眞人: 稚川仙府를 관장하는 稚川眞君을 지칭함.
- 三彭: 三尸를 지칭함. 도교에서는 인체 내의 깊숙한 곳에 불치병을
  일으키는 彭氏 姓의 雜神이 세 명 있다고 믿음. 이를 三尸라고 함.
  도교에서는 三尸를 없애면 신선이 될 수 있다고 믿음. 따라서 "너
  도 삼팽의 보복을 끊어버리고 싶으냐(汝絶三彭之仇乎?)"는 말은
  "승려인 너도 신선이 되기를 원하느냐?"는 비웃음 섞인 말이겠다.

❻ • 米眞人: 동파의 詩 「游羅浮山一首示兒子過」에 보면 朱眞人으로
  나와 있음. 朱眞人은 바로 곧 朱明을 지칭함.

- 朝斗壇: 북두칠성에게 朝拜(참배)하기 위하여 만든 제단.
- 銅龍、銅魚: 구리로 만든 龍과 물고기.

❼ • 唐有夢銘: 唐, 『集異記』에 수록된 「蒼龍溪新官銘」의 일화. 『集異
  記』는 薛用弱(字는 中勝)이 편찬한 傳奇小說集. 「蒼龍溪新官銘」
  는 山玄卿이라는 도인의 꿈 이야기. 蔡少霞라는 자가 기록해 놓았
  다고 함.

해설

광동廣東 지역에서 도교의 성지聖地인 나부산羅浮山을 찾아가서
쓴 메모 형식의 기행문이다. 도교에서 전래되는 여러 가지 기
이한 일화에 대한 배경 지식이 부족하면, 글 내용을 따라가기
가 다소 버겁다. 그만큼 도교에 대한 동파의 지식이 해박했다
는 이야기다. 그나저나 글의 제목에는 "유몽득劉夢得이 시詩를
쓴 나부산에 대한 기록"이라고 해놓고, 정작 유몽득의 시는
언급도 하지 않은 것이 흥미롭다. 깜박 잊어버린 것일까?

나부산羅浮山의 기묘한 광경

해제

동파가 누군가에게 전해들은 기이한 이야기를 옮겨 적은 지괴류志怪類의 글이다. 나부산을 언급한 것으로 보아 앞의 글과 비슷한 시기에 지은 것으로 추정된다.

번역

어떤 관리가 나부산羅浮山 도허관都虛觀에서 장수궁長壽宮으로 구경을 나갔다. 가는 길에 도사들이 묵고 있는 수십 간의 방이 보였다. 그런데 난간에 기대어 앉아 있던 어느 도사 한 명이 관리를 보고서도 일어날 생각을 안 하는 것이었다. 그 관리는 크게 성을 내며 하인에게 그 도사에게 가서 꾸짖어주라고 시켰다. 그런데 그 하인이 도사가 앉아 있던 곳에 도착하자, 홀연 그 수십 칸의 방과 함께 도사가 어디론가 사라져 버리는 것이었다.

그 이야기에 나부산은 성聖과 속俗이 어지럽게 함께 하는 곳임을 알게 되었다. 이렇듯 기묘한 광경은 평생토록 수행하는 이들

나부산

도 볼 수 없는 것인데, 그 관리는 대체 어떤 인간이기에 홀로
그 광경을 볼 수 있었단 말인가! 설령 그 도사가 사기를 보고
일어나지 않았다 할지라도 그게 무슨 화를 낼 만한 일이란 말
이던가? 그 관리가 까닭 없이 그리 행동하여 그 기묘한 광경
을 보게 되었으니, 이는 필경 전생의 인연인 모양이다.

원문과 주석

記羅浮異境

有官吏自羅浮都虛觀游長壽, 中路覷見道室數十間, 有道士
據檻坐, 見吏不起。❶ 吏大怒, 使人詰之, 至則人室皆亡矣。
乃知羅浮凡聖雜處, 似此等異境, 平生修行人有不得見者,
吏何人, 乃獨見之。正使一凡道士見己不起, 何足怒?❷ 吏無
狀如此, 得見此者必前緣也。❸

❶ · 長壽: 道觀 이름으로 추측됨.
　 · 道室: 도사들이 거주하는 방.
　 · 檻[함; kǎn]: 문지방, 난간.
❷ · 正使: 卽使. 설령.
❸ · 無狀: 까닭 없이.

동파東坡, 신선이 되다

해제 만년의 동파가 자신에 대해 세상에 떠도는 유언비어를 듣고 스스로의 기구한 운명을 한탄하며 지은 글이다.

번역 내가 예전에 황주黃州에 폄적되었을 때의 일이다. 자고子固 증공曾鞏이 임천臨川에서 모친상을 치르는 도중에 죽고 말았다. 그런데 사람들이 나와 자고가 같은 날 승천했다는 유언비어를 퍼뜨리고 다녔다. "이장길李長吉 때처럼 옥황상제가 데려갔다는데?" 당시 선제先帝께서도 그 말을 들으시고, 촉蜀나라 출신 포종맹蒲宗孟에게 하문하시면서 탄식까지 하셨다고 한다.

이제 해남에 유배를 오게 되니, 내가 득도得道한 후 작은 배를 타고 바다로 나가 다시 돌아오지 않았다는 이야기가 경사京師에 파다하다고, 아들 녀석이 편지를 보내와 알려주었다. 또 오늘 광주廣州에서 온 이가 말하기를, 그곳 태수 가술柯述이 내가 담이儋耳에서 어느 날 갑자기 도복道服만 남기고 홀연 행방불명되었으니, 아마도 하늘 손님이 된 것 아니겠느냐고 말했다는 것이다.

나는 평생 사람들의 입방아에 무수히 오르내렸다. 아마도 태어난 시각이 한퇴지_{韓退之}와 비슷해서 그런 것인지도 모르겠다. 나의 운명은 남두성_{南斗星}에 있고, 생일 간지_{干支}는 전갈자리이다. 그래서 한퇴지도 그 시에 "내가 태어난 날, 달이 남두성 사이에 떠올랐다"고 말했으며, 또한 "좋은 소리는 들려오지 않았지만, 그렇다고 나쁜 유언비어도 돌아다니지 않게" 된 것이다. 이제 나를 비방하는 자들 중에서 혹자는 내가 죽었다고 말하기도 하고, 혹자는 신선이 되었다고도 하니, 한퇴지의 말이 정녕 빈말이 아니로다.

원문과 주석

東坡昇仙

吾昔謫黃州, 曾子固居憂臨川, 死焉。❶ 人有妄傳吾與子固同日化去, 且云:「如李長吉時事, 以上帝召他。」❷ 時先帝亦聞其語, 以問蜀人蒲宗孟, 且有歎息語。❸ 今謫海南, 又有傳吾得道, 乘小舟入海不復返者, 京師皆云, 兒子書來言之。❹ 今日有從廣州來者, 云太守柯述言吾在儋耳一日忽失所在, 獨道服在耳, 蓋上賓也。❺ 吾平生遭口語無數, 蓋生時與韓退之相似, 吾命在斗間而身宮在焉。❻ 故其詩曰:「我生之辰, 月宿南斗。」❼ 且曰:「無善聲以聞, 無惡聲以揚。」❽ 今謗我者, 或云死, 或云仙, 退之之言良非虛爾。

❶ · 曾子固: 曾鞏. 子固는 그의 字. 唐宋八大家의 한 사람으로 歐陽脩가 가장 아꼈던 제자임. 나이는 동파보다 거의 이십 년이 많지만, 歐陽脩가 知貢擧(과거 시험문제 출제관 및 채점관)가 되어 과거를 치른 첫 해에 蘇軾, 蘇轍 형제와 함께 급제할 수 있었음.

· 居憂: 부모의 喪을 치르다. 증공은 모친 상중에 사망했으므로, 여기서는 모친상을 치른 것이다.

- 臨川: 江西省 南豊. 曾鞏의 고향이다.
❷ ・ 李長吉時事: 李長吉은 晩唐 시대의 천재 시인 李賀를 지칭함. 長吉은 그의 字임. 李賀가 죽은 날 대낮에, 붉은 옷을 입고 붉은 이무기를 올라탄 使者가 옥황상제의 명을 받고 하늘에서 내려와 그를 데리고 갔다는 故事를 말함. 李商隱, 「李長吉小傳」참조.
❸ ・ 先帝: 神宗皇帝를 지칭함.
- 蒲宗孟: 字는 傳正. 閬州(사천성 남부에 위치) 사람.
❹ ・ 兒子: 동파의 아들을 지칭함.
❺ ・ 廣州: 原作「黃州」, 據蘇集改.
- 太守柯述: 「柯述」, 原作「何述」, 據蘇集改.
- 上賓: 하늘 손님이 되었다는 뜻이니, 곧 죽었다는 의미임.
❻ ・ 吾命在斗間而身宮在焉: 내가 태어난 날은 달의 위치가 南斗星에 있었으며, 생일 간지(干支)는 전갈자리였다는 뜻. 『동파지림』제1권 7부의 「退之平生多得謗譽」참조.
❼ ・ 其詩: 韓愈의 「三星行」詩를 지칭함.
- 我生之辰, 月宿南斗: 내가 태어난 날은 달의 위치가 南斗星에 있었다는 뜻. 南斗는 南斗星(『東坡志林』原本에는 "月宿斗直"로 되어 있으나 잘못된 것임. 朱熹校, 『昌黎先生集』에 근거하여 "月宿 南斗"로 고침).
❽ ・ 無善聲以聞, 無惡聲以揚: 좋은 소리는 들려오지 않았지만, 그렇다고 나쁜 유언비어도 돌아다니지 않았다는 뜻(韓愈의 「三星行」原文은 "無善名以聞, 無惡聲以歡"으로 되어 있음. 동파가 잘못 기억한 것으로 판단됨).

《南極老人圖》明, 呂紀
중국고대전설에서 인간의 壽命을 관장한다는 남극노인. 壽星이라고도 한다.

중국문학사에 있어서 아마도 동파만큼 많은 에피소드를 지닌 문인은 없을 것이다. 그는 살아서도 평생 남들의 입방아에 오르내렸고, 죽은 후에는 그를 추종하는 수많은 시인 묵객들의 상상력이 더하여진 날조된 수많은 이야기가 오늘날까지 전해진다. 동파는 그 이유가 정적들의 비방 내지는 자신의 기구한 팔자 때문이라고 생각한 모양이다. 그도 그럴 것이, 그만큼 그의 삶은 파란곡절의 연속이었으므로, 그 심정을 충분히 이해할 만하다.

하지만 동파의 생각은 사실과는 거리가 멀다. 그는 약관의 나이에 과거에 급제한 후, 당대 최고의 문인이던 구양수의 칭송 덕택에 일찍부터 전국적인 스타로 혜성 같이 등장했다. 더구나 그 파란만장한 삶 때문에, 중국 전역 곳곳에서 지성인 그룹과 일반 백성 모두에게 깊은 인상을 각인시켰다. 그리고 가장 중요한 이유. 생각해보라. 중국 역사상 대체 그 어느 누가 동파만큼 탁월한 천재성과 풍부한 유머를 지녔겠는가!

황복사黃僕射

해제 세상에 돌아다니는 기이한 일에 대한 이야기를 옮겨 적은 필기筆記류의 글이다.

번역 건주虔州 땅의 포의한사布衣寒士인 뇌선지賴仙芝가 이런 이야기를 들려주었다. 연주連州 땅에는 오대五代 시대에 복사僕射 벼슬을 했던 황손黃損이라는 사람이 있었다. 황복사는 남한南漢 왕조에 벼슬을 했던 관리였는데, 젊어서 은퇴를 하고 어느 날 홀연 사라져버린 후 생사生死를 모르게 되었다.

황복사의 자손들은 그의 화상을 그린 후 제사를 드렸다. 그렇게 32년의 세월이 흘렀다. 황복사가 집에 돌아와 문 앞의 계단에 앉아서 가족들을 불렀다. 마침 그의 아들이 부재중이었던지라 손자가 나가서 만났다. 황복사가 붓을 달라더니 벽 위에 글씨를 썼다.

인간세계 잠깐 동안 이별하니 세월은 많이도 흘렀구나.
돌아와 살펴보니 세상일은 이미 모두 사라져 버렸도다.
오로지 대문 앞, 거울 같은 연못의 수면만이
변함없는 봄바람에 일어나는 그 옛날의 파문波紋이여.

《徐光啓像》明, 작가 미상.
서광계는 명나라 때의 유명한 과학자. 황복사의 자
손들이 그린 화상도 이와 비슷하지 않았을까?

그리고는 붓을 내던지고 사라져 버렸
다. 붙잡아도 말릴 수가 없었다. 아들이
돌아와 그 생김새를 물어보니, 손자가
대답했다. "영정影幀 속의 노인과 많이
닮았던데요."

　　연주 땅 사람들이 전하는 이야기는 대체로 이러했다고 한
다. 그 후로 벼슬한 후손들이 많아졌다는 후문이다.

원문과 주석

黃僕射❶

虔州布衣賴仙芝言: 連州有黃損僕射者, 五代時人。❷ 僕射蓋
仕南漢官也, 未老退歸, 一日忽遁去, 莫知其存亡。❸ 子孫畫
像事之, 凡三十二年。復歸, 坐阼階上, 呼家人。❹ 其子適不
在, 孫出見之。索筆書壁云:「一別人間歲月多, 歸來人事已
消磨。惟有門前鑑池水, 春風不改舊時波。」❺ 投筆竟去, 不
可留。子歸, 問其狀貌, 孫云:「甚似影堂老人也。」❻ 連人相
傳如此。其後頗有祿仕者。❼

❶ㆍ僕射: 官職名. 秦나라 때 시작되었음. 侍中ㆍ尙書ㆍ博士ㆍ郎等官 등,
　　각 부서의 장관을 僕射라고 하였음. 僕射라는 단어는 원래 황제의
　　좌우에서 보필하는 僕人(심부름꾼) 射人(경호인)의 이름을 합쳐서
　　만들어진 것임. 활을 잘 쏘는 武人을 중시하는 경향이 드러난 단어
　　라는 설도 있음.
❷ㆍ虔州: 오늘날의 江西省 贛州.

- 連州: 오늘날의 廣東省 連縣 일대.
- 黃損: 字는 益之. 連州 사람.
❸ - 南漢: 五代 시대의 十國 중의 하나. 廣東과 廣西 지역에 건립되었으나, 2대 만에 금방 멸망함.(942~943)
❹ - 阼[조; zuò]階: 문 앞의 동쪽에 있는 계단. 주인이 손님을 영접하는 곳.
❺ - 一別人間 ~ 舊時波: 初唐 시인 賀知章의 「回鄕偶書」 중의 두 번째 시와 똑같은 내용이다. 단지 하지장의 시에서는 '鑑池水'가 아니라 '鏡池水'로 되어 있을 뿐이다.
❻ - 影堂: 조상들의 遺像을 걸어놓는 곳.
❼ - 祿仕: 관리가 된다는 뜻.

해설 흡사 위진 시대의 지괴소설志怪小說을 읽는 기분이다. 송나라 때에도 누항陋巷에 돌아다니는 이런 이야기들을 문인들이 심심파적으로 기록하고 있다는 사실을 짐작할 수 있겠다. 황복사黃僕射가 벽에 휘갈겼다는 그 시詩는, 사실 초당初唐 시대의 하지장賀知章이 쓴 작품이다. 동파는 그걸 알고 있었을까?

해제 동파가 만년에 충퇴처사沖退處士 장찰章詧과 이사녕李士寧이라는 두 사람의 기인奇人에 대한 기억을 더듬어 쓴 글이다. 도교에서는 동악東嶽 태산泰山의 산신령인 동악대제東嶽大帝가 저승 세계를 관장한다고 믿는다는 사실 정도는 상식으로 알고 나서 이 글을 읽어야겠다.

번역 장찰章詧의 자字는 은지隱之이다. 원래 민閩 지역 사람이었으나 몇 대代 전에 성도成都로 이주하였다. 그는 글을 잘 썼으나 벼슬길에 나서지 않았다. 훗날 태수 왕소王素의 추천으로 충퇴처사沖退處士의 호칭을 하사받았다.

어느 날이었다. 장찰의 꿈에 편지를 지니고 그를 부르는 자가 나타났다. 동악東岳의 도사가 보낸 편지라는 것이었다. 그 다음 날, 장찰은 이사녕李士寧과 함께 청성산青城山에 놀러갔다. 장찰이 물에 발을 씻으면서 이사녕에게 말했다.

"서쪽 계곡물을 밟고서 강물 따라 흘러가네."

그랬더니 이사녕이 화답을 했다.

"동악에서 보내온 편지를 손에 들고."

장찰은 대경실색하지 않을 수 없었다. 그가 어디서 온 사람인지, 그 정체를 알 수 없었다. 얼마 지나지 않아 장찰은 과연 죽고 말았다. 그 아들인 장사章禩 역시 우수한 백성으로 천거되었으나 가장 낮은 벼슬인 일명一命 직책만 맡아보고 죽고 말았다.

이사녕은 봉주蓬州 사람이다. 종종 아무 말도 하지 않고 지내는지라, 혹자는 그를 득도한 도사로 여겼다. 그는 백세가 되어서야 죽었다. 이사녕은 나를 성도에서 만날 때마다 이렇게 말했다. "공자公子는 아주 크게 될 인물이오. 마땅히 과거시험에서 장원급제할 것이외다." 훗날 과연 그의 말대로 되었다.

沖退處士

章詧, 字隱之, 本閩人, 遷於成都數世矣。❶ 善屬文, 不仕, 晚用太守王素薦, 賜號沖退處士。❷ 一日, 夢有人寄書召之者, 云東岳道士書也。明日, 與李士寧游青城, 濯足水中, 詧謂士寧曰:「脚踏西溪流去水。」❸ 士寧答曰:「手持東岳寄來書。」詧大驚, 不知其所自來也。未幾, 詧果死。其子禩亦以逸民舉, 仕一命乃死。❹ 士寧, 蓬州人也, 語默不常, 或以為得道者, 百歲乃死。常見余成都, 曰:「子甚貴, 當策舉首。」已而果然。❺

❶ ・章詧[찰; chá]: 字는 隱之. 어려서 고아가 되어 형수를 부모 모시듯 하며 자랐다. 경학에 밝아 太守들의 천거로 嘉祐 연간에 沖退處士의 이름을 하사받았다. 熙寧 元年에 76세로 사망했다. 『宋史』 권458 『隱逸傳』에 그의 전기가 있다.

❷ ・屬文: 글을 짓다.
 ・用: 因爲. ~ 때문에.
 ・王素: 字는 仲儀. 『宋史』권320에 그의 전기가 있다.
❸ ・靑城: 靑城山. 四川 成都 부근에 있다.
❹ ・禩[사; sì]: 제사, 제사를 지내다. 여기서는 章惇의 아들 이름.
 ・一命: 命은 관직의 品階를 의미함. 周나라 때의 官階는 모두 9단계
  였는데, 그 중 一命이 가장 낮은 품계였다.
❺ ・當策擧首: 마땅히 과거 시험에서 장원급제할 것이다.
 ・已而果然: 훗날 과연 장원을 했다는 뜻. 그러나 사실 동파는 장원
  이 아니라 차석으로 합격했다. 이는 시험관이던 구양수가 동파가
  쓴 답안인 「刑賞忠厚之論」을 보고서 가장 마음에 들었으나, 그 답
  안지가 자신이 가장 총애하던 제자인 曾鞏이 쓴 것으로 오인하여,
  남들의 오해를 피하기 위해 일부러 장원을 주지 않았다. 동파는 여
  기서 비록 공식적으로는 次席이었지만 실질적으로는 자신이 장원
  이었음을 자부하고 있다는 사실을 알 수 있다.

해설 제목을 보면 충퇴처사의 행적을 위주로 서술할 것 같은데, 글
내용을 보면 오히려 이사녕이 더욱 기이한 도인이다. 이러한
필기류筆記類의 가벼운 글을 쓸 때, 동파는 이따금 글의 내용
과는 동떨어진 제목을 달곤 했다. 형식에 얽매이지 않는 자유
분방함의 표출일까?

구 선 첩臞仙帖

해제
신선에 대한 기록이라기보다는 사마상여司馬相如라는 서한西漢 시대의 문학가에 대해 준엄한 역사적 평가를 내린 글이다.

번역
사마상여司馬相如는 무제武帝에게 아부하여 서남西南 지역의 오랑캐들과 적대敵對 관계로 지내는 단초를 열었구나. 병이 들어 인종이 가까워졌을 때도 여전히 「봉선서封禪書」 따위를 쓰고 있었다니, 이것이야말로 죽어서도 계속 아부하겠다는 말이 아니겠는가?

열선列仙들은 산간과 호수에서 은거하며 그 모습이 초췌하였으니, 이래야만 끊임없이 수련에 정진하는 사과四果의 도인道人이라 할 수 있는 것이다. 그러나 사마상여는 그러한 삶을 우습게 알고 「대인부大人賦」를 지었으니, 이는 무제의 기분을 맞춰주고자 신선 이야기를 많이 풀어놓은 것에 불과한 것이다. 이른바 '대인大人'이라는 말을 사마상여 같은 소인배가 어찌 알 수 있었겠는가! 가의賈誼의 「복조부鵩鳥賦」에 나타난 경지가 진정한 대인이라 할 것이다. 경진년庚辰年 팔월 이십이일에 동파가 쓰다.

臞仙帖❶

司馬相如諂事武帝, 開西南夷之隙。❷ 及病且死, 猶草《封禪書》, 此所謂死而不已者耶?❸ 列仙之隱居山澤間, 形容甚臞, 此殆「四果」人也。❹ 而相如鄙之, 作《大人賦》, 不過欲以侈言廣武帝意耳。❺ 夫所謂大人者, 相如孺子, 何足以知之! 若賈生《鵩鳥賦》, 真大人者也。❻ 庚辰八月二十二日, 東坡書。

❶・臞[구; qú]: 여위다, 마르다.
　・臞仙: 몸이 빼빼 마른 신선. 깊은 산에서 은거하는 신선을 지칭함.
　・帖: 文體의 일종.

❷・司馬相如: 西漢 武帝 때의 문학가. 字는 長卿. 고향은 四川 成都임. 武帝에게 辭賦를 바쳐 벼슬을 하게 됨.「子虛賦」·「上林賦」등 遊仙에 관한 故事가 많이 담긴 작품을 썼음. 卓文君과의 艷事가 유명한 일화로 전해짐.
　・諂事: 아첨하다. 아첨하며 모시다.
　・開西南夷之隙: 사마상여가 中郎將의 신분으로 서남지역(오늘날의 雲南)의 소수민족을 정벌 나간 일. 隙: 원한, 원수.

❸・病且死: 병이 나서 죽으려 할 때. 且: 곧 ~ 하려고 하다.
　・封禪書: 사마상여가 임종 직전에 쓴 글. 그의 사후에 가족들이 武帝에게 바쳤음.

❹・四果: 불교용어. 小乘佛敎에서 구도자들이 貪·瞋·癡의 어리석음에서 벗어나 끊임없이 정진하여 부처가 되는 네 단계의 證果를 말함. 果란 無漏智, 즉 새어나가는 곳 없이 들어차기만 하는 지혜의 상태를 뜻함. 須陀洹果·斯陀含果·阿那含果·阿羅漢果. 여기서는 끊임없이 수련에 정진하는 자세를 지칭함.

❺・大人賦: 신선에 관한 이야기가 많이 수록되어 있음. 동파는 이 작품이 사마상여가 신선 이야기를 좋아하는 武帝의 구미를 맞춰주기 위해 쓴 것으로 파악한 것임.

- 俦: 여기서는 多의 뜻.
- 孺子: 어린아이, 소인배.
❻ · 賈生: 賈誼. 西漢 시대의 문학가. 뛰어난 재주를 지녔으나 대신들의 견제로 뜻을 펴지 못하고 요절함.
- 鵩[복; fú]鳥賦: 賈誼의 대표작 중의 하나.

해설 이 글을 제대로 감상하려면 한두 가지 기초 상식을 알고 있어야 한다. 첫째, 사마상여는 중국문학에만 존재하는 독특한 문학 장르인 '사부辭賦'를 가장 잘 쓴 작가이다. 그런데 이 사부라는 장르는 대부분 출세를 목적으로 임금에게 바치는 글이므로 '아부'의 성격을 띠게 마련이므로, 사마상여는 결국 아부를 잘 했다는 이야기가 된다. 그 대상은 무제武帝! 늘 신선세계를 동경하며 자신도 신선이 되기를 꿈꾸었던 황제다. 그 점을 눈치챈 사마상여는 그에게 바치는 대부분의 글속에, 온갖 미사여구를 다 동원하여 신비스러운 신선세계의 이야기를 잔뜩 풀어놓았다. 결국 그는 출세가도를 달리게 된다.

둘째, 구선臞仙이란 단어는 문자 그대로 풀이하자면 '빼빼 마른 신선'이라는 뜻이다. 깊은 산속에서 은거하며 수련에 정진하니 그 몰골이 당연히 삐쩍 마를 수밖에 없다. 그래야만 진짜 신선이요, 진짜 '대인大人'인 것이다. 저급한 신비주의로 위장하여 '도'를 팔아먹고 사는 가짜 '도인'들은 이 시대에도 너무나 많다. 참된 '신선'이란 욕망을 버리고 수련에 정진하는 구도자라는 사실을, 동파는 이 글을 통해 우리에게 가르쳐주고 있는 것 같다.

귀신 이야기 記鬼

해제 한밤중에 귀신 이야기를 하며 즐거워하는 동파의 모습이 눈에 선하다. 이 천재 문인 역시 우리와 크게 다를 바 없다는 생각. 동파가 그저 재미삼아 적어 보았다니 우리도 재미삼아 가벼운 마음으로 읽어보면 될 것 같다.

번역 진대의[秦太虛]가 해 준 이야기다. 보응[寶應] 땅의 어느 백성이 혼인 잔치를 열어 손님들이 모여들었다. 술자리가 한창 무르익었을 때, 손님 한 명이 슬그머니 문을 나서는 것이었다. 주인이 뒤를 따라가 보았다. 손님은 술에 취한 듯 물속으로 뛰어들어가려 하였다. 주인이 다급히 그를 붙잡았다. 손님이 말했다. "부인! 그대가 이런 시詩로 나를 불러내었지요?"

> 긴 다리 아래에 난초로 만든 배 한 척이 있답니다.
> 이지러진 달빛 짙은 안개 뚫고 마음대로 다니세요.
> 황금이 가득, 옥으로 만든 집인들 무슨 소용 있나요?
> 어린 시절 그때처럼 뽐내며 이리 와서 쉬도록 하시어요!

손님은 정신없이 오느라고 자신이 물에 뛰어 들어가려고 했다는 사실도 몰랐다. 하지만 끝내 주인이 옆에 없는 것처럼 행동하였다.

밤에 만나 귀신 이야기를 하다가 삼료자參寥子가 이 이야기를 들려주었기에 재미삼아 적어본다.

원문과 주석

記鬼

秦太虛言: 寶應民有以嫁娶會客者, 酒半, 客一人竟起出門。❶ 主人追之, 客若醉甚將赴水者, 主人急持之。客曰:「婦人以詩招我。」其辭云:『長橋直下有蘭舟, 破月衝煙任意游。金玉滿堂何所用, 爭如年少去來休。』❷ 倉皇就之, 不知其為水也。然客竟亦無他。夜會說鬼, 參寥舉此, 聊為之記。

❶・秦太虛: 秦觀. 太虛는 그의 字임. 蘇門四學士 중의 한 명.
・寶應: 지명. 오늘날의 江蘇省 揚州 북쪽에 위치함.
❷・金玉滿堂: 재산이 매우 많음을 형용한 말.

《吹蕭女仙圖》明, 張路

이씨 처자, 저승에서 돌아오다

해제 동파가 62세에 해남에 귀양 가 있던 시절, 어느 처녀가 저승에 갔다가 다시 살아 돌아왔다는 괴이한 이야기를 적은 글이다.

번역 무인년戊寅年 11월, 나는 담이儋耳에 있었다. 성곽 서쪽에 사는 이씨의 처자가 병으로 죽었다가 이틀 만에 다시 살아났다는 이야기를 들었다. 나는 진사 하민何旻과 함께 그녀의 아비를 만나러 갔다. 죽었다가 다시 살아나게 된 과정을 물으니, 대답이 이랬다.

초저녁에 누군가 저를 관아 같은 곳으로 끌고 가는 것 같았지요. 어떤 이가 "이 여자는 잘못 붙잡아왔구먼?" 그러더군요. 마당에 있던 한 관리는 "잠시 가두어 두세나" 그랬구요. 또 한 관리는 "이 여자는 죄가 없으니 돌려보내야 하네" 하더군요.

옥을 살펴보니 지하에 있었어요. 굴을 뚫어서 내왕하고 있었구요. 갇혀 있던 이들은 전부 담이 사람이었는데, 스님이 열댓 명 정도 되는 것 같았어요. 나귀처럼 온몸에 누런 털이 난 노파가 형틀에 앉아 있었는데, 저도 아는 사람이더라구요.

이곳 어느 스님의 첩이었죠. "시주님들 돈을 가로채서 여기 오게 되었다오" 그러더군요.

이웃마을에 살던 스님 한 분은 죽은 지 2년이 되었대요. 그 집에서 2주기 제사를 드리는데 쟁반에 밥이랑 수천 문의 돈을 담아 와서 "아무개 스님한테 좀 전해주슈" 하더라구요. 그 스님이 돈을 전해 받아서 문지기에게 몇백 문 건네주고는 밥을 가지고 안으로 들어왔어요. 그랬더니 갇혀 있던 사람들이 덤벼들어 다 뺏어 먹었어요. 그 스님이 먹을 밥은 거의 안 남

《地藏十王圖》宋, 陸信忠

았지요.

그때 어떤 대사님이 도착했어요. 보는 사람들마다 공손히 절을 드리며 예를 올리던데요. 그 대사님이 절 보면서 그러셨어요. "이 여인은 사람을 시켜서 얼른 돌려보내도록 하거라." 그러자 절 호송하는 이가 손으로 담장을 번쩍 들어서 제가 지나갈 수 있도록 해주었죠. 다시 강이 보이더군요. 배 한 척이 있었는데 거기로 저를 태웠어요. 호송하는 이가 손으로 배를 밀었더니, 배가 공중으로 뛰어오르지 뭐예요? 그때 놀라서 깨어난 거예요.

그 대사가 설마 사람들이 말하는 지장보살地藏菩薩일까? 이 일을 기록하여 세상 사람들의 경계警戒로 삼는다.

원문과 주석

李氏子再生說冥間事

戊寅十一月, 余在僊耳, 聞城西民李氏處子病卒兩日復生。❶ 余與進士何旻同往見其父, 問死生狀。云: 初昏, 若有人引去, 至官府幕下。有言: 「此誤追。」❷ 庭下一吏云: 「可且寄禁。」❸ 又一吏云: 「此無罪, 當放還。」見獄在地窟中, 隧而出入。繫者皆僊人, 僧居十六七。有一嫗身皆黃毛如驢馬, 械而坐, 處子識之, 蓋僊僧之室也。曰: 「吾坐用檀越錢物, 已三易毛矣。」❹ 又一僧亦處子鄰里, 死已二年矣, 其家方大祥, 有人持盤飧及錢數千, 云: 「付某僧。」❺ 僧得錢, 分數百遺門者, 乃持飯入門去, 繫者皆爭取其飯。僧飯, 所食無幾。又一僧至, 見者擎跪作禮。❻ 僧曰: 「此女可差人速送還。」送者以手擘牆壁使過, 復見一河, 有舟, 使登之。送者以手推舟, 舟躍, 處子驚而寤。是僧豈所謂地藏菩薩耶? 書此為世戒。❼

❶ ・戊寅: 宋 哲宗 紹興 5년. 1098년. 당시 동파는 62세. 해남 儋耳에
　　서 유배 중이었음.

　　・處子: 처녀. 시집가지 않은 여인.

❷ ・誤追: 잘못 오인하여 체포하다.

❸ ・寄禁: 잠시 구금하다.

❹ ・坐: ~ 때문에.

　　・檀越: 施主.

❺ ・方: 마침 ~ 중이다.

　　・大祥: 부모 사망 후 2週忌에 지내는 제사. 1週忌에 지내는 제사는
　　　小祥이라고 함.

　　・飡[손; cān]: 저녁밥.

❻ ・擎跪: 손으로 揖을 하여 인사한 후 몸을 굽혀 꿇어앉는 행위. 신하
　　들이 임금에게 올리는 禮.

❼ ・地藏菩薩: 불교의 보살 이름. 석가모니에게 六道衆生을 구제하라
　　는 부탁을 받고, 모든 중생들을 구제하기 전에는 부처가 되지 않겠
　　노라고 誓願했다고 함. 늘 지옥에 헌신하여 중생의 고난을 구제해
　　준다고 하여, 佛者들에게 지옥에서의 구세주로 인식되었음.

해설

이 글은 재미삼아 세상에 떠도는 황당무계한 이야기를 기록
한 게 아니다. 세인世人들에게 경종을 울려주기 위해 쓴 글임
을 동파는 분명히 밝히고 있다. 특히 지옥은 종교인들로 가득
차 있더라는 '증언(?)'이 음미할 만하다.

도사 장이간張易簡

해제 이 글은 동파가 만년에 유배지에서 쓴 것으로 추정된다. 동파의 어린 시절 스승이었던 도사 장이간張易簡과 그에게 동문수학했던 고향 친구 진태초陳太初에 대한 기억을 더듬어 쓴 글이다.

번역 나는 여덟 살에 소학에 입학하여 도사 장이간張易簡을 스승으로 삼았다. 학생들이 거의 백여 명이었으나, 스승께서는 오로지 나와 진태초陳太初만을 칭찬하셨다. 태초는 미산眉山 저자거리 상인의 아들이다. 나는 자라면서 학문이 날로 정진하여 마침내 진사제책과進士制策科에 급제하였으나, 태초는 시골 아전이 되었다. 그 후, 내가 황주黃州에서 유배생활을 하고 있을 때, 미산의 도사 육유충陸惟忠이 촉蜀땅에서 찾아와 그의 소식을 알려주었다.

"태초는 이미 혼백이 빠져나가 신선이 되었다네. 동향同鄕 촉 지방 사람인 오사도吳師道가 한주漢州 태수로 부임하자, 태초가 찾아가서 식객이 되었지. 그런데 정월 초하룻날 오사도를 찾아가서 의식衣食과 돈을 달라고 요구해서 받더니만 고별을 하였다네. 그리고는 가진 것을 몽땅 저자거리의 가난한 이들에게 나눠주곤 극문戟門 아래에서 돌아앉아서 죽어버리지 뭔가."

"오사도가 아졸들에게 시신을 야외로 메고 가서 화장을 치르라고 했지. 아졸 녀석들이 욕지거리를 해댔다네. '제까짓게 도사는 뭔 놈의 도사여! 정초부터 시체를 메다니!' 그러자 태초가 빙그레 웃으며 눈을 뜨고 말했다지 뭔가. '더 이상 자네들을 괴롭히지 않음세.' 그리고는 극문에서 금안교金鴈橋까지 제 발로 걸어가서 가부좌를 틀고 다시 죽었다네. 화장을 하는데, 성내의 모든 사람들이 피어오르는 연기 속에 앉은 진도인을 멀리서 바라보았다네!"

원문과 주석

道士張易簡

吾八歲入小學, 以道士張易簡爲師。童子幾百人, 師獨稱吾與陳太初者。❶ 太初, 眉山市井人子也。余稍長, 學日益, 遂第進士制策, 而太初乃爲郡小吏。❷ 其後余謫居黄州, 有眉山道士陸惟忠自蜀來, 云:「太初已尸解矣。蜀人吳師道爲漢州太守, 太初往客焉。❸ 正歲日, 見師道求衣食錢物, 且告別。❹ 持所得盡與市人貧者, 反坐於戟門下, 遂卒。❺ 師道使卒昇往野外焚之,❻ 卒罵曰:『何物道士, 使吾正旦昇死人!』❼ 太初微笑開目曰:『不復煩汝。』步自戟門至金鴈橋下, 趺坐而逝。❽ 焚之, 舉城人見烟焰上眇眇焉有一陳道人也。」❾

❶ · 童子: 학생.
　 · 幾: 거의. 近.

❷ · 制策: 策은 竹簡을 의미함. 종이가 발명되기 전에는 대나무에 글을 썼음. 황제가 무슨 일이 생기면 죽간에 글을 써서 대신들의 의견을 구했던 것을 制策이라고 했음. 훗날 이러한 전통을 과거시험에 활용하여 수험생들의 의견을 물어보는 것을 策試라고 불렀음.

❸ · 尸解: 도교 용어. 수도자가 죽은 후 혼백은 신선이 되어 사라지고 시신만 남아 있는 것을 尸解라고 함.

· 漢州: 四川 廣漢.

❹ · 歲日: 음력 정월 초하루.

❺ · 戟門: 太守府의 정문. 대문에 창이 걸려 있으므로 戟門이라고 함.

❻ · 舁[여; yú]往: 둘이서 마주 메고 가다.

❼ · 正旦: 음력 정월 초하루.

❽ · 趺坐: 가부좌를 하다.

❾ · 眇眇: 멀리서 바라보다.

해설

제목만 보면 동파의 스승이었던 도사 장이간張易簡에 대한 이야기 같지만, 내용을 보면 동파의 어린 시절 고향 친구인 진태초陳太初에 대한 이야기다. 장이간은 다만 동파와 진태초의 연결고리 역할만 해준다. 그 연결고리는 중요한 복선을 깔고 있다. 처음 공부를 시작할 무렵에는 수많은 학생들 중에 유달리 두 사람만을 각별히 총애하던 사람이 바로 장이간이었던 것이다. 그만큼 진태초는 동파 못지않게 재주가 비상했다는 이야기다.

《鐵拐仙人像》元, 顔輝

그러나 성장하면서 둘은 각기 서로 다른 길을 걸어간다. 동파는 과거에 급제하여 화려한 스포트라이트를 받게 되고, 진태초는 작은 시골의 아전이 되었다가 결국 그마저도 때려치우고 가난뱅이 도인 생활을 하게 된다. 무엇이 그렇게 만들었을까? 이 글 속에 기술된 진태초의 기행奇行 따위에 시선을 뺏길 필요는 없다. 그보다는 감정의 색채가 전혀 배제된 자리행간字裏行間 속에 숨겨진, 서로 다른 길을 걸을 수밖에 없도록 '정해진 운명'에 대한 동파의 착잡한 심정에 초점을 맞춰 보는 건 어떨까?

빙 의憑依

해제 '빙의憑依 현상'에 대한 견해를 밝힌 대단히 독특한 글이다. 언제 쓴 것인지 그 시기는 알 수 없다.

번역 빙의憑依에 걸려서 귀신 목소리를 내는 사람들은 대부분 하녀나 첩실 등의 천한 신분이거나, 그 목소리의 당사자가 병들어 죽은 지 얼마 되지 않은 경우가 많다. 그 목소리와 행동거지가 망자亡子와 비슷하고, 당사자들끼리만 알 수 있는 비밀을 알고 있다고 하지만, 모두 다 착각하는 것이다. 기인奇人이 있듯이 귀신세계에도 이런 일을 전문으로 저지르는 기귀奇鬼라도 있다는 말인가?

옛날에 어떤 사람이 먼 길을 떠나게 되었다. 자신에 대한

《骷髏幻戲圖》宋, 李嵩
成人 해골이 아동 해골을 손에 들고 어린아이를 놀리고 있다. 뒤에는 어느 부인이 갓난아이에게 젖을 물리고, 왼쪽 하단에는 생활에 필요한 각종 물건들이 놓여 있다. 삶과 죽음의 세계가 공존하면서도 극명하게 대비되고 있는 수작이다.

아내의 감정이 얼마나 깊은가 알고 싶어서 벽속에 금비녀를 숨겨 놓았다가, 깜박 잊어버리고 그 사실을 알려주지 못한 채 길을 떠났다. 노상에서 병에 걸려 죽게 되자, 하인을 통해 그 사실을 아내에게 알려주었다. 그러나 그는 죽지 않았다.

한편 아내는 어느 날 문득 허공에서 들려오는 목소리를 들었다. 진짜 자신의 남편 목소리 같았다. "나는 이미 죽은 귀신이노라. 못 믿겠느냐? 금비녀가 어디어디에 있으리라." 아내는 그 장소에서 금비녀를 찾아내고는 남편이 정말 죽은 줄로만 알고 초상을 치루었다. 그 후의 부부관계는 어찌 되었을까? 아내는 도리어 다시 나타난 남편을 귀신으로 여겼다.

원문과 주석

辨附語❶

世有附語者, 多婢妾賤人, 否則衰病不久當死者也. 其聲音擧止皆類死者, 又能知人密事, 然皆非也. 意有奇鬼能爲是耶?昔人有遠行者, 欲觀其妻於己厚薄, 取金釵藏之壁中, 忘以語之.❷ 旣行而病且死, 以告其僕. 旣而不死. 忽聞空中有聲, 眞其夫也, 曰: 「吾已死, 以爲不信, 金釵在某處.」❸ 妻取得之, 遂發喪. 其後夫歸, 妻乃反以爲鬼也.

❶ · 附語: 죽은 자의 귀신이 살아 있는 자의 몸에 달라붙어서 내뱉는 말. 憑依 현상.
❷ · 於己厚薄: 자신에 대한 아내의 감정의 깊고 얕음의 정도.
❸ · 忽聞空中有聲: "아내는 문득 허공에서 들려오는 목소리를 들었다." 여기서 생략된 主語는 아내임. 그 목소리의 주인공은 문맥상 주인의 부탁을 받은 하인일 것임.

이 글의 소재는 '빙의憑依 현상'이다. 동파는 빙의에 걸린 사람들이 대부분 신분이 천한 여인들이라는 사실에 주목한 후, 이 현상은 진짜로 귀신이 달라붙은 것이 아니라 착각일 뿐이라고 단언한다. 대단히 놀라운 견해가 아닐 수 없다. 현대에서도 종교계에서는 물론 진짜로 귀신이 들렸다고 보고 있지만, 정신의학계에서는 빙의현상을 개인이 가지고 있는 또 다른 자아인 다중 성격적인 증상으로 진단한다. 즉 평소에 억누르고 있던 내재內在 인격이 표출된 것으로 해석하는 것이다. 동파의 견해는 현대정신의학의 그것과 놀랍도록 유사하다. 세상을 바라보는 그의 탁월한 혜안에 다시 한 번 감탄하지 않을 수 없다.

그러나 동파가 이 글에서 사례로 인용한 스토리는 다소 엉성하다. 빙의 현상의 사례로도 적절하지 않을뿐더러, 묘사에 있어서도 불분명한 표현들이 사건 전개에 대한 명쾌한 이해를 방해하고 있다. 그만큼 빙의 현상에 대한 동파의 불신이 깔려 있다는 이야기가 아닐까?

세 노인의 허풍

해제

우언寓言에 속하는 재미난 글이다.

번역

옛날 세 노인이 만나 서로 상대방의 나이를 물어본 일이 있었다. 한 노인이 말했다. "나는 나이가 기억이 안 난다네. 그저 소싯적에 반고盤古랑 같이 놀았던 기억만 날 뿐이군."

그러자 또 한 노인이 말했다. "나는 바닷물이 뽕나무 밭으로 변할 때마다 산가지算籌 하나씩 내려놨더니만 지금은 방 열 칸에 가득 차고 말았지 뭔가!"

또 한 노인이 말했다. "나는 천도 복숭아를 먹을 때마다 그 씨를 곤륜산 밑에 뱉았거든? 지금은 곤륜산 높이랑 똑같이 쌓였다네."

나도 한 마디 하겠다. 내가 보건대 이 세 노인은 하루살이나 조균朝菌과 하나도 다를 바가 없도다!

《三高游賞圖》宋, 梁楷

원문과 주석

三老語

嘗有三老人相遇, 或問之年。❶ 一人曰:「吾年不可記, 但憶少
年時與盤古有舊。」❷ 一人曰:「海水變桑田時, 吾輒下一籌,
爾來吾籌已滿十間屋。」❸ 一人曰:「吾所食蟠桃, 棄其核於崑
崙山下, 今已與崑山齊矣。」❹ 以余觀之, 三子者與蜉蝣朝菌
何以異哉!❺

❶ ⋅ 問之年: 상대방의 나이를 물어보다.

❷ ⋅ 盤古: 중국 신화에서 천지를 개벽했다는 존재임.

❸ ⋅ 籌[주; chóu]: 대나무살로 만든 산가지(算籌). 계산할 때 사용하는
도구.

❹ ⋅ 蟠桃: 삼천 년 만에 한 번씩 열매가 맺는다는 전설속의 천도복숭
아. 西王母가 사는 곤륜산에서 자란다고 함.

❺ ⋅ 蜉蝣: 하루살이.

　 ⋅ 朝菌: 아침에 생겼다가 저녁에 스러지는 버섯. 또는 덧없는 삶을
비유하는 말.

해설

동파는 장자莊子의 제물론齊物論 사상에 입각하여 인간 수명의
길고 짧음을 따지고자 하는 것이 얼마나 어리석은 일인지, 유
쾌한 유머로 심오한 인생의 철리를 재미있게 설명해주고 있
다. 나이와 같은 숫자에 연연해하며 스스로를 우울증 환자로
몰아가는 이들에게 꼭 들려주고 싶은 이야기다.

복사꽃과 득도得道

역시 우언寓言에 속하는 글이다. 그러나 〈세 노인의 허풍〉에 비해 수준은 떨어진다. 비유를 통해 넌지시 풍자하지 않고 직설적으로 자신의 주장을 전개했기 때문이다.

세인世人들은 옛날 어느 큰스님이 복사꽃을 보고 득도를 했노라는 이야기를 들으면 너도 나도 앞을 다투어 복사꽃을 칭송한다. 심지어 복사꽃으로 밥을 지어먹으려고도 한다. 그러나 오십 년쯤 지나면 복사꽃은 아무 효과도 없다고 오히려 냉대를 한다.

　좁은 길에서 만난 지게꾼과 지체 높은 집 아가씨가 서로 지나가느라 좌우로 춤을 추듯 움직였던 모습에서, 장욱張旭이 초서체草書體 필법의 영감靈感을 얻었다는 이야기도 마찬가지다. 장욱의 초서체 필법을 배우려고 매일 지게꾼을 구해 흉내를 낸다한들 어찌 그 영감을 얻을 수 있겠는가!

桃花悟道

世人有見古德見桃花悟道者, 爭頌桃花, 便將桃花作飯, 五十年轉沒交涉。❷ 正如張長史見擔夫與公主爭路而得草書之氣, 欲學長史書, 便日就擔夫求之, 豈可得哉?❷

❶ ・古德: 古代의 大德. 즉 옛날 큰스님.
　・轉: 오히려, 도리어.
　・沒交涉: 교제하지 않는다. 즉 별다른 효과가 없자 복사꽃에 대해
　　냉대한다는 뜻.
❶ ・張長史: 張旭. 唐 玄宗 때의 서예가. 자는 伯高. 蘇州 吳縣 사람.
　　長史 벼슬을 한 적이 있으므로 張長史라고도 불렸음. 草書에 뛰어
　　나, 草聖이라는 별명을 얻었음.
　・見擔夫與公主爭路而得草書之氣: 장욱은 어느 지게꾼과 지체 높은
　　집 아가씨가 좁은 길에서 遭遇하자 서로 길을 비키려고 좌우로 춤
　　을 추듯 움직이는 모습과, 公孫大娘의 西河劍器라는 劍舞를 보고
　　草書體의 필법에 대한 영감을 얻었다고 함. 『六藝之一錄』 卷302에
　　나오는 故事.

영감靈感은 독창적인 것이다. 깨달음은 자신만의 신비 체험을 통해 스스로 구하고 스스로 얻어서 스스로 증명하는 것이다. 그것이 바로 진정한 공부 아니겠는가. 남들이 좋다 하는 방법이라면 유행에 휩쓸려 그저 흉내내기만 해서는 그 어떤 성취도 이루어낼 수 없다.

이주도사爾朱道士의 주사朱砂 연단

해제 동파가 『본초경本草經』이라는 책을 읽다가, 문득 어린 시절 고향인 사천四川 미산眉山의 기인으로 소문났던 이주도사에 대한 기억을 떠올리며, 동네 어른들에게 들은 그의 이적異蹟을 기록한 글이다.

번역 이주도사爾朱道士는 만년에 미산眉山에서 유랑생활을 하였으므로, 촉蜀 지방 사람들은 그에 관한 사적事迹을 많이 기록해 놓고 있다. 그 자신의 말에 의하면, 스승이 부적을 써주면서 이렇게 말했다고 한다. "너는 앞으로 백석白石이 물에 뜨게 되면 신선이 되어 승천할 것이다." 이주도사는 그 말이 무슨 뜻인가 싶어 사람들에게 보여주었으나 아무도 그 의미를 알지 못하였다.

훗날 이주도사는 미산을 떠나 부주涪州에서 유랑생활을 하게 되었다. 그 지역에서 출산되는 단사丹砂가 마음에 들었기 때문이다. 화살촉처럼 생긴 부주의 단사는 비록 작고 가늘었지만, 흙이나 돌멩이 같은 불순물이 없어 투명하고 영롱했던 것이다. 그리하여 이주도사는 그곳에 눌러앉아 연단을 제조하였다. 그러나 몇 년 후, 그는 부주의 백석白石 땅에서 사망하고 말았으니, 그제야 스승의 했던 말이 과연 사실이었음을 알게 되었다고 한다. 나는 그에 관해 동네 어른들에게 무수히 많은 이야기를 들은 바 있다. 그 어르신들의 이름을 기록해놓지 않았던 것이 무척 한스럽다.

『본초경本草經』에 보면 "단사는 부릉符陵 계곡에서 출산된다"는 기록이 있다. 도홍경陶弘景은 여기에 "부릉은 바로 곧 부주涪州를 말한다"고 주석을 달았다. 그러나 지금은 그곳에서 단사를 캐는 사람은 별로 없다. 부주 땅의 지리를 잘 알고 있는 이에게 이런 말을 들었던 적이 있다. "약초꾼들이 이따금 단사를 발견하곤 하지요. 하지만 요새는 진사辰砂나 금사錦砂를 더 비싸게 쳐주는지라, 별로 캐러 다니지는 않는답니다."

『본초경本草經』을 읽다가 문득 생각이 나서 적어본다.

《道家煉石圖》淸, 任頤

爾朱道士煉朱砂丹❶

爾朱道士晚客於眉山, 故蜀人多記其事. 自言受記於師云:❷「汝後遇白石浮, 當飛仙去.」❸ 爾朱雖以此語人, 亦莫識所謂. 後去眉山, 乃客於涪州, 愛其所產丹砂, 雖瑣細而皆矢鏃狀, 瑩徹不雜土石, 遂止鍊丹.❹ 數年, 竟於涪州白石仙去, 乃知師所言不謬.❺ 吾聞長老道其事甚多, 然不記其名字, 可恨也.《本草》言:「丹砂出符陵谷.」陶隱居云:「符陵是涪州.」❻ 今無復採者. 吾聞熟於涪者云:「採藥者時復得之, 但時方貴辰錦砂, 故此不甚採爾.」讀《本草》偶記之也.❼

❶ • 爾朱道士: 唐代의 도사 爾朱洞. 字는 通微, 號는 歸元子. 죽어서 신선이 되었다고 함.

❷ • 記: 文符. 글로 쓴 부적.

❸ • 遇白石浮: '흰 돌이 물 위에 뜨는 경우를 보게 되면'의 뜻. 그러나 '浮'의 의미를 다르게 생각할 수 도 있음. 훗날 이주도사가 거주하다가 죽게 되는 곳의 지명이 '涪州 白石'이었던 바, '浮'와 '涪'는 서로 발음이 같으므로 '白石浮'는 '白石涪', 즉 '涪州 白石'의 의미가 된다. 그런 각도로 이 구절을 해석하면, '涪州 白石에 살게 되면'의 뜻이다.

❹ • 去眉山: 미산을 떠나다.
   • 涪[부; fú]州: 춘추시대의 地名. 오늘날의 四川省 涪陵縣.
   • 矢鏃: 화살촉.
   • 止鍊丹: 涪州에 머물러 지내며 연단을 제조하다. 止: 머무르다.

❺ • 白石: 여기서는 涪州에 있는 地名임.

❻ • 本草: 『神農本草經』을 지칭함.
   • 陶隱居: 南朝 梁 나라의 陶弘景. 字는 通明, 號는 華陽隱居. 山水詩人으로 유명함. 草書 隷書에 능하고 신선술을 좋아하여 『本草經集註』를 편찬하였음.

❼ • 辰錦砂: 湖南省 辰州에서 출산되는 고급 丹砂를 辰砂라 하고, 湖

南 錦州에서 출산되는 丹砂를 錦砂라고 함.

이주爾朱 도사나 단사丹砂에 대한 기록보다는 동파의 꼼꼼한
독서법에 주목하게 되는 글이다. 스쳐 지나갈 수 있는 작은
이야기 하나에도 주의를 기울이고 세심하게 그 진위 여부를
고찰하는 자세. 천재 문인 동파는 그 누구보다도 세심하게 타
인의 이야기에 귀를 기울이고, 그 누구보다도 폭넓은 시각으
로 세상의 이치를 깨쳐보고자 사색했던 사람임을 다시 한 번
깨달을 수 있는 글이다.

東坡志林

卷三

《蘇軾題竹》 明, 杜堇(좌)　　　동파가 그린 대나무(우)

동파는 문학뿐만 아니라 서예, 그림 등 모든 예술에 능했다. 선천적인 재주도 중요하겠지만 무엇보다 사물에 대한 관찰력과 통찰력이 그만큼 뛰어나야 가능한 일이다. 우측의 대나무 그림은 畫題에 紹聖 元年(1094) 三月이라 하였으므로 동파가 58세에 그린 것이다. 당시 정치적 후견인이던 高皇后가 죽자, 定州太守로 좌천된 동파는 몇 달 후 아득히 먼 남쪽의 惠州로 귀양을 가게 된다.

제1부

괴이한 일 異事(下篇)

東坡志林

주염朱炎의 참선 공부

해제 이 글은 편제상 「괴이한 일異事」편에 속해 있지만 불교의 심오한 핵심 이치를 전하고 있다. 여기에 등장하는 주염이라는 인물은 참선 공부를 통해 그 이치를 깨달았던 모양이다. 깨달음을 얻자 마음이 너무나도 평온해진 것일까? 주염은 참선을 하고 있던 그 자세 그대로 입적하고 만다.

번역 지상인芝上人이 이런 이야기를 해주었다. 근자에 절도판관節度判官 주염朱炎이라는 친구가 참선 공부를 했다. 상당한 시간이 지난 후 어느 날 문득 『능엄경楞嚴經』을 통해서 깨달음을 얻은 것 같았다. 그리하여 강경講經 스님인 의강義江대사에게 물었다.

"육체가 죽은 후, 마음은 어디에 머무르게 됩니까?"

의강 스님이 말했다.

"육체가 죽기 전에는 마음이 어디에 머무르고 있겠소?"

주염이 한참 만에 게송偈頌을 읊어 그 질문에 대답하였다.

우주의 구성 원리가 중요한 것 아니로다.

욕망의 근원에서 벗어나 늘 청정무욕의 상태로!
침묵의 언어로 스승에게 답변하기 어려우니,
평범 속의 침묵으로 답변할 수밖에.

의강 스님이 고개를 끄덕였다. 그러자 주염은 앉은 자세로
입적해 버렸다. 선황先皇이신 진종眞宗 때의 인물 이야기다.

원문과 주석

朱炎學禪

芝上人言: 近有節度判官朱炎學禪, 久之, 忽於《楞嚴經》若
有所得者。❶ 問講僧義江曰: 「此身死後, 此心何住?」❷ 江云:
「此身未死, 此心何住?」 炎良久以偈答曰: 「四大不須先後覺,
六根還向用時空。❸ 難將語默呈師也, 只在尋常語默中。」❹
師可之。❺ 炎後竟坐化, 真廟時人也。❻

❶ • 芝上人: 승려 曇秀. 동파와의 교분이 깊어 그의 글속에 자주 등장
  한다. 동파가 惠州에 폄적되었을 때, 그를 찾아가 위로하기도 한다.
  • 楞嚴經: 불경의 이름. 原名은 『大佛頂如來密因修證了義諸菩薩行
    首楞嚴經』. 大乘秘密部에 속하는 경전으로, 주로 心性의 本體에
    대해 설명하고 있다.
❷ • 講僧: 經典의 敎義를 講解해주는 高僧.
❸ • 偈[게; jié]: 불경에 출현하는 頌辭. 산스크리트어 gāthā의 중국어
  음역인 偈佗 또는 伽陀의 줄임 말. 佛德을 찬미하고 敎理를 압축
  설명한다. 일반적으로 한 수의 偈頌은 3言體, 4言體, 5言體, 6言
  體, 7言體의 4 구절로 이루어진다.
  • 四大不須先後覺, 六根還向用時空: 우주의 四大 구성 원소에 대한
    깨달음을 빨리 얻으려고 할 필요는 없다. 그보다는 집착과 죄악의
    근원인 六根으로 인한 욕망에서 벗어나 '空'의 淸淨 상태로 나아가

도록 노력해야 한다. 즉 삶과 우주의 근본 이치를 깨치려고 노력하는 것보다는 먼저 六根으로 인한 욕망에서 벗어나는 것이 중요하다는 뜻임.

❹ ・語默: 默言. 아무 말도 하지 않고 지내는 수행법.

❺ ・師可之: 게송을 통한 주염의 답변에 대해 스승인 의강 스님이 "可"라고 말하며 그 정도면 깨달음을 얻었다고 인정했다는 뜻.

❻ ・坐化: 앉은 자세로 入寂하는 것.

・眞廟: 宋나라 眞宗을 지칭함. 廟는 이미 죽은 황제를 지칭하는 代辭.

해설 석가모니와 마라가摩羅迦의 문답을 떠올리게 하는 글이다. 궁금증이 많은 마라가가 석가모니에게 물었다. 영혼과 육체는 같은가 다른가? 인간은 죽은 다음에도 존재하는가? 우주는 유한한가? 끝이 없는 그의 질문에 석가모니는 독화살의 비유를 들어 설명한다. 독화살을 맞은 사람이 치료를 받을 생각은 하지 않고, 자신을 쏜 사람이 누구인지, 그 활은 어떤 모양인지, 그런 것만 따지려고 한다면 알기도 전에 죽고 말 것이라고.

《引路菩薩圖》唐, 작가 미상
깨달음의 길로 인도해주고 있는 보살

불교의 궁극적 목적은 '깨달음'이다. 그러나 우주의 근본 구성 원리에 대한 깨달음이 선결과제가 아니다. 인간의 인식

영역을 뛰어넘는 논제는 자칫 소모적인 논쟁만 불러일으키기
십상이다. 그보다 더욱 중요한 것은 우리를 괴롭히는 괴로움
의 불을 끄고 마음의 평온함을 얻을 수 있는 방법에 대한 깨
달음이다. 발등에 떨어진 괴로움의 불부터 꺼라! 너 자신을
괴롭히고 있는 마음의 병부터 고쳐라! 그것이 불교의 가르침
인 것이다.

고故 남화사南華寺의 중변重辯장로에 관한 일화

해제 동파가 64세에 쓴 글. 해남 유배지에서 사면령을 받고 북상北上하던 길에, 예전에 알고 지내던 남화사南華寺 중변重辯스님의 탑묘塔墓를 찾아가 제祭를 올리고 쓴 것이다. 글의 소재는 '주검'이라고 할 수 있겠다.

번역 계숭契嵩선사는 늘 눈을 부릅뜨고 화를 내었기에, 사람들은 한 번도 그가 웃는 모습을 본 적이 없었다. 해월海月 혜변慧辯스님은 늘 즐거워했으므로, 사람들은 한 번도 그가 화를 내는 것을 본 적이 없었다.

내가 전당錢塘에 있을 때, 그 두 스님이 모두 가부좌를 한 채로 입적한 모습을 직접 목격한 적이 있었다. 계숭선사의 경우에는 다비茶毗를 마친 후에도 그 시신이 미처 연소되지 않았다. 땔감을 더 집어넣고 뜨겁게 불을 달구었지만, 시신 중의 다섯 군데는 끝끝내 연소되지 않았다. 해월스님은 안장安葬할 때에도 살아 있는 것처럼 미소를 띠고 있었다. 나는 그때서야 두 스님이 언제나 눈을 부릅뜨거나 웃는 모습을 한 것이, 사실은 깨달음의 가르침을 베풀기 위한 것이었다는 사실을 알게 되었다.

세상 사람들은 죽으면 눈 깜짝할 사이에 분토糞土로 변할 주검을 금金이나 옥玉처럼 여기지만, 참된 경지에 이른 진인眞 人들은 그와 반대이다. 나는 그리하여 세상의 모든 진리란 아 끼면 아낄수록 파괴되고, 버리면 버릴수록 늘 존재한다는 사 실을 알게 되었다. 어찌 그렇지 아니하랴!

나는 영남嶺南땅으로 온 후에야 비로소 남화사南華寺의 중변 重辨스님을 알게 되었다. 그와 하루 종일 대화를 나눈 뒤에, 그가 깨달음을 얻은 고승임을 알 수 있었다. 세월이 지난 후 내가 다시 이 땅으로 돌아와 보니 중변스님은 이미 오래 전에 원적圓寂하고 없었다. 남화사를 찾아가 그곳의 대중大衆에게 애도의 뜻을 표했다. 스님의 탑묘塔墓가 있는 곳을 물었더니 이렇게 대답하였다.

"우리 스승님께서는 생전에 남화사 동쪽 몇 리里 되는 곳에 수탑壽塔을 세워 놓으셨는데요, 스승님께 불만을 가졌던 자들 이 다른 묘를 쓰고 장례를 지냈답니다. 벌써 칠백여 일 전 일 이네요. 근자에 명공明公장로께서 홀로 주변의 반대를 물리치 고 애를 쓰신 덕에 스님의 유해를 수탑으로 이장했는데요, 관 棺을 새 것으로 바꾸고 수의도 다시 입혀드릴 요량으로 시신 을 꺼내보니, 그 모습이 살아계신 것 같았답니다. 수의도 말 짱한 게 향이 나는 것 같았구요. 모두들 크게 부끄러워하며 탄복했답니다."

동파거사가 말한다. 중변스님은 생전에 육신이란 것을 어 떻게 생각하였던가? 시타림尸陀林에 시신을 버려 까마귀나 솔 개의 먹이로 주면 그만일 것을, 무엇하러 굳이 수탑에 이장移 葬하였을까? 명공장로는 중변스님을 잘 알고 있으므로, 특별히 이장을 통하여 모든 이들을 탄복, 감화시키기 위해서 그리 하였을 따름일 것이다. 찻잎과 과일로 스님의 탑에 제를 드린 후, 그 일을 기록하여 중변스님의 상족上足인 남화사 탑주塔主 가흥可興스님에게 건네준다. 때는 원부元符 3년 12월 19일이다.

원문과 주석

故南華長老重辨師逸事

契嵩禪師常瞋, 人未嘗見其笑; 海月慧辨師常喜, 人未嘗見其怒。❶ 予在錢塘, 親見二人皆趺坐而化。❷ 嵩既茶毗, 火不能壞, 益薪熾火, 有終不壞者五。❸ 海月比葬, 面如生, 且微笑。❹ 乃知二人以瞋喜作佛事也。 世人視身如金玉, 不旋踵爲糞土, 至人反是。❺ 予以是知一切法以愛故壞, 以捨故常在, 豈不然哉!

予遷嶺南, 始識南華重辨長老, 語終日, 知其有道也。❻ 予自嶺南還, 則辨已寂久矣。 過南華弔其衆, 問塔墓所在, 曰:「我師昔有壽塔南華之東數里, 有不悅師者葬之別墓, 既七百餘日矣, 今長老明公獨奮不顧, 發而歸之壽塔。❼ 改棺易衣, 擧體如生, 衣皆鮮芳, 衆乃大愧服。」❽

東坡居士曰: 辨視身爲何物, 棄之尸陁林, 以飼烏鳶, 何有安以壽塔爲?❾ 明公知辨者, 特欲以化服同異而已。❿ 乃以茗果奠其塔而書其事, 以遺其上足南華塔主可興師, 時元符三年十二月十九日。⓫

❶ ・契嵩禪師: 宋나라의 高僧. 字는 中靈.
・瞋[진; chēn]: 눈을 부릅뜨다. 성을 내다.

- 未嘗: 原作에는 '莫嘗'으로 되어 있으나, 學津本과 商務印書館本 및 『東坡七集·後集』卷20에 근거하여 수정함.
❷ · 錢塘: 杭州의 別稱.
- 趺坐而化: 가부좌를 하고 죽다. 佛敎에서는 坐化, 道敎에서는 羽 化라고 한다.
❸ · 茶毗: 死身을 태워서 그 유골을 매장하는 葬法. 팔리어 jhāpeti의 音寫로서 사비(闍毘)·사유(闍維)·아유(雅維)라고도 한다.
- 益薪: 땔감을 더 집어넣다.
- 有終不壞者五: 끝내 불에 타지 않은 부분이 다섯 군데였다는 뜻.
❹ · 比: ~에 이르러. 及, 等到.
❺ · 不旋踵: 발꿈치도 미처 돌리기 전에. 아주 짧은 시간을 의미함.
- 至人: 도덕과 수양이 최고의 경지에 이른 사람.
❻ · 南華: 南華寺. 廣東 曲江 남쪽 60리 지점에 위치한 南華山에 있음.
❼ · 塔墓: 승려가 죽은 후, 그 묘위에 세운 탑. 탑이란 원래 '무덤'을 뜻 하는 산스크리트어 'stupa'의 중국어 음역에서 비롯된 말임.
- 壽塔: 생전에 건립한 탑을 뜻함.
- 明公: 原作에는 '朗公'으로 되어 있으나 商務印書館本과 『東坡七 集·後集』 권20의 「南華長老重辨師逸事」와 「南華長老題名記」에 의거하여 수정함.
- 獨奮不顧: 모든 것을 고려하지 않고 혼자만의 힘으로 분투함. 타인 의 반대를 무릅쓰고 혼자서 노력했다는 뜻.
- 發: 발굴하다.
❽ · 擧體: 온몸.
❾ · 尸陀[타; tuó]林: 尸陀林. 산스크리트어 'stupa'의 음역. 시체를 버 리는 곳. 승려들의 무덤이라는 뜻으로 사용됨.
- 烏鳶[연; yuān]: 까마귀와 솔개.
❿ · 同異: 서로 다른 스승을 모시는 승려들을 지칭함. 불교에서는 같은 스승을 모시는 승려들을 同參이라 하고, 스승이 다른 경우에는 異 參이라고 함.
⓫ · 茗果: 茗은 찻잎, 茶. 果는 과일. 찻잎과 과일을 중변스님에게 드리 는 제사음식으로 삼았다는 뜻.
- 上足: 뛰어난 제자.

- 元符三年十二月: 元符는 宋 哲宗의 연호. 元符三年은 1100년. 당시 동파는 64세의 나이로 해남 儋州에 폄적되었다가, 6월에 유배에서 풀려나 북방으로 돌아옴. (原作에는 '十二月'이 아니라 '十一月'로 되어 있는 등, 판본마다 기록이 다름. 王松齡은 王宗稷의 『東坡先生年譜』와 王文誥의 『蘇文忠詩編注集成 · 總案』 卷四十四, 『東坡七集 · 後集』 卷二十의 「南華長老重辨師逸事」의 기록에 근거하여, 동파가 元符3年 十二月에야 南華寺에 도착하였음을 밝히고 '十二月'로 고쳤기에 이를 따라 수정함.

해설

이 글의 주제는 '주검의 처리방법과 삶의 가치'다. 현대문명인에게 특히 많은 것을 생각하게 하는 대단히 중요한 의제議題이다. 우리는 누군가의 죽음에 당면하여, 망자의 시신을 어떻게 처리할 것인지의 문제를 놓고 유족이나 친지들끼리 충돌하는 경우를 종종 목격한다. 이제 곧 한줌의 분토糞土로 변할 주검을 금金이나 옥玉처럼 생각하기 때문일 것이다. 동파는 그들에게 말한다. 집착하면 집착할수록 파괴되고, 버리면 버릴수록 늘 우리 옆에 존재하는 것이 만고불변의 진리라고.

사람의 육신은 음식을 먹고 유지된다. 음식으로 유지되는 육신은 목숨이 다하면 자연의 음식으로 돌아가게 된다. 땅에 묻으면 벌레와 풀과 나무들의 음식이 되고, 물에 띄우면 고기들의 음식이 되며, 들판에 버리면 짐승과 소리개의 음식이 된다. 우리는 육신을 유지하기 위해 어쩔 수 없이 동식물을 음식으로 먹었지만, 우리가 죽으면 그 누구라도 결국은 다른 동식물의 음식으로 육신을 내어주지 않을 수 없다. 그것이 대자연의 순환 원리인 것이다.

그러므로 중요한 것은 주검의 보존 여부가 아니라 삶의 가

《布袋和尙圖》

좌측의 험상궂은 화상은 宋代의 法常이, 우측의 우는 화상은 같은 시대 梁楷가 그린 것이다. 외모와 현상은 달라도 깨달음을 주고자 하는 내면세계는 동일하다는 것이 동파의 주장이다.

치에 있다. 동파는 이 글을 통하여 계숭, 혜변, 중변 스님의 주검이 어리석은 중생들을 감화感化시켰던 스토리를 소개하고 있다. 우리는 이 글을 통하여 무엇을 배우고 얻어야 할 것인가? 우리는 장차 우리의 주검을 통하여 후인들에게 무엇을 가르치고 전해줄 것인가?

무덤에 버려진 갓난아이가 두꺼비 입김을 마신 이야기

해제 만년의 동파가 아주 오래 전, 스물다섯 살 때 경사京師; 汴京, 오늘날의 開封에서 어느 의사에게 들었던 기이한 이야기를 떠올리며 쓴 글이다. 그 스토리의 얼개는 이렇다. 어느 백성이 큰 기근을 만나 먹을 것을 찾아 길을 떠났는데 굶주린 나머지 자신의 갓난아이를 빈 무덤에 버렸다. 그리고 몇 달 후 다시 찾아가보니 그 갓난아이가 무덤 안에 살고 있던 두꺼비 입김을 받아먹고 살아 있더라는 참으로 기이한 이야기다. 그런데 동파는 왜 수십 년 전에 전해 들었던 그 이야기를 새삼스레 떠올리며 이 글을 쓴 것일까? 생각하며 글을 읽어보자.

번역 부언국富彦國이 청주青州 태수로 있을 때의 일이다. 하북성河北省에 큰 기근이 들어 백성들이 앞을 다투어 청주로 몰려들었다. 그 중 한 부부가 강보에 갓난아이를 업고 가다가, 얼마 후 굶주림에 쫓겨 모두 다 무사하기가 어려운 지경이 되었다. 이에 길가에 있는 빈 무덤 안에 아이를 버리고 가게 되었다.

한 해가 저물고 귀향을 하게 되자, 부부는 갓난아이의 유골이라도 거두어주기 위해 그 무덤을 찾아갔다. 그런데 그 갓난아이가 아직도 살아 있었다. 버리고 가기 전보다 살이 더 통통하게 찌고 건강한 모습으로 제 부모를 보고 기어오더라는 것이었다. 무덤 안을 둘러보아도 텅텅 비어 있을 뿐, 아무 것도 없었다. 단지 뱀이나 쥐가 드나드는 것으로 보이는 매끄러운 구멍이 뚫려 있을 뿐이었다. 그런데 그 구멍에서 수레바퀴처럼 커다란 두꺼비 한 마리가 숙숙 입김을 뿜어내며 나오고 있었다. 추측컨대 그 갓난아이는 무덤에서 그 입김을 마셨기 때문에 아무 것도 먹지 않고서도 건강할 수 있었던 것으로 보였다.

그 후로 그 아이는 아무 것도 먹지 않았는데, 예닐곱 살이 되니 그 피부가 옥과 같이 파랗게 되었다. 그 애비가 아이를 안고 경사京師에 와서 의사 장형광張荊筐에게 진찰을 받았다. 장형광이 말했다.

"입김을 내뱉는 동물들은 겨울잠을 잘 수 있지요. 제비나 뱀, 개구리와 같은 무리들이 그러하나오. 겨울잠을 살 수 있으니 먹지 않아도 견딜 수 있는 것이오. 그렇게 먹지 않고서 장수한 것이 바로 그 천년 묵은 두꺼비인 것이라오. 이런 경우는 절대로 약을 써서는 아니 된다오. 그대로 내버려둬서 먹지도 않게 하고 장가도 보내지 않으면, 나중에 필히 득도한 도인이 될 것이오."

그 애비는 그 말에 크게 기뻐하며 아이를 데려갔다. 지금은 그 소재를 알 수 없다. 장형광이 나에게 그 이야기를 해 준 것이 아마도 가우嘉祐 6년일 것이다.

冢中棄兒吸蟾氣

富彦國在青社, 河北大飢, 民爭歸之。❶ 有夫婦襁負一子, 未幾, 迫於飢困, 不能皆全, 棄之道左空冢中而去。❷ 歲定歸鄕, 過此冢, 欲收其骨, 則兒尙活, 肥健愈於未棄時, 見父母, 匍匐來就。❸ 視冢中空無有, 惟有一竅滑易, 如蛇鼠出入, 有大蟾蜍如車輪, 氣咻咻然, 出穴中。❹ 意兒在冢中常呼吸此氣, 故能不食而健。❺

自爾遂不食, 年六七歲, 肌膚如玉。其父抱兒來京師, 以示小兒醫張荊筐。 張曰:「物之有氣者能蟄, 燕蛇蝦蟆之類是也。❻ 能蟄則能不食, 不食則壽, 此千歲蝦蟆也。決不當與藥, 若聽其不食不娶, 長必得道。」❼ 父喜, 攜去, 今不知所在。張與余言, 蓋嘉祐六年也。❽

❶ • 富彦國: 北宋 시대의 大臣인 富弼. 彦國은 그의 字이다. 洛陽人. 1042년 거란에 사신으로 나가 국토를 떼어달라는 요구를 거절함과 동시에, 이해득실을 따져 전쟁의 위기를 극복하게 한 일로 유명하다. 仁宗 至和 연간에 文彦博과 함께 재상이 되어 천하 사람들에게 '富·文'의 이름이 병칭되기도 했다. 英宗이 즉위하자 樞密使가 되어 鄭國公에 봉해졌다. 그러나 곧 神宗이 즉위하며 왕안석의 신법이 시행되자 이를 반대하였다가 탄핵되자 稱病하여 은퇴하였다.『富鄭公詩集』과 함께『宋史』권313에 그의 傳記가 전해진다.

• 靑社: 山東 靑州를 지칭한다. 부필은 靑州太守 겸 京東路按撫使를 역임한 바 있다.

❷ • 襁[강; qiǎng]: 嬰兒를 안거나 업을 때 사용하는 포대기. 襁褓.

• 襁負: 강보를 하고 영아를 등에 업다.

• 未幾: 얼마 지나지 않아서.

• 道左: 길 옆. 길 부근.

❸ • 匍匐[포복; púfú]: 엎드려서 기어가다.

④ ▪ 竅[규; qiào]: 구멍.
　　▪ 啾啾: 의성어. 두꺼비나 뱀 따위가 풀숲을 스칠 때 나는 것과 유사한 소리.
⑤ ▪ 意: 추측하다. 料想.
⑥ ▪ 蟄[칩; zhé]: 冬眠하다. 잠복하며 지내다.
　　▪ 蝦蟆: 청개구리.
⑦ ▪ 決不當與藥: 절대로 어린아이에게 약을 써서는 안 된다는 뜻.
　　▪ 聽: ~대로 받아들이다. 따르다.
⑧ ▪ 嘉祐六年: 1061년. 嘉祐는 宋 仁宗의 年號임. 당시 동파는 제과(制科)에 응시하기 위해 경사에 머무르고 있었다.

해설

어디까지 믿어야 좋을지 모를 정도로 가슴 아프면서도 기이한 이야기의 연속이다. 우선 갓난아이를 무덤에 버리고 갈 정도로 굶주렸던 백성들의 이야기가, 풍요로운 물질을 만끽하는 대부분의 현대 문명인으로서는 좀처럼 믿어지기 어려울지 모르겠다. 그러나 기근에 시달린 백성들이 갓난아이를 낳자마자 대야에 물을 떠놓고 얼굴을 집어넣어 죽였다는 기록이 역사서에 심심치 않게 등장한다는 사실로 미루어보아, 그것은 아마도 분명한 사실일 것이다. 믿어질 수 없는 것은 무덤 안에 버려진 갓난아이가 두꺼비 입김을 받아먹고 몇 달 동안이나 생존할 수 있었다는 사실이다. 그리고 더욱 믿기 어려운 사실은 그 후 5, 6년 동안 아이가 아무 것도 먹지 않고 무사히 살았다는 점이다.

그러나 이 글의 감상 포인트는 그런 기이한 이야기의 사실 여부가 아니다. 그보다는 동파가 이 글을 언제 쓴 것인지 짐작해보는 것이 좋을 듯싶다. 정확한 시기는 알 수 없다. 다만 본문의 내용으로 미루어 볼 때, 청년 시절에 들었던 기이한 이야기를 회상하며 쓴 글임은 확실하다. 그런데 왜 수십 년 전에 들었던 그 기이한 이야기가 새삼 생각났던 것일까? 혹시 동파 역시 그 정도로 굶주림에 시달렸던 것은 아니었을까? 그가 만년에 해남도의 유배시기에 극도로 굶주린 생활을 했다는 사실을 상기해보면 그 가능성은 대단히 농후하다. 두꺼비 입김을 받아먹으면 혹시 견딜 수 있지 않을까, 그런 궁리까지 하지 않을 수 없었던 동파의 처지를 떠올리며 이 글을 읽어보면 가슴이 너무나 저려온다.

《蛤蟆仙人像》 元, 顏輝

《流民圖》 (일부) 明, 周臣

석보石普가 노비를 보고 귀신이 들리다

해제 이 글은 송나라 초기에 지략과 용맹함을 갖춘 장군으로 평가되는 석보石普라는 인물이 겪은 '귀신' 들린 이야기를 간단하게 적은 것이다. 언뜻 낙서처럼 보이는 짧은 글이지만 그 이면의 내용을 잘 음미해보면 동파의 또 다른 혜안에 감탄할 수 있을 것이다.

번역 석보石普는 사람 죽이기를 좋아했다. 살인을 오락으로 여기면서도 후회하는 법이 없었다. 한번은 취중에 노비 한 명을 포박하여 부하 관리로 하여금 변하汴河에 던져버리게 하였다. 그러나 그 관리는 노비를 가엽게 여기고 풀어주었다. 관리는 아침에 일어나 노비를 풀어준 것을 후회하였으나 석보의 흉포함을 두려워하여 사실대로 고하지 못하였다.

오랜 시일이 흘렀다. 석보가 병이 들었다. 우연히 노비를 만나게 되자 놀라서 귀신이 들린 것이다. 석보는 자기가 필경 죽게 될 것이라고 여겼다. 이에 부하 관리가 노비를 불러서 그에게 보여주자 귀신 들린 증세가 더 이상 나타나지 않고 석보의 병도 완쾌되었다.

石普見奴爲祟❶

石普好殺人, 以殺爲娛, 未嘗知暫悔也。醉中縛一奴, 使其指
使投之汴河, 指使哀而縱之。❷ 旣醒而悔, 指使畏其暴, 不敢
以實告。

居久之, 普病, 見奴爲祟, 自以必死。指使呼奴示之, 祟不
復出, 普亦愈。

❶ ・石普: 宋初의 장군. 『宋史』 324권에 그의 傳記가 있음. 전기를 보
면 그가 "個儻有胆略, 凡預討伐, 聞敵所在, 卽馳赴之。兩平蜀盜,
大小數十戰, 摧鋒與賊角, 衆推其勇。頗通兵書、陰陽、六甲、星歷、
推步之術"하여 宋 太宗에게 "普性剛鷙, 與諸將少合"라는 칭찬을
받았다며, 그의 빼어난 용맹함과 지략만 언급하고 있을 뿐, 살생을
즐긴다는 이야기는 기재되어 있지 않음.

・祟[수; suì]: 귀신의 장난, 귀신이 일으킨 재앙.

・見奴爲祟: 우연히 노비를 보고 귀신이 들리다.

❷ ・指使: 宋나라 때의 하급 관리.

・汴河: 중국 남북대운하의 일부분. 고대에는 通濟渠라고 하였으나,
唐代 이후부터 汴河 또는 汴水라고 불렸음. 대운하 크게 네 부분
으로 분류됨. ① 廣通渠: 全長 100km. 長安(西安)을 가로지르는
渭水를 潼關까지 뚫은 부분. ② 通濟渠: 全長 1,000여km. 낙양 서
쪽의 谷水와 洛水를 黃河와 연결시킨 후, 開封・商丘 등지를 거쳐
淮河까지 개통시킨 부분. ③ 江南 운하: 全長 400여km. 京口(오늘
날의 江蘇省 鎭江) 남쪽에서 杭州 錢塘江까지 뚫은 부분. ④ 永濟
渠: 黃河의 沁水 東北으로 通涿郡(오늘날의 北京)까지 뚫은 부분.
그 중 通濟渠는 黃河와 淮河・長江을 연결시킨 부분으로, 대운하의
핵심이라고 할 수 있음. 隋煬帝가 수백만 명을 동원하여 2/3의 인
명을 희생시키며 불과 171일(A.D.605. 3.21~8.15) 만에 완공하였
다고 함. 수나라 멸망의 직접적인 원인이 되었으나, 그 후 남북 물
자의 활발한 교류로 역대 왕조의 경제발전에 큰 공헌을 하였음.

이 글은 '기이한 일을 전하는' 지괴류志怪流의 필기소설筆記小說에 속한다. 위진남북조 시대에 크게 홍성하였던 이런 종류의 글이 지니고 있는 문학적 수준은 그다지 높지 않았다. "세상엔 이런 일도", 또는 "믿거나 말거나" 식의 홍미 본위의 글이었고, 작가의 창작정신이 전혀 가미되지 않은 '낙서'에 가까운 글이었기 때문이었다. 그러나 이 글은 다르다.

'기이한 일'에 포인트를 맞추지 말고, 석보라는 인물에 대한 '평가'에 초점을 맞추어 이 글을 읽어보자. 정사正史에 의하면, 석보는 지략과 용맹함을 갖춘 송나라 초기의 장군으로 송宋 태종太宗 조광윤趙匡胤의 칭찬까지 들었던 '위인偉人'이다. 그러나 동파가 평가하는 그의 위인爲人됨은 전혀 달랐다. 살인을 오락으로 여겼던 흉포한 성격의 소유자로 서술한 것이다. 누가 맞는 것일까?

역사는 승자의 기록이다. 그 이면에는 많은 진실이 은폐되어 있기 일쑤다. 그 점에 유념하여 언뜻 '낙서'처럼 보이는 이 글을 곰곰 새겨 읽어보자. 역사 기록의 자리행간字裏行間에 숨은 그 진실을 꿰뚫어보는 혜안을 지닌 동파를 만나볼 수 있을 것이다. 우리가 이런 글을 읽는 것도 결국 동파처럼 안광眼光이 지배紙背를 철徹하는 지성인이 되기 위함이 아니겠는가!

진욱陳昱이 저승사자에게 잘못 끌려가다

해제 죽었다가 다시 살아난 진욱陳昱이라는 하급 관리가 들려준 저승이야기를 옮겨 적은 글.

번역 금년 3월의 일이었다. 진욱陳昱이라는 서리書吏가 갑자기 죽은 후 사흘 만에 다시 살아났다. 그가 자신이 죽었을 때 겪은 일을 말해주었다.

처음에는 벽에 구멍 하나가 뚫려있는 게 보였다. 누군가 그 구멍에서 어떤 물건을 휙 던졌다. 그 물건은 땅에 닿자마자 사람으로 변하였다. 진욱의 죽은 누이였다. 그녀가 구멍 속에서 걸어 나와 진욱의 손을 잡더니 말했다. "저승사자가 너를 데리러 왔단다. 나를 먼저 보낸 거야."

그 옆에 저승사자가 보였다. 칠흑 같이 깜깜했다. 자세히 보니 밝은 곳이 있었다. 텅 빈 공터에 다리 하나가 있었다. 그 현판에는 '회명會明'이라고 쓰여 있었다. 그 부근의 사람들은 모두 진흙으로 만든 돈을 사용하였다. 다리는 매우 높았지만 그 위에도 지나다니는 사람이 있었다. 진욱의 누이가 말했다. "여기를 지나면 천상天上 세계에서 다시 태어나는 거란다."

진욱은 그 다리 밑으로 지나갔다. 그 아래에는 또 누군가 있었다. 어떤 이들이 까치들에게 쪼아 먹히고 있었다. 진욱의 누이가 말했다.

"살아생전에 그물로 새를 잡던 자들이란다."

조금 더 가니 '양명陽明'이라고 적힌 다리가 나타났다. 거기서는 전부 다 지전紙錢을 사용하고 있었다. 그곳에 저승관리들이 십여 명 정도 앉아 있었다. 망자亡子들이 소장訴狀과 지전을 가지고 이곳에 도착하면, 이승에서 관리가 추관抽貫 세금을 받는 것처럼 지전을 받은 후 즉각 사건을 해결해주고 있었다.

한참 시간이 지나자 저승판관이 나타났다. 술고述古 진양陳襄이었다. 그가 진욱에게 무슨 까닭으로 유모를 죽였느냐고 심문을 하였다. 진욱이 말했다. "그런 적이 없습니다." 유모를 불러왔다. 얼굴이 피범벅인 아이를 안고 나타나 진욱의 얼굴을 자세히 들여다보고는 말했다. "이 사람이 아니라 문하성門下省 관리인 진주陳屆라니까요?" 저승판관이 진욱을 풀어주며 말했다. "길이 머니 죽마竹馬를 타고 가거라."

진욱은 저승관리들에게 자신의 저승명부를 보여 달라고 하였다. 관리들이 보여준 저승명부에는 "수명은 69세. 관직은 좌반전직左班殿直"이라고 쓰여 있었다. 저승관리들이 말했다. "당신은 평생 조상에게 분향焚香을 별로 하지 않아서 수명이 길게 쓰여 있지 않은 거라오." 그리고는 다시 말했다. "우리가 이걸 바꿔서 통보하면 달라질 게요." 그 말뜻은 틀림없이 수명을 늘려주겠다는 것이었다.

진욱은 이승으로 돌아오는 길에 진주를 잡으러 가는 저승사자들을 보았다. 그리고 소생해보니 진주는 과연 죽어 있었다.

陳昱被冥吏誤追

今年三月, 有書吏陳昱者暴死三日而蘇, 云: 初見壁有孔, 有人自孔擲一物, 至地化為人, 乃其亡姊也。❶ 攜其手自孔中出, 曰:「冥吏追汝, 使我先。」❷

見吏在旁, 昏黑如夜, 極望有明處, 空有橋, 榜曰「會明」。❸ 人皆用泥錢, 橋極高, 有行橋上者。姊曰:「此生天也。」❹ 昱行橋下, 然猶有在下者, 或為鳥鵲所啄。❺ 姊曰:「此網捕者也。」❻ 又見一橋, 曰「陽明」, 人皆用紙錢。有吏坐曹十餘人, 以狀及紙錢至者, 吏輒刻除之, 如抽貫然。❼

已而見冥官, 則陳襄述古也。❽ 問昱何故殺乳母, 昱曰:「無之。」呼乳母至, 血被面, 抱嬰兒, 熟視昱曰:「非此人也, 乃門下吏陳周。」官遂放昱還, 曰:「路遠, 當給竹馬。」❾ 又使諸曹檢己籍, 曹示之, 年六十九, 官左班殿直。❿ 曰:「以平生不燒香, 故不甚壽。」又曰:「吾輩更此一報, 即不同矣。」意謂當超也。⓫

昱還, 道見追陳周往。⓬ 既蘇, 周果死。

❶・暴死: 갑자기 사망하다.
　・蘇: 소생하다.
❷・冥吏: 저승사자
❸・極望: 먼 곳을 바라보다.
　・榜: 액자, 현판, 편액
❹・生天: 죽은 후 천상세계에서 다시 태어났다는 뜻.
❺・為鳥鵲所啄: 까치들에게 쪼여 먹히다. "為A所B"는 "A에게 B되다"는 수동형.
❻・網捕者: (생전에) 그물로 새를 잡던 사람들.
❼・有吏坐曹: (저승의) 관리들이 여러 명 앉아 있다는 뜻. 여기서 '曹'는 '무리', '여러 명'의 뜻.

- 狀: 訴狀. 고소장.
- 輒刻: 즉시. 立刻. '輒[첩;zhé]'는 현대중국어의 '就'에 해당함.
- 抽貫: 唐나라 때 행해지던 일종의 稅收. 고정적으로 납부하는 세금 외에 동전꾸러미에서 약간의 우수리 돈을 더 꺼내어 내기 때문에 붙여진 명칭임. "如~然"은 "~같은 모양"이라는 뜻.
❽ • 陳襄: 字는 述古. 宋代 侯官(오늘날 福建省에 속함). 慶曆 연간에 진사에 급제하여 神宗 때에 侍御史가 되었으나, 왕안석의 靑苗法에 반대하다가 陳州로 귀양을 가게 됨. 그가 진욱의 저승 경험 이야기 속에서 저승 관관의 역으로 등장한 것은 아마도 그러한 강직한 성격이 당시 백성들에게 깊이 각인되었던 까닭일 것임.『宋史』321권에 그의 傳記가 전해짐.
❾ • 竹馬: 어린아이들이 말을 타고 노는 기분을 내기 위해 가랑이 사이에 끼는 대나무.
❿ • 使諸曹檢己籍: 陳昱이 저승의 관리들에게 자신의 저승호적을 검사해보게 하다.
- 左班殿直: 宋代의 武官 관직명.
⓫ • 超: 수명을 늘려주다.
⓬ • 道見追陳周往: (이승으로 돌아오는) 길에서 陳周를 체포하러 가는 저승사자를 보다.

해설
사후死後의 세계는 과연 어떤 모습일까? 고금동서, 모든 인류의 가장 큰 관심사 중의 하나지만, 살아 있는 인간들은 알 수가 없다. 그러나 이따금 사후의 세계를 경험한 사람들의 이야기도 심심치 않게 등장한다. 신기하게도 그들이 전하는 이야기는 대체로 자신이 평소에 인지認知하고 있는 범위 내에서 묘사되고 있는 것 같다.

이 글 속에 등장하는 진욱陳昱이라는 하급 관리가 경험한

《中山出游圖》宋, 龔開
중국민간전설에서 귀신을 잡는 神으로 알려진 鐘馗가 여러 귀신들을 거느리고 먹을 것을 구하기 위해 외출을 하고 있다. 귀신들의 가련한 표정이 무척 재미있다.

사후의 세계도 그러했다. 저승에서도 지전紙錢과 같은 돈을 사용한다든가, 당시에 이승의 관리들이 가외로 받던 추관抽貫이라는 세금을 저승관리들도 받는다든가, 어린아이들이 가지고 장난치는 죽마竹馬를 타고 이승으로 다시 돌아가게 한다든가, 송나라 때 강직한 성격으로 유명했던 어사御史 진양陳襄이 판관을 맡고 있었다는 점 등등 여러 가지 상황이 당시 사회의 생활상을 그대로 투영하고 있는 듯하다.

동파는 이 글에서 그러한 진욱의 경험담에 대해 그 어떠한 주관적 판단도 내리지 않고 있다. 평소에 사후의 세계라든가 꿈의 세계 등, 신비한 현상에 대해 많은 관심을 가지고 있던 그였지만, 자신이 확신할 수 없는 사항에 대해서는 긍정도 부정도 하지 않고 판단을 유보한 것이다. 그것이 바람직한 지성인의 자세 아닐까?

기이한 일을 기록하다

해제 연금술로 은자銀子를 만든 어느 기인의 이야기를 기록한 글이다.

번역 어느 도사가 모산茅山에서 수백 명의 청중을 모아놓고 경전 강해講解를 하였다. 강해가 한참 진행 중의 일이었다. 기골이 장대하고 얼굴이 시꺼먼 뚱보 한 명이 밖에서 들어와 큰 소리로 욕을 퍼부었다.

"이 사기꾼 도사 놈아! 날도 더운데 잔뜩 사람들 모아놓고 무슨 요망한 짓거리를 하는 게냐?"

도사가 자리에서 일어나 말했다.

"산에서 제자들을 거느리고 살다보니 쓸 재물이 부족해서 할 수 없이 이러는 거라오."

그러자 욕을 퍼붓던 뚱보가 조금 화가 풀린 목소리로 말했다.

"필요한 돈이야 어렵지 않게 만들 수 있지! 구태여 이런 짓을 할 필요가 있겠나?"

그리고는 솥과 절굿공이 등등 취사도구를 가져오더니, 백여 근 정도의 곡식에 소량의 약을 집어넣고 제련을 하여 모두 은자銀子로 만들어놓고는 사라져 버렸다.

몇 년 후였다. 도사는 어떤 늙은 도사 뒤를 따라가고 있는 그 뚱보를 다시 만나게 되었다. 수염이 눈처럼 하얀 그 늙은 도사는 하얀 나귀를 타고 가고 있었다. 뚱보는 허리에 채찍을 꽂은 채 그 뒤를 따라가고 있었다. 도사는 멀리서 그를 쳐다보며 고개를 끄덕여 아는 체를 하고 그들의 뒤를 따라가려고 하였다. 그러나 뚱보는 늙은 도사를 가리키면서 손을 좌우로 내젓는 모습이 그 늙은 도사를 매우 두려워하는 기색이었다. 그들의 걸음걸이는 날아가는 것처럼 빨라서, 잠시 후 완전히 시야에서 사라져 버렸다.

記異

원문과 주석

有道士講經茅山, 聽者數百人。❶ 中講, 有自外入者, 長人肥黑, 大罵曰:「道士奴! 天正熱, 聚衆造妖何爲?」❷ 道士起謝曰:「居山養徒, 資用乏, 不得不爾。」❸ 罵者怒少解, 曰:「須錢不難, 何至作此!」❹ 乃取釜甑杵臼之類, 得百餘斤, 以少藥鍛之, 皆爲銀, 乃去。❺

後數年, 道士復見此人從一老道士, 鬚髮如雪, 騎白驢, 此人腰插一驢鞭從其後。道士遙望叩頭, 欲從之。此人指老道士, 且搖手作驚畏狀, 去如飛, 少頃卽不見。❻

❶・茅山: 句曲山이라고도 한다. 江蘇省 金壇縣에 있다. 오늘날에는 大茅山 또는 三茅山이라고 한다. 漢나라 때 茅盈과 茅衷, 茅固 삼 형제가 이곳에서 득도하였다고 하여 붙여진 이름이다.

❷ㆍ中講: 강연 도중에.

❸ㆍ資用: 재물 등의 비용.

❹ㆍ少解: (화가) 조금 풀리다.

❺ㆍ釜: 솥.

- 竈[조; záo]: 부엌. 부뚜막
- 杵[저; chǔ]: 절굿공이
- 臼[구; jiù]: 절구
- 釜竈杵臼: 각종 취사도구를 지칭함.
- 少藥鍛之: 소량의 약을 집어넣고 제련을 하다.

❻ㆍ少頃: 잠시 후.

해설

위진남북조 시대 이래, 실크로드를 통해 중국에 전해진 서방 세계의 '과학' 중에서 중국의 지식인 계층에 가장 큰 영향을 미친 것은 아마도 '화학化學'일 것이다. 중국의 지식인들은 화학 약품을 섞어서 일어나는 신기한 반응을 보고 열광했다. 그 화학 제련방법을 통해서 신비의 단약丹藥도 만들 수 있고, 금이나 은 등의 보화도 만들어낼 수 있을 것이라는 잘못된 믿음이 중국의 지식인들 사이에 만연하였다. 동파의 이 기록은 그러한 풍조가 송대宋代에도 계속되고 있었음을 알려주고 있다. 이러한 풍조는 당시 사회에는 심각한 부작용을 가져다 주었지만, 후세 중국의 의학과 화학의 발전에는 커다란 공헌을 하였다는 사실도 덤으로 알아두자.

저모불 猪母佛

동파의 고향인 사천 미산眉山 지역의 민간 신앙인 '저모불猪母佛'에 대해 소개한 글이다.

미주眉州 청신현靑神縣 길가에는 속칭 '저모불猪母佛'이라고 하는 작은 불당佛堂이 있다. 사람들이 말하는 바에 의하면, 백 년 전에 암퇘지 한 마리가 이곳에서 엎드린 채 죽어 있다가 샘이 되었다고 한다. 그리고 그 샘 속에 잉어 두 마리가 살고 있는지라 "돼지 용龍일 것"이라고들 하였다. 그 후, 사천 사람들은 그 암퇘지를 '어머니 신母神'으로 모시고 그 샘 위에 불당을 지었다. 그리하여 '저모불'이라고 이름한 것이다.

암반 위에 생긴 그 샘은 깊이는 두 척尺도 안 되지만 아무리 심한 가뭄이 들어도 물이 마르지 않았다. 다만 언제부터인가 그 두 마리의 잉어는 보이지 않았다. 그런데 어느 날 내가 그 잉어를 발견하여 처형인 왕원王愿에게 그 사실을 말해주었다. 하지만 처형은 전혀 믿지 않는 모습이 내가 거짓말을 하는 것이라고 생각하는 듯했다. 나 역시 그녀가 의심하는 것에 불만을 품고, 처형과 함께 그 샘에 가서 기도를 하였다.

"물고기야, 내가 거짓말하는 게 아니라면 다시 모습을 보여 주어야 하지 않겠니."

그러자 잠시 후 잉어 두 마리가 다시 나타났다. 처형은 크게 놀라면서 내게 재배再拜하며 사죄하고 갔다. 이 '저모불'은 당연히 영험하고 신비한 장소인 것이다.

청신현에 문급文及이라는 사람이 있었다. 문급은 부친의 병환으로 의원을 모시러 가기 위해 밤중에 저모불 옆을 지나가게 되었다. 그런데 상복 차림의 웬 여인이 등에 금琴을 메고 나타나, 문급을 자신의 집으로 초청하는 것이었다. 문급은 부친의 병환 때문에 머물 수 없노라고 사양하였다. 하지만 그 여인은 새벽이 되면 보내주겠노라며 억지로 붙잡는 것이었다. 새벽이 되어 문급이 길을 떠난 지 얼마 되지 않아, 길가에 강도를 만나 죽은 사람이 보였다. 무서운 모습의 그 시체는 아직도 차가워지지 않은 상태였다. 그 여인이 억지로 만류하지 않았다면 문급 역시 화禍를 면치 못했을 것이다.

그 샘은 석불진石佛鎭 남쪽 오리五里 남짓한 곳에 있다. 청신현에서는 이십 오리의 거리다.

원문과 주석

猪母佛

眉州青神縣道側有一小佛屋, 俗謂之「猪母佛」, 云百年前有牝猪伏於此, 化為泉, 有二鯉魚在泉中, 云:「蓋猪龍也。」❶ 蜀人謂牝猪為母, 而立佛堂其上, 故以名之。

泉出石上, 深不及二尺, 大旱不竭, 而二鯉莫有見者。余一日偶見之, 以告妻兄王愿, 愿深疑, 意余之誕也。❷ 余亦不平其見疑, 因與愿禱於泉上曰:「余若不誕者, 魚當復見。」已而二鯉復出, 愿大驚, 再拜謝罪而去。❸ 此地應為靈異。

　青神文及者, 以父病求醫, 夜過其側, 有髽而負琴者邀至室, 及辭以父病, 不可留, 而其人苦留之, 欲曉乃遣去。❹ 行未數里, 見道傍有劫賊所殺人, 赫然未冷也, 否則及亦未免耳。❺ 泉在石佛鎮南五里許, 青神二十五里。❻

❶ • 眉州: 오늘날의 眉山. 사천성에 있는 지명. 동파의 고향임.
　 • 靑神縣: 사천성 眉州에 있는 縣名.
　 • 佛屋: 佛堂.
　 • 牝[빈; pìn]: 암컷. 여인의 생식기.
　 • 伏: 엎드린 채 죽어있다는 뜻.
❷ • 意余之誕: 마음속으로 나의 말이 황당무계하다고 여기다.
❸ • 已而: 잠시 후. 얼마 후. 일정 시간이 경과함을 알려주는 단어임.
❹ • 靑神文及者: 靑神縣에 사는 文及이라는 사람.
　 • 髽[좌; zhuó]: 부인이 喪中에 묶는 머리.
　 • 及辭以父病: 及은 文及을 지칭함. 문급은 부친의 병환 때문에 갈 수 없다고 사양하였다는 뜻.
❺ • 赫然: 두려움과 공포를 불러일으키는 모습.
　 • 未冷: (시체가) 아직 차가워지지 않았다는 뜻.
❻ • 許: 남짓. 數詞 뒤에 사용되어, 그 숫자와 비슷한 정도임을 알려줌.

해설 동파는 민간 신앙이라고 해서 무조건 황당무계하다고 여기며 타기唾棄하지 않았다. 백성들이 그렇게 믿게 된 것에는 응당 무엇인가의 사연이 있을 것으로 생각하고, 그 연유를 직접 확인하곤 했다.

　우리는 흔히 '과학'이라는 이름으로 '초자연적인 현상'을 '미신'으로 치부하고 무조건 부정해버리는 경향이 있다. 그러나

《琴高乘鯉圖》明, 李在
周나라 때의 설화를 소재로 한 그림.
거문고에 능한 琴高가 용궁에 가기 위해 커다란
잉어를 타고 학생들과 이별을 하는 장면이다.

'과학의 세계'와 '비과학의 세계'를 나누어 생각한다는 그 자체가 비과학적인 사고방식 아닐까? 참된 '과학'이라면, 이 세상의 어느 것 하나 빠짐없이 모든 현상을 모두 다 '과학적'으로 설명할 수 있어야 하지 않을까? 지금 현재까지의 제한된 과학적 지식으로써 밝혀낼 수 없는 현상이라고 해서 무조건 '비과학적'이라고 단정하는 것이 오히려 비합리적일 것이다. 동파가 '초자연적인 현상'에 대해서 깊은 관심을 보이는 것은 미신을 숭배해서가 아니다. 오히려 삼라만상이 모든 현상에 하구적인 의문을 품고, 이를 보다 합리적으로 바라보고자 하는 지성인으로서의 자세라고 보는 것이 보다 타당할 것이다.

왕익王翊이 웅황을 얻은 사연*

해제 동파가 황주黃州에서 유배생활을 할 때 전해 들었을 것으로 추정되는 신기한 이야기에 대한 기록이다.

번역 황주黃州 기정岐亭 땅에 왕익王翊이라는 사람이 있었다. 그는 부자였으나 좋은 일을 많이 했다. 어느 날 왕익은 어떤 이가 물가에서 누군가에게 얻어맞아 거의 죽을 지경에 놓인 꿈을 꾸었다. 그가 왕익을 보고는 살려달라고 소리를 치는지라, 그를 구해주는 꿈이었다. 그 다음 날이었다. 왕익은 우연히 강가에 나갔다가 사냥꾼에게 붙잡힌 사슴을 보았다. 사슴은 이미 몇 번이나 창에 찔린 상태였다. 왕익은 문득 느낀 바가 있어 수천 냥을 주고 그 사슴을 풀어주었다. 사슴은 왕익과 함께 기거하며 촌보寸步도 떨어지지 않고 따라다니게 되었다.

한편 왕익이 사는 집 뒤에는 울창한 과일나무 숲이 있었다. 어느 날이었다. 한 촌부村婦가 그 숲속에서 커다란 복숭아 하나를 발견했다. 촌부는 나무 끝에 매달려 있는 잘 익은 그 복

---

* 原題는 〈왕익이 사슴의 꿈을 꾸고 복숭아씨를 갈라 웅황을 얻다(王翊夢鹿剖桃核而得雄黃)〉임.

숭아를 따 먹었다. 때마침 그 광경을 목도한 왕익은 크게 놀랐다. 그녀가 복숭아를 다 먹고 난 후 그 씨를 버렸다. 왕익이 그 씨를 주어서 속을 갈라보니 복숭아 과육果肉 같은 웅황雄黃 한 덩어리가 나왔다. 그 웅황을 씹어서 삼키니 너무나 감미로웠다.

그로부터 왕익은 육식을 끊고 하루에 채식 한 끼만 먹으면서 지내며 다시는 살생을 하지 않았다. 이 역시 기이한 일이라 할 것이다.

원문과 주석

王翊夢鹿剖桃核而得雄黃

黃州岐亭有王翊者, 家富而好善。❶ 夢於水邊見一人爲人所毆傷, 幾死, 見翊而號, 翊救之得免。❷ 明日偶至水邊, 見一鹿爲獵人所得, 已中幾槍。❸ 翊發悟, 以數千贖之。❹ 鹿隨翊起居, 未嘗一步捨翊。❺

又翊所居後有茂林果木, 一日, 有村婦林中見一桃, 過熟而絶大, 獨在木杪, 乃取而食之。❻ 翊適見, 大驚。❼ 婦人食已棄其核, 翊取而剖之, 得雄黃一塊如桃仁, 及嚼而吞之, 甚甘美。❽ 自是斷葷肉, 齋居一食, 不復殺生, 亦可謂異事也。❾

❶・黃州: 湖北省에 있는 지명. 동파가 烏臺詩案의 필화를 당하여 귀양 간 곳. 이 글에서의 기록은 아마도 유배생활을 하고 있을 당시에 전해들은 이야기일 것이다.
・岐亭: 黃州 麻城에 있는 지명.
❷・爲A所B: A에 의해서 B되다. 피동형의 문형임.
・幾: 거의, 하마터면. 幾乎, 差一點兒.
・號: 소리쳐 부르다.

❸ • 幾槍: 창에 몇 번 찔리다.

❹ • 發悟: 깨달음이 있어서, 느낀 바가 있어서.

❺ • 未嘗一步捨翊: 왕익에게서 촌보도 떨어지지 않았다.

❻ • 木杪: 나무 가지 끝. 樹梢.

❼ • 適: 때마침.

❽ • 雄黃: 약으로 쓰이는 鑛物. 石黃 또는 鷄冠石이라고도 함. 雌黃과 함께 자라난다고 함. 顔料로도 사용함.

　• 桃仁: 복숭아의 果肉.

❾ • 自是: 그로부터. 從此.

　• 葷肉: 肉食.

　• 齋: 불교와 도교의 승려, 도사들이 먹는 菜食.

　• 齋居一食: 하루에 채식 한 끼만 먹으며 지내다.

해설　왕익이 사슴을 구해준 사건과, 그가 우연히 웅황雄黃이라는 선약仙藥를 얻게 된 사건은 별다른 인과관계가 없어 보인다. 동파 역시 그 두 사건이 서로 인과관계에 놓여 있다고 단정하지는 않았다. 그러나 이 글에서 두 사건을 함께 거론한 것으로 보아, 왕익이 선약을 얻은 것이 사슴을 구해준 선행善行에 대한 보답일지도 모른다는 생각을 한 것임에는 틀림없어 보인다. 불교에서 말하는 인과응보因果應報 사상에 대해 곰곰 생각해보고 있는 동파의 모습을 찾아볼 수 있는 글이다.

진왕晉王 양광楊廣에게 도를 전하지 않은 서측徐則 이야기

해제 『수서隋書』에 실린 도인 서측徐則의 전기를 읽고 쓴 동파의 독후감이다.

번역 동해東海 사람 서측徐則은 천태산天台山에서 은거하며 오곡五穀을 끊고 양생 수련을 하고 있었다. 태극진인太極眞人 서군徐君이 강림하여 그에게 말했다. "네 나이가 여든이 넘었으니 마땅히 제왕의 스승이 된 후에 도를 깨쳐야 하리라."

진왕晉王 양광楊廣이 그의 이름을 듣고 초청하였다. 서측이 제자들에게 말했다. "내 나이 여든이 되자 나를 부르는 사람이 있다니, 태극진인의 말이 정말이로구나!" 그리고는 진왕을 만나러 양주揚州로 갔다. 진왕은 그에게 도법道法을 가르쳐주기를 청했으나 서측은 시기가 적절하지 않다는 핑계로 사양을 했다.

그 며칠 후 서측이 죽었다. 하지만 그의 사지四肢는 살아 있는 것 같았다. 그런데 어찌된 일인지, 많은 사람들이 노상에서 그가 걸어가는 모습을 목격했다. 서측이 말했다고 한다. "천태산으로 돌아가라고 풀어주더군." 전부터 살던 거처에 도착하자 자신이 읽던 경전을 꺼내 제자들에게 나누어주고는 어디론가 사라져 버렸다. 그리고 얼마 후, 그의 시신이 들어 있는 상여가 도착하였다고 한다.

생각건대 서측은 참으로 뛰어난 고인高人이다. 의롭게도 양제에게 더럽힘을 당하지 않기 위해 자신이 깨친 도를 전하지 않고 죽음을 선택한 것이다. 태극진인 서군이 서측에게 그렇게 말한 것은 잠시 화를 피하라는 뜻이었을 것이니, '단정한 행위에 겸손한 언어'란 바로 이와 같은 것 아니겠는가? 그렇지 않다면 양제의 행위는 귀신도 침을 뱉었는데, 태극진인이 서측더러 그런 자와 함께 하라고 하였겠는가!

원문과 주석

徐則不傳晉王廣道

東海徐則隱居天台, 絕粒養性。❶ 太極真人徐君降之曰:「汝年出八十, 當為工者師, 然後得道。」❷ 晉工廣聞其名, 往召之。❸ 則謂門人曰:「吾年八十來召我, 徐君之言信矣。」❹ 遂詣揚州。❺ 王請受道法, 辭以時日不利。❻ 後數日而死, 支體如生, 道路皆見其徒步歸, 云:「得放還山。」❼ 至舊居, 取經書分遺弟子, 乃去。既而喪至。❽ 予以謂徐生高世之人, 義不為煬帝所污, 故辭不肯傳其道而死。徐君之言, 蓋聊以避禍, 豈所謂危行言遜者耶?❾ 不然, 煬帝之行, 鬼所唾也, 而太極真人肯置之齒牙哉!❿

---

❶ · 東海: 隋나라 때의 郡名. 오늘날의 江蘇省 連雲港市의 서남쪽에 위치함.

· 徐則: 隋나라 때 東海 사람. 유년시절부터 침착하고 과묵했으며 욕

심이 없었다고 함. 三玄(老子, 莊子, 周易)에 능하고 議論에 밝아 수많은 사람들이 제자 되기를 청했으나 모두 물리치고 은거함. 일생동안 갈건을 입고 독신으로 지냄. 『隋書』77권에 그의 傳記가 전해짐.

- 天台: 千台山. 오늘날 浙江省 天台縣 북쪽에 위치함.
- 絶粒: 辟穀. 오곡을 먹지 않고 지내며 수련하는 방법.
- 養性: 養生. 불로장생을 위해 수련하는 것.

❷ • 太極眞人: 도교의 여러 신들 가운데 杜冲·淮南王 劉安·徐來勒 등을 칭함. 여기서는 서래늑.

❸ • 晉王 廣: 수(隋)나라 양제(煬帝) 양광(楊廣: 569~618)을 말함. 열두 살 때 晉王에 봉해지고 스물 두 살 때 揚州總管으로 부임하였다.

❹ • 信: 진실하다. 참되다.

❺ • 詣(예): 배알하다. 방문하다. 도착하다. 출두하다. 가다. 참배하다.

❻ • 受: 여기서는 '가르치다'의 뜻.
- 辭以時日不利: 시기가 부적절하다는 핑계를 대고 사양하다. 『隋書 · 徐則傳』에는 "辭以時日不便"으로 서술하고 있음.

❼ • 支體: 肢體. 四肢

❽ • 旣而: 얼마 후(시간이 조금 경과한 것을 뜻하는 시간부사)
- 喪: 상여

❾ • 聊: 잠시, 잠깐, 우선
- 危: 정직한, 단정한
- 遜: 겸손한
- 豈A耶: 豈~耶의 文型은 그 사이의 A부분을 '추측·감탄'의 뉘앙스로 해석한다.

❿ • 齒牙: 가지런한 치아처럼 서로 나란히 함께 하다.

이 글의 주제는 '위행언손危行言遜'이다. 예로부터 동양의 지성인들은 공직을 받지 않고 물러나 있을 때는 자기 성찰을 통해 내면세계의 완성을 도모하면서 때를 기다리다가, 공직을 받고 정치에 참여하게 되면 '단정한 행동危行'과 '겸손한 언어言遜'를 모토로 최선을 다하여 맡은 바 소임을 수행하였다.

왜 '단정한 행동'을 '위행危行'이라고 표현하는 것일까? '단정한 행동'은 올바른 행동, 정의로운 행동을 의미한다. 통치자의 정책이 잘못된 방향으로 나아가면 목숨을 걸고 간언을 하였으므로 개인적으로는 지극히 '위험한 행동'인 것이다. 그러나 아무리 정의로운 행동이라 할지라도 사용하는 언어가 불손하고 교만하면 타인들의 공감을 얻기 어려울 터. '겸손한 언어' 역시 대단히 중요한 가치인 것이다.

동파의 짧은 이 독후감이 우리에게 시사해주는 바는 매우 심원하다. 수隋나라 때의 도인 서측은 폭군 양제를 돕느니 조용히 죽음을 선택했다. 천재문인 동파는 대부분의 공직생활을 귀양지에서 보내는 험난한 길을 선택했다. 오늘날의 위정자와 공직을 맡은 이들은 어떠한가? 지성인임을 자임하는 '나' 자신은 어떠한가? 혹시 '안일한 행동'과 '교만한 언어'로 타인 위에 군림하고 있는 것은 아닌가? '위행언손'을 금과옥조金科玉條로 삼은 동양 지성인들의 전통정신을 가슴 깊이 새기며 이 글을 다시 한 번 음미해보자.

선부인先夫人께서 보물 캐기를 허락하지 않으시다

해제 동파가 모친 정씨程氏와 첫 번째 부인인 왕불王弗의 고매한 인품을 회상하며 청년시절의 에피소드를 기록한 글이다.

번역 옛날에 선군先君 부인께서 미산眉山 사곡행紗縠行 마을에 세를 얻어 사셨다. 어느 날이었다. 시녀 두 명이 다리미질을 하다가 마당의 움푹 파인 곳에 다리기 빠졌다. 그 구덩이 속을 살펴보니 수 척尺 깊은 곳에 시커먼 목판 뚜껑이 덮인 커다란 항아리가 있었다. 그러자 선부인께서는 급히 흙으로 덮으라고 명하셨다.

항아리 속에서는 무언가 사람이 기침하는 것 같은 소리가 나다가, 일 년쯤 지나자 더 이상 소리가 들리지 않았다. 모두들 예전에 땅 속에 숨긴 물건이 빛을 볼 때가 된 것으로 여겼다. 선부인의 조카인 지문之問이 그 풍문을 전해 듣고 그 물건을 발굴하고자 했다. 때마침 내가 이사를 하게 되자 지문이 그 집을 세내어 한 장丈 남짓 땅을 파보았으나 항아리는 보이지 않았다.

그 후, 내가 기산岐山에서 관직생활을 하고 있을 때였다. 커다란 버드나무 아래에 거주하게 되었는데, 한 평방 정도 넓이의 땅에는 눈이 쌓이지 않다가, 눈이 멎자 몇 촌ᵗ 높이로 솟구쳐 오르는 것이었다. 나는 옛날에 누군가 단약丹藥을 묻어놓은 것으로 추측하고 그것을 캐보고자 하였다. 그러자 망처亡妻인 숭덕군崇德君이 말했다. "만약 시어머니께서 살아계신다면 틀림없이 캐지 못하게 하셨을 거예요." 나는 부끄러운 마음에 발굴을 멈추고 말았다.

원문과 주석

先夫人不許發藏

昔吾先君夫人僦宅於眉, 為紗縠行。❶ 一日, 二婢子熨帛, 足陷於地。❷ 視之, 深數尺, 有大甕覆以烏木板, 先夫人急命以土塞之。❸ 甕有物如人咳聲, 凡一年乃已, 人以為此有宿藏物欲出也。❹ 夫人之姪之問者, 聞之欲發焉。❺ 會吾遷居, 之問遂僦此宅, 掘丈餘, 不見甕所在。❻ 其後某官於岐下, 所居大柳下, 雪方尺不積; 雪晴, 地墳起數寸。❼ 軾疑是古人藏丹藥處, 欲發之。亡妻崇德君曰: 「使吾先姑在, 必不發也。」軾愧而止。❽

❶ ・先君夫人: 先夫人. 돌아가신 모친. 여기서는 동파의 모친인 程夫人(1010~1057)을 지칭함. 眉山의 대부호인 程文應의 딸.
　・僦[취; jiù]: 집 따위를 세내다. 임차하다.
　・眉: 四川 眉山縣. 동파의 고향임.
　・為: 여기서는 거주하다, 살다의 뜻.
　・紗縠行: 眉山에 있는 지명. 동파가 태어난 마을임.
❷ ・熨: 다리미. 다리미질을 하다. 옛날에는 마당에서 두 사람이 織物 끝부분을 손에 쥐고 다리미질을 하였다. 동파의 모친 정부인은 편

《搗練圖》唐, 張萱

고대 여인들의 생활을 잘 엿볼 수 있는 풍속도이다. 다리미질 하는 모습도 보인다(좌측). 동파의 모친 정부
인은 이런 생활로 가계를 도왔다.

직 장사를 하며 가계를 도왔다.

❸ ・ 甕: 독, 항아리, 단지.

❹ ・ 宿: 예전부터의, 평소의

❺ ・ 之問: 정부인의 조카 이름.

 ・ 發: 발굴하다.

❻ ・ 會: 마침, 때마침.

❼ ・ 官於岐下: 岐山 아래에서 관직생활을 하다. 동파는 25세에 기산 부
 근의 鳳翔에서 관직생활을 시작했다.

 ・ 方尺: 平方 尺. 가로 세로로 한 척 넓이.

 ・ 墳起: 솟구쳐 나오다.

❽ ・ 軾: 蘇軾.

 ・ 崇德君: 동파의 첫 번째 부인 王弗(1039~1065). 眉山 靑神縣의 진
 사 王方의 딸이다. 전형적인 현모양처로, 귀가 얇았던 동파에게 조
 언을 아끼지 않았다. 동파보다 세 살 연하. 16세에 시집와서 27세
 에 京師(개봉)에서 병으로 사망하였다.

 ・ 使: 假使. 만약.

 ・ 先姑: 돌아가신 시어머니.

 이 글에서 동파가 가장 강조한 것은 무엇일까? 그렇다. 남의
물건을 탐내지 않는 동파의 모친 정부인의 고결한 덕성이 가

장 강조된 부분이다. 그러나 이 글의 감상 포인트는 따로 있다. 마지막 단락의 담담한 필체 속에 등장하는 동파의 심리를 곰곰 음미해보자. 동파의 첫 번째 아내, 왕씨王弗, 崇德君에 대한 깊은 그리움의 정이 읽혀지지 않는가!

비록 짧은 문장 속에 잠깐 등장하지만 우리는 그녀의 위인 됨을 여실히 짐작할 수 있다. 첫째, 그녀는 시어머니의 교훈을 잊지 않고 있었다. 둘째, 그러나 시어머니의 가르침은 기실 그녀 자신의 인생관일 터이므로 생각이 올바른 여인임을 알 수 있다. 셋째, 남편의 경솔한 행동을 결코 직언으로 비판하지 않고 우회적으로 일깨워주는 현명함을 지니고 있다.

이렇듯 왕씨는 조용하면서도 영민한 성격을 지닌 전형적인 현모양처였다. 깊은 학문을 지니고 있으면서도 남편 앞에서 결코 그 티를 내지 않아서 동파의 사랑과 존경을 한 몸에 받았다. 그녀는 특히 남편의 약점을 보완하는 슬기로움을 지니

《賢母圖》, 淸, 康濤

고 있었다. 기분파인 동파는 귀가 얇아서 남의 말을 무조건 긍정적으로 생각하는 경향이 있었다. 반면에 왕씨는 사람을 꿰뚫어 보는 혜안을 지니고 있었다. 그녀는 남편에게 손님이 찾아오면 병풍 뒤에서 대화를 엿듣고 있다가 방문객의 위인 됨을 판단해주곤 하였는데, 단 한 번도 그 판단이 어긋난 적 이 없었다고 한다. 때문에 동파는 언제나 아내의 조언에 귀를 기울였다. 이 글에서도 그녀의 우회적인 한 마디에 즉각 행동 을 시정하는 모습을 보면 동파가 얼마나 왕씨를 존중하는지 잘 알 수 있다.

역사에 가정은 없다지만 만약 그녀가 요절하지 않았다면 어찌 되었을까? 어쩌면 동파의 파란만장한 삶은 크게 달라졌 을지도 모른다. 오대시안의 필화 사건도 어찌 보면 언제나 기 분 내키는 대로 행동했던 동파였기에 화를 자초한 것으로 볼 수 있으므로, 그녀가 오랫동안 동파의 옆에 있었다면 현명한 조언으로 필화를 예방할 수 있었을지도 모른다. 하지만 그랬 다면 황주로 귀양 가는 일도 없었을 터이고, 중국문학사에 길 이 남는 「적벽부」 등의 명작도 탄생하지 못했을지 모르는 일. 역사의 가정은 역시 부질없는 짓인가 보다.

아무튼 왕씨가 스물일곱의 나이에 요절한 후 동파는 늘 그 녀를 그리워했다. 그녀가 죽은 지 십년의 세월이 흐른 후, 서 른아홉 살의 동파가 그녀의 꿈을 꾸고 지은 「강성자江城子」 노 래 가사를 잠시 음미해보자.

십년의 세월, 삶과 죽음으로 갈린 아득한 두 편의 세계.
그리워할 필요도 없어라. 저절로 잊지 못하니.
천리 먼 곳 떨어진 외로운 무덤, 처량한 당신은 말 건넬 곳도 없

《東坡像》근대, 張大千(1938)

겠구려.

이제 다시 만난다면 날 알아나 볼까?

풍진에 덮인 얼굴,

귀밑털은 서리처럼 하얘졌으니.

十年生死兩茫茫。 不思量, 自難忘。

千里孤墳, 無處話凄涼。 縱使相逢

應不識, 塵滿面, 鬢如霜。

지난 밤 아득한 꿈속에서

문득 고향을 다녀왔네.

자그마한 툇마루 창가.

때마침 화장을 하는 당신.

눈이 마주쳤건만 아무 말 못했구

나. 눈물만이 천리 길을 떠나고.

해마다 애간장이 끊어지던 그곳. 생각건대 지금도

밝은 달밤에 키 작은 소나무 언덕.

夜來幽夢忽還鄉。小軒窓, 正梳粧。

相顧無言, 惟有淚千行。料得年年腸斷處, 明月夜, 短松岡。

동파가 얼마나 오랫동안 그녀를 잊지 못하고 그리워했는지
잘 알 수 있다. 지금 이 글은 언제 썼는지 전혀 알 수 없지만,
글의 말미에 '단약'을 언급한 것으로 보아 연단鍊丹에 건강을
의지했던 말년의 유배생활 시기에 쓴 것이 아닐까 싶다. 건강
이 여의치 못해 스스로 단약을 만들어보다가, 첫 임지였던 봉
상鳳翔에서 조강지처였던 왕씨와의 일화가 생각나고, 다시 그
녀로 인해 모친 정부인을 떠올리게 된 것은 아닐까?

태백산의 예전 작위는 공작公爵

해제 약관의 나이에 과거에 급제하며 혜성과 같이 문단에 등장한 소식蘇軾은, 모친상 3년을 치루고 난 후, 스물다섯 나이에 섬서성陝西省 봉상鳳翔에서 첫 관직생활을 시작했다. 봉상은 주周나라 왕실 조상의 본거지이며, 전국戰國을 통일한 진시황秦始皇의 진秦나라가 근거지로 삼았던 유서 깊은 역사와 문화의 고장이다. 그가 이곳에 부임해오자마자 봉상에는 큰 가뭄이 들었다. 첨서판관이었던 소식은 가뭄을 극복하기 위해 맹활약한다.

이 글은 만년의 동파가 그 당시의 일을 회상하며 쓴 것이다. 유명한 「희우정기喜雨亭記」는 그 당시에 가뭄을 극복하자마자 쓴 것으로, 반드시 이 글과 함께 읽어야 한다. 그래야만 이 가뭄에 얽힌 보다 재미있는 에피소드도 더 많이 알게 되고, 청년 소식의 기막힌 글 솜씨도 제대로 감상할 수 있다.

번역 옛날에 부풍扶風에서 종사관 벼슬을 하고 있을 때였다. 그 해에 큰 가뭄이 들었다. 촌로들에게 경내境內의 기도할 만한 장소를 물어보자 이렇게 대답했다.

《太白山圖》 元, 王蒙

"태백산이 아주 영험합지요. 자고로 기도만 드리면 응답하지 않는 경우가 없었습니다요. 그런데 근자에 향전사向傳師 소사少師 나으리께서 태수로 부임하신 후에 태백산 산신령을 제민후濟民侯에 봉해달라는 상소를 올린 다음부터는 효험이 없네요. 그 까닭을 알 수가 없구먼요."

그 이유를 생각하던 중에 우연히 『당회요唐會要』를 펼쳐본 즉, 이런 부분이 눈에 띄었다.

"천보天寶 14년의 일이다. 방사方士가 주상께 태백산 금성동 金星洞에 보부寶符 영약靈藥이 있다고 아뢰니, 사자를 파견하여 가져오게 하였다. 그리하여 조서詔書를 내려 그 산신령을 영 응공靈應公에 봉하였다."

나는 그제야 산신령이 불쾌해하는 이유를 알게 되었다. 즉 시 태수에게 아뢰어 관리를 파견하여 산신령에게 기도를 드 리게 하였다. 그리고 만약 효험이 있으면 상소를 올려 옛날 공작이었던 작위로 복원시켜 주겠노라, 산신령에게 고하게 하는 한편, 병에 물을 담아오게 하였다. 그러자 태백산에서 떠온 물이 아직 도착하기도 전에 바람과 안개가 얽히고 깃발 이 펄럭이는 모습이 눈에 보이는 듯하였다. 이윽고 큰 비가 사흘 동안 쏟아져 그 해에 풍년이 들었다.

나는 그 일을 자세히 기록하여 상소문을 올리니, 주상께서 조서를 내려 산신령을 명응공明應公에 봉하셨다. 나는 다시 그 일을 글로 써서 기록하고 그 사당을 보수하였다. 제사를 지내 는 날이었다. 한 척 남짓 되는 하얀 쥐가 술안주 옆을 지나 제 단 위로 올라갔는데, 냄새만 맡을 뿐 음식을 먹지는 않았다. 촌로가 말했다. "저 쥐가 용龍이구먼요!" 그해는 가우嘉祐 7년 이었다.

원문과 주석

太白山舊封公爵

吾昔爲扶風從事, 歲大旱, 問父老境內可禱者, 云: 「太白山 至靈, 自昔有禱無不應。近歲向傳師少師爲守, 奏封山神爲濟民侯, 自此禱不驗, 亦莫測其故。」❶ 吾方思之, 偶取《唐會要》看, 云: 「天寶十四年, 方士上言太白山金星洞有寶符靈藥, 遣使取之而獲, 詔封山神為靈應公。」❷ 吾然後知神之所以不悅者, 即告太守遣使禱之, 若應, 當奏乞復公爵, 且以瓶取水歸郡。❸ 水未至, 風霧相纏, 旗幡飛舞, 髣髴若有所見。❹ 遂大雨三日, 歲大熟。吾作奏檢具言其狀, 詔封明應公。❺ 吾復為文記之, 且修其廟。❻ 祀之日, 有白鼠長尺餘, 歷酒饌上, 嗅而不食。❼ 父老云: 「龍也。」是歲嘉祐七年。❽

❶ ・扶風: 오늘날의 陝西省 鳳翔.

・從事: 簽書判官. 동파는 25세에 鳳翔에서 첫 관직생활을 시작했다.

・太白山: 秦嶺山脈의 최고봉. 섬서성 郿縣 남쪽에 있다. 정상에는 만년설이 쌓여 있어 태백산이라고 칭한다. 太一山이라고도 한다. 이 산 아래로 군사들이 행군할 때 북을 치거나 호각을 불면 비바람이 몰아진다는 전설이 있다. 정상 부근에 大太白, 二太白, 三太白 등의 연못 세 개가 있다. 秦나라 사람들은 가뭄이 들면 이곳에 와서 기우제를 지내곤 하였다.

・向傳師: 宋나라 眞宗 때의 재상 向敏中의 넷째 아들. 관직이 殿中丞에 이르렀다.

・少師: 관직명. 少傅, 少保와 함께 三少, 또는 三孤라고 한다. 원래는 태자를 보필하는 관직이었으나 훗날 대부분 겸직하였기 때문에 명예직으로 전락하였다.

・爲守: 태수가 되다.

❷ ・方: 현대중국어의 '正在'에 해당함. ~을 하던 중에.

・偶: 우연히, 어쩌다가.

・唐會要: 송나라 王溥(922~982)가 唐나라의 정치 경제 문화 등 典章制度를 집대성한 책. 총 100권, 514개의 항목으로 분류됨. 宋 太祖 建隆 2년(961)에 완성함.

- 天寶十四年: 天寶는 당 현종의 연호. 天寶14년은 안록산의 난이 발발한 해임. 755年.
❸ • 且以瓶取水歸郡: 蘇東坡集에는 '水' 字 앞에 '湫' 字가 있음.
❹ • 水未至: 태백산에서 떠온 물이 아직 鳳翔에 도착하기도 전에.
❺ • 大熟: 풍년이 들다.
- 奏檢: 상소문을 봉함하다.
❻ • 爲文記之: 동파는 이 사건과 관련하여 〈喜雨亭記〉를 지었다.
❼ • 歷酒饌上: 술안주 가장자리를 지나 제단 위로 올라가다.
❽ • 嘉祐七年: 嘉祐는 宋나라 仁宗의 연호. 嘉祐 7년(1062)은 동파가 26세 되던 해이다.

해설 이 글은 동파가 옛날 봉상鳳翔에서 처음으로 관직생활을 시작할 때 큰 가뭄을 극복했던 과정을 회상한 것이다. 그 스토리는 본문에서도 서술하고 있지만 무척 재미있으므로 좀더 자세히 알아보도록 하자. 그리고 당시 청년 소식이 가뭄을 극복하고 나서 썼던 「희우징기喜雨亭記」도 이 글과 깊은 관계가 있으므로 함께 감상해보도록 하자.

청년 소식의 첫 관직은 첨서판관簽書判官. 공문이나 쓰고 소소한 재판을 맡아보는 한직이었으므로 열혈 청년 소식은 무척이나 무료했다. 특별히 할 일이 없었던 소식은, 봉황이 날아가다가 내려와 물을 마시며 쉬었다는 음봉지飮鳳池라는 작은 연못을 넓히고(오늘날의 東湖), 그 옆에 관사도 새로 짓고, 건물 뒤쪽으로는 정자도 만들기 시작했다.

그때 드디어 그에게도 중요한 임무가 생겼다. 오랫동안 비가 내리지 않아 백성들의 근심이 이만저만이 아니게 된 것이다. 가뭄이 들면 인간이 할 수 있는 일이 무엇이 있겠는가. 그저 기우제를 드리며 하늘의 은덕만 바라볼 수밖에 없는지라,

기도문을 정성껏 잘 써서 하늘을 감동시키는 것이 가장 중요한 일이었다.

무료했던 소식의 생활은 아연 활기를 띠었다. 바로 그 기도문을 쓰는 것이 자신의 직책이었기 때문이었다. 아마도 관직생활에서 처음 맞이하는 임무를 멋지게 해결하여 만인의 칭송을 듣고 싶었을 것이다. 여러 가지 방안을 연구한 그는 봉상 남방에 위치한 진령산맥秦嶺山脈의 최고봉인 태백산 꼭대기에 올라가 기우제를 지내기로 결정했다. 태백산 정상의 작은 연못에 비를 주관하는 용왕이 살고 있다는 그 지역사람들의 이야기를 들었던 것이다.

이때 그가 지은 기도문이 참 재미있다(「봉상 태백산의 기우제 축문(鳳翔太白山祈雨祝文)」). 처음에는 용왕의 신통력을 잔뜩 칭송하더니만, 이윽고 흡사 백성들을 위한 변호사가 된 것처럼 사리를 따지며 용왕을 추궁하다가, 마지막에는 애절하게 하소연을 하기도 한다. 모든 글재주를 다해 이렇게 해서든

鳳翔의 東湖. 작은 연못이던 飮鳳池를 아름다운 호수로 만들었다.

지 용왕을 감동시켜 임무를 멋지게 성공시키고 싶었던 청년 소식의 마음이 엿보인다.

기도문 덕분이었는지, 며칠 뒤인 을묘일과 갑자일이 되자 정말로 비가 내렸다. 그러나 흡족한 양은 아니었다. '뭐가 잘 못 된 거지?' 소식은 그 원인을 규명하기 위해 여러 가지 자료를 조사해보았다. 그러던 중 『당회요唐會要』라는 책에서 흥미 로운 사실을 발견했다. 당시 송나라 조정은 태백산 산신령에게 백작 작위를 하사했는데, 당나라 때에는 공작 작위를 하사 했다는 사실을 알게 된 것이다.

'그렇다면 공작에서 백작으로 강등이 된 탓에 산신령이 노 여워서 기우제를 올려도 별로 효험이 없게 된 것이 아닐까?' 생각이 미친 소식은 즉시 태수 송선宋選에게 알려 태백산 산 신령의 작위를 공작으로 복원해줄 것을 조정에 주청하게 하 고, 그 사실을 먼저 산신령에게 고했다. 그리고는 태수와 함 께 진흥사眞興寺라는 절로 가서 기도를 드린 후, 목욕재계하고 비를 기다렸다. 소식을 듣고 수천 명의 백성들이 모여 함께 결과를 기다렸다.

그렇게 사흘이 지나갔다. 정묘일이 되자 과연 많은 비가 내 렸다. 온갖 농작물들이 생기를 되찾게 되었고, 기쁨에 찬 백 성들은 환희의 노래를 불렀다. 그들이 소식을 얼마나 칭송하 고 탄복했을지 보지 않아도 눈에 선하다. 당사자인 청년 소식 은 또 얼마나 기뻤을까? 자신의 재주와 정성에 하늘도 탄복해 주는구나, 그런 뿌듯한 자부심이 왜 아니 들었겠는가! 너무나 기뻤던 소식은 때마침 완공된 정자를 '희우정喜雨亭'이라 이름 하고, 유명한 「희우정기喜雨亭記」를 쓴다. 그 전문全文은 이렇 게 번역된다.

이 정자亭子의 이름에 '비雨'라는 글자를 사용한 것은 기쁜 일을
기념하기 위함이다. 옛날에는 기쁜 일이 생기면 그것으로 사물
에 이름을 붙였으니, 그 기쁨을 잊지 않고자 함이었다. 주공周公
은 신기한 벼禾를 얻고 글을 써서 「가화嘉禾」라는 제목을 붙였
다. 또 보배 솥鼎을 얻은 한무제漢武帝는 자신의 연호年號를 원정
元鼎이라고 이름 차였으며, 노魯나라이 수손叔孫은 북저北狄과이
전투에서 승리한 후 적장敵將의 이름을 자기 아들의 이름으로 삼
았다. 기쁜 일의 크기는 다를지라도 잊지 않고 기념하려는 마음
은 똑같았던 것이다.

나는 부풍扶風: 鳳翔에 부임한 이듬해에 관사官舍를 손보기 시작
했다. 관사 북쪽에는 정자를 짓고, 남쪽에는 연못을 파서 물을
끌어 나무를 심고 휴식 터로 삼고자 했다. 그 해 봄, 기산岐山 남
쪽에 보리비가 내렸다. 점을 쳐보니 풍년이 들 조짐이라 하였다.
그러나 그 후로 한 달이 넘도록 비가 내리지 않자 백성들이 모두
근심에 잠겼다. 3월 을묘일乙卯日이 되어서야 비가 내렸다. 갑자
일甲子日에 또 비가 내렸지만 백성들은 부족하다고 여겼다. 정묘

일丁卯日이 되자 마침내 사흘 동안 큰 비가 내렸다. 관리들은 관아 마당에서 서로 축하했다. 상인들은 저자거리에서 함께 노래를 불렀으며, 농부들은 들판에서 서로 어울려 기뻐했다. 걱정하던 사람들은 즐거워하고, 환자들은 병이 나았다. 이때 마침 내가 짓던 정자가 완공된 것이다.

그리하여 정자에 올라 술잔을 들고 객客에게 권하며 그 이야기를 들려주었다. 내가 물어보자 객이 답하였다.
"비가 닷새 더 늦게 내렸다면 그래도 괜찮았을까요?"
"닷새 동안 비가 더 안 왔다면 보리농사를 망쳤겠지요."
"열흘 동안 비가 더 안 왔다면 어찌 되었을까요?"
"열흘 동안 비가 오지 않았다면 벼농사도 망쳤겠지요."

보리농사 벼농사를 망쳤다면 지독한 흉년이 들었을 터! 송사訟事가 그치지 않고 도저히 창궐할 것인즉, 나와 이들이 이 정자에서 우아하게 즐거움을 누리고 싶다한들 그것이 가능한 일이겠는가? 오늘 하늘이 이 백성을 버리지 않고 가뭄 끝에 비를 내려주셨구나. 덕분에 나와 이들이 이 정자 안에 앉아 우아하게 서로 즐거움을 누릴 수 있으니, 이 모든 것이 비의 은총이로다! 이 기쁨을 어찌 잊을손가? 그리하여 '비'라는 글자를 집어넣어 정자의 이름을 짓고 나서 노래를 불러본다.

설령 하늘에서 진주 비가 내린단들,
추위에 떠는 이가 그 비로 저고리를 삼겠는가?
설령 하늘에서 구슬 비가 온다한들,
배고픔에 주린 자가 그 비로 곡식을 삼겠는가?

한 번 내린 비가 사흘이나 계속 오니, 이는 누구의 공덕인가?

백성들은 태수의 공덕이라 칭송하고, 태수는 그런 신통력은 없다 하네.

태수는 천자天子의 공덕으로 돌리고,

천자는 자신도 아니라며 조물주 공덕으로 돌리누나.

조물주도 자신의 공이 아니라며 하늘의 은덕이라 하는도다.

그러나 어찌할까? 하늘은 아득하고 아득하여 이름을 붙일 수가 없구나.

그리하여 나는 이 '비'로써 정자의 이름을 삼는도다!*

　　여민동락與民同樂의 즐거움과 함께 현란한 글재주가 춤을 추는 멋진 글이다. '백성과 함께 하는 지도자의 즐거움'은 유가儒家의 핵심사상 중의 하나다. 중국역대산문 중에서 이 주제로 가장 유명한 글로, 누구나 구양수歐陽脩의 「취옹정기醉翁亭記」외 함께 비로 이 작품을 꼽는다. 특히 본문은 가뭄 끝에 단비를 얻는다는 글의 소재가 매우 현실적이고, 문체가 간결하면

---

* 亭以雨名, 志喜也。古者有喜, 則以名物, 示不忘也。周公得禾, 以名其書, 漢武得鼎, 以名其年, 叔孫勝狄, 以名其子。其喜之大小不齊, 其示不忘一也。余至扶風之明年, 始治官舍, 爲亭於堂之北, 而鑿池其南, 引流種樹, 以爲休息之所。是歲之春, 雨麥於岐山之陽, 其占爲有年。旣而彌月不雨, 民方以爲憂。越三月乙卯, 乃雨, 甲子又雨, 民以爲未足, 丁卯, 大雨, 三日乃止。官吏相與慶於庭, 商賈相與歌於市, 農夫相與忭於野。憂者以樂, 病者以愈, 而吾亭適成。於是擧酒於亭上以屬客, 而告之曰: "五日不雨, 可乎?" 曰: "五日不雨, 則無麥。" "十日不雨, 可乎?" 曰: "十日不雨, 則無禾。" 無麥無禾, 歲且薦饑, 獄訟繁興, 而盜賊滋熾, 則吾與二三子, 雖欲優遊以樂於此亭, 其可得耶? 今天不遺斯民, 始旱而賜之以雨, 使吾與二三子, 得相與優遊而樂於此亭者, 皆雨之賜也。其又可忘耶? 旣以名亭, 又從而歌之, 曰: "使天而雨珠, 寒者不得以爲襦。使天而雨玉, 饑者不得以爲粟。一雨三日, 繄誰之力? 民曰太守, 太守不有。歸之天子, 天子曰不然, 歸之造物, 造物不自以爲功, 歸之太空。太空冥冥, 不可得而名, 吾以名吾亭。"

서도 쉬운지라 중국의 중등학교 교과서에도 실려 있다.

며칠만 더 늦게 비가 왔더라도 농사를 망칠 뻔 했다는 지인들과의 대화를 통해서, 그리고 마지막 노래가사 부분에서 그 모두가 자신의 공로라고 은연중에 자랑하는 신출내기 관리인 소식의 그 심리가 무척이나 재미있다. 「동파지림」에서 엿보이는 동파의 원숙한 세계와 비교해보면 유치해보일 정도로 자신만만한 모습이다. 그러나 「동파지림」 속에서 표출되고 있는 힘든 삶의 모습과 비교해 볼 때, 아직 세상의 고단함에 시달리지 않았을 때의 그 모습이 무척이나 싱그러워 보이기도 한다. 동파의 젊은 모습은 바로 이러했다.

범촉공范蜀公이 남긴 이야기

해제 동파가 65세에 해남도 유배지에서 북송시대의 명신名臣인 범진范鎭의 주검에 얽힌 신비한 이야기를 전해 듣고 쓴 글이다.

번역 이방숙李方叔이 전하는 말에 의하면 범촉공范蜀公께서 돌아가시기 며칠 전에 수염과 머리카락이 모두 파랗게 변했는데, 그 기운찬 모습이 마치 그림을 보는 것 같았다고 한다. 공께서는 일생동안 마음을 비우고 양생 수련을 하셨으니, 목숨이 경각에 이르고 넋이 나간 상태일지언정 혈기는 쇠진하지 않아 그러한 모습을 보이신 것일까?

범씨 가문에는 유두乳頭가 네 개나 되는 사람이 많았다고 하니, 당연히 여염 사람들과는 다를 것이다. 또한 공께서는 생전에 그러한 덕망을 세우셨으므로 그 주검도 반드시 삼라만상과 똑같은 방식으로 쇠진해야 한다는 법은 없을 것이다. 우리가 알지 못할 그 무엇인가의 이치가 있을 것이다. 원부元符 4년 4월 5일.

記范蜀公遺事

李方叔言: 范蜀公將薨數日, 鬚髮皆變蒼, 郁然如畫也。❶ 公平生虛心養氣, 數盡神往而血氣不衰, 故發於外耶?❷ 然范氏多四乳, 固與人異, 公又立德如此, 其化也必不與萬物同盡, 蓋有不可知者也。元符四年四月五日。❸

❶・李方叔: 북송시대의 문학가. 본명은 李薦. 方叔은 字임. 華州(오늘날의 陝西 華縣) 사람. 여섯 살 때 고아가 되었으나 혼자 분발하여 어린 시절 마을에서 학문에 뛰어나다는 칭송을 들었음. 동파가 황주에 귀양 갔을 당시, 자신이 쓴 문장을 들고 찾아가 동파의 칭찬을 들었음. 그 후, '蘇門六君子' 중의 하나가 됨. 가정 형편이 어려워 三代의 조상을 장례도 치르지 못한 사실을 안타까워하여 몇 년 동안 사방을 돌아다닌 결과, 華山 아래에 조상들의 시신 30여 구를 모시고 장례를 치름. 范鎭이 墓表를 써서 그 사실을 칭송함. 중년 이후 벼슬길에 나아가기를 포기하고 河南 長杜에서 학문에 정진함. 51세를 일기로 사망함. 『宋史』444권에 그의 傳記가 전해짐.

・范蜀公: 북송시대의 정치가. 본명은 范鎭. 字는 景仁. 成都 華陽 사람. 進士科에 일등으로 합격하여 仁宗 때 知諫院을 맡았다가 翰林學士가 되었음. 新法을 놓고 왕완석과 갈등이 생겨 정계에서 은퇴함. 후에 哲宗이 즉위하자 端明殿學士를 제수받았으나 사양하여 蜀郡公에 봉해짐. 81세에 서거. 金紫光祿大夫에 추증되고 시호를 忠文이라 함. 『宋史』337권에 그의 傳記가 전해짐.

・薨[훙; hōng]: 제후 또는 고관대직을 맡은 자의 죽음을 일컫는 말.

・郁然: 융성한 모양, 향기로운 모양.

❷・數盡: 氣가 쇠진하여 목숨이 경각에 달리다. 數는 기운, 기, 운명.

・神往: 원래는 매우 그리워한다는 뜻. 여기서는 정신이 떠나가 버린 상태를 뜻함.

❸・范氏多四乳: 범씨 가문에는 유두가 네 개인 사람이 많았다. 『宋史・范鎭傳』에 보면 아래와 같은 기록이 나온다. "(범진의) 형 范鎡가 隴城에서 사망했다. 그에게는 아들이 없었는데 외간 여인에

게 유복자가 있다는 소문이 돌았다. 당시 범진은 벼슬길에 나아가지 않은 상태인지라 도보로 촉나라 땅을 돌아다니며 2년 만에 마침내 형의 유복자를 찾아내었다. '우리 형은 다른 사람과 달리 젖꼭지가 네 개 있으니, 그 아들도 필시 그러할 것이오.' 찾고 나서 보니 과연 그러했다."

- 立德: 聖人의 덕망을 세우다.
- 元符四年: 元符는 북송 哲宗의 연호. 元符 4년은 1101년, 동파 나이 65세로 해남도에서의 유배생활을 끝내고 육지로 귀환하게 된 해이다.

해설 이 글의 소재는 '초자연적인 신비한 현상'이다. 주제는 '그 현상을 바라보는 태도'쯤이 될 것이다. 범촉공范蜀公은 임종에 즈음하여 백발이던 수염과 머리카락이 파란 색의 힘찬 모습으로 변했다고 한다. 상식적으로 도저히 이해할 수 없는 비과학적인 현상이다. 동파는 '우리가 알지 못할 그 무엇인가의 이치가 있을 것'으로 생각하고, 그 이치를 곰곰 생각해본다. 범촉공의 가문에 유두乳頭가 네 개나 되는 사람이 많았다는데, 그 집안 혈통에는 뭔가 특별한 유전인자가 있는 것이 아닌가, 추측도 해본다.

그러나 과학에 익숙한 현대인들이 그 말을 들었다면 절대 믿지 않았을 것이다. 믿는다 하더라도 '초자연적' 현상으로 여기고, 그런 '비과학적'인 이야기에 대해서는 깊게 고민하려 하지 않거나, 신神의 영역으로 치부해 버렸을 것이다. 하지만 과학이란 과연 무엇인가? '과학'은 과연 얼마나 과학적인가? 이 세상의 모든 이치를 '과학'으로 분석하여 밝혀내고 있는가? 초자연적이며 비과학적인 것까지 과학적으로 말할 수 있어야만 진정한 과학이라고 할 수 있지 않을까?

서구에서는 '학문'을 'science'라고 한다. 그러나 사실 '학문'과 'science'는 그 접근방법이 엄청나게 다르다. '학문學問'은 '물어보는 마음을 배운다'는 뜻이다. 즉 동양에서의 '학문'은 이 세상의 모든 현상에 대해 겸허한 마음가짐으로 의문을 가지고 다가가는 행위를 말한다. 그러나 'science'는 이 세상을 거대한 기계쯤으로 인식하고 자신들이 알고 있는 얄팍한 지식을 근거로 현상을 판단하려 한다. 기본적으로 교만한 마음가짐에서 출발한 것이다.

'science'적 인식에서는 자신들의 머리로 도저히 이해할 수 없는 '초자연적 현상'에 대해서는, 자연법칙을 초월하는 '신神'이라는 존재를 따로 설정하여 '신의 기적'이라는 말로 모든 것을 설명하려 한다. 자신들의 필요성에 의해 하나님의 이름을 빌려 모든 것을 자의적으로 해석해 버리는 것이다. 그런 발상이야말로 신성神聖 모독이다. 필자의 주장이 아니다. 볼테르가 한 말이다(Voltaire, Dictionnaire Philosophique, De Edemble, Paris, 1967. p.315).

물질문명에 심각하게 오염된 현대 한국사회에서는 이러한 인식과 발상이 더욱 만연해 있는 것 같지 않은가? 삶을 살다가 상식적·과학적으로 이해하기 어려운 일에 부딪칠 때면, 우리도 동파처럼 '우리가 알지 못할 그 무엇인가의 이치가 있을 것'임을 인정하고 겸허한 마음가짐으로 그 이치에 대해 곰곰 사색에 잠겨 봐야 하지 않을까? 이 글에서 얻을 수 있는 교훈일 것이다.

《漢鍾離像》明, 趙麒

멍청이 장씨

해제 원제는 장감자張憨子. 감자憨子란 바보, 멍청이란 뜻이다. 동파
가 황주 유배시기에 알게 된 멍청이 장씨의 특이한 행동에 대
한 기록이다.

번역 황주黃州 고현故縣의 멍청이 장씨는 행동거지가 미치광이 같아
서 사람만 만나면 "야, 이 화적火賊 놈아!" 라며 욕지거리를 해
대었다. 장씨는 글씨를 좀 쓸 줄 알아서 종이만 있으면 당나
라 시인 정곡鄭谷의 설시雪詩를 쓰곤 하였다. 사람들이 하루 종
일 힘들게 일을 시켜도 절대 거절하지 않았다. 때로 사람들에
게 밥 동냥도 하였지만 돈을 주면 받지 않았다. 삼십 년 동안
겨울이나 여름이나 늘 베옷 하나만을 입고 다녔다. 그런데 근
자에 들어 모르는 사이에 속세의 더러움에 오염된 것 같았다.
그에 관한 실제 상황은 이러한데, 토박이들은 전혀 다른 이야
기를 하고 있으니, 그 까닭을 알 수 없구나.

원문과 주석

記張憨子

黃州故縣張憨子, 行止如狂人, 見人輒罵云: 「放火賊!」❶ 稍
知書, 見紙輒書鄭谷雪詩。❷ 人使力作, 終日不辭。時從人乞,
予之錢, 不受。冬夏一布褐, 三十年不易, 然近之不覺有垢穢
氣。❸ 其實如此, 至於土人所言, 則甚異者, 蓋不可知也。❹

❶ • 故縣: 마을 이름. 『九域志』에 의하면 黃州 麻城縣에 岐亭, 故縣 등
6개의 마을이 있었다고 함.
• 憨子: 바보, 멍텅구리.
• 行止: 행동거지.
• 輒: 즉, 현대중국어의 就에 해당함.

❷ • 鄭谷: 晚唐 시대의 시인. 字는 守愚. 宜州 사람. 僖宗 光啓 3년에
과거에 급제하여 右拾遺, 都官郎中 벼슬을 역임했다. 어렸을 때부
터 시를 잘 지어서 司空圖의 중시를 받았다. 鷓鴣에 관한 시를 많
이 썼기 때문에 鄭鷓鴣라는 별명을 얻기도 하였다. 『雲台編』3권
과 『宜陽集』3권이 전해진다.
• 雪詩: 정곡이 지은 「雪中偶題」를 말한다. "요사채에 어지러이 휘날
리는 눈발, 차 다리는 연기마저 젖어들고 / 홍등가에 빽빽하게 흩
뿌리니 술기운도 깨어난다. 강둑에 찾아오는 저녁 풍광, 그림보다
빼어난데 / 어부는 도롱이 하나 걸친 채 집으로 돌아간다(亂飄僧舍
茶煙濕, 密灑歌樓酒力微。江上晚 來堪畫處, 漁人披得一蓑歸。)"

❸ • 布褐: 조악한 베옷.

❹ • 實: 실제 상황.
• 土人: 현지 토박이사람.

해설 만약 상대방을 가리지 않고 만나기만 하면 누구에게나 불문
곡직不問曲直 욕을 해대는 사람이 우리 주변에 있다면 어떨까?
아마도 '미친 놈!' 속으로 욕하면서 상종도 하지 않으려 할 것

이다. 장감자張憨子, 장씨는 바로 그런 이상한 사람이었다. 누구에게나 욕을 해대었다고 하니, 아마 동파에게도 예외가 아니었을 것이다.

그런데 동파는 그런 장씨를 관심을 가지고 지켜본 것 같다. 종이만 있으면 당나라 시인 정곡鄭谷의 설시雪詩를 쓰는 그가 신기했던 모양이다. 좀더 살펴보니, 장씨는 사람들이 하루 종일 힘들게 일을 시켜도 절대 거절하지 않았다. 바보인가? 때로 사람들에게 밥 동냥도 하였지만 돈을 주면 절대로 받지 않았다. 멍청이인가? 아무튼 욕을 해대어서 탈이지, 타인에게 전혀 폐를 끼치지 않고 오히려 도움을 주면서 살아가는 그의 모습은 무척이나 순박하고 신선했을 것이다. 게다가 장씨는 삼십 년 동안 겨울이나 여름이나 늘 베옷 하나만을 입고 다녔다. 도인道人이로구나! 몰랐던 모습을 알게 되니 탄복이 절로 나온다. 그 내면세계를 알고 나니, 욕도 정겹게 들렸을 것 같다.

황주黃州 토박이들은 그것도 모르고 그를 바보, 멍청이, 미친 놈 취급을 했다. 단면만 보고 함부로 평가하고 속으로, 뒤에서 욕을 했던 것이다. 어찌 그 '토박이들' 뿐이겠는가! 오늘을 살아가는 우리들도 대부분 그 '토박이'들과 마찬가지 행동을 하고 있지 않은지 돌이켜 볼 일이다. 대부분의 인간들은 개인적인 이익과 욕망에 사로잡혀 소중한 삶의 가치들을 내팽개친 채 살아간다. 그들이야말로 바보, 멍청이이며, 염량세태炎凉世態에 홀린 '미친 사람들'이 아닐까?

동파는 순박한 인간 본연의 모습을 보였던 그에게서 자신의 모습을 보았던 것은 아닐까? 그가 '근자에 들어' 점차 속세의 더러움에 오염되는 것 같아 보이자, 그래서 동파는 큰 아쉬움을 느낀다. 어쩌면 변화하고 있는 그의 모습을 지켜보며 스스로의 경계警戒로 삼고 있었을지도 모르겠다. 짧은 글이지만, 생각해 볼수록 많은 것을 음미해보게 하는 글이다.

《乞兒圖》淸, 高其佩

선 녀

해제 동파가 만년에 혜주 유배지에서 자칭 '선녀仙女'라는 여인을 만나보고 쓴 글이다. 대체 어떤 여인이었을까?

번역 근자에 도성에서 이태백李太白이 지었다는 시구詩句들을 전해 들은 바 있다. 시구는 대충 이랬다. "아침이면 몽택夢澤의 구름을 몸에 걸치네." 또 이런 구절도 있었다. "망망한 맑은 물, 삿갓 쓰고 낚시를 한다." 이는 인간세상의 언어가 아니다. 아마도 이태백이 저자거리에서 술을 마시다가 이 시 구절을 얻은 것이리라. 신선들이 말하는 도道란 참으로 헤아릴 수가 없구나.

소성紹聖 원년 9월, 광주廣州를 지나다가 숭도대사崇道大師 하덕순何德順을 찾아갔다. 그런데 자칭 선녀仙女가 그 집에 강림해 있었다. 그녀는 즉석에서 시를 읊어내곤 하였는데 그 빼어남이 속세의 먼지가 묻은 언어가 아니었다. 혹자는 세상에서 말하는 이른바 '자고신紫姑神'처럼, 그녀도 쓰레받기와 빗자루를 들고 싶어 하는 것이 아닌가, 의심하기도 했다. 하지만 그녀의 언행을 음미해보면 자고신이 할 수 있는 수준이 아니었다.

일부러 감옥에 들어가 감옥귀신이 되려는 사람도 있고, 쓰레받기와 빗자루를 들고 고생을 자초하려는 동물들도 있으니 참으로 괴이한 일이로다! 하지만 숭도대사는 호기심이 많고 손님대접을 좋아하며 현명한 사대부들과 교유하기를 즐기니, 틀림없이 선녀를 데려올 방법이 있었지 않았겠는가?

원문과 주석

記女仙

予頃在都下, 有傳太白詩者, 其略曰:「朝披夢澤雲。」❶ 又云:「笠釣淸茫茫。」此非世人語也, 蓋有見太白在肆中而得此詩者。❷ 神仙之道, 眞不可以意度。❸ 紹聖元年九月, 過廣州, 訪崇道大師何德順。❹ 有神僊降於其室, 自言女僊也。❺ 賦詩立成, 有超逸絕塵語。或以其託於箕帚, 如世所謂「紫姑神」者疑之。❻ 然味其言, 非紫姑所能至。人有入獄鬼、羣鳥獸者託於箕帚, 豈足怪哉! 崇道好事喜客, 多與賢士大夫爲游, 其必有以致之也哉?❼

❶ • 頃: 近日. 근자에.
　• 都下: 都城
　• 太白: 당나라 시인 李白.
　• 夢澤: 雲夢澤. 중국 고대에 湖北省 江漢平原에 위치해 있었던 거대한 담수호. 가장 넓었을 때는 4만㎢에 이르렀을 것으로 추정되나 지금은 대부분 육지로 변하고 洪湖를 비롯한 몇 개의 작은 호수만 남아 있음. 雲夢大澤이라고도 함.
❷ • 肆: 시장, 저자거리.
　• 蓋有見太白在肆中而得此詩者: 蘇東坡集에는 '肆' 앞에 '酒' 字가 추가되어 있음. 문맥상 보다 타당하다고 판단됨. 따라서 여기서는 '시장'이 아니라 '술집'으로 번역함.

❸ · 度[탁; duó]: 추측하다, 헤아리다, 짐작하다.

❹ · 紹聖元年: 紹聖은 북송 哲宗의 두 번째 연호. 紹聖元年은 1094년. 당시 동파는 58세로 惠州에서 유배생활을 하고 있었음.

❺ · 僊: 仙과 같은 글자임.

❻ · 箕帚[기추; jī zhǒu]: 쓰레받기와 빗자루. 吳나라에서는 매년 정월 대보름날 밤에 분향을 하고난 후 똥이 묻은 쓰레받기와 빗자루로 紫姑神을 맞이하여 길흉화복을 점치는 풍속이 있었다. 劉敬叔, 『異苑』참조.

· 紫姑神: 민간전설 속의 변소귀신 이름. 전설에 의하면 紫姑는 山東 萊陽 여인으로, 당나라 垂拱 6년에 壽陽刺史 李景의 첩이 되었다가, 질투에 눈이 먼 이경의 처의 강요로 늘 쓰레받기와 빗자루를 들고 변소 청소와 같은 더러운 일만 하게 되었다고 함. 그리고 정월 대보름날 밤, 변소에서 살해되었다고 함. 이에 옥황상제가 그녀를 불쌍히 여겨 변소귀신으로 임명하였다고 함. 속칭 三姑라고도 한다.

· 託於箕帚: 쓰레받기와 빗자루에 마음을 기탁하다. 즉 남정네의 첩이 되고자 한다는 뜻.

❼ · 人有入獄鬼: 감옥에 들어가 감옥귀신이 된 사람도 있다는 뜻. 고난을 자초하여 감옥생활을 했던 동파 자신을 빗대어 한 말로 추측된다.

· 其必有以致之也哉: 其~哉 사이의 문장을 '추측, 감탄, 의문' 중 하나의 뉘앙스로 해석하면 된다. "틀림없이 선녀를 불러올 방법이 있었지 않았겠는가?"

 해설 요새도 그렇지만, 중국 고대에는 도사인 양 행세하던 자들이 참으로 많았다. 그런데 세상의 절반은 여자이니, 그 중에는 가짜 여도사女道士/선녀仙女들도 많았을 것이다.

동파가 만났던 자칭 '선녀'는 어떠했을까? 동파의 결론은 진짜 '선녀'였다. 그 이유는 간단했다. 즉석에서 시를 지어냈

을 뿐만 아니라, 사용한 어휘가 속세
에 물든 것이 아니었기 때문이었다.
동파의 기준에 의하면 비범한 글을
쓸 줄 아는 문인이 바로 신선이었던
것이다. 다른 신선이나 선녀들은 모
두 다 변소귀신인 자고신紫姑神처럼
똥이나 치우는 잡신이라는 말이다.

동파가 우리의 박완서나 공지영을
만났더라면 어땠을까? 이해인 수녀
님을 만난다면 틀림없이 선녀라 감
탄할 것이다.

《山鬼圖》淸, 羅聘

연못의 물고기가 날아오르다

해제 연못에서 기르던 물고기가 어느 날 갑자기 하늘로 날아올라가 어디론가 사라졌다는 고향사람의 이야기를 듣고 쓴 글이다. 그 신비한 현상에 대해 동파는 어떻게 판단하였을까?

번역 미주眉州 사람 임달任達이 내게 해 준 이야기다. 어린 시절에 어떤 사람이 깊은 연못에 물고기 수백 마리를 기르는 것을 보았다고 한다. 연못 가장자리에는 벽돌로 벽을 쌓았고, 사방은 모두 집으로 에워 쌓여 있었단다. 가로 세로가 겨우 한 장丈인 공간에서 삼십여 년의 세월이 흐르면서 물고기들은 나날이 커갔단다. 그러던 어느 날이었다. 맑은 날씨에 벼락도 치지 않았는데, 갑자기 연못에서 비바람이 몰아치는 것 같은 큰소리가 났다. 물고기들이 뛰어오르더니 회오리바람을 타고 하늘로 올라가 어디론지 사라져 버렸다는 것이었다.

임달이 말했다. "전부터 하는 말로는 신령님이 지켜주신 게 아니면 교룡蛟龍이 데려간 것이라던데, 아마도 그 말이 사실일 거예요." 내 생각건대 교룡은 반드시 비바람에 의지하는 법이다. 이 물고기들은 삼십여 년 동안 좁은 곳에 갇혀 지내면서 매일 같이 날아올라 몸을 뺄 생각을 하였을 것이다. 그 정신이 쇠하지 않고 시간이 오래 지나서 저절로 그런 경지에 이른 것일 터이니, 이는 자연스러운 이치일 뿐이다.

원문과 주석

池魚踊起

眉州人任達爲余言: 少時見人家畜數百魚深池中, 沿池磚甃, 四周皆屋舍, 環遶方丈間凡三十餘年, 日加長。❶ 一日天晴無雷, 池中忽發大聲如風雨, 魚皆踊起, 羊角而上, 不知所往。❷ 達云:「舊說不以神守, 則爲蛟龍所取, 此殆是爾。」❸ 余以爲蛟龍必因風雨, 疑此魚圈局三十餘年, 日有騰拔之念, 精神不衰, 久而自達, 理自然爾。❹

❶ ・甃[추; zhòu]: 벽돌로 벽을 쌓은 우물 벽.
　・日加長: (연못 속의 물고기가) 나날이 성장하다.
❷ ・羊角: 羊角風. 양의 뿔처럼 감겨 올라가는 회오리바람.
❸ ・神守: 신령이 수호하다.
　・不A則B: A가 아니면 B이다.
　・殆: 대개. 대체로. 거의. 아마도
❹ ・圈局: 좁은 곳에 갇혀 지내다.
　・騰拔: 날아오르다.
　・久而自達: 시간이 오래 지나자 저절로 그 경지에 이르다.

해설

이 글은 물고기가 하늘로 날아 올라갔다는 신비현상의 원인을 현상적으로 규명하거나 그 사실 유무를 논하기 위해 쓴 것이 아니다. 과학적인 분석과는 별개로, 삼십여 년 동안 좁은

《起蛟圖》明, 汪肇
길을 가던 주인과 노복이 돌
연 어두컴컴해진 하늘로 날
아오르는 이무기를 보고 놀
라는 모습이 생생하게 그려
져 있다.

곳에 갇혀 지내면 자연계의 그 어떤 존재라도 그곳을 벗어나
고 싶은 것이, 삼라만상의 이면에 흐르는 당연한 내재규율이
라는 점을 설명하기 위해 쓴 것이다. 인생의 후반에서 끊임없
이 옥에 갇히거나 유배생활로 세월을 보냈던 동파 아닌가! 물
고기 이야기를 듣자마자 어찌 자신의 처지를 떠올리지 않았
겠는가!

손변孫抃이 이인異人을 만나다

해제

동파의 고향인 미주眉州; 오늘날의 四川 眉山 일대 지역에 널리 알려진 기이한 이야기를 기록한 지괴志怪소설류의 글이다. 손변孫抃은 그 이야기 속의 주인공으로 과거 시험에 응시하러 가다가 이인異人을 만나 덕행을 베푼 덕택에, 과거에 급제하고 훗날 참지정사參知政事까지 되었다는 이야기. 야사野史에 흔히 나오는 스토리 얼개다. 부담 없이 읽으면 될 듯.

번역

미주眉州 팽산彭山의 진사 송주宋籌는 고故 참지정사參知政事 손변孫抃 몽득夢得과 함께 과거를 보러 길을 떠난 적이 있었다.

그들이 화음華陰 땅에 도착했을 무렵, 큰 눈이 내렸다. 날이 아직 밝기 전에 그들은 화산華山 아래를 지나고 있었다. '모녀봉毛女峰'이라고 쓰인 패후牌堠; 이정표가 나타났다. 웬 노파가 그 아래 앉아 있는 모습이 보였다. 노파의 귀밑털은 눈처럼 새하얬지만, 추운 기색이라곤 보이지 않았다. 그 시간에는 길에 행인도 없었고 눈밭에도 아무 발자국도 없었으니, 그녀가 어디서 나타난 것인지 알 수 없었다.

손변과 송주는 몇백 걸음을 사이에 두고 떨어져서 가고 있었던지라, 송주가 먼저 그 옆을 지나가게 되었다. 송주는 노파를 괴이하게 생각하며 돌아보지도 않고 지나쳐버렸고, 손변 혼자서 마음에 걸려 노파와 몇 마디 이야기를 나누었다. 그리고는 말안장에 걸어 놓은 수백 냥의 은자를 노파에게 모두 주어버리고, 송주를 따라잡은 후에 그 사실을 말해주었다. 송주는 후회하며 다시 그 노파를 찾아갔으나 이미 그녀는 보이지 않았다.

그해, 손변은 삼등으로 과거에 급제하였다. 그러나 송주는 늙어죽을 때까지 과거에 급제하지 못했다. 이 일은 촉蜀 지방 사람이면 대부분 다 아는 이야기다.

원문과 주석

孫抃見異人❶

眉之彭山進士有宋籌者, 與故參知政事孫抃夢得同赴擧, 至華陰, 大雪, 天未明, 過華山下。❷ 有牌堠云「毛女峯」者, 見一老姥坐堠下, 鬢如雪而無寒色。❸ 時道上未有行者, 不知其所從來, 雪中亦無足跡。孫與宋相去數百步, 宋先過之, 亦怪其異, 而莫之顧。❹ 孫獨留連與語, 有數百錢挂鞍, 盡與之。❺ 既追及宋, 道其事。宋悔, 復還求之, 已無所見。是歲, 孫第三人及第, 而宋老死無成。❻ 此事蜀人多知之者。

❶・孫抃: 字는 夢得. 사천 眉州 眉山 사람. 진사 甲科에 합격하여 大理寺評事로 絳州通判이 되었다. 후에 太常丞, 集賢殿院을 제수받고 開封府推官, 右正言知制誥, 尙書吏部郞中을 역임하였으며, 마지막으로 參知政事가 되었다. 사망한 후에는 太子太保를 추증받았으며 시호를 文懿라 하였다. 『宋史』 292권에 그의 傳記가 전해짐.

❷・眉之彭山: 사천 眉州의 彭山縣. 오늘날의 四川 建昌.

《華山小景》(부분) 근대, 張大千

- 參知政事: 관직명. 당나라 때는 국정을 논의하는 中書令과 侍中, 尙書令 셋이 정식 재상이라 하였으나, 다른 관직을 맡고 있으면서도 재상으로 불리웠던 자를 參知政事라 하였다. 그러나 송나라 때에는 정식으로 參知政事라는 관직을 두고 副宰相으로 삼았다.
- 赴擧: 科擧에 응시하러 가다.
- 華陰: 華山이 위치하고 있는 陝西省의 地名.

❸ • 牌堠: 흙더미 위의 牌. 堠[후; hòu]: 옛날 敵情을 살피기 위해 흙으로 쌓은 보루. 五里에 하나씩 홀수로 堠를 쌓고 十里마다 쌍으로 堠를 쌓았기 때문에 里程標 역할을 하기도 했다.

- 老姥: 노파.

❹ • 亦怪其異: 蘇東坡集에는 '亦' 대신 '末' 字를 사용했다.

❺ • 留連: 留戀. 차마 떠나지 못하고 아쉬워하다.

- 挂鞍: 말안장에 걸어 놓다.

❻ • 第三人及第: 3등으로 합격하다.

수신修身 일기

해제　동파가 56세에 양주揚州태수로 활동하던 시기에 지은 글이다. 이 글에서 동파는 아우 소철蘇轍이 재미삼아 들려준 이야기 속에서 수신修身의 지혜를 찾아낸다. 어떤 내용일까?

번역　자유子由가 들려준 이야기다. 어떤 사람이 죽었다가 다시 살아났다. 그가 저승에서 명관冥官에게 물어보았다.

"어떻게 수신修身을 해야 죄를 면할 수가 있겠소이까?"

"일기를 한 권 구해놓고 낮에 한 일을 밤에 모두 적어 보거라. 기록하지 못하는 게 있으면 그것이 바로 해서는 안 될 일이니라. 아무 일도 하지 않고 조용히 앉아 있으면 하루가 이틀처럼 느껴질 터. 만약 이승에서의 삶을 늘 그처럼 지낼 수만 있다면 일흔 살까지 살 수 있을 것이니, 그럼 백사십 년을 살 수 있는 것 아니겠느냐. 세상에 그 어떤 약이 이보다 더 효능이 있겠는고? 부작용도 없고, 약값도 절약할 수 있지 않겠느냐! 이 비법은 누구나 써먹을 수 있지만 쓰기만 하고 맛이 없는 탕약인지라, 자주 먹으면 마시기가 힘들지."

조무구晁無咎가 사마온공司馬溫公께서 이런 말을 하셨다고 하였다. "나는 남들보다 뛰어난 점이 없다. 단지 평생 동안 남에게 말하지 못할 짓을 저지른 적이 없을 뿐이다."

나도 옛날 선인先人이 지은 시 구절을 적어본다. "남이 알까 두려운 일, 마음의 싹부터 자를진저!" 모두 지극히 옳은 말이니, 죽는 순간까지 마음에 새겨둘 만하다.

修身曆❶

子由言: 有一人死而復生, 問冥官如何修身, 可以免罪?❷ 答曰: 「子宜置一卷曆, 晝日之所為, 莫夜必記之, 但不記者, 是不可言不可作也。❸ 無事靜坐, 便覺一日似兩日, 若能處置此生常似今日, 得至七十, 便是百四十歲。❹ 人世間何藥可能有此效! 既無反惡, 又省藥錢。❺ 此方人人收得, 但苦無好湯, 使多嚥不下。」

晁無咎言: 司馬溫公有言: 「吾無過人者, 但平生所為, 未嘗有不可對人言者耳。」❻ 予亦記前輩有詩曰: 「怕人知事莫萌心。」 皆至言, 可終身守之。❼

❶ • 曆: 일기
❷ • 子由: 동파의 아우 蘇轍.
❸ • 莫夜: 暮夜. 저녁. 莫은 暮의 本字이다.
❹ • 得至七十: 일흔 살까지 살 수 있다.
❺ • 反惡: 도리어 질병에 걸린다는 뜻. 부작용. 反: 反而. 도리어. 惡: 질병, 질병에 걸리다.
❻ • 晁無咎(1053~1110): 북송 시대의 시인. 본명은 補之. 無咎는 字이다. 號는 歸來子. 山東 濟州 巨野 사람. 元豐 2년에 진사에 합격하고, 開封 및 禮部別院 시험에서 모두 장원을 하였다. 같은 해에 澶

州 司戶參軍을 제수받고, 元祐 초에는 太學正이 되었다가 揚州通
判으로 나갔다. 그 후 齊州 太守가 되었으나 『神宗實錄』을 편찬하
며 사실이 아닌 것을 기록했다 하여 연이어 貶謫되는 불운의 시기
를 보냈다. 大觀 말기에 達州(사천 達縣)태수를 제수받은 후 다시
泗州太守로 바뀌어 임지에 도착한 후 곧 사망하고야 말았다. 黃庭
堅, 秦觀, 張耒와 더불어 蘇門四學士로 불린다. 『鷄肋集』, 『晁無咎
詞』가 전해진다. 『宋史』444권에 그의 傳記가 전해진다.

- 司馬溫公: 司馬光(1019~1086). 북송시대의 정치가이자 역사가. 처
  음에는 字를 公實이라 하였으나 후에 君實로 바꾸었다. 號는 迂夫
  였으나 만년에 迂叟로 바꾸었다. 河南省 光山 사람. 原籍이 山西
  陝州 夏縣의 涑水鄕이었으므로 세칭 涑水先生이라고 하였다. 仁
  宗, 英宗, 神宗, 哲宗 등 네 임금을 모시는 동안 벼슬이 門下侍郎,
  尙書左僕射에 이르렀다. 중국 역사상 최초의 편년체 通史인 『資
  治通鑒』 편찬을 주관한 것으로 유명하다. 특히 그는 온후하고 겸
  손하면서도 王安石의 新法에 단호히 맞서다가 벼슬을 사직하는 등
  강직한 성격으로 전형적인 儒家의 선비로 후세 사람들의 칭송을
  받았다. 死後에 太師溫國公으로 추증되었고 시호는 文正이었다. 『宋
  史』336권에 그의 傳記가 전해진다.

❼ - 萌心: 마음속에 싹이 트다.
  - 至言: 지극히 타당한 말.
  - 可終身守之 뒤에 蘇東坡集에는 '元祐七年四月二十五日'이라는 문
    구가 있다. 元祐는 북송 철종의 연호. 元祐 7년은 1092년으로 당시
    동파는 56세. 2월부터 9월까지 7개월간 양주태수로 있었다.

해설 저승판관이 가르쳐 준 비결은 두 가지였다. 첫째, 오래 사는
비결. 아무 일도 하지 않고 조용히 앉아 생활하면 일흔 살까
지는 문제없이 살 수 있을 것이고, 그렇게 살면 하루가 이틀
처럼 느껴질 터이니 백사십 년을 사는 것과 마찬가지라는 이
야기다. 피식 웃음이 나오는 우스갯소리에 불과한 듯싶으나

잘 음미해보면 정말 맞는 말이다.

　누구나 알다시피 노장老莊사상의 핵심은 '무위無爲'다. 글자 그대로 직역하자면 '아무 일도 하지 않는 것'이다. 그러나 글자 그대로 받아들이는 것은 어리석기 짝이 없는 일이다. 생각해보라. 그렇다면 밥도 안 먹고 숨도 쉬지 말아야 할 텐데, 그런 행위를 강조하는 것이 어떻게 인류의 위대한 사상 중의 하나로 손꼽힐 수 있겠는가?

　'아무 일도 하지 않고 조용히 지낸다는 것'은 '집착에 사로잡힌 일을 하지 않는 것'으로 이해하면 좋다. '집착'이란 무엇일까? '목표'와는 또 어떻게 다를까? 여러 해석이 있을 수 있겠지만 필자는 '집착'이란 인간의 능력으로는 도저히 어찌할 수 없는 문제에 지나치게 매달리는 것이라고 생각한다. 예컨대 도교道敎에서는 '장생불사長生不死'를 꿈꾸었다. 인간으로서는 불가능한 일에 천착한 것이다. 이것은 집착이다. 하지만 '건강한 삶'을 꿈꾼다면 그것은 우리의 노력으로 충분히 가능한 일이다. 따라서 '건강'은 목표가 될 수 있다.

　장생불사에 집착한 삶은 표면적으로 아무리 조용하게 보이는 생활이라 할지라도 '아무 일도 하지 않는 것'이 아니다. 그러나 불사不死에의 집착을 버리고 단순히 건강만을 목표로 세상사에 대한 욕심을 버린 채 조용히 지낸다면 정말로 칠십 년은 문제없이 살 것이다. 하지만 조금은 무료할 것이라고 저승판관은 말한다. 쓰기만 하고 맛이 없어서 속인俗人들은 이 기막힌 보약을 먹기 싫어한다고 말한다. 알아봤자 소용없다. 실천을 할 수 있어야 한다. 그래서 동양전통의 학문하기는 머릿속의 지식이 중요한 게 아니라, 깨달음과 실천을 강조하는 것이리라.

저승판관이 가르쳐준 두 번째 비결은 죄를 짓지 않도록 수양하는 방법에 관한 것이었다. 그 핵심은 바로 '일기日記 쓰기'였다. 그리고 낮에 자신이 했던 일 중에서 기록하기가 꺼려지는 일이 있다면, 앞으로는 바로 그 일을 하지 않으면 된다는 게 비결이었다. 어렸을 때 초등학교에 들어가면 맨 먼저 가르치는 게 바로 일기 쓰기 아닌가! 원래 저승판관이 가르쳐준 최고의 교육 방법이었나 보다. 누구나 다 아는, 그래서 이런 우스갯소리까지 나오는 비결 아닌 비결이었건만, 동파는 특히 일기 쓰기의 비결에 주목하고 자신의 마음에 새겨둔다. 글쓰기는 글재주를 단련하는 게 아니다. 마음을 수련하는 가장 좋은 방법이다.